EL JUEGO PERFECTO

EL JUEGO PERFECTO

W. WILLIAM WINOKUR

Traducción de
JUAN ELÍAS TOVAR

Grijalbo

El juego perfecto
Título original: *The Perfect Game*

Primera edición en México: julio, 2008
Primera edición en Estados Unidos: julio, 2008

D. R. © 2007, W. William Winokur

Traducción de: Juan Elías Tovar

D. R. © 2007, derechos de edición mundiales en lengua castellana::
 Random House Mondadori, S. A. de C. V.
 Av. Homero No. 544, Col. Chapultepec Morales,
 Del. Miguel Hidalgo, C. P. 11570, México, D. F.

www.randomhousemondadori.com.mx

Comentarios sobre la edición y contenido de este libro a:
literaria@randomhousemondadori.com.mx

ISBN Random House Mondadori México 978-970-810-554-5
ISBN Random House Inc. 978-030-739-239-8

Impreso en México / *Printed in Mexico*

Distributed by Random House, Inc.

Para César Faz, Harold Lucky Haskins y el equipo
de la Liga Pequeña Industrial de Monterrey,
sin quienes no hubiera existido el milagro.

Y especialmente en memoria de Norberto Villarreal,
Baltasar Charles, Fidel Ruiz, Alfonso Cortez y Francisco Aguilar,
que sin duda están peloteando en algún lado
—mientras esperan pacientemente a que llegue el resto del equipo.

"A veces pasa una semana en que no pienso en *ese juego*, pero no recuerdo la última vez que eso pasó."

Don Larsen, *Pitcher de los Yankees de Nueva York sobre su juego perfecto en la Serie Mundial de 1956*

Índice

Primera Parte
EL DIAMANTE DE TIERRA

Segunda Parte
EL RÍO

TERCERA PARTE
EL JARDÍN DE ROSAS

Agradecimientos

Como siempre, hay muchas más personas que agradecer de las que pueden ser y son enumeradas aquí, pero quisiera hacer un agradecimiento especial a las siguientes: a Adolfo Franco y Vidal Cantú de Kenio Films por su apoyo moral; a los jugadores de La Mesa, Lewis Riley, Joe McKirahan, Richard Gowins, Francis Vogel, David Musgrave y sus compañeros de equipo; a Lance Van Aucken y la organización de las Ligas Pequeñas en Williamsport, Pensilvania; a Eloy Cantú Jr.; al gobierno y al pueblo del Estado de Nuevo León; a Carlos Slim, Carlos Bremer y Cristóbal Pera por su ayuda para traer esta historia a la gente de México; a Jeff Gomez, Mark Pennsavalle, David Zeichner y Chrysoula Artemio de Kissena Park Press, sin ellos este libro no estaría en sus manos; a Stephanie Castillo Samoy por su aguda vista editora; a Helane Freeman por su infinita paciencia con el diseño editorial del libro; y, como siempre, un reconocimiento especial a mi esposa, Maggie, y a nuestros hijos, Leo, Emma e Ian, sin cuyo aliento este escritor no puede escribir.

PRÓLOGO

Un radio viejo

El padre Esteban colocó el carbón y las hierbas cuidadosamente en el incensario de latón. No tenía incienso, así que la salvia, que crecía en abundancia en las montañas de alrededor, tendría que bastar. Afuera, el sol aún ardía brillante, pero el interior de la iglesia de San Juan Bautista estaba en penumbras. La escasa luz que lograba filtrarse por las pequeñas ventanas estaba llena de polvo, que danzaba en movimientos aparentemente erráticos.

La iglesia estaba ubicada en la Colonia Cantú de Monterrey, México, que al igual que las colonias que la rodeaban, era una barriada pobre de familias cuyos padres e hijos trabajaban día y noche en las fábricas de Monterrey. Era 1956 y se acercaba el final del verano.

El cura empezó a vestirse para la misa. Se puso el amito blanco atando los dos cordones a su cuello y luego se ajustó el alba con una cuerda alrededor de la cintura. En la iglesia todos tendrían calor, pero para un cura era casi insoportable. Siempre había tomado esto como su modesta penitencia, infinitesimal en comparación con las tribulaciones de Job o Moisés.

En la iglesia no había nadie más, excepto Arturo Rodríguez Diego. El padre Esteban empezó a encender docenas de veladoras. La iglesia, que estaba cerca del centro, era una de las pocas estructuras que tenían luz eléctrica, pero nunca se encendían las luces durante la misa. Construida durante la Colonia, la iglesia de San Juan Bautista era sencilla pero digna. Los llanos muros de estuco sólo se veían interrumpidos por cuadros enmarcados del

camino final de Cristo por la Vía Dolorosa. Pesadas vigas cortadas a mano sostenían el techo, y debajo había piedras extraídas de
la cantera hacía cientos de años.

Sonaron las segundas campanadas, de las tres que se tocaban,
y pronto los feligreses desfilarían por la puerta para sentarse en
las filas de bancas. El padre había oficiado misa tantas veces que
su mayor reto era infundir nueva vida a las palabras que salían
rodando desde la parte más profunda de su memoria. Pero hoy
no era domingo y ésta no iba a ser una típica misa. Hoy, el espíritu de Arturo Rodríguez Diego sería encomendado al señor.

Las misas fúnebres eran la parte que el padre menos disfrutaba
de sus deberes. Había oficiado en el sepelio de muchos hombres y
mujeres, pero el día de hoy era peor. Arturo era un niño. Cuando morían padres y abuelos, el padre Esteban podía elogiar que
hubieran tenido una buena vida y creado hermosas familias para
proseguir con la labor del señor. Pero no podía mirar a las familias
Diego y Rodríguez y pronunciar esos eufemismos. Arturo tenía
once años y su muerte no tenía ningún sentido. Una sola palabra podía capturar la verdad: *tragedia*. La clase de evento que te
retuerce las tripas y pone a prueba la fe hasta de los más piadosos.

Arturo y sus amigos estaban jugando en la Fundidora. Por
aceptar un reto, Arturo se subió a una escalinata de hierro muy
alta, perdió el equilibrio, y cayó seis metros hasta el suelo.

La muerte de Arturo a la vez enojó y entristeció al padre
Esteban. Sabía que sólo había dos clases sociales: patrones y
obreros, que no eran muy distintos a los antiguos macehuales.
En vez de parques y centros recreativos, los niños de Monterrey
corrían libremente por las fábricas, exponiéndose a todo tipo de
peligros y desechos. Existían pocos incentivos para la educación
académica; los jóvenes no tenían más que un futuro al cual aspirar. Los niños iban a reemplazar a sus padres en la fundidora o
las maquiladoras, y las niñas se iban a casar con ellos. Cientos de
miles de mentes humanas ociosas y desaprovechadas, ése era el
residuo más peligroso y contaminante de cada fábrica.

Muchos años atrás, el padre había oficiado en la muerte de otro niño, Pedro Macías —el primogénito de Humberto y Oralia Macías. Lo recordaba perfectamente porque Pedro había sido la primera persona a la que administraba tanto los primeros como los últimos sacramentos.

❖

Con todos presentes, el padre Esteban bendijo el sencillo ataúd de pino con agua bendita mientras uno de los monaguillos empezó a ondear el incensario hacia delante y hacia atrás —primero sobre el ataúd, y luego por el pasillo central. Gritos y lamentos surgían de los presentes. La madre y la tía de Arturo se desmayaron y tuvieron que ser sostenidas por sus familiares. Otros rechinaban los dientes y se golpeaban el pecho. Así era mejor. Para superar la muerte, hay que sumergirse en el dolor de la manera más intensa y emocional.

A todo esto, el padre permanecía tranquilo.

—*In manus tuas, Domine, commendo spiritum suum* —decía solemnemente.

Puesto que no existían fotos de Arturo —su familia era demasiado pobre para tener algo tan lujoso como una cámara—, en una mesa a un lado del altar había dibujos de él hechos por amigos. En la mesa también había ramos de plantas silvestres y algunas flores que los vecinos habían cortado esa mañana. La muerte de los ancianos era a menudo motivo de celebración, pero hoy el ambiente era sombrío y severo. Sencillamente no era natural que los padres enterraran a sus hijos.

—...Porque el señor nunca rechaza a los hombres para siempre. Si llega a afligir, también se compadece, por su inmenso amor —el padre Esteban terminó de recitar del libro de las Lamentaciones 3:31-32. Al hablarle a su congregación sobre Juan Diego y el Milagro de Guadalupe, se sorprendió a sí mismo preguntándole a Dios en silencio: *¿Por qué un niño? ¿Acaso no son* *sus vidas ya lo bastante difíciles?* Y luego rápidamente detuvo esa línea de pensamiento, enojado por su debilidad de haber cuestionado la voluntad del señor.

Terminando su sermón, encabezó la procesión hasta el camposanto. El padre Esteban cojeaba un poco; era el único vestigio de su roce con la gripe española hacía casi cuatro décadas.

—¿Por qué la Virgen Morena mandó su mensaje con Juan Diego? —oyó el cura que un niño le preguntaba a su mamá mientras seguían por la calle. Si no era nadie.

—Dios obra sus milagros a través de los mansos, no de los poderosos —interpuso el padre Esteban.

—Eso fue hace mil años —dijo el niño.

—Sólo cuatrocientos —corrigió el padre, como si esa precisión volviera la historia más aceptable.

Los ojos del niño se tornaron fríos, y al volverse hacia otro lado murmuró:

—Ya no hay milagros.

El funeral era bastante desgarrador, pero en los comentarios del niño resonaba una desesperanza aún más profunda.

El padre Esteban se mordió el labio inferior y siguió caminando. Lloraría más tarde, mucho después de que se hubieran dispersado la familia y los vecinos. No es que le pareciera impropio que un cura llorara, pero sabía que la familia buscaba en él una guía para superar su pena. No, esperaría hasta estar solo y entonces lloraría por el joven Arturo y la vida que no fue.

El padre Esteban cerró el pesado portón de madera de la iglesia, pero no le puso llave. No era necesario: por lo general, los muchachos buscaban formas de *salirse* de la iglesia. Entró a una construcción más pequeña pegada a la parte trasera de la iglesia, que funcionaba de casa parroquial. Antes de retirarse esa noche, trajo dos cubetas grandes de agua, con la que llenó la pequeña palangana sobre su cajonera. Además de la cama y un buró, ése era el único mobiliario del cuarto. Sobre la cajonera colgaba un espejo, y el padre Esteban se vio por primera vez en el día.

Su rostro tenía capas de hollín, tanto de las fábricas como del incienso dentro de la iglesia. Las lágrimas habían dejado rastros como riachuelos por sus mejillas. Ahuecó las manos en el agua. Ya estaba tibia, pero de todas formas fue un alivio llevarse las manos a la frente y dejar que el agua corriera en cascada por su semblante envejecido. Tenía apenas sesenta años, pero una vida dura había curtido su rostro y su alma. Por una ventanita, vio que el cielo se había llenado de oscuros nubarrones grises. Presagiaban lluvia, que sería un gran alivio después de semanas de calor agobiante —de ése que te sofoca y te repta por todo el cuerpo.

El padre Esteban se acostó en su cama. Tenía una sábana, pero rara vez la usaba. Monterrey era una ciudad carente de comodidades materiales, así que había hecho bien en elegir una vocación que recompensaba la austeridad. No obstante, se permitía un lujo: un radio de la Colonial Radio Company Silvertone, modelo núm. 4569, fabricado especialmente para Sears & Roebuck en 1937.

A sus casi veinte años, el radio se había llevado muchos golpes, pero a pesar de su edad y de estar maltratado, seguía funcionando a la perfección. De forma rectangular, tenía un enorme cuadrante dorado con un "ojo sintonizador", y el padre Esteban admiraba la mano de obra de su chapa de madera de distintos tipos. Había sido regalo del señor don Fernando Alvarado, uno de los hombres más acaudalados y poderosos de Monterrey. Un día que el cura de la familia andaba de viaje, habían llamado al padre Esteban a dar los últimos sacramentos a la madre del señor Alvarado. Ella se recuperó y el señor Alvarado había relacionado este afortunado giro de circunstancias con la aparición del padre Esteban. Cuando ella finalmente falleció, le regaló al padre Esteban el radio que ella solía escuchar.

Cuando el padre Esteban apagó la luz del buró, encendió el radio. Utilizando receptores de onda corta y retransmitiendo a través de las difusoras locales, las estaciones mexicanas podían transmitir en vivo desde la NBC en Nueva York o la BBC en Londres —con un retraso de unos minutos, para la traducción al español. Había muchas noticias y dramas, pero había tantos anuncios de las corporaciones estadounidenses que los viejos llamaban a la radio mexicana "tequila para el alma".

Los programas favoritos del sacerdote eran el *Hit Parade* el sábado en la noche, y *Hacia un mundo mejor*, que pasaba de siete y media a ocho los domingos. En los dos tocaban música de Pedro Infante, el pobre carpintero que se había hecho su propia guitarra. Sus boleros y rancheras tocaban una fibra dentro de los pobres y los oprimidos. Hasta los ricos lo admiraban a regañadientes, aunque les pareciera un pecado simpatizar con el dolor de sus canciones.

El padre Esteban apenas podía distinguir entre la estática que chisporroteaba del radio y la lluvia sobre el techo de lámina corrugada de la casa parroquial. En poco tiempo, sin embargo, la estática superó a la música, resultado de la tormenta que rugía afuera. Lentamente giró la sintonía hasta que algo le llamó la atención. Era diferente a todo lo que había escuchado antes. No era música, y sin embargo tenía cierta cualidad lírica. De pronto, abrió los ojos y se quedó mirando el crucifijo en la pared frente a su cama.

Un amplia sonrisa se apoderó de él mientras una idea se formaba en su mente. Sabía que era algo entre locura y herejía, y rezó por que el señor entendiera su plan.

El padre Esteban forzaba la vista en la oscuridad, la única luz emanaba del cuadrante dorado del radio.

—Ocho treinta… ocho treinta… —repasaba la frecuencia de la estación en su mente para asegurarse de volverla a encontrar.

La voz del locutor se emocionaba más y más.

—Duke Snider la manda a lo profundo del jardín derecho, Musial lo intenta pero se va, se va, se va… ¡se fue! —crujía la transmisión mientras el rugido de la enardecida multitud resonaba por las gradas de Ebbets Field en un lejano lugar llamado Brooklyn, Nueva York.

PRIMERA PARTE

EL DIAMANTE DE TIERRA

I

La hoja de palma

Un famélico perro estaba jaloneando un montón de basura, regándola por la calle cubierta de estiércol. Las casas de la Colonia Cantú parecían ocurrencias tardías de cómo usar bloques de tabicón y pedacería de metal, más que una zona habitacional planeada. Al igual que la mayoría de las calles de la colonia, San Francisco Oriente no estaba pavimentada, y las huellas dejadas por las carretas de caballos en la temporada de fuertes lluvias, se habían secado convirtiéndose en surcos petrificados.

Había pasado casi un año desde el funeral de Arturo Rodríguez Diego y, con la excepción de un pequeño letrero de PELIGRO cerca del lugar donde halló su muerte, poco había cambiado en la Fundidora y en Monterrey. Los obreros trabajaban día y noche en una monotonía colosal que devoraba su alma y a sus hijos, no necesariamente como a Arturo, sino en la forma en que absorbía a cada generación sin ofrecer ninguna esperanza al ciclo invariable de nacimiento, labor ardua y luego la muerte.

Para los muchachos que iban a la iglesia de San Juan Bautista, cada semana se filtraban vislumbres de un mundo distinto por el radio del padre Esteban, cuando se reunían a oír a hombres que nunca habían visto jugar un deporte del que poco sabían. La temporada pasada, el equipo adoptivo de los muchachos, los Dodgers de Brooklyn, perdieron el juego final ante los Yankees de Nueva York. El locutor había descrito a los Yankees en términos más apropiados para hablar de demonios que de jugadores de beisbol.

Esa mañana en San Francisco Oriente, había sólo un sonido discernible, aparte del cloqueo de varias gallinas y los gruñidos del hambriento perro al ver a las aves carroñeras. Era el himno *Cristo, eres justo rey*.

La cualidad angelical de la voz parecía totalmente fuera de sincronía con sus alrededores. Provenía de una choza anodina, casi a mitad de la cuadra, que pertenecía a Humberto Macías. A un lado, un chiquero con una cerca de tablas era el hogar de varios cerdos. Los animales que no daban leche ni ponían huevos no podían esperar demasiado en los días de fiesta religiosa.

—¡Cállense, quiero dormir! —resonó la voz de Humberto.

Siguiendo la voz, Oralia Macías entró al dormitorio de la casa. Era una mujer diminuta de pelo oscuro, que se veía aún más pequeña con un largo vestido de algodón que fluía hasta sus tobillos. Pequeñas flores amarillas adornaban la tela ligera, y sobre los hombros llevaba un chal de lana tejido por su hermana. Cubría su cuello y sus hombros para que no los viera nadie más que su marido.

Entre sus pies y el suelo de tierra aplanada, sus chanclas de piel de cerdo se aferraban a sus plantas de la manera más primitiva. Eran lo único que tenía para protegerse de las piedras rotas, enterradas a medias en la tierra inclemente.

Oralia miró al fondo de la pequeña habitación a su marido, que seguía tendido en la cama. Sus pantalones largos de pijama de algodón y su camiseta recortada habían sido blancos alguna vez, pero en Monterrey nada dura mucho tiempo de ese color.

—Si no te pasaras la noche bebiendo, no te levantarías tan tarde —dijo.

—Nomás dile que se calle —dijo Humberto mientras se incorporaba en la orilla de la cama y se tallaba los ojos rojos de sueño. El himno se seguía oyendo del cuarto de al lado.

—Tiene que practicar para el coro.

—¿Para el coro? Lo vas a volver una vieja —gruñó.

—¿Y *tú* sí le estás enseñando lo que es un *hombre*? —respondió ella.

—Cállalo o lo callo yo —dijo tan alto y con tal vehemencia que el canto paró de pronto. Satisfecho, Humberto se desplomó en la cama y se tapó la cabeza con la sábana.

Volviendo al cuarto principal de la choza, Oralia encontró a su hijo, un niño de doce años llamado Ángel. Lo miró como preguntándole, *¿Por qué paraste?*

—Está bien, mamá. Al cabo que ya había acabado.

—No lo dice en serio —trató de consolarlo, pero después de docenas de episodios como éste, la sinceridad de sus palabras había disminuido.

—¿Algún día se va a aliviar? —preguntó el muchacho.

—No sé —respondió su madre.

—El padre Esteban dice que cualquier cosa es posible con la ayuda de Dios.

—Dios tiene cosas más importantes de qué preocuparse que nosotros —dijo ella, mirando el pequeño altar en la repisa donde había recuerdos de Pedro, su primogénito, muerto muchos años atrás. Al centro de varias veladoras había una imagen de Nuestra señora de Guadalupe, sobre la que colgaba una medalla de la Virgen Morena que había sido de Pedro. No era mucho, pero para una madre desconsolada, lo era todo.

—Hoy deberías ir mejor vestido a la iglesia —agregó.

—No tengo nada mejor que ponerme —respondió Ángel.

—Espérame —dijo ella y salió de la habitación unos momentos. Cuando volvió, traía una camisa doblada y un par de pantalones.

—Pedro nunca pudo estrenarlos. Ya te han de quedar —dijo.

—Mamá…

—No hay tiempo para discutir. Vete a cambiar que se te va a hacer tarde —dijo ella con un suspiro.

❖

Todavía no eran las diez y la Calzada Francisco I. Madero ya estaba llena de gente. Miles ondeaban hojas de palma mientras aguardaban la procesión de Jesucristo y su entrada a Tierra Santa. Este año, el elegido para representar el ritual era el señor Claudio Villarreal.

15 de abril de 1957, Domingo de Ramos.

—Y cuando el Salvador descansó en el Monte de los Olivos, mandó a dos discípulos a que trajeran una burra y su potrillo —le explicaba el señor Villarreal a su hijo Norberto, que lo ayudaba a alistar su montura poniéndole una cobija en el lomo. Norberto había nacido en el pequeño poblado agrícola de Sabinas Hidalgo. Cuando una terrible sequía obligó a muchos de sus habitantes a marcharse, los Villarreal se mudaron a Monterrey. Sus cuatro hijos, todos varones, vendían periódico para ayudar a la familia. Los hermanos Villarreal compartían una competitividad feroz y de allí le venía a Norberto su apodo: *el Verdugo*. Aunque nunca se echaba para atrás en un pleito con sus hermanos, Norberto era un alma buena.

—¿Y cómo sabía que allí iba a haber una burra? —le preguntó a su padre.

—Es el hijo de Dios, claro que sabía —respondió el señor Villarreal, confiado de que su respuesta bastaría para cualquier pregunta que le hiciera su hijo.

En unos minutos, el señor Villarreal se encaminaría por la Avenida Zaragoza para hacer su entrada triunfal al Barrio Antiguo, la parte más vieja de Monterrey.

Cerca de la plaza de San Juan Bautista, Ángel Macías y dos amigos suyos, Enrique Suárez y Mario Ontiveros, se batían en un duelo a muerte —al menos por ese día. Habían descubierto que si agarras la palma de las hojas, la punta termina en pico y es una espada perfecta.

—¡Atrás, o *Casanova* acabará con tu vida! —amenazaba Mario a Enrique. Enrique era más alto que Mario y de piel muy oscura, por lo que le decían el Cubano. Una mirada a su padre, que era

26

uno de los hombres más guapos de Monterrey según las damas, explicaba sus facciones morenas. Mario era pequeño, pero su apariencia caía más en el terreno de lo bonito, que resultaba un gran punto a su favor con las chicas de su edad.

—Toma esto —respondió Enrique con una estocada de su propia palma.

Fingiendo estar herido del corazón, Mario se tambaleó hacia atrás y, en una larga escena de muerte, trastabilló hasta un grupo de chicas que los había estado mirando.

—Todo está oscuro, me muero —dijo Mario con los ojos cerrados. Al acercarse a las chicas, la oscuridad parecía explicar su necesidad de andarse a tientas con las manos extendidas.

—Un beso para un héroe moribundo —le dijo a una niña que también fingía taparse la cara. Mario paró los labios y avanzó hacia ella, pero al dar el paso con los ojos cerrados, sin querer chocó con el padre Esteban. La madre de Mario vio el choque y le gritó a su hijo:

—¡Mario! Hoy es un día santo. No es hora de andar jugando.

—A ver, niños, entreguen sus armas —dijo el padre Esteban con una severidad que complació a la señora Ontiveros que agarró a Mario de la oreja y se lo llevó.

—Perdón, padre, no era nuestra intención… —empezó a decir Ángel.

—Si Dios no hubiera querido que jugáramos, no sería tan divertido —interrumpió el sacerdote con una sonrisa, blandiendo una de las palmas confiscadas.

Los niños de su parroquia no tenían juguetes, excepto los que ellos mismos hacían con materia prima encontrada en los montones de desechos y residuos. La recreación era secundaria ante la supervivencia, aunque el padre Esteban percibía que no eran necesariamente excluyentes una de otra.

—¡*En garde!* —dijo el cura y de pronto empezó a perseguir a Ángel y Enrique alrededor de la plaza, aunque las jóvenes piernas pronto dejaron atrás las suyas.

Los pómulos hundidos y la quijada cuadrada del padre Esteban lo hacían parecer gringo, más que típico mexicano de origen indígena o español. La naturaleza de su vocación, con sus largas horas en interiores y esa vestimenta, contribuía a que fuera de piel relativamente clara para ser mexicano. De hecho, el padre Esteban *era* un poco gringo. Aunque él y sus padres nacieron y crecieron en México, los padres de su madre habían sido misioneros del Valle de Ohio que vinieron a México a predicar el Evangelio a fines de los 1860. Murieron cuando la madre del padre Esteban era niña, así que se sabía y se hablaba muy poco de ellos. Además de la herencia en el físico, le habían dejado el legado del servicio a Cristo —un manto que el padre traía puesto desde que entró al seminario a los quince años de edad.

Más tarde, Ángel y Enrique tomaron su lugar en el coro de la iglesia. Al ver las caras de los congregados para la misa de Domingo de Ramos, Ángel vio a su madre y a su padre de ojos llorosos sentados en lados opuestos. Era la tradición que las mujeres se sentaran del lado derecho y los hombres del izquierdo, excepto los niños pequeños que a menudo se sentaban con sus mamás.

Después de la misa, Oralia se acercó a su hijo.

—Tienes la voz de un ángel —le dijo.

—¡Mamá! —murmuró Ángel enérgicamente mientras miraba alrededor a ver si nadie la había oído.

Cambiando de tema, ella preguntó:

—¿El juego de hoy es importante?

—Es el juego de apertura contra Filadelfia —asintió él.

—*Ooh* —suspiró ella, tratando de sonar genuinamente interesada.

—Pues llegas a la casa a la hora de cenar —agregó y le dio un beso. Ángel se retorció. Le encantaba que ella lo besara, pero a los doce, retorcerse era parte del protocolo. Corrió atrás de la iglesia y agarró un palo de escoba.

Junto a la iglesia había un callejón de tierra; los únicos parches de verde eran montones de hierbas. Media docena de chicos del coro de la iglesia de San Juan Bautista esperaban ansiosos a que Héctor Martínez reparara la bola. No era más que un calcetín relleno de tierra y paja y luego amarrado varias veces con delgadas tiras de tela. El palo de escoba, ya sin cerdas, servía de bat, y algunos montones de hierba habían sido designados como bases.

Aunque varias posiciones eran reconocibles, la extraña forma del campo y su falta de experiencia hacían que hubiera un pitcher, un catcher, y todos los demás.

En Monterrey ya se jugaba beisbol. Los estadounidenses —hombres de negocios, empresarios y optimistas con mapas de minas de oro y plata— habían traído el juego a México, pero no había ninguna liga organizada para los jóvenes.

Héctor lanzó y el bateador mandó la bola directo a tercera base, donde Enrique la estaba esperando; la fildeó y se la mandó a Ricardo Treviño, colocado en primera.

Ricardo asistía a la Escuela Primaria Diego de Montemayor, la misma que Enrique, pero Ricardo era menor e iba dos años atrás. Su padre, Eusebio Treviño, dejó a la familia cuando Ricardo era muy pequeño y se fue a vivir a Estados Unidos. Ricardo lo veía unas cuantas semanas al año antes de que se volviera a ir, dejando a su familia a arreglárselas por sí solos.

—¡Me toca a mí! —gritó Ángel desde detrás del plato.

—Eres el catcher —lo reprendió Héctor.

—Sandy Koufax no es catcher —dijo Ángel, refiriéndose a uno de los lanzadores más nuevos de los Dodgers, y el jugador que estaba fingiendo ser.

—En primer lugar, no eres él. En segundo, los dos están muy flacos para hacerla de pitchers.

—¿Y de cuándo a acá eres experto?

—Yo hice la bola —dijo Héctor, burlón.

Ángel se acuclilló nuevamente detrás del plato y murmuró para sí:

—Claro que no estamos muy flacos.

Héctor disparó su lanzamiento al siguiente bateador, Norberto, que abanicó sin darle a la bola.

—¡Fuera! —gritó Héctor.

—La rocé —reclamó Norberto.

—Claro que no.

—¡Claro que sí!

—¡Muchachos, ya es hora! —se oyó la voz del padre Esteban, interrumpiendo su irresoluble discusión.

Al correr con los otros chicos a la iglesia desierta, Norberto se aseguró de que todos supieran que *sí* la había pellizcado y *no* había sido out.

Sentados en el suelo frente al altar, los muchachos formaban un semicírculo en torno al radio del padre Esteban, cuya aguja sintonizaba el 830.

—Gil Hodges sube al plato. Otro out y los Phillies se llevan el juego inicial —se filtraba por la iglesia mientras el locutor continuaba su transmisión en español de la última entrada del primer juego de la temporada de los Dodgers.

—¿Crees que nuestros Dodgers lo puedan lograr? —preguntó Ángel.

Enrique negó con la cabeza solemnemente.

—¿Con dos outs y perdiendo por tres en la parte baja de la novena?

—Digo en la temporada —corrigió Ángel.

—Los Yankees les ganaron la serie el año pasado. Se ven demasiado rudos —dijo Héctor.

—Tuvieron suerte —terció Norberto.

—¿Suerte? ¿El juego perfecto de Don Larsen te parece suerte? —preguntó Ricardo.

—¡Un juego perfecto! Y en una Serie Mundial —suspiró Enrique. Se referían al quinto juego de la serie del año pasado. Don Larsen, el lanzador de los Yankees, no había permitido que un solo Dodger se embasara.

El término apareció por primera vez en 1908 en el *Chicago Tribune*. Al describir un juego ganado por Addie Joss, lanzador de los Cleveland Broncho, el cronista de deportes del *Tribune* hablaba del desempeño de Joss en el montículo diciendo que había sido: "Un juego absolutamente perfecto, sin una carrera, sin un hit, y sin dejar que un solo oponente se embasara por las buenas ni por las malas, por hit, base por bola, ni error, en las nueve entradas completas".

—¿Alguna vez ha visto un juego perfecto, padre? —preguntó Norberto.

—Para mí, el beisbol siempre es perfecto —respondió el cura—. ¿Y ustedes saben lo más hermoso del inicio de la temporada? —les preguntó.

Después de una pausa y que nadie respondiera, dijo:

—Sin importar lo que pasó el año pasado, hoy todos los equipos están en primer lugar.

—Y la cuarta bola. Base por bola a Hodges que avanza a primera y manda a Duke Snider a la segunda… —continuaba el locutor.

Ángel alzó la vista tímidamente y miró al cura, forzando sus almendrados ojos cafés en la tenue luz de la iglesia.

—¿Por qué no podemos volver a empezar así y ya?

—Hasta el último out, siempre hay esperanza —dijo el padre Esteban. Antes de que Ángel o sus amigos pudieran responder, la voz del locutor se emocionó notablemente.

—…Sandy Amoros la manda a lo profundo, Repulski está con la espalda al muro… ¡Se fue, es un jonrón! Los Dodgers empatan el partido. ¡Increíble! —exclamó.

—Vean. Nuestros Dodgers tienen espíritu —respondió el cura al grito del locutor.

—De todas formas preferiría tener a Don Larsen —bromeó Enrique.

Hasta el padre Esteban se tuvo que reír.

Humberto y Oralia Macías casi terminaban de cenar. Los alimentos, como su casa, eran muy sencillos. Frijoles, tortillas y unas calabacitas, que Oralia había hecho sopa. En ocasiones especiales, agregaba tripas de vaca o algún otro corte barato de carne. Y por supuesto, en todas las cocinas de México siempre había chiles puestos a remojar, pelar, picar, moler, rellenar o secar. *Sin chile, no creen que están comiendo.*

Humberto alzó la vista cuando entró Ángel, su hijo.

—Llegas tarde —se quejó.

—Nos fuimos a entradas extra, papá. Ganamos siete a seis —Ángel iba a tomar su lugar a la mesa, pero Humberto estiró el brazo rígidamente y lo detuvo.

—¡No! Si no puedes llegar a tiempo, no cenas. Ve a hacer tus quehaceres. Cuando acabes, puedes limpiar el chiquero. Hace semanas que le hace falta.

—Humberto, es sólo un niño —interpuso Oralia.

—A su edad, yo tenía que ayudar a poner la comida en la mesa —ladró Humberto, cuyas palabras no habían de cuestionarse, ni siquiera por la madre de Ángel.

Volviendo a su hijo, exclamó frunciendo el ceño:

—¡Ándale!

Su padre había sido brusco, pero hubiera podido ser mucho peor. Al fondo, Ángel amontonaba el estiércol a un lado del chiquero con una pala. Sostenía el mango de la pala con la mano derecha, poniendo toda la presión en ese hombro. El hambre no le era desconocida, y no tenía ninguna prisa por terminar su tarea. Aquí en el chiquero, la soledad le dio una sensación temporal de seguridad.

—Tu mamá cree que soy muy duro contigo —dijo una voz a sus espaldas mientras Ángel se volvió de reojo para ver a su padre mirándolo. Pues el mundo es más duro.

Ángel permaneció inmóvil, dudando de volverse de frente al sonido y al mismo tiempo con suficiente sensatez como para no darle la espalda. Finalmente, levantó de nuevo la pala, y la soltó cuando un fuerte dolor le atravesó el hombro derecho. Se lo sobó por instinto.

—¿Por qué no cambias de lado? Prueba con el otro brazo, al revés —sugirió Humberto con inesperada preocupación.

Ángel recogió la pala del suelo sucio y tomó el mango con la mano izquierda, usando la derecha sólo para guiar el movimiento. El dolor de su hombro derecho disminuyó mientras su dolor de panza se hacía más apremiante.

—Bien —dijo Humberto y colocó un plato de comida en una cubeta boca abajo, luego se dio la media vuelta y se fue.

Ángel ignoró el penetrante olor del chiquero y se sentó a comer.

—¿Creen que el chiquero es duro? Pues el rastro es más duro —dijo bromeando a los cerdos indiferentes.

2

Una siesta arruinada

Los albores del siglo veinte trajeron la Era Industrial a Monterrey al anunciarse formalmente los planes para la Compañía Fundidora de Fierro y Acero de Monterrey el 5 de mayo de 1900. Tres años después, abría sus puertas el primer alto horno acerero de fundición de América Latina.

Durante su construcción, los hombres eran adiestrados en la terminología de sus futuros empleos. El hierro y el acero serían algo más que una fuente de trabajo: marcarían el ritmo de la vida de generaciones de regiomontanos. Cuando tocó el silbato el primer día de operaciones en 1903, 1500 obreros entraron por el portón de madera. Ese año se fundieron casi cien mil toneladas de acero. Para 1957, la fundidora producía tres cuartos de millón de toneladas al año. De muchas maneras, Monterrey y la Fundidora se convirtieron en uno y lo mismo —como si los huesos de su gente estuvieran hechos del acero que producía.

El bisabuelo de Enrique Suárez, apodado "Papá Fito", había sido el primer mayordomo contratado por el Departamento de Aceración. Los llamaban mayordomos porque estaban al servicio de los hornos a cualquier hora del día o de la noche. Se requería que estuvieran cerca, así que les daban pequeños departamentos en la Colonia Acero. Aun cuando el silbato de medianoche indicaba que se apagaban las luces de la fábrica y se cerraba la puerta principal, a menudo los mayordomos eran despertados en mitad de la noche por el monstruo gigante que exigía su atención.

El acero que fundían estaba en todas partes: en el arado y el tractor del campesino; en el martillo y el cincel del albañil; detrás de cada pared; debajo de cada calle y en cada coche.

—Hasta en mi pasillo cuelgo a la Virgen de Guadalupe con un clavo de acero —le decía orgulloso Papá Fito al padre de Enrique cuando era niño.

❖

Ángel, Enrique y Norberto iban camino a la Fundidora por el norte del Río Santa Catarina, en la apartada zona oriente de Monterrey.

Se encontraron a Héctor.

—¿A dónde van? —les preguntó.

—A mi papá se le olvidó su cena —dijo Ángel, mostrando una bolsa de papel.

Se podía entrar a los terrenos de la Fundidora desde casi cualquier lado; bastaba con seguir las huellas de tierra que dejaban los enormes camiones que entraban y salían todo el día, o las vías de los trenes que traían la materia prima desde Durango, Coahuila y Oaxaca. El estruendo de la maquinaria, el movimiento del tropel de hombres, el olor a chapopote y el brillo anaranjado que irradiaba veinticuatro horas al día del núcleo térmico de la Fundidora, hacían creer a los regiomontanos que de verdad estaba viva.

Cuando los chicos se acercaron a la entrada, algo hizo que Enrique se quedara paralizado.

—¿Qué? —preguntó Norberto.

—Es ella… mi novia —respondió Enrique, señalando hacia una joven bien vestida que salía del edificio que albergaba algunas oficinas de la Fundidora.

—¿Tu novia? Ni la conoces —dijo Ángel.

Gloria Jiménez se detuvo un momento y miró hacia los cuatro chicos. Sonrió muy ligeramente, aunque no quedaba claro a quién iba dirigida la sonrisa, si es que a alguno de ellos. Pero el hecho de que hubiera sonreído más o menos hacia donde él estaba, era todo lo que Enrique necesitaba como prueba.

—Ven, les digo que le gusto —presumió.

—A lo mejor estaba viendo un pájaro atrás de ti, estúpido —vino el comentario desdeñoso de Héctor.

—¿Cuál pájaro? —preguntó Enrique, mirando hacia atrás a un par de árboles pelones y cubiertos de hollín. Ninguno parecía ofrecer santuario a ningún pájaro, pero la discusión perdió toda importancia cuando el señor Jiménez llegó de pronto con Gloria y desapareció con su hija en un auto que los esperaba.

—Las niñas como ella no salen con niños como tú —agregó Héctor mientras el auto se alejaba veloz.

—¿Cómo que *como yo*?

—Pues mira, de entrada, pobre —dijo Ángel.

—Pus ni que fuera a ser pobre pa' siempre.

—¿Ah no? —opinó Héctor. ¿Y cómo te vas a hacer rico fundiendo hierro?

—A lo mejor no voy a trabajar en la Fundidora —dijo Enrique, pero esta declaración era tan absurda que sus amigos no la entendieron a la primera.

Aun si decidiera no entrar a la Fundidora para irse a derretir silicón a la Vidriera Vitro o a moler y quemar carbonato de calcio a Cementos Mexicanos —las perspectivas eran igualmente estériles e inclementes. Pero Enrique pensaba en algo completamente distinto.

—Algún día voy a ser ingeniero —agregó.

—Tienes más o menos el mismo chance de llegar a ingeniero que de ligarte a la Gloria Jiménez —dijo Héctor.

—¿Por qué estás tan seguro? —se defendió Enrique.

—Para ser ingeniero tienes que ir a la escuela. Y para eso se necesita dinero, que es algo que pus nomás no tienes, amigo —dijo Héctor.

Enrique iba a contestarle, pero se dio cuenta de que por duras que fueran las palabras de sus amigos, probablemente tenían razón. Las probabilidades de que alguien de su condición llegara a la universidad eran más o menos las mismas de que ganara un Premio Nobel o de que conociera al presidente de su país.

❖

El primer turno en la Fundidora empezaba a las seis de la mañana, cuando seguían cantando los gallos de las granjas que rodeaban su perímetro oriental. Los obreros llevaban overol azul y un casco plateado, casi el único equipo de seguridad que les daba la compañía. Los veteranos de la fábrica sabían que los cascos no prevenían ni mitigaban los accidentes, ni tampoco protegían al obrero del agotamiento por calor ni de las enfermedades respiratorias. Simplemente le recordaba que la Fundidora era dueña de su cabeza y de todo lo de abajo.

—Los regiomontanos deberían de nacer, crecer, estudiar, aprender un oficio y finalmente trabajar en la Fundidora —declaró uno de sus primeros presidentes. El que los obreros tuvieran la libertad de renunciar daba la ilusión de que no era esclavitud, pero cualquiera que hubiera nacido en la Maternidad María Josefa de la compañía, que hubiera sido albergado en la Colonia Acero, que hubiera estudiado en la Escuela Acero y que viviera a unas cuadras de los hipnotizantes sonidos y vapores del gigante ferroso, siempre tendría acero en la sangre, como estigma y como forma de vida.

Dentro del Alto Horno núm. 1, las enormes calderas ardían mientras Humberto Macías, Fecundino Suárez, Claudio Villarreal y otros obreros sudorosos y fatigados laboraban arduamente. A partir del hierro en bruto, forjaban acero y le daban las formas que exigía un mundo que se industrializaba velozmente.

Hacían falta por lo menos ocho hombres para realizar el Proceso Bessemer de ácido, que le daba al acero la pureza requerida para los mercados internacionales. También era una de las partes más agotadoras y peligrosas del trabajo.

Claudio Villarreal y su equipo refinaban el arrabio inyectándole aire en el convertidor, un recipiente en forma de huevo que podía contener hasta veinticinco toneladas de mineral líquido terriblemente caliente. En su extremo de la línea, Fecundino Suárez monitoreaba la mezcla de aleaciones; la oxidación de las impurezas del líquido elevaba la carga y causaba una flama intensa en la boca del convertidor. Humberto Macías y su equipo eran responsables de mantener la temperatura del acero por encima de su rango de transformación.

El aire en el interior de la planta estaba cargado de partículas metálicas, que iban a dar a los pulmones de los hombres, y de fragmentos casi invisibles de acero candente que constantemente les picaban la piel y los ojos.

Cada ciclo duraba sólo veinticinco minutos, pero en ese breve lapso no podía haber ningún error o de lo contrario morirían hombres, o quizás algo peor: sufrirían la muerte en vida con quemaduras extremas para las que no existía ningún tratamiento. La Fundidora no tardaba en recordarle a los empleados confiados u olvidadizos sobre la frágil demarcación entre la vida y la muerte.

Apenas tenía unos meses que había ocurrido una falla en el brazo mecánico que sostenía un contenedor de seis metros de metal fundido en el Departamento de Colado de Acero núm. 2. Cuando la inmensa olla se volteó, el magma de acero a una temperatura de más de 1 500 grados se regó sin control.

Ese día, una docena de obreros nunca volvió a su casa.

—¡Tienen veinte minutos! —gritó el capataz y desapareció tan rápido como había aparecido. Fecundino y Claudio encontraron un lugar donde sentarse y sacaron su cena. Las fábricas de Monterrey eran aterradoras en la enormidad de sus proporciones, que hacían a un hombre sentirse pequeño y vulnerable como liliputienses en un mundo de Guliveres. La escala de todo parecía inimaginablemente grande: remaches más grandes que la cabeza de un hombre, cadenas con eslabones del tamaño de un automóvil, y desde luego los sopladores —las chimeneas que se encumbraban sesenta metros hacia el cielo en un país cuyo edificio más alto era de tres pisos. Era como si los hombres en realidad no pertenecieran aquí y su intromisión, si bien necesaria, hubiera sido una idea posterior a la creación de la Fundidora.

—¿Dónde andará ese niño? —preguntó Humberto, mirando a su alrededor con ansias. Aunque Humberto y sus colegas habían encontrado un lugar relativamente callado, seguía gritando. Era lo normal en la fábrica, incluso para que te escuchara el hombre que tenías al lado.

—Oigan, ¿qué le pasó a Rubén? —preguntó Fecundino.

—Se quemó bastante feo ayer, allá en el Alto Horno núm. 3 —respondió Claudio.

—Les importa sombrilla nuestra seguridad —respondió Fecundino mientras intentaba limpiarse algo de grasa de la frente, pero entre más lo intentaba, más se embarraba.

—Si te quejas sólo consigues que te manden a un turno peor —señaló Claudio.

—Deberíamos organizarnos —sugirió su compañero de trabajo.

—¿Organizarnos? ¿Dices como en un sindicato? No lo sé. Tengo ocho escuincles que alimentar. No puedo quedarme sin trabajo. ¿Tú qué piensas, Humberto? —preguntó Claudio.

—Creo que ustedes dos no deberían andarse metiendo en lo que no les importa. Rubén tuvo mala suerte, eso es todo —dijo Humberto mientras sacaba una anforita de hojalata y se le llevaba a los labios.

Ninguno de los hombres vio ni escuchó a Ángel que se acercaba en silencio.

Fecundino vio a Humberto darle varios buenos tragos a la botella.

—Allí no vas a encontrar las respuestas —le dijo.

—¿Entonces dónde? —respondió Humberto molesto.

—En Dios —dijo Claudio.

—Un Domingo de Ramos que la haces de Jesús y ya te sientes profeta —dijo Humberto. Las venas de la frente empezaban a notarse por entre su pelo enredado y pegado a la frente con sudor.

—Por lo menos no soy tan bruto como para renegar de Dios.

—¿Dios…? Dios se llevó a mi hijo —dijo Humberto. Su mirada ardía con la intensidad del infierno que al mismo tiempo lo atormentaba y lo hacía existir.

—Y *Él* sacrificó a *Su* único Hijo —dijo Fecundino con un tono de solidaridad. Por lo menos tienes la bendición de tener a Ángel.

—Nunca será el hijo que era Pedro.

A pesar del ruido ambiental, los hombres oyeron una de las puertas laterales cerrarse de golpe. Se acercaron a inspeccionar pero no vieron a nadie.

—¿Quién era? —preguntó Claudio.

Humberto no dijo nada. Sabía quién era. Sintió una pizca de remordimiento al agacharse a recoger la bolsa de papel que contenía su cena.

Ángel corrió y corrió y siguió corriendo. Sentía su corazón latir tan fuerte que estaba seguro que iba a reventar, pero quería correr hasta salirse de su propia piel y despertar siendo otra persona.

Finalmente se desplomó cuando sus miembros ya no pudieron encontrar fuerzas para seguirlo impulsando. Yacía en un campo de hierbas, lleno de piedras. Sentía los pies calientes, pero sabía que era por la sangre que le salía de las cortadas y raspones que se había hecho.

De pronto, vio algo que apareció fuera de lugar. Estaba a unos pasos de su cara, su silueta bañada suavemente por la luz de la luna llena. Gateó hasta ella, la recogió y la sostuvo en alto. Por un momento, eclipsó a la luna y se formó un halo alrededor de su circunferencia.

Estaba gastada y maltratada, pero era una pelota de beisbol de a de veras. En ese momento, era la cosa más hermosa que Ángel hubiera visto en la vida.

❖

Temprano a la mañana siguiente, Oralia Macías sacó un trapito del botiquín bajo la palangana. Lo llevó, con un tazón lleno de agua, al cuarto donde Ángel dormía profundamente sobre un montón de paja. Al ver que su sangre había enmarañado la paja, se tuvo que morder el labio. Se arrodilló y empezó a lavarle la sangre seca de los pies.

Ángel se retorcía pero no despertó. Oralia lo estudiaba de cerca mientras terminaba su tarea. Volviendo a la cocina, colgó el trapo, vació el tazón y tomó las dos cubetas que había que llenar. La caminata a la Plaza de San Juan Bautista no estaba tan mal con las cubetas vacías, pero el camino de regreso se ponía más difícil con cada año que pasaba.

Llegó al pozo y bombeó la palanca de hierro hasta que empezó a salir un chorrito que se volvió cascada al caer en la cubeta. Antes de acabar de llenar la segunda, el torrente se redujo a chorrito y luego a nada.

—Ya se volvió a secar —dijo a sus espaldas una anciana. Van a ser varias horas antes de que vuelva a fluir.

—Tenga. Llévese una de las mías —dijo Oralia.

—¿Estás segura, hija?

—Ahorita tengo más que suficiente —mintió, pero volvería más tarde cuando la bomba estuviera lista. Oralia llevó el agua a casa de la anciana; sólo la desviaba unas cuantas cuadras. Después de cumplida esta tarea, se encaminó a casa cuando Norberto la reconoció desde su punto panorámico en el callejón junto a la iglesia.

—Señora Macías, ¿dónde está Ángel? Lo necesitamos para el juego —le gritó.

—Hoy no puede, muchachos. Se lastimó los pies —respondió.

—No necesitamos sus pies… nomás su manopla —rió Enrique.

Pasarían dos semanas antes de que Ángel regresara al campo de tierra donde encontró la bola de beisbol. Era una gran extensión junto a lo que parecía ser una fábrica abandonada, aunque no tenía chimeneas ni transportadores.

Caminó al edificio. Tenía las ventanas rotas o sin vidrio, y había huecos en el yeso que dejaban ver los bloques de tabicón debajo. Ángel prosiguió su búsqueda y encontró una cubeta de metal oxidada. La colocó en una pequeña saliente en un muro lateral del edificio. Se alejó contando quince zancadas largas, y se volvió a mirarla. Sin duda se veía mucho más pequeña a doce metros.

Ángel se tomó unos minutos para hacer un montoncito de tierra y una hendidura donde apoyar el pie trasero. Orgulloso de sí mismo, se paró desafiante en el montículo y se concentró en su hechiza zona de strike. Tomó impulso y dejó volar su mejor lanzamiento. La bola falló su marca por un metro o más, y *¡pum!*, se estrelló en la pared con un resonante golpe.

—¿Quién fue? —dijo una voz desagradable que asustó a Ángel. Un señor de apariencia desaliñada y fachosa apareció en la entrada del edificio. Su expresión sugería todo menos cordialidad.

—Yo.

—¿Y tú quién eres? —gruñó el hombre.

—Sandy Koufax —respondió Ángel con una mezcla de arrogancia y aprensión mientras recogía la bola.

—Pues mira, Koufax, me arruinaste la siesta.

Ángel tomó impulso y dejó volar otro lanzamiento. Ésta también falló la zona de strike y se impactó en el edificio con otro fuerte golpe.

—Por cierto, Koufax es zurdo —gruñó el hombre.

Ángel recogió la bola en silencio, volvió al montículo, cambió de manos con aire despreocupado y disparó otro lanzamiento usando el brazo izquierdo. Volvió a fallar. Un fuerte silbato sonó en la cercanía. El hombre, ya entrado en años, miró en la dirección del sonido y agregó:

—Y es judío.

—Yo soy… *judio*.

—Ju-dí-o —repitió el hombre.

—Por eso, *judio* —Ángel disparó por cuarta ocasión, fallando por más que en sus tiros anteriores.

—Pues no te ha ayudado nada con la puntería —dijo el hombre, negando con la cabeza.

—¿Y usted qué sabe? —dijo Ángel en el tono más condescendiente que se atrevió.

El hombre se quedó mirando a Ángel fijamente un momento antes de caminar hasta él. Ángel se plantó firmemente, seguro de que le iba a tocar el dorso de la mano del hombre, pero en vez de eso, éste le quitó la pelota y retrocedió lentamente hasta quedar a unos veinte metros de la pared. Sin decir una palabra, tomó impulso y disparó directo al blanco, al centro de la cubeta.

Ángel se quedó con la boca abierta mientras el hombre se volvió y le dijo:

—Ya vete.

El hombre se alejó del campo de tierra y regresó a la Vidriera Vitro, donde lo recibió su jefe.

—No cierra la válvula del horno tres —dijo el capataz. Había que repararla, y tanto como le desagradaba al capataz este hombre que nunca tomaba la siesta con sus colegas, sabía que en toda la planta no había un mejor operario.

—Esa válvula está soportando mil toneladas de presión —dijo el hombre. Todavía no es seguro ponerse a trabajar en ella.

—Hay que hacerlo ya.

—No me pagas suficiente para andar arriesgando las nalgas.

—No me presiones, pocho —gruñó el capataz.

El hombre agarró un cinturón de herramientas y se dirigió al área donde estaba el problema.

—¿Y ése qué se trae? —preguntó uno de los obreros al capataz.

—Vivió en Estados Unidos. Se siente mejor que nosotros —respondió.

—¿Y por qué no se regresa?

—Dicen que no puede —declaró el capataz.

—A lo mejor mató a alguien —especuló un tercero.

—¿Y por qué no lo corren? —preguntó el primer obrero al capataz.

—¿*Tú* quieres ir a abrir la válvula?

Todos los obreros bajaron la vista; ninguno se animó.

—Además puede armar un motor de turbina con los ojos cerrados —agregó el capataz.

—De todas formas, alguien debería enseñarle modales —dijo el primer obrero.

—¿Sí? Pues a ver si tú mero —lo retó su colega mientras los hombres reían y volvían al trabajo.

❖

Pum… pum… pum.

—¿Otra vez tú? —preguntó molesto el hombre mientras Ángel bombardeaba el costado del edificio con un lanzamiento tras otro. Habían pasado dos días desde la última vez, pero al igual que el otro día, Ángel había despertado al mismo hombre de su siesta de la tarde.

—¿Y eso para qué es? —preguntó el hombre mirando la segunda manopla del muchacho.

—Un pitcher necesita un catcher. Pensé que podíamos pelotear un poco —respondió Ángel.

—Lo siento, estoy ocupado.

Ángel tiró otro lanzamiento a la cubeta en la pared.

—¿Por qué no te buscas tu propio campo?

—*Éste* es mío —respondió Ángel.

El hombre sin afeitar se limitó a gruñir y se volvió a meter a la estructura dilapidada.

Más tarde, Humberto bebía una cerveza sentado a la mesa mientras Oralia preparaba la cena. Ángel entró discretamente por la puerta y se escondió la bola detrás de la espalda, tratando de no llamar la atención de su padre.

—¿Qué estás escondiendo? —espetó el viejo.

—Nada.

—¡Ven acá! —dijo Humberto, entrecerrando los ojos.

Al girar a Ángel, vio la bola. Humberto se apresuró a agarrar a su hijo de la muñeca y jalarla hacia él, ignorando su respingo de dolor.

—¿A quién le robaste esto?

—Me la encontré, papá —dijo el muchacho, asustado. Humberto lo miró fijamente un momento y luego le quitó la bola.

—No te creo.

—¡Humberto! —intercedió Oralia, desesperada.

Humberto se puso de pie con la bola y se dirigió a la puerta.

—¡No quiero que mi hijo sea un ratero! Voy a la cantina a ver si esto era de alguien —dijo Humberto y salió por la improvisada puerta metálica que ayudaba a que el lugar se viera menos desastroso. En realidad, Humberto no iba a buscar al dueño de la pelota; veía la oportunidad de cambiarla por unos tragos y risas.

Ángel siguió a su padre tímidamente hasta la calle y dijo:

—Me la encontré cerca de la fábrica ese día que se te olvidó la cena. ¡Te lo juro!

Humberto se detuvo y recordó el incidente. Se volvió y miró dolido a su único hijo vivo. Por un instante, imaginó que veía a otro niño, de otra época, pero no era el recuerdo de Pedro, el hermano de Ángel. Humberto sintió un eco de sí mismo parado en la calle empapada de lluvia, pidiéndole a su padre que volviera a casa.

—¡A la próxima no llegues tarde con mi cena! —respondió Humberto y le echó la bola rodando por el lodo a Ángel.

Por tercera vez esa semana, el hombre fue despertado por el sonido de cuero relleno de corcho golpeando la pared detrás de su cabeza. Abrió los ojos lentamente, pero estaba demasiado agotado para moverse, excepto para ponerse boca arriba y taparse las orejas con un brazo.

—¡Otra vez no! —gruñó, y se levantó y fue a la puerta. Ahí estaba ese huerco latoso con sus dos manoplas. Ángel no hizo ningún intento por acercarse ni por retroceder.

—¿Seguro que no quiere pelotear un rato? —le preguntó Ángel, impávido ante su rechazo del día anterior.

—Más seguro que nunca —respondió adusto el hombre.

—Bueno, pues tendré que practicar yo solo… todos los días —Ángel tomó impulso.

—Todos… los… días —dijo y tiró su siguiente lanzamiento.

—Está bien, dame la manopla —dijo gruñendo.

—¿De veras? —a Ángel se le iluminaron los ojos.

—Lo que sea con tal de parar ese ruido. Mañana te buscas otro lugar para tus lanzamientos, ¿entendido?

—¡Claro!

El hombre salió cojeando al terreno mientras Ángel recogía la pelota.

—Cojea, igual que nuestro cura —dijo Ángel.

—Es que dormí chueco —respondió. Pásame la manopla y ahórrate el sermón, Koufax.

Ángel le dio una de las manoplas. Era bastante rudimentaria y más bien parecía una manopla de los años veinte.

—Va en la mano izquierda —dijo Ángel.

—Sé usar una manopla, pero ¿qué es esto?

—Era de mi amigo Norberto. Se la hizo su mamá.

—Con razón.

Parados como a seis metros, empezaron a echarse la bola. Ninguno habló durante varios minutos, y conforme la bola iba y venía, los únicos sonidos eran el silbido del aire y el impacto de cuero contra cuero.

Ángel emocionado disparó una con especial velocidad, pero pasó volando sin control.

—Tiras demasiado con el brazo —dijo el señor.

—¿Si no con qué?

—Un gran lanzamiento viene de aquí —respondió, tocándose la sien con el dedo índice.

—Nuestro cura dice que el beisbol es un juego de Dios —dijo Ángel.

—¿Y eso cómo lo sabe? —preguntó el hombre mientras los dos siguieron lanzando y atrapando la bola.

—Cuando miras desde la inicial, el campo no tiene fin. Y hasta el último out, puedes jugar para siempre.

—¿Y luego?

—Que sólo Dios puede hacer algo infinito y eterno —dijo Ángel, muy solemne.

El silbato de una fábrica resonó a lo lejos.

—Me tengo que ir —dijo el hombre y le aventó la manopla a Ángel mientras se alejaba, pero se quedó con la bola.

—Es mía —dijo Ángel.

—Ponle que el campo es tuyo, pero la bola no —le dijo el hombre.

—Yo la encontré, es mía.

—¿Y entonces por qué dice *Propiedad de los Cafés de San Luis*? Cuando el señor iba como a treinta pasos, Ángel le gritó:

—¡No sé leer!

—Tampoco sabes pitchar —dijo el hombre sin mirar atrás.

❖

Un lunes por la tarde, el hombre se preparaba para su siesta habitual. Ya había comido y había acompañado la comida con un par de cervezas de la Cervecería Cuauhtémoc Moctezuma. No estaban tan frías como le gustaban, pero igual le entraron sin ningún problema.

Tomó su lugar de siempre en el viejo edificio y estaba a punto de recostarse cuando revisó que no estuviera ese huerco molesto.

Nadie.

Sonrió y se acostó, listo para disfrutar de una bien merecida siesta. El edificio había servido de barracas para los obreros migrantes antes de que empezara la caótica construcción de las humildes colonias que rodeaban las fábricas.

De pronto hubo demasiado silencio, y al abrir los ojos vio al chico sentado junto a él con los brazos cruzados, con sus dos manoplas, mirándolo.

—Duermes mucho —dijo Ángel.

El hombre se talló los ojos, esperando que se tratara de un sueño raro, pero ahí seguía el chamaco.

—Creí que teníamos un trato.

—No estoy pitchando.

—¡Qué bueno! —respondió el hombre, sin saber muy bien qué decir. Volvió a cerrar los ojos e hizo un gran esfuerzo por volverse a dormir.

—Gracias a ti —agregó Ángel.

—Ni una palabra más sobre la bola —gruñó.

Medio minuto después, Ángel le preguntó:

—¿Tienes hijos?

—¡No!

—¿Por qué no?

—No tengo esposa.

—¿Y eso por qué?

—Porque siempre quieren tener hijos.

Ángel se puso de pie y miró por la puerta hacia el campo de tierra.

—No lo volveré a molestar —dijo y se agachó a recoger las manoplas.

El hombre lo observó un momento: el muchacho andaba descalzo y sus pantalones colgaban en jirones alrededor de sus espinillas. También notó el pequeño moretón en su muñeca, de anoche, cuando Humberto sin querer se había pasado un poco de fuerza al agarrarlo.

—¿Qué te pasó en la muñeca? —le preguntó a Ángel.

—Mi papá pensó que me había robado la pelota. Parece que tenía razón —dijo Ángel y salió del edificio.

El hombre se dio la vuelta y cerró los ojos, pero ni peligro que se fuera a dormir.

—¡*Aggh!*

Se enderezó de un salto, agarró la bola y salió corriendo tras Ángel.

—¡Oye, espera un minuto! —gritó, y Ángel se volvió y se detuvo.

—Te cambio la bola por la manopla extra.

—¿Para qué? —preguntó el niño.

—Un pitcher necesita un catcher… y una bola —dijo el hombre, dándose cuenta de que de ahora en adelante sus siestas estaban prácticamente arruinadas.

3

El bat boy

Todos los días de esa semana después de la escuela, Ángel se dirigió al campo de tierra donde él y el hombre se ponían las manoplas y peloteaban.

—¿Tienes otro nombre, digo aparte de Koufax? —preguntó el señor.

—Mis amigos me dicen Ángel.

—Ése es un buen nombre. ¿Para qué te pones Sandy Koufax?

—Es mi héroe.

—*Hmm*. Pues no gastes mucho tiempo venerando héroes. Vas a acabar decepcionado —dijo el hombre.

—¿Tú quién eres? —preguntó Ángel.

—Willie Mays.

—¿De veras?

El hombre sonrió y se quedó viendo a Ángel, no muy seguro de quién se estaba vacilando a quién.

—¿Nunca has visto a Willie Mays?

Ángel negó con la cabeza, percibiendo que debía darle pena.

—Willie Mays es… de color.

—¿Como Jackie Robinson?

—Ándale, eso es, como Jackie Robinson.

—¿De qué color son? —preguntó Ángel. Había oído el término, pero nunca había visto una transmisión televisiva.

El hombre se dio cuenta de que se había metido en un pequeño aprieto, pero acababa de sonar el silbato y el tiempo era oro. Apresurado, continuó:

—Bueno, morenos…

—Como yo. Entonces yo también soy de color.

—No, bueno, más o menos. Claro que tú y yo tenemos color, pero en Estados Unidos hay…

Entre más trataba el hombre de explicarle, más confundido parecía Ángel.

—¡No importa! Me llamo César Faz.

—No eres de aquí, ¿verdad? —preguntó Ángel.

—¿Por qué lo preguntas?

—Hablas chistoso —respondió Ángel.

—Ha de ser porque no soy de aquí —la respuesta de César tenía la intención de sofocar, no de provocar, la curiosidad de Ángel, pero sólo lo animó a hacer más preguntas. *¿De dónde eres? ¿Por qué te viniste para acá? ¿Quiénes son tus papás?* Y así sucesivamente.

Hay un viejo dicho, "para conocer a un hombre hoy, pregunta quién era ayer", y allí en el campo de tierra, entre el tronido ocasional de las manoplas de cuero, César empezó a compartir quién era.

La Guerra de 1847 fue el suceso definitorio en la lucha de siglos entre las dos culturas dominantes de Norteamérica. En el Tratado de Guadalupe-Hidalgo, México perdió más de la tercera parte de su territorio. Los *tejanos*, como llamaban a las personas de origen mexicano en Texas, fueron golpeados y a menudo asesinados mientras invasores se apropiaban rápidamente de sus tierras. Privados sistemáticamente de su poder político e identidad cultural, los tejanos se vieron tratados como extranjeros en la tierra que sus ancestros habían ocupado por decenas de miles de años.

La Revolución recorrió México en 1910, precipitando una década de guerra civil y anarquía. Durante ese periodo, grandes granjas y compañías ferroviarias y mineras de Estados Unidos requerían obreros dispuestos a realizar trabajos muy duros y en condiciones inseguras a cambio de salarios bajos. El resultado fue una migración masiva hacia el norte, al otro lado del Río Bravo. Entre esos emigrantes iban José y Felícitas Faz.

En 1918, mientras Estados Unidos peleaba en las trincheras de Europa, invasores como Pancho Villa cruzaron la frontera para asaltar y saquear. En un mensaje secreto del canciller alemán a su enviado en México, Alemania proponía una alianza en el entendido de que México reconquistaría sus territorios perdidos. El diario *The San Antonio Light* reportó que si un ejército mexicano-alemán invadía Texas, como en El Álamo, los texanos lucharían a morir.

César Leonardo Faz nació en San Antonio, Texas, en ese año y en ese Estados Unidos racialmente dividido.

Para cuando César tenía diez años, San Antonio era la ciudad más grande de Texas con una población de más de doscientos mil habitantes, de los cuales uno de cada cuatro era tejano.

José Faz siempre llevaba a su hijo cuando iba por cosas al Mercado que estaba en las calles de Euclid y Flores. Allí, los hombres se reunían en torno a una radio y hablaban de política y de dinero.

—*Todos los motivos por los que debemos excluir a los pueblos más miserables, ignorantes, sucios, enfermos y degradados de Europa o Asia, exigen que las masas de peones mugrosos y analfabetas que vienen hacia acá de México sean detenidas en la frontera* —crujía el discurso de un congresista texano.

—*Aceptamos los peores trabajos con la peor paga, y si nos quejamos o nos tratamos de organizar, nos cruzan la frontera y nos botan allá, aunque seamos ciudadanos* —se quejaba uno de los radioescuchas, amigo de José Faz.

—*Pues llamas a la policía* —respondió José.

—¿Y eso de qué sirve? —gruñó otro en respuesta. Hasta cuando se llegaban a hacer arrestos, los jurados de blancos nunca condenaban a sus pares, y pasarían décadas antes de que los mexicano-estadounidenses tuvieran el derecho legal de servir en un jurado de Texas.

—Mira lo que le pasó a esa muchacha Espinoza. Se murió de asfixia enfrente de sus amigos —dijo el primero. No les permitieron tomar agua de un bebedero 'Sólo para blancos' que estaba allí a unos metros.

Al fondo, el discurso del congresista continuaba:

—El peón mexicano es una mezcla de campesino español de sangre mediterránea con indios de baja ralea que no lucharon hasta la extinción sino que se sometieron y se multiplicaron como siervos. A eso se le fusionó mucha sangre de esclavos negros...

José apagó el radio.

—Quejándote no vas a llegar a ninguna parte. Tienes que trabajar duro y demostrarles que eres igual de bueno —dijo.

—Para ti es más fácil decirlo —dijo uno de los hombres. Estás sindicalizado.

—A lo mejor se está volviendo blanco —bromeó otro, pero el humor disfrazaba la cuestión subyacente de por qué José Faz se había mudado con su familia de Salinas Avenue en el poniente de la ciudad, donde vivían la mayoría de los hispanos, a una unidad habitacional en una colonia predominantemente blanca.

❖

Al igual que sus hermanos mayores, César cursó la primaria en la Catedral de San Fernando. Estaba a unas cuantas cuadras de su casa, así que César se iba caminando. Aunque hubiera estado más lejos, de todas formas se habría caminado.

Un día, su hermano Jorge llegó a casa vestido con un uniforme de beisbol.

—Soy el bat boy de los Missions —anunció Jorge. La franquicia más occidental de las Ligas Mayores estaba en San Luis, que albergaba a dos equipos: los Cardenales de la Liga Nacional y los Cafés de la Liga

Americana. Texas no contaba con un equipo de grandes ligas, pero los Missions de San Antonio eran una escuadra doble A, subsidiaria de los Dodgers, que en aquel entonces eran conocidos como los Petirrojos de Brooklyn.

—¿*Cuánto te van a pagar?* —preguntó José Faz; eso era siempre lo primero que le preocupaba.

—*Nada* —respondió Jorge, pero ya había un chico en toda la ciudad que no soñaría con ser el bat boy de los Missions. Hubo que convencerlo, pero al final José Faz le dio permiso a regañadientes.

En octubre de 1929, el padre de César había perdido todos sus ahorros cuando quebró el Fifth National Bank. Por fortuna, había podido conservar su empleo en Grabados Pabst.

Aun con trabajo, los tiempos eran extremadamente difíciles. Pero César nunca se preocupó demasiado por lo poco que tenía su familia. El prescindir se había vuelto parte de la psique nacional. Pero una de las cosas que sí tenían era una hielera Westinghouse Junior. Fabricada especialmente para la Coca Cola, tenía el logotipo de la compañía a ambos lados, y abajo la invitante palabra: HELADA. Los veranos en San Antonio son ardientes y los inviernos helados, así que fuera de temporada, la hielera hacía las veces de armario para la ropa de César.

Tres veces a la semana, César le pedía prestada la carreta a un vecino y traía a casa bloques de hielo para la hielera. Antes, los camiones repartidores de hielo daban servicio en el vecindario, pero desde el desplome de la bolsa de valores en 1929, ya sólo se aventuraban a las partes más ricas de la ciudad. César se aprovechó de esto y empezó a repartirle hielo a los vecinos, a un centavo el viaje. Entonces se dirigía a la Panadería Fair Maid a comprar pan de ayer a una cuarta parte del precio de una hogaza fresca.

Su escape era el beisbol. No había equipos organizados para los jóvenes, pero en cualquier campo, lote baldío o a media calle, bastaba que los niños tuvieran una pelota y un palo para que armaran el juego.

César y Jorge eran parte de la Pandilla Knot Hole, chicos que los Missions dejaban entrar gratis a los juegos a cambio de que gritaran y aplaudieran a favor del equipo de casa.

Pronto, Jorge pasó la edad límite para ser bat boy. Cuando le dio a su hermano menor el uniforme que ya no le quedaba, César se sintió como un príncipe que aceptaba una corona sin reino. Se lo puso para dormir todas las noches hasta que al fin le quedó y llegó el momento de que reclamara su derecho.

Antes de que siquiera empezaran las pruebas, se dio un enfrentamiento entre varios chicos y el único chico de color que se había presentado a solicitar el puesto. Los amigos de César no hicieron nada por involucrarse, pero César intervino.

—Mira, mojado, tú eres igual que éste... —empezó a decir uno de los montoneros, interrumpido por el puño de César.

En medio de la pelea, que duró apenas unos cuatro o cinco golpes, nadie notó que el chico de color había salido corriendo.

—¿Qué pasa aquí? —resonó la voz de Segundo "Mercy" Montes. Ahora era el masajista de los Missions, pero había sido boxeador profesional en Cuba. Era el encargado de contratar a los chicos que ayudaban con los bats.

—Él empezó —dijo el montonero, señalando a César.

—¿Tú empezaste? —preguntó Mercy.

—Sí, señor.

—Pues en este equipo no hay lugar para esa clase de comportamiento —dijo, despidiendo a César.

En casa, su mamá le apartó de la frente varios mechones de pelo que se habían enredado con el sudor y la sangre. Luego mojó un trapo en una palangana de agua tibia, lo exprimió y con cuidado le limpió una cortada en la frente.

—¡Ag! —se oyó su queja apagada mientras su mamá le limpiaba los rastros de sangre seca. El moretón desaparecería en unos días, pero no su humillación.

Felícitas alzó la vista cuando oyó que tocaban la puerta. Era Mercy Montes.

—Disculpe la molestia, señora. ¿Le importa si hablo unos minutos con su hijo?

Cuando Felícitas dejó a César y Mercy a solas, el hombre mayor se volvió y dijo:

—*Uno de los muchachos me contó lo que de veras pasó. Hiciste lo correcto.*

—*No me hubiera molestado.*

—*¿Por qué lo dices?*

—*El muchacho que estaba defendiendo se fue corriendo. No se quedó a ayudarme.*

—*No puedes ser responsable del honor de los demás. Lo importante es que mantuviste el tuyo.*

—*Para usted es fácil decirlo, es boxeador.*

—*No nací boxeador. Tuve que aprender a pelear porque era chiquito, mucho más chiquito que tú. Y por lo que me contaron los chicos Lambkin, a tu edad no tenía ni la mitad del jab que tú tienes. Y qué bueno, porque vaya que va a haber chicos que se pongan celosos cuando sepas que tú eres nuestro nuevo bat boy.*

—Estaba en el cielo —le dijo César a Ángel. Recogía los bats, platicaba con los umpires y llevaba el registro de las horas de los jugadores. En vez de pagarme, me dejaban conservar los bats rotos, que yo reparaba y vendía. Pero el mejor momento fue cuando conocí a Babe Ruth.

Sonó el silbato de Vitro.

—¿Conociste al *Bambino*?

—Ya lo creo. Los cafés de San Luis hacían su entrenamiento de primavera en el Estadio Mission. Un día jugaron un partido de exhibición contra los Yankees de Nueva York. Me aseguré de llenar las hieleras de agua en la banca Yankee toda la tarde.

—¿Y también conociste a los Dodgers de Brooklyn?

—Sip.

—¿A quién?

—Ésa es otra historia para otro día —dijo César, y se puso de pie y se dirigió de vuelta a la fábrica.

4

Un juego de a de veras

Ángel y sus amigos venían con Fidel Ruiz. Él trabajaba como repartidor para su mamá, después de clases y los fines de semana. Los seis estaban parados con la boca abierta en el lobby del Gran Hotel Ancira. Era el hotel más antiguo de Monterrey, construido antes de la Revolución Mexicana; su opulencia evocaba el periodo colonial de grandes excesos.

—Viene a nadar todos los sábados —dijo Enrique.

—¿Hay alberca? —preguntó Ricardo.

—Sip —respondió Enrique.

—¿Una alberca... dentro del edificio? —preguntó Norberto asombrado.

—¿Cómo sabes que viene a nadar? ¿La ves en traje de baño? —molestó Fidel.

—¡Ya quisiera! —rió Adolfo.

El techo del lobby tenía tres pisos de altura, con luces colocadas sobre una capa de vidrio ahumado, y sus paredes eran una combinación de paneles de madera y columnas de piedra. Loros y tucanes se acicalaban en las enormes jaulas doradas suspendidas del techo con cables. El piso de mármol se sentía frío bajo sus pies, y se movían nerviosamente de un lado a otro mientras asimilaban el esplendor.

La apariencia andrajosa de los muchachos fue tolerada por los guardias; ni siquiera intentaron detenerlos cuando los chicos se embolsaron algo de comida de una de las mesas del restaurante abierto. La mayoría de los guardias provenía de los mismos barrios que ellos y entendía que toda la diversión en la vida de esos niños estaba a punto de serles arrebatada por el empleo y la responsabilidad prematuros. Sin embargo, no pudieron ignorarlos cuando vieron que los niños arrojaban pedacitos de tortilla a las jaulas, y momentos después los escoltaron a la salida y a la Plaza Hidalgo.

—Ahora quedamos como unos estúpidos —dijo Enrique.

Los chicos se separaron y tomaron singulares puestos de vigilancia para ver llegar a Gloria Jiménez. Enrique se paró detrás de la estatua de don Miguel Hidalgo y Costilla.

Pasaron quince minutos y aún no había señales de ella. Enrique empezaba a desanimarse y pensar que a lo mejor no iba a venir, cuando un camión grande se detuvo en la plaza y bloqueó parcialmente su vista de la entrada del hotel. Se bajó de su percha y rodeó la parte trasera del camión.

En ese momento, Enrique miró hacia la calle y la vio.

—¡Cállense, allí está! —exclamó a sus amigos, que perdieron todo disimulo de estar escondidos y se le pegaron tanto que casi lo tiran de la banqueta.

—Ándale. Habla con ella —lo animó Ricardo, que no podía quitarle los ojos de encima a la hermosa chica, que se acercaba como un ángel flotando sobre la acera.

Enrique se congeló, pero un fuerte empujón de Ricardo lo colocó justo en el camino de Gloria.

—Hola Gloria. Qué sorpresa.

Gloria se le quedó viendo un momento como si no estuviera muy segura de quién le estaba hablando.

—Mi papá trabaja para el tuyo —agregó Enrique.

—¿Ah sí?

—¿Vas a… nadar? —le preguntó.

—Vengo todos los sábados —respondió ella, alzando la toalla que llevaba bajo su delicado brazo.

—¿En serio? Yo también pensaba nadar —dijo él, provocando una risa de Gloria.

—¿Vestido así? —preguntó mientras su mirada se posaba en su ropa de calle percudida.

Enrique se volvió con Norberto y le espetó:

—Idiota, te dije que trajeras mi traje de baño.

—¿Cuál traje? Tú ni tienes…

Enrique le dio un codazo a Norberto y se apresuró a terminarle la oración:

—…tiempo de ir por él.

—Bueno, pues qué gusto verte —dijo Gloria y se dio la vuelta.

—¡Espera!

Gloria volvió la cabeza hacia Enrique.

—¿Te puedo acompañar a tu casa después de la nadada?

En ese momento, Juan Zaragoza, un muchacho alto y rubio, salió del hotel vestido con un uniforme verde y blanco de beisbol impecablemente planchado. Obviamente descendiente de la Madre Patria, es decir de pura sangre española, se manejaba con un aplomo altanero y de hombre de mundo. Hasta Enrique y sus amigos miraban asombrados a esta figura resplandeciente que se movía sin percatarse en lo más mínimo de su entorno. De un paso, se colocó entre Enrique y Gloria y se dirigió a ella sin siquiera reconocer la presencia del mestizo.

En español castizo claramente pronunciado, dijo:

—Dicen que Monterrey tiene las chicas más bonitas de México. Qué pena que me tengo que marchar.

Aunque Gloria trató de parecer ofendida, una risita la delató.

—Sí, qué lástima —dijo Enrique, tratando de reincorporarse a la conversación que parecía haberlo excluido. Gloria, si quieres que te acompañe…

—Lo siento, mi papá pasa por mí —le dijo a Enrique, mirando todavía a Juan, y entró al hotel.

Juan volvió su atención a Enrique y se burló:

—¡Uy, lo agarran fuera de base y lo ponchan! Pero hiciste tu luchita.

Antes de que Enrique pudiera asimilar cuán mal había resultado su encuentro con Gloria y antes de que pudiera formular una respuesta a la pulla de Juan, Ricardo se plantó frente al alto fuereño y le dijo:

—Yo te voy a enseñar, puerco. Ora verás... güero.

Media docena de compañeros de equipo de Juan salieron a acompañarlo, la mayoría eran caucásicos, hijos de diplomáticos, industriales y banqueros, obviamente de Estados Unidos. Vestían el mismo uniforme de beisbol, y todos eran más grandes que Ricardo y sus amigos. Una pelea parecía inminente, pero en eso se abrió la puerta del autobús y el conductor se bajó y abrió el compartimiento para el equipaje.

—Vamos, nos falta mucho camino para llegar a Texas —les gritó.

Juan miró hacia abajo a Ricardo y dijo con sorna:

—Con ustedes no vale la pena ensuciarse.

Él y sus compañeros de equipo abordaron el autobús y el conductor subió sus mochilas y el equipo de beisbol.

—¿Quiénes son? —le preguntó Enrique al conductor.

—El Equipo de Estrellas de la Ciudad de México —respondió el hombre mayor después de una pausa, como para implicar que la respuesta era tan obvia que no ameritaba la pregunta.

—¿Y qué hacen en Monterrey? —preguntó Adolfo.

—Van camino a unos juegos de exhibición en Texas —dijo y volvió a su tarea.

Los muchachos tosieron con el humo de diesel del autobús que les llenó los pulmones. Estaban sentados en la banqueta, abatidos.

—Estados Unidos —dijo Ángel con un suspiro soñador.

—Le hubiera pegado. Lo tenía justo donde lo quería —alegó Ricardo.

—No era tu pelea, sino de Enrique —insistió Adolfo.

—Nos insultó a todos —dijo Ángel y alzó la vista para ver el gran reloj de la plaza.

—Le hubiéramos ganado al equipo de estrellas —agregó Norberto.

—Dirás equipo de babosos —corrigió Ricardo.

—Nunca se me va a hacer con Gloria —gimió Enrique.

Ricardo le puso el brazo en el hombro a Enrique como para consolarlo.

—Sí, ¿viste cómo babeaba por el carita?

Norberto se paró y empezó a hacer como si bailara solo, y dijo con voz de niña:

—Ay güero, mi amor.

Enrique bajó aún más la mirada.

—Estás igual que Tizoc —agregó Fidel. Tizoc era un campesino en una película, que se enamoraba de una mujer de sociedad que nunca podría estar con alguien de tan ínfima clase social. La película terminaba con el suicidio de Tizoc. Acéptalo, siempre vamos a ser los de abajo.

Enrique se percató del reloj.

—Mejor vámonos antes de que Gloria vuelva a salir…

Esa noche, Ángel despertó por una voz en su ventana.

—Ángel, despierta —dijo Enrique.

—¿Enrique?

—¡Lo tengo!

—¿Qué, un chapulín en los calzones?

—No, estúpido. Tengo una idea…

—Vete a dormir.

—No puedo.

—¿Por qué no? —preguntó Ángel.

—Porque tengo una idea.

Las sombras jugaban en el cuarto del padre Esteban conforme la noche cedía el cielo al amanecer próximo. Siempre había sido madrugador, pero los golpazos en el portón exterior de la iglesia lo despertaron antes de su hora acostumbrada.

Al abrir la puerta, lo saludaron Ángel, Enrique y Norberto.

—¡Padre Esteban, padre Esteban, necesitamos hablar con usted! —dijeron varias voces ansiosas.

—¿Qué horas son? —preguntó el cura.

—Ya es de mañana —dijo Norberto.

—¿Qué pasó?

—Enrique tiene una idea —dijo Ángel.

—Pasen, pasen —dijo el cura, apartándose de la entrada.

Sentados en el piso del diminuto cuarto del padre Esteban, los chicos explicaron su plan a grandes rasgos. Giraba en torno a una organización en Estados Unidos llamada las Ligas Pequeñas.

—Había un equipo de la Ciudad de México en el hotel Gran Ancira —dijo Enrique.

—Nosotros también queremos hacer un equipo —dijo Norberto.

—Hmm —murmuró el cura. Estoy seguro de que con oraciones y mucho esfuerzo pueden hacerlo realidad.

—Pero lo necesitamos ya —dijo Enrique, respetuoso pero firme.

—¿Cuál es la prisa? Todo llega al que sabe esperar.

—Tenemos doce años —interpuso Enrique.

—Lo sé. Yo los bauticé a todos. Qué edad tan maravillosa, tanto tiempo por delante —dijo el padre Esteban sonriendo.

—La próxima temporada ya vamos a estar muy grandes para las Ligas Pequeñas —agregó Norberto.

—Ya veo. Muchachos, ustedes tienen un talento natural para el beisbol, eso es seguro. Pero un equipo de a de veras necesita entrenar y aprender estrategia.

—Usted enséñenos —dijeron los chicos al unísono.

—Mírenme —dijo el cura, mientras daba unos pasos por el cuarto, la pierna derecha notablemente más lenta que la izquierda. Me temo que a mi edad tengo la habilidad de desear sin la habilidad deseada.

—No lo vamos a hacer correr… se lo prometo —dijo Enrique.

—No, necesitan ayuda de alguien que de veras haya jugado, y no digo en lotes baldíos. Necesitan alguien que sepa entrenar y no conozco a nadie así en Monterrey.

—Yo sí —dijo Ángel.

El sol ardía brillante en ese día sin nubes. A la distancia, la Sierra Madre parecía flotar en los profundos tonos verdes y amarillos de las flores silvestres recién crecidas. Había una leve brisa en el aire, que a Ángel le gustaba sentir mientras alzaba el brazo y se echaba hacia delante.

—No está mal —dijo César cuando la bola navegó hasta su manopla. ¿Entonces por qué no te deja pitchar este muchacho Adolfo?

—Siempre ha sido nuestro pitcher. Además, es más grande que yo y puede lanzar más duro.

—Prueba agarrar la bola con los dedos en las costuras, así —le enseñó César. Así tienes más control sobre la bola. La velocidad no viene de tu brazo, sino de la pierna de atrás. Úsala. Impúlsate. Piensa en echarte hacia delante tanto que puedas empujar la bola derechito a la manopla de tu catcher.

Ángel supo que había encontrado al hombre indicado para el trabajo, ahora sólo le faltaba convencerlo.

—¡Eso! ¡Así! —gritó César, fingiendo que le había dolido la mano enguantada cuando la bola rápida golpeó la cesta. No la pensaste demasiado. Estuvo perfecto.

La siguiente bola voló tan alto que César tuvo que brincar para atraparla con la punta de los dedos. Ángel se dio una manotada en la cadera con la mano desnuda.

—Está bien. Ya sentiste su ritmo una vez, y allí sigue esperando a que vuelvas a convocarlo —dijo César. Tienes potencial para lanzar bien, pero apuntas demasiado y eso afecta tu control.

—Es peor cuando hay un bateador en el plato —respondió Ángel.

—Por desgracia, sólo entonces cuenta el pitcheo.

Ángel se encogió de hombros.

—¿Usted era pitcher? —preguntó.

—No, pero me juntaba con muchos tipos que sí. Lo único que todos tenían en común es que cuando estaban en el montículo, podían bloquear todo el universo excepto una cosa: la manopla de su catcher.

César sacó su lonchera, hizo un spike de frijoles y se lo dio a Ángel, que se lo acabó en dos mordidas.

—Despacio, aquí hay más. ¿Qué no te dan de comer en tu casa? —y alcanzó a ver los ojos de Ángel antes de que el joven se volviera hacia otro lado, avergonzado.

—¿Cómo acabó de entrenador de beis? —preguntó Ángel.

—Con el tiempo pasé la edad límite para ser bat boy, pero seguía pasando el rato en el campo, practicando con el equipo siempre que podía. En la primavera, cuando compartíamos el campo con los Cafés —respondió César. Un día, mi maestro de español me gritó en el patio de la escuela: '¡Faz! ¡El director quiere verte en su oficina ahora mismo!' Supuse que sería porque iba reprobando su clase.

—¿Iba reprobando español? Qué estupidez.

—Cuando llegué a la dirección, se me secó la boca. Junto al director estaba Rogers Hornsby, el manager de los Cafés. Nada me hubiera impresionado más, ni aunque hubiera estado allí esperando el mismísimo presidente Roosevelt.

—¿Y qué le dijo?

—Dijo: 'Oye, muchacho, te he estado observando en el campo. ¿Te gustaría tener la oportunidad de jugar para los Cafés?' 'Eh, eh, eh…' fue todo lo que pude articular. 'Voy a tomar eso como un sí. Cuando acaben las clases quiero que vengas a San

Luis y te reportes con el entrenador Sewell', me dijo Hornsby allí mismo en la oficina del director.

Sentado en su lugar, Ángel lo escuchaba paralizado de admiración. La historia de César era una experiencia tan lejana de su realidad que César bien podía haber estado describiendo un safari en África o un vuelo al espacio exterior.

En menos de un mes, César se había mudado a San Luis. Su madre, Felícitas Faz, le advirtió que allá las mujeres iban más rápido y eran más alocadas que las buenas muchachas católicas de San Antonio. Tomó con cautela la recomendación de su madre pero rezó porque tuviera razón. Encontró un compañero de cuarto, con quien compartía un departamento tipo estudio al sur de la ciudad, a un lado de la Avenida Manchester. Todos los días, tomaba el tranvía eléctrico a las calles de Spring y Sullivan, que quedaba atrás del muro del jardín derecho del Parque Sportsman's, donde jugaban los Cafés y los Cardenales.

De pronto, César se vio rodeado por algunos de los más grandes jugadores de beisbol de todos los tiempos, héroes que los chicos de su viejo barrio sólo podían admirar leyendo el periódico o escuchando el radio.

—Para el beisbol, tienes que aprender sólo cinco cosas. Si las aprendes, puedes jugar en las Grandes Ligas —ladraban los entrenadores adjuntos con quienes trabajaba. Correr, fieldear, lanzar, batear y batear con poder. Eso es todo —le recordaban todos los días a César.

—Bajo la tutela de Hornsby, aprendí todo sobre el beisbol, desde cómo coserle un botón a un uniforme hasta la forma correcta de ponerse las calcetas, o cómo raspar una bola para que se vaya bailando Charleston todo el camino hasta el plato. Pero sí noté una cosa extraña de él —dijo César.

—¿Qué? —preguntó Ángel.

—*Rajah*, que así le decíamos, nunca leía el periódico ni veía películas. 'Estropea el ojo bateador, chico', me decía.

—Hubieras podido jugar en el equipo —dijo Ángel entusiasmado.

—Sí, quizás, pero *Rajah* me estaba preparando para algo más importante —dijo César mientras preparaba otro spike de frijoles. Siempre me decía que un equipo tiene muchos buenos jugadores, pero sólo un manager.

—Su papá ha de haber estado bien orgulloso de usted —suspiró Ángel.

—Cuando fui a casa a ver a mis papás en el '39, me dijeron que se iban a regresar a Monterrey y que querían que me fuera con ellos.

—¡Pero usted estaba con los Cafés de San Luis! —exclamó Ángel.

—Para mi padre, un trabajo en el beisbol, ya fuera pagado o no, era un juego, y siempre me decía que cuando él podía elegir entre el trabajo y el juego, elegía el trabajo. Siguiendo el ejemplo de mi padre, mi hermano más grande, Joseph, se hizo grabador. Jorge iba a la escuela y Manuel trabajaba de mecánico, o sea que yo era la oveja negra de la familia. Les dije que nunca viviría ni un solo día en México —César se puso de pie para retomar su juego.

Unos minutos después, Ángel preguntó:

—Señor Faz, ¿cómo es Estados Unidos?

—No sé. Coches grandes, pasto verde, edificios altos...

—Voy a ir —declaró Ángel abruptamente, como si entre más rápido lo dijera, más cierto sería.

—¿De veras?

—Sí, voy a ir a jugar beisbol. Mis amigos y yo estamos haciendo un equipo de Ligas Pequeñas.

—¿Por qué?

—Queremos jugar contra un equipo de a de veras, con nuestros propios uniformes.

—Bueno, pues háganse unos uniformes.

—El Equipo de Estrellas de la Ciudad de México fue a Texas.

—¿Ganaron?

—No.

—Lógico. Ángel, los chicos norteamericanos tienen el mejor equipo, el mejor entrenamiento, lo mejor de todo, y ustedes... pues no tienen... nada.

—Tenemos... espíritu —dijo Ángel, recordando el optimismo del padre Esteban.

—Conque espíritu, ¿eh? ¿Y eso en qué te ayuda a pegarle a una bola rápida?

—El padre Esteban se lo podría decir.

—Mira, no estoy así que digamos en la alineación inicial de Dios —dijo César.

Una ligera brisa levantó el polvo bajo sus pies en un pequeño remolino. César trataba de quitarse una partícula que se le había alojado en el ojo, y gruñía porque la tierra que traía en el dorso de la mano sólo exacerbaba el problema.

—Nos enseña muchas cosas —prosiguió Ángel.

—¿Como a rezar?

—¿Por qué se burla de él?

—Ni lo conozco —dijo César.

—Podría conocerlo. ¿Por qué no viene mañana a misa?

—Lo siento, estoy ocupado.

—Si no tiene familia, nadie que lo espere...

—Gracias por recordármelo, pero de todas formas *no*.

Fue entonces que César se percató de una mujer especialmente hermosa que venía pasando. No era la primera vez que la veía, pero hoy no le podía quitar los ojos de encima. Había una seguridad y una soltura en su andar que hacían que a él le pareciera que venía flotando en cámara lenta.

—¡Ay, tantas curvas y yo sin frenos! —silbó César para sí.

—¿Le gusta? —preguntó Ángel.

—¿Quién? —respondió César.

—Se me hace que está enamorado —dijo Ángel entre risitas.

—Hay muchos peces en el agua —trató de parecer indiferente.

—Pero no como esa sirena.

—¿La conoces? —preguntó César.

—No. Pero sé dónde va a estar mañana…

Aunque César Faz era un católico bautizado, se sentía extrañamente fuera de lugar al día siguiente entre las bancas de San Juan Bautista. No estaba seguro de cuándo ponerse de pie, cuándo sentarse ni cuándo hablar. En una de estas pifias, los demás feligreses se sentaron y lo dejaron parado conspicuamente solo. Se sentó de golpe, haciendo que toda la banca se recorriera un par de centímetros e hiciera un ruido espantoso. Al menos, había logrado tener un vislumbre claro de María del Refugio González. Supuso que ella también lo había visto, y hasta imaginó detectar la más mínima sonrisa. Luego su emoción se transformó en ansiedad: ¿Qué tal si no era una sonrisa? ¿Qué tal si se estaba riendo de él?

—Las Sagradas Escrituras nos enseñan que existen tres tipos de milagros —proseguía el sermón del padre Esteban. *Semeion* es el que uno *ve*. *Teras* es el que uno *siente*…

Incómodo, César se movía de un lado a otro en su lugar. Hacía calor dentro de la iglesia, aunque apenas era mayo. Trató de asomarse entre las cabezas de varias personas para ver otra vez a María, pero no lograba una vista despejada.

—…y *dunamis* es el que uno *crea*. El tercer milagro es el más divino de todos.

Después de la misa, el padre Esteban se encontraba en los escalones de San Juan Bautista, despidiendo con buenos deseos a los feligreses que salían lentamente. Los niños habían sido los primeros en salir corriendo, y habían tomado sus posiciones habituales en el callejón. César se acercó al cura.

—Padre Esteban, soy César Faz —le dijo, tendiendo la mano. César se impresionó; el cura le había dado un fuerte apretón, del tipo que significaba que era un hombre fuerte por dentro, pero de trato amable.

—Ah, el coach de Ángel.

—¿Coach? No. Peloteamos un poco de vez en cuando. No es nada.

—Para él es todo.

—Sí, claro —respondió César con un gesto medio ausente de reconocimiento. Se aclaró la garganta y en eso vio a María por encima del hombro del padre Esteban. Ella trató de mirar hacia otro lado, pero no pudo evitar ver a César un momento cuando sus miradas se trabaron.

—Espero que nos vuelva a acompañar —dijo el cura, pero la atención de César estaba en otra cosa: su mirada seguía a María que bajaba los escalones.

—Sí, ya tiene mucho que no —respondió de una manera que obviamente nada tenía que ver con el último comentario del padre Esteban.

—Me contó Ángel que usted era coach de los Cafés de San Luis.

—Ey —dijo, y su mente volvió de golpe a la conversación.

Los dos hombres caminaron al callejón de al lado, donde el juego estaba a punto de empezar.

—Él es —dijo Ángel a sus compañeros.

—No parece jugador de beisbol —dijo burlón Adolfo.

—Es un gran beisbolista —respondió Ángel enfático.

—¿Nos va a ayudar a hacer un equipo, señor Faz? —preguntó Enrique cuando se acercó César.

—Sí, queremos jugar en Estados Unidos —dijo Norberto, con lo que los niños empezaron un coro de razones por las que formar un equipo sería lo más increíble del mundo. Los ojos llenos de esperanza, las cabezas llenas de sueños, y la emoción de no tener nada que perder ni nada a qué aspirar le pegaron de lleno a César.

—Por favor sean respetuosos con el señor Faz. Lo acaban de conocer. No le pidan nada —los reprendió el cura, pero César ya tenía la sospecha de que el padre Esteban estaba confabulado con ellos.

—Nomás se van a llevar una decepción —dijo César.

—No le hace si perdemos —dijo Ángel. Sólo queremos jugar un juego de a de veras.

—Por eso necesitamos un entrenador —terció Ricardo.

—Aunque quisiera, no puedo zafarme del trabajo para llevármelos —dijo César al padre Esteban.

—Yo me los puedo llevar, pero no les puedo enseñar —respondió el cura.

César volvió su atención nuevamente hacia Ángel y sus amigos.

—¿Tienen idea de lo que significa? No es nomás cosa de decir que son un equipo y ya lo son por arte de magia. Toma mucho trabajo y dedicación, ¿y viajar tan lejos para jugar un solo juego?

—Ah, pero qué juego sería —dijo el padre Esteban, confirmando la sospecha de César de que él apoyaba esta idea descabellada.

Mirando al cura, César dijo:

—A veces le hace bien a un hombre reconocer cuando no puede ganar.

—¿Sí estamos hablando de los niños, verdad, señor Faz?

Después de una pausa, César le dijo al cura:

—Es que sencillamente no es realista.

—Yo siempre he creído que un ejército de hombres nada puede contra un solo niño con fe —replicó el padre Esteban.

—Pues el torneo de Texas empieza dentro de un mes y este ejército no tiene ni cancha. Lo siento, muchachos —se despidió César, mientras a Ángel se le hundía el corazón hasta un hoyo en lo profundo del estómago.

5

Viejas y elevados

—Faz, se está acabando el sulfato sódico. Llévate a unos muchachos a la Vidriera y preguntas por el señor Galeana. Él sabe lo que tiene que darte —ladró el capataz de César en Vitro. La Vidriera era una fábrica de botellas de vidrio, y el sulfato sódico, un derivado del aluminio, era un ingrediente pequeño pero esencial del vidrio.

—Juárez, Vallarta, Peña, vengan conmigo, órdenes del gerente —César eligió a tres de sus compañeros.

Tendrían que venir arrastrando cientos de kilos de material para los hornos de Vitro.

En la vidriera, mientras César esperaba a que el señor Galeana procesara el papeleo para el préstamo del sulfato sódico, un enorme gancho se soltó y atravesó el cuarto. Y de no haber sido por la intervención de un hombre que lo tacleó corporalmente, con toda seguridad César se hubiera llevado el gancho de 45 kilos en la nuca.

César quedó sin aire y le tomó un momento abrir los ojos. De pie ante él vio a un hombre alto, canoso, ancho de pecho que le tendía la mano. Era la segunda vez que se veían. La primera había sido en 1944, y en aquel entonces, el hombre mayor vestía un uniforme caqui con insignias de capitán de corbeta en las charreteras.

❖

En una reunión efectuada en Monterrey entre el presidente de Estados Unidos, Franklin Delano Roosevelt, y el presidente de México, Manuel Ávila Camacho, México se comprometió a sumarse al esfuerzo bélico de los Aliados con el Escuadrón Aéreo de Pelea 201, las Águilas Aztecas. Manuel, hermano mayor de César, se les unió y se hizo ingeniero de mantenimiento de la primera fuerza armada mexicana en pelear en ultramar.

Felícitas tomó la noticia lo mejor que pudo; al menos Manuel no estaría en el frente de combate. Ya tenía bastante de qué preocuparse: un año antes, Jorge se había metido al U.S. Army y César se había enlistado con los Marines. Felícitas, que había vivido y peleado en muchas guerras y revoluciones menores, le pedía a la Virgen de Guadalupe que trajera a sus hijos de vuelta sanos y salvos. Una amiga de su antiguo barrio en Texas, le mandó tres estrellas azules, que colocó en la ventana de su casa. No se acostumbraba en México, pero todos parecían entender su significado, y nadie se atrevía a preguntar.

Mientras Ángel Macías y sus amigos eran bautizados con agua bendita en Monterrey, la unidad de César era bautizada con fuego en las Islas Marshall. Recompensados con una semana de Reposo & Recuperación en las Filipinas, César entró a un bar frente al mar, ansioso por disfrutar de su licencia en tierra firme.

—¿Quiere bailar? —preguntó una mujer bonita que se presentó como Eleanor.

—Tengo a mi novia en casa —dijo César, provocando la risa de la mujer. Era lindo oír el sonido de la risa. Durante meses, lo único que había oído eran descargas de artillería y los gritos de hombres matando y muriendo.

—No le estoy pidiendo que salga conmigo, soldado, sólo que baile una pieza —dijo ella con una voz reconfortante, y él de inmediato se avergonzó de su comentario. Además, corazón, estoy casada.

—¿Dónde está su marido?

—En la Marina, en la Unidad de Combate de Halsey. No sé exactamente dónde anden ahorita.

Eleanor era voluntaria de la United Service Organizations. Ni bien la había sacado César a la pista de baile, cuando un marino le tocó el hombro.

—¿Te importa si me meto? —preguntó.

—*Lo siento, acabamos de empezar* —respondió César, aunque la pregunta del marinero había sido más bien una orden.

—*¿Por qué no te buscas una chica de las tuyas?* —insistió el entrometido. El significado de sus palabras era evidente.

—*Marinerito, ¿por qué no te vas a la barra y te enfrías un poco? Al rato te toca a ti* —dijo Eleanor, tratando de aligerar la situación. Pero claramente esto ya no se trataba del baile.

—*Señora, éste es un asunto entre un servidor y el soldado Pepe* —dijo el marino con creciente hostilidad.

—*Déjelo en paz* —dijo otro hombre que había escuchado la discusión. Era alto, le sacaba por lo menos media cabeza a César, y estaba encaneciendo prematuramente.

—*¿Y quién diantres es usted?* —espetó el grosero marino mientras se volvía a encarar al hombre que había intercedido.

—*Querrá decir: "¿Y quién diantres es usted, señor capitán de corbeta?"* —corrigió el alto desconocido a su colega marino.

—*¿Y a usted qué más le da este pleito… señor?*

—*Nada… es un pleito.*

El marino se echó para atrás y se fue. César acabó de bailar la pieza con Eleanor y luego alcanzó al oficial en la barra. Los dos hombres bebieron y hablaron de mujeres y de sus hogares y de la asquerosa guerra, pero sobre todo bebieron.

El capitán de corbeta sabía que los hombres estaban en servicio por muchas razones —algunos eran voluntarios, otros conscriptos— pero le sorprendió escuchar la razón que dio César.

—*Sólo quería alejarme un tiempo.*

—*¿Te busca la ley?*

—*¡Ja! La cárcel estaría un poco mejor que esto* —balbuceó César.

—*Al menos es por una buena causa.*

—*¡Por la causa!* —César alzó su copa. Libertad y justicia para todos… mientras no seas negro ni chicano.

El capitán de corbeta brindó con gusto. No había entendido muy bien lo que dijo César, pero estaban en un bar y César estaba invitando y eso era todo lo que necesitaba saber.

Cuatro horas después, ya de madrugada, César y su nuevo amigo volvieron zigzagueando hasta el muelle, donde un PM les echó la luz de la linterna en la cara.

—*¡Está borracho, señor!* —*dijo el policía al compañero de César.*

—*Pues eso espero. Si no, se hunde la nave* —*dijo, mientras dos compañeros de barco lo ayudaban a abordar.*

César volvió tambaleándose a su hotel. Empezó a llover, primero una llovizna y luego un chubasco. Nunca había experimentado precipitaciones como las del Pacífico Sur. Solitario y empapado hasta la médula, César se dio cuenta de que el amigo más cercano que tenía en el mundo era un capitán de corbeta ebrio cuyo nombre ni siquiera sabía.

—¿Tú? —logró pronunciar César conforme el aire volvió gradualmente a su diafragma.

—Parece que se me está haciendo costumbre sacarte de problemas, amigo —dijo el hombre alto, de pie ante César.

—¿Pero qué haces aquí? —preguntó César desconcertado. Sabía que lo reconocía, pero estaba tan fuera de contexto que le tomó a César un momento conectar de dónde y de cuándo se conocían.

—Aquí vivo.

—¿Cuánto ha pasado… doce, trece años? ¿Cómo me reconociste?

—No, si no te reconocí. De haber sabido que esa cabezota era tuya, no me hubiera molestado —dijo, haciendo que los dos hombres estallaran en risas. Dada la casi fatalidad del accidente, esto sólo convenció a quienes los miraban de que ambos estaban locos de remate.

—Harold Haskins… mis amigos me llaman *Lucky* —dijo el hombre alto, tendiendo su mano para ayudar a César a levantarse. Su apodo, que en inglés significa "Suertudo", nació cuando un kamikaze se estrelló contra la torreta de artillería de proa que él tripulaba, en su primer barco, el *USS Henley*. Aunque docenas de marinos murieron a su alrededor, él salió prácticamente sin un rasguño.

Esa noche, los viejos amigos recuperaron el tiempo perdido en la cantina El Indio Azteca, en el corazón del barrio más antiguo de Monterrey. Aunque una docena de años y un mundo de distancia los separaba de aquel bar en el malecón filipino, después de un par de rondas, la escena difería en poco de la última vez que se habían visto.

—Es que me cansé de los inviernos de Wisconsin —continuó su historia Lucky, mientras César y él platicaban y vaciaban una botella de tequila.

Unos cuantos años después de la guerra, Lucky se mudó a Monterrey, donde ayudaba a patrones estadounidenses a reclutar a trabajadores temporales legales del Estado de Nuevo León. A mediados de los 1950, las políticas migratorias cambiaron; el gobierno de Estados Unidos empezó a hacer redadas y deportaciones masivas de cualquiera sospechoso de ser mexicano, bajo un programa llamado Operación Mojado. Al ver terminado su negocio de reclutamiento, Lucky invirtió todos sus ahorros en una pequeña embotelladora.

—Recuerdo que tenías un hijo.

—Ya tengo cuatro.

—¿En casa con la señora?

—Pues ya no. Un día me mandó un telegrama desde Laredo: 'TUS HIJOS EN HOLIDAY INN STOP TE DEJO STOP SUGIERO VENGAS POR ELLOS STOP'. Desde entonces han estado conmigo, aunque a veces pienso que tengo más madera de oficial que de papá.

Lucky reclinó la cabeza y vació el líquido claro en su garganta. Tosió un momento y carraspeó.

—He cargado diesel que es más suavecito que esto.

César rió.

—Nomás le falta hueso pa' ser carne.

—¿Qué te trajo acá de San Luis? —preguntó Lucky.

—Tuve que venir a cuidar a mi mamá cuando murió mi padre. Ella también se fue.

—Lo siento. Y me imagino que pues ya decidiste quedarte.

—No tengo ningún buen motivo para volver y sí mucho por lo que no —respondió César.

—¿Qué pasó con aquella mujer... la que me contaste... cómo se llamaba? —preguntó Lucky.

—Tammy.

—¿Las cosas no salieron muy bien cuando volviste a Estados Unidos?

—Tan bien como Pearl Harbor.

—¿Qué no te endurecieron los japoneses en Iwo?

—Sí, pero sólo trataron de matarme, no de robarse a mi chica —balbuceó César, sirviendo otra ronda.

—¿Otro tipo?

—Su papá. Al parecer, nunca estuvo de acuerdo con que ella anduviera con alguien de mi barrio. Pensó que no hacía falta decir nada antes de que me embarcara, porque dio por hecho que no iba a regresar.

—¿Estaba preocupado o nomás esperanzado?

—Primero las cartas de ella se volvieron medio formales, luego empezaron a ser menos frecuentes, hasta que pararon. Al final, hasta las cartas que yo le mandaba empezaron a regresar cerradas.

—Las viejas son puros problemas —le dijo Lucky a César.

—Eso que ni qué. Si la vida fuera un elevado, la mujer sería el sol en los ojos —reflexionó filosófico César mientras alzaba su tequila, y los dos vasos chocaron en un sonoro brindis.

Una hora después, Lucky se disculpó.

—¿Qué tienes hora de llegada o qué? —preguntó César.

—Estoy exhausto. Oye, ¿y tú no tienes que ir a trabajar mañana en la mañana?

—Voy a estar bien, viejo —presumió César.

—Como quieras —Lucky sonrió y dejó a César en la barra.

Aunque era martes y ya eran casi las once de la noche, la cantina estaba a reventar de obreros de las numerosas fábricas que la rodeaban. Hombres de Cemex, Vitro, Vidriera, Fundidora y American Smelting se encontraban en diversos estados de embriaguez.

César observó a un hombre al final de la barra que apuraba su tercer mezcal y hacía otro intento descabellado por coquetear con una mesera que no parecía poder evitarlo, sin importar qué ruta tomara para atravesar el salón oscuro y lleno de humo. El hombre, como todo el establecimiento, apestaba a alcohol y sudor, y aunque su mujer no hubiera entrado a buscarlo, no hubiera representado ningún atractivo especial para la joven trabajadora que en vano trataba de conquistar.

Atrás de él, en otro rincón del bar, Claudio Villarreal y Fecundino Suárez trataron en vano de evitar que Humberto Macías se acercara a hablar con César.

—Usted es el beisbolista ése del que no para de hablar mi hijo —dijo Humberto mientras César se volvía a verlo.

—¿Usted es el papá de Ángel? —infirió César y tendió la mano, que Humberto dejó en el aire.

—Le ha estado llenando la cabeza de ideas disparatadas —dijo cortante Humberto. No se le acerque.

Desconcertado, César respondió:

—Yo nomás le estoy enseñando beisbol. ¿Y eso qué tiene de malo? Se está divirtiendo y es bastante bueno para el juego.

—¿Ah sí? Pues lo que él necesita es aprender su lugar.

—¿Y ése cuál es? ¿Sentenciado a una muerte lenta en la fundidora?

—Mi padre se murió a medio turno, y yo tuve que trabajar para comer —dijo Humberto. No había tiempo para juegos. Pero lo logré. Sobreviví. Y algún día, Ángel va a tomar mi lugar en la línea.

—A lo mejor Ángel tiene sus propios sueños.

—Los sueños no levantan ciudades, las levantan los hombres y el hierro.

Del otro lado del bar, la discusión entre el hombre y su esposa iba subiendo de tono. Humberto fue el primero en verlos y pensó por un instante en intervenir, pero luego decidió que no era asunto suyo. César, por otro lado, no podía dejarlo pasar.

—Ven a la casa, los niños te necesitan —suplicaba la esposa.

—Para eso tienen a su madre —respondió el embriagado y desobligado marido. Déjame en paz.

—Javier, ya llevas días —lo jalaba de la manga.

—Ya te dije que te vayas a la casa. ¿No ves que estoy ocupado? —el hombre no vio a César acercarse por atrás.

—De donde yo vengo, no tratamos a las mujeres como una propiedad —le dijo César al hombre. César era una figura imponente, no era alto sino fornido, y tenía el rostro ampollado por el sol y por docenas de peleas y accidentes.

—Ya me contaron de ti, pocho. Y aquí no es Estados Unidos.

Tener que soportar insultos raciales de los blancos era una cosa, pero César no tenía paciencia para aguantárselos a un mexicano.

El hombre se puso de pie, de espaldas a César, y le dijo a su mujer:

—¡Dije que te largaras, puta!

—¡Cabrón! —le gritó ella en respuesta, tan alto que todo el salón se calló.

—Antes te veo muerta que dejar que me hables así…

Javier levantó la mano para golpearla. Su brazo empezó a tirar el golpe, pero se paró a medio camino como si hubiera golpeado un muro invisible. Se volvió incrédulo mientras una mano lo detenía de la muñeca. Cuando Javier miró a César, sus ojos se toparon con una mirada que probablemente nadie había visto desde Iwo Jima.

Con agresividad instintiva, el hombre redirigió toda su hostilidad contra César y se puso a tirar sus golpes más salvajes y violentos. Ése fue otro de los errores de juicio de Javier. Cuando despertó más tarde, lejos del bar, apenas podía recordar qué le había pegado.

César fue detenido por varios policías mientras uno de ellos buscaba algún testigo que no estuviera demasiado ebrio ni fuera demasiado hermético para ayudar. La mesera, objeto de los coqueteos de la víctima, miró a César de arriba a abajo y le dijo al policía:

—¿Pelea? Si ni hubo pelea. Éste nomás le dio un trancazo a ese hijo de la chingada.

César y Humberto nunca pudieron terminar su conversación. Y aunque Humberto le dijo a sus amigos que a César le tocó su merecido, lo que más lo molestaba era que César era el hombre que Humberto había sido.

Las peleas de bar sucedían, y a menos que hubiera algún muerto, por lo general no arrestaban a nadie. Sin embargo, aunque el tipo al que César golpeó fuera un hijo de la chingada, también era sobrino de un juez.

—Está en la cárcel, ¿saben? —dijo Ángel mientras él y sus amigos caminaban por las vías de tren paralelas a la calle San Nicolás.

—Unos cuantos días —dijo Norberto. ¿Supiste qué le pasó al tipo al que le pegó?

—Dicen que nomás le dio un golpe —respondió Ángel.

—Mi papá dice que se lo quitaron de encima entre seis —dijo Norberto.

—Qué buena idea pedirle que nos entrene —dijo Adolfo con amargura evidente.

—Es el mejor —dijo Ángel.

—Claro, dicen que se siente superior a su propia gente. Como creció en una casota en Estados Unidos y toda la cosa —añadió Adolfo.

—Él no es así —discutió Ángel. Hace mucho era muy pobre.

—¿Como nosotros? —preguntó Enrique.

—Claro que no —dijo Adolfo.

—Un invierno casi se muere congelado. Él y su amigo iban a las vías del tren a sacar carbón de las locomotoras que pasaban —dijo Ángel.

—¿Cómo le hacían? —preguntó sospechoso Adolfo.

—Cuando pasaba un tren, lo apedreaban. Los maquinistas se defendían aventándoles cachos de carbón.

—¿De veras robaba carbón? —preguntó Norberto, impresionado.

—No se lo robaba. Se lo aventaban, estúpido —Enrique puso a Norberto en su lugar.

—Me tengo que ir —dijo Ángel. Si el chiquero no está limpio cuando mi papá llegue a casa, me va a castigar sin salir. Mañana, después de la escuela. ¡No se les olvide! ¡Díganle a los demás! —gritó Ángel al doblar por una calle angosta que era un atajo para volver a la 2ª San Francisco Oriente.

—Me preocupa que pases tanto tiempo con ese señor —dijo Oralia mientras su hijo le pasaba la ropa que traía puesta desde hace días.

—Estaba defendiendo el honor de una mujer —dijo Ángel. La casa olía a tortillas de maíz y tamales, que su mamá había hecho más temprano. Si había dos olores predominantes en los barrios de Monterrey, eran el del maíz y el estiércol.

Oralia apagó la vela, lo último que vio fue a su único hijo vivo mirándola esperanzado, envueltos por la noche.

❖

El grupo de muchachos se detuvo, Ángel era el único que sonreía.

Por fin, Norberto dijo:

—¿Y qué, aquí es?

—Sip —contestó Ángel.

—¿No había un lugar con más piedras? —preguntó Adolfo.

—Nop.

—Qué estupidez —repeló Adolfo. Este lugar nunca va a ser un campo.

Se sentó a la orilla del campo.

—Esto nos va a llevar a Estados Unidos —dijo Ángel a sus amigos.

Al resto del equipo le llevó un poco de tiempo asimilar el sueño de Ángel. Y después se entregaron a un arduo trabajo motivados por la pasión.

Todos los días después de clases, los chicos volvieron al campo de tierra y lo fueron limpiando una roca, vidrio o fierro a la vez, poniendo todo en un montón. Otros hicieron rastrillos con pedazos de fierro y nivelaron la tierra y rellenaron los numerosos pozos y agujeros.

—¡Lo consiguieron! —exclamó Ángel al ver a Enrique y Ricardo acercarse arrastrando un costal de cemento que se "encontraron" en la planta cercana de Cemex.

—Allá y allá —dijo Ángel, señalando a lo que serían las líneas de la primera y la tercera base.

❖

—Ustedes los chicanos y su machismo —le dijo Lucky a César, sentado en una silla afuera de su celda. No es nada bonito, ni siquiera cuando están sobrios.

César sabía que los cargos en su contra desaparecerían en unos cuantos días. Su detención había sido más bien para separar a los contrincantes y dejar que uno de ellos, en este caso César, se calmara.

—Debías de ver cómo quedó el otro —bromeó César.

—Por lo menos, todavía tiene trabajo.

—¿Quién necesita a Vitro?

—Pues tú, cabezadura. Cuando salgas de aquí, vas y les ruegas que te dejen conservar tu trabajo.

—Ese cabrón se llevó su merecido.

—Puede ser, ¿pero tú qué te vas a llevar si te quedas sin tu quincena?

Le ardía suplicar por su trabajo, pero arrastrarse ante el Gerente seguía siendo preferible que trabajar en los campos de frijol.

Cuando se fue Lucky, César se acostó en su catre y pensó en otra noche, la primera vez que vino a Monterrey.

❖

Era el otoño de 1949.

—Monterrey, una hora —recordó César que había anunciado el chofer, por una bocina que colgaba de un solo cable. Dos horas antes, habían cruzado el Río Bravo en Laredo, Texas. Aunque el río, que los estadounidenses conocen como Río Grande, se veía en el mapa como una delgada línea azul, era una frontera entre épocas y culturas.

José Faz había fallecido dos años antes y José, el hermano de César, le había dicho que su madre, Felícitas, estaba recayendo en la neumonía. Los tres hermanos se turnarían venir a Monterrey, para cuidarla hasta que se aliviara. Puesto que César estaba disponible, iría primero.

Afuera todavía estaba oscuro, aunque se podía ver el tenue contorno de la Sierra Madre. Su larga cordillera parecía las placas de cartílago en la espina de un estegosaurio. Del espolón oriental se desprendía la Sierra de la Silla, y aunque sus torres de granito opacaban las estrellas en el horizonte, con la pura silueta, César podía distinguir la forma de silla de montar del emblemático Cerro de la Silla. Abajo, el valle era oscuro como un mar negro.

—Última parada, Monterr-rrey —dijo el chofer acentuando las erres, mientras el autobús llegaba a su destino. Monterrey era sobre todo una ciudad de fábricas. La ciudad entera parecía haber sido construida sólo para dar servicio a esos monolitos creados por el hombre que se erguían desde el suelo del valle. No encerraban ninguna belleza ni majestad. Acero, vidrio, textiles, cemento, fabricación metalúrgica, cerveza, fundición… había docenas de plantas industriales de gran tamaño. Las vías del tren se abrían como un abanico por todo el valle y se extendían hasta la terminal de cada fábrica, como docenas de arterias menores que alimentaran los órganos de la ciudad. Por la noche, eran aún más aterradoras, parecían los monstruos arácnidos de La guerra de los mundos, listos para elevarse en cualquier momento sobre sus patas mecánicas y consumir todo a su paso.

César agarró su mochila y salió al cálido aire primaveral. Deteniéndose una y otra vez para pedir direcciones, en poco tiempo se encontró frente a una casa cuyo techo parecía no cubrir toda la estructura. Estaba sobre Matamoros Oriente, donde la calle terminaba en el Río Santa Catarina.

—¿Qué clase de lugar es éste? —dijo en voz alta a nadie, mientras se limpiaba el sudor de la frente y volvía a revisar la dirección. Estaba a punto de volver sobre sus pasos cuando algo le llamó la atención. Allí en la ventana, bien pegadas con cinta adhesiva ya amarillenta, quedaban los restos de tres decoloradas estrellas azules.

Haber terminado la preparatoria le daba a César una educación mayor que la mayoría de la clase obrera local. Eso no le servía de nada en la fábrica, pero su servicio militar sí. Podía arreglar prácticamente cualquier cosa hecha de metal, entendía la burocracia, y después de despejar junglas llenas de soldados enemigos, no había nada en la fábrica que le diera miedo. Además, se decía a sí mismo, esto es sólo temporal. Pronto vendrían Jorge o Manuel, y él podría seguir adelante.

Construida durante la primera mitad del siglo, en una época de gran crecimiento y anarquía, y antes de que existieran los ambientalistas, la Vidriera Vitro era un monstruo vivo y humeante. Sus silos de sesenta metros de alto contenían los polvos de silicato de aluminio, ceniza de soda, piedra caliza y arena de sílice, que se mezclaban en proporciones precisas llamadas lotes. Mezclados con el vidrio de desecho de fundiciones anteriores, los lotes se trasladan a los hornos por medio de tolvas y cintas transportadoras. Se calientan a más de 800 grados centígrados durante unas veinticuatro horas. Una vez encendido un horno, se mantiene funcionando, incluso los domingos, pues las tensiones del calentamiento y el enfriamiento acortarían su vida útil. Sólo se apaga al final de la campaña, cuando toca cambiar los ladrillos de los muros refractarios de la planta.

César trabajaba en la parte más caliente de la planta. No era para los débiles. Al igual que en la mayoría de los trabajos en Monterrey, había mil formas de lastimarse. Pero una ventaja de pasar todo el día junto a metales fundidos era que la temperatura exterior siempre parecía un agradable alivio, por mucho calor y humedad que hiciera. Y si bien la lluvia era una bendición, el pésimo sistema de drenaje hacía que la ciudad quedara como una Venecia hasta que el ardiente sol evaporara los charcos y secara el lodo.

Poco había preparado a César para los niveles de pobreza que encontró aquí. Ni en San Antonio durante la Gran Depresión ni en los peores barrios de San Luis había encontrado condiciones de vida tan escuálidas. Desde las tierras áridas que rodeaban la ciudad y el polvo que la cubría hasta el hollín de las fábricas que se asentaba sobre los cuerpos empapados de sudor, aquí uno simplemente aceptaba que la limpieza era un concepto relativo.

Los hermanos de César nunca llegaron, y después de ocho años de trabajo "temporal", él seguía dándole todos los días a su trabajo en la Vitro. Así como un cojo se adapta a su invalidez y pronto no puede recordar lo que era caminar derecho, César ya no podía recordar a qué había venido ni por qué no se podía ir. Más bien se había relegado a la realidad de que ésta era su vida.

César salió unos días después sin que le levantaran ningún cargo. Cuando regresó a Vitro, su capataz asomó la cabeza de su oficina con divisiones de vidrio.

—¡Faz! ¡Te quieren ver arriba, de inmediato!

César se encogió de hombros. No tenía humor de lidiar con eso en ese momento. Defender su trabajo se había convertido en un ritual.

Entró a la oficina del señor Calderón.

—Perdón por el incidente de la otra noche en el Indio. No volverá a suceder —dijo César.

—¿Cuánto tiempo llevas con Vitro? —preguntó su gerente, aunque César sabía que ya sabía la respuesta.

—Casi nueve años.

—Y sigues trabajando en la línea de producción. ¿Alguna vez te has preguntado por qué?

—Pensé que alguien más ya se lo habría preguntado por mí.

—Eres bastante listo, demasiado listo para tu propio bien.

—Yo sólo quiero hacer mi trabajo y no meterme con nadie.

—Pues estás en la cuerda floja, Faz. Ya sé que eres bueno, pero nadie es tan bueno.

—Sí, señor —dijo César. Eso fue todo. Salió de la oficina de su gerente.

Rogar era algo que violentaba cada fibra de orgullo en su cuerpo. Después del trabajo, quería estar a solas, pero todavía no quería irse a su casa.

Entró a las barracas abandonadas por donde siempre. Las paredes eran estructuras dilapidadas de tabicón gris, el aplanado se había escurrido por innumerables cuarteaduras sólo para congelarse a medio trayecto, como una especie de hongo del concreto. Las vigas del techo, o lo que quedaba de ellas, estaban hechas de varias capas de acero corrugado, oxidado. La losa del piso siempre estaba fresca, aun en el calor del verano. Aunque el cavernoso lugar era oscuro y sombreado, la luz del sol se colaba por varios agujeros en el techo de metal podrido. A lo lejos, tras el cruce de las vigas de acero expuestas a los elementos, se veían las imponentes chimeneas del alto horno número uno y número dos de la Fundidora.

Sus pensamientos fueron interrumpidos por el claro si bien familiar sonido de un golpe.

—¿Ángel? —llamó, moviéndose hacia la apertura. El campo de tierra estaba prácticamente irreconocible. Tan inmensa era la transformación que tuvo que cerciorarse de que, en un estado de confusión, no hubiera salido por otra puerta.

Y no.

César contempló un diamante de beisbol trazado en la dura tierra. Cada línea de base estaba trazada con polvo de cemento; los costales vacíos eran las tres bases. Nada distinguía al infield del outfield, y las líneas claramente no estaban derechas ni perpendiculares como debían, pero era un campo de beisbol —de eso no había la menor duda.

Hasta habían hecho una pequeña gruta con un altar a Nuestra señora de Guadalupe, junto al montón de bloques de tabicón que servían de valla para detener las bolas.

César caminó hasta el montón de tierra en el centro del diamante que obviamente era el montículo del lanzador. Los chicos se acercaron a él.

—Bueno, pues ya tenemos campo —dijo Ángel.

El semicírculo se cerró en torno a César, que abrió bien los brazos para abrazarlos a todos.

SEGUNDA PARTE

EL RÍO

6

Un encargo difícil

Eran las 10:20 a.m., horario estándar del Pacífico, en La Mesa, California. La mamá de Francis Vogel apretó bien el hilo alrededor del asado que estaba preparando. Su carnicero siempre le daba los mejores cortes de carne. El señor Vogel le acababa de poner el horno de pared que ella quería. Con el horno precalentado a 200 grados, deslizó la bandeja con el asado. Había puré de papa, ejotes, pan recién horneado y una olla enorme de crema de champiñones, la favorita de sus suegros. La señora Vogel hubiera podido hacer la sopa desde cero, ¿pero para qué, si la Campbell's era tan práctica?

—Necesito que recojan este cuarto antes de que lleguen sus abuelos —les dijo a Francis y sus dos hermanos que estaban sentados en el piso alfombrado, viendo la televisión en el estudio.

—Niños, les estoy hablando —repitió. Siempre era difícil captar su atención cuando estaban a la mitad de *La ley del revólver*. Habían estado armando un Bombardero B-29 a escala, y había piezas regadas por todas partes en distintos grados de ensamblaje. La hermana de Francis había montado su hornito "Suzy-Ama de Casa" y estaba "horneando" pasteles de chocolate que les servía a sus hermanos. Un tablero de damas y un espirógrafo completaban el tiradero de juguetes en el piso.

Unos minutos después, el señor Vogel entró del garaje; había estado construyendo unos estantes para guardar sus herramientas. La casa de los Vogel era bastante típica: una casa estilo rancho con paredes de estuco, techo de teja y una alberca en el jardín trasero. Tenía un garaje para dos autos, pero la familia tenía sólo uno, así que el señor Vogel utilizaba el espacio extra de taller. Disfrutaba trabajar con las manos los fines de semana, era un descanso de su trabajo de oficina como inspector regional de aguas del Distrito Metropolitano de California del Sur.

Situada sobre onduladas colinas al este de San Diego, La Mesa era el suburbio estadounidense por excelencia, con sus calles pavimentadas, un sistema de drenaje municipal, buenas escuelas y muchos parques y áreas de esparcimiento.

—Cariño, ¿me puedo robar a Francis? Le prometí que este fin de semana iríamos a la tienda de artículos deportivos —dijo el señor Vogel.

—Está recogiendo.

—Por favor, cielo, mi papá se muere por verlo con el uniforme completo. Ésta va a ser su gran temporada —trató de convencerla el señor Vogel.

La tienda Sportland estaba ubicada en el curioso distrito comercial sobre el Bulevar La Mesa. Francis se probó spikes y manoplas especiales para catcher y abanicó con varios bats hasta que encontró uno que le gustaba. El equipo le daba a sus integrantes la camisa y el pantalón del uniforme, pero Sportland los equipaba con los delgados calcetines blancos y las gruesas calcetas exteriores de estribo en los colores apropiados. Su papá y él escogieron unas bolas, una "T" para practicar bateo, y un aparato con una red que te regresaba la bola, para cuando Francis entrenara solo.

—¿Por qué no llevamos dos pares de spikes? —le dijo su papá al dependiente cuando iban a pagar. Por si unos se mojan —agregó, aunque en el sur de California no llovía mucho en el verano.

Las Ligas Pequeñas no existían cuando César tenía doce años. Cuando Carl Stotz las fundó en 1939, sólo había tres equipos: Lechería Lyco-

ming, *Maderas Lundy* y *Pretzels Jumbo*, todos de la ciudad natal de Stotz, Williamsport, Pensilvania. En el juego inaugural, la *Lechería Lycoming* de Carl le ganó a *Maderas Lundy* de George Bebble por marcador de 7-2.

En 1947, la liga organizó el torneo que terminaría cada temporada con cuatro juegos finales en Williamsport. No había equipos fuera de Estados Unidos, pero la llamaban la Serie Mundial.

Los Estados Unidos aceptó al beisbol como el pasatiempo favorito de la nación, pero el beisbol organizado no aceptaba a todos los estadounidenses. Hasta 1947, las Ligas Mayores de Beisbol mantenían una estricta política racial: era sólo para blancos. A los soldados afroestadounidenses que volvían tras haber ayudado a abrir brecha en la Línea Sigfrido de Alemania, les decían que no valían lo suficiente para cruzar la línea del color en el beisbol profesional. Fueron relegados a competir en sus propias ligas, y sus nombres eran tan coloridos como sus equipos: Smokey *("Humeante")* Joe Williams, Dick Cannonball *("Bala de cañón")* Redding, John Pop Lloyd y Ted Double Duty *("Doble turno")* Radcliffe. Los hispanos, muchos de los cuales venían de Cuba, ya estaban en las Ligas Mayores, pero a menudo se cambiaban el nombre para que pareciera italiano, un linaje más aceptable.

Para 1957, aunque muchos line ups ya contaban con jugadores negros e hispanos, era común que no se les permitiera a estos atletas comer en los mismos restaurantes ni dormir en los mismos hoteles que sus compañeros de equipo blancos. Dentro y fuera del campo, vivían bajo el espectro de que los abuchearan, les escupieran y los amenazaran de muerte. Esta hostilidad venía incluso de sus compañeros de equipo y de otros beisbolistas.

El reglamento de las Ligas Pequeñas nunca menciona específicamente el tema de la integración, pero a su favor hay que decir que la organización nunca vaciló en sus políticas incluyentes. Dicha postura había enfrentado una severa prueba en 1955. El equipo de la YMCA de la Calle Cannon de Carolina del Sur fue el primero en sacar al campo niños de color en ese estado. De hecho, el equipo entero estaba conformado por chicos afroestadounidenses. Cuando los otros equipos se negaron a *jugar contra ellos, Williamsport emitió un ultimátum: juegan o pierden por default. Cuando se siguieron negando a jugar, las sesenta y un ligas blancas de Carolina del Sur fueron descalificadas.*

❖

Los golpes en la puerta no pararon como Lucky esperaba. Al ir a abrir se pegó con una mesita esquinera, y gruñó:

—¿Quién es? —sentía la boca como si la tuviera llena de bolitas de algodón.

—Lucky, soy yo.

—¿Faz? —respondió Lucky, abriendo la puerta.

—Espero no haberte despertado —dijo César con cortesía retórica, aunque el hombre parado ante él estaba en ropa interior. Lucky se asomó afuera a ver dónde estaba el sol, pero aún no había cruzado el horizonte.

—La última vez que me levantaron tan temprano, los Zeros japoneses venían contra mi barco.

—Hoy no tuviste tanta suerte. ¿Tienes un momento?

—Ahorita estoy muy ocupado —respondió Lucky con su sarcasmo de siempre, que a menudo César no lograba interpretar.

—Lo siento, puedo volver después —dijo César, volviéndose para partir.

Lucky estiró la mano y lo tomó de la manga.

—Estaba bromeando, amigo. Pásale.

—¿Tus hijos?

—Los sábados se quedan a dormir en casa de una amiga, le dicen la Tía Carmelita. Nomás dame un segundo —dijo Lucky, e hizo pasar a su amigo a la sala. César se asomó cauteloso, en caso de que Lucky tuviera alguna invitada a dormir.

—Estoy solo —dijo Lucky, leyéndole la mente a César.

—¿No te molesta?

—Me va bien con las damas.

—Ya sabes a qué me refiero.

Después de una larga pausa, Lucky dijo:

—Claro, a veces me siento solo. Pero no creas que tener una esposa es el fin del problema. No hay que olvidar que las mujeres son las que dan el placer... y el dolor.

—No, pues sí debo estar muy mal, para estar oyendo consejos de un tipo en calzones.

—Es que olvidé qué hora puse en tu invitación —rió Lucky y se disculpó. Entró a su recámara y caminó hasta su mesa de noche, donde había una palangana de agua y una botella medio vacía de cerveza. Sacó un puño de agua y se salpicó la cara y el pelo. Refrescado, se puso una camiseta blanca y un par de pantalones arrugados y volvió a la sala, no sin antes levantar la cerveza para apurar el líquido tibio y sin burbujas.

—Sé que no atravesaste la ciudad en tranvía para preguntarme sobre mi vida amorosa —dijo Lucky mientras recogía algunas piezas de ropa del único lugar donde se podían sentar los dos.

—Necesito que uses tus palancas para conseguirles una franquicia de Ligas Pequeñas a unos chicos locales.

—¿Ligas Pequeñas? Creí que no te gustaban los niños. ¿Te me estás ablandando?

—Ya de por sí van a hacer el ridículo. Lo menos que puedo hacer es enseñarles algunas reglas... para que no le den un mal nombre al beisbol.

—Pues es un encargo difícil... ya estamos en junio.

—Es que vi el daño que puedes hacer con un solo día de licencia en tierra —dijo César, jugando por el lado del ego.

—Ah, no me había dado cuenta de que me estás dando todo un día.

Hablaron un rato, luego César se puso de pie abruptamente.

—Me tengo que ir —anunció.

—¿A dónde con tanta prisa un domingo en la mañana?

—A misa.

—Contigo no paran las sorpresas.

—Es que va a ir una señorita...

—¡Una vieja! ¿Qué pasó con tu discurso de que si la vida fuera un elevado, la mujer sería el sol en los ojos?

—Bueno, igual hay que atrapar algunos elevados para ganar el juego —dijo César, que llegó de un salto a la puerta y luego echó a correr por la calle.

—¡Nomás no me vengas llorando cuando el elevado te pegue en la frente! —gritó Lucky.

7

La Trinidad

Desafortunadamente para César, un apagón eléctrico había interrumpido temporalmente el servicio de tranvía. Se fue corriendo hasta la iglesia del padre Esteban, pero no alcanzó la misa ni a la feligresa que esperaba ver.

Más tarde ese día, Ángel y Enrique llevaron a César a rastras al mercado descubierto de la Colonia Cantú. Era un buen lugar para encontrar jugadores potenciales y a sus padres. No sólo tenían que encontrar chicos que quisieran jugar, sino además que tuvieran padres que los dejaran viajar cientos de kilómetros, al otro lado del Río Bravo.

—De veras deberían poner al padre Esteban a hacer esto —dijo César a los muchachos.

—Señor Faz, él está muy ocupado con los asuntos de la iglesia —dijo Ángel con algo de asombro.

La primera parada fue el puesto de verduras del padre de Francisco Aguilar. Francisco era el mayor de los diez hijos criados por Clemente Aguilar y Reynalda Dávila en Guadalupe, Nuevo León. Era un hogar humilde y apretado, así que Francisco había empezado a trabajar desde muy tierna edad. Empezaba cada mañana repartiendo periódicos para *El Norte*, y le daba el dinero a sus papás. Había tenido una infancia difícil, y el señor Aguilar consideraba que ser invitado a jugar en el primer equipo de Ligas Pequeñas de Monterrey era una experiencia que él jamás hubiera podido costearle a su hijo. El señor Aguilar se mostró receptivo a permitir que su hijo tomara tiempo de sus obligaciones para practicar con el equipo, con una condición:

—Me lo pone a trabajar duro, señor Faz. No quiero que se me ablande por andar jugando beisbol —advirtió.

—Ah, no se preocupe —respondió César y se volvió para partir. Estará muy enfocado.

Y diciendo esto, César retrocedió y chocó con un montón de aguacates acomodados en una alta pirámide. Pidiendo muchas disculpas, se arrodilló para recoger varios que rodaron bajo otros puestos.

Al levantarse con el último aguacate errante en la mano, César se topó frente a frente con María. La incandescencia de sus suaves ojos cafés lo atraía como la tierra a un marinero que lleva mucho a la deriva. Pero en forma igual de repentina, ella se siguió de largo caminando lentamente.

—Espera un momento —dijo él, dando varios pasos apresurados para pararse enfrente de ella. Te vi en la iglesia hace unas semanas.

—No va muy seguido.

—¿Por qué lo dices?

—Era obvio —sonrió.

—Bueno, estoy un poco fuera de práctica.

—Yo soy María —dijo ella después de una pausa en la que esperaba que César se presentara. Él sonrió pero no entendió la indirecta.

—¿La gente tiene nombre allá en tu país? —preguntó al fin.

—¡Sí, sí! Soy César Faz.

—¿César Faz? —preguntó sorprendida.

—¿Has oído mi nombre?

—La gente habla.

—¿Vienes a comprar comida? —preguntó.

María lo miró con curiosidad y respondió:

—Sí, señor Faz. ¿Le sorprende? Después de todo, es un mercado de comida.

—Desde luego que sí. Por favor háblame de tú, me llamo César.

—Está bien. ¿Tú viniste a robarte un aguacate, César? —preguntó, mirando el aguacate que él aún traía en la mano.

—Claro que no —declaró. Nomás lo estaba sosteniendo.

—Pues no lo aprietes tan duro, que vas a magullar la fruta —dijo ella sonriendo. Tengo muchas compras que hacer, pero me dio gusto conocerte —agregó y se alejó caminando.

César devolvió el aguacate y se apresuró a alcanzarla.

—Entonces, ¿en qué estaba? —le preguntó al plantarse frente a ella.

—Me estabas tapando la vista —dijo ella con cierta altivez.

—¿Cuál vista? —preguntó él; miró hacia atrás y luego se apartó un poco.

—La que estás tapando ahí parado.

—Por lo menos deja que te ayude con esas bolsas —dijo él mientras le quitaba una bolsa.

César acompañó a María mientras llenaba de frutas y verduras su segunda bolsa grande de mandado. Surgió el tema del reciente encarcelamiento de César, y él se dio cuenta de que todos habían oído sólo la parte sobre su temperamento fuerte, y no sobre la mesera a la que había ayudado.

—Bueno, pues eso es todo lo que venía a comprar —anunció ella al fin.

—A lo mejor puedo salir un día de estos —dijo él torpemente, temiendo que se perdiera el momento pero causando la risa de María. César se estaba enamorando de una manera que pocos logran sobrevivir. Es decir, *podemos*… A lo mejor podemos salir… A lo mejor tú y yo podríamos ir a comer…

—¿Me estás invitando a salir?

—Sí.

—Me temo que eso es imposible.

—¿Por qué?

—Dudo que mi papá me vaya a dar permiso de salir con un hombre desconocido, sobre todo si estuvo en la cárcel.

—Pero ya sabes la verdad.

—Pero él no.

—¿Lo puedo ir a conocer?

María hizo una pausa y vio sus dos bolsas de mandado.

—Supongo que hoy podrías venir a cenar con mi familia.

—¿Hoy?

—Pensé que querías conocerlo.

—Claro que sí. Ahí estaré.

—A las siete —dijo ella y se fue de la plaza.

—¡El señor Faz tiene una cita romántica! —dijo la voz de un niño. César giró para descubrir a Enrique y sus amigos espiándolo de atrás de unos puestos de verduras.

—¿Y ustedes qué ven con esas caras?

—¿La ama? —preguntó Francisco.

—Es sólo una cena —respondió César.

—Que no se le olviden las flores —dijo Ángel. Mario dice que a las mujeres les encantan.

—¡El día que necesite que un niño de doce años me dé consejos sobre las mujeres, estaré demasiado senil para seguirlos!

Más tarde, al estar seguro de que los niños no lo podían ver, César regresó apresurado a un puesto donde recordaba que una viejita vendía gardenias frescas.

Cuando estaba a punto de irse del mercado con el ramo de flores bajo el brazo, se encontró al padre Esteban.

—César, lo he estado buscando por todos lados. Venga, organicé una reunión con el señor Alvarado. Quizás él nos pueda ayudar a conseguir los bats y las pelotas —dijo el cura.

—Pero… tengo planes para la cena.

—Le da tiempo de sobra de llegar.

—Pero…

—¡César, es por los niños!

❖

El señor don Fernando Alvarado vivía en San Pedro, la colonia más exclusiva de Monterrey. La mayoría de las fincas no se veían desde la calle, pero cuando César y el padre Esteban fueron llevados a través de las rejas de hierro forjado, pudieron ver la enorme casa del patrón. La casa era estilo colonial, con muros de estuco amarillento bajo un techo de tejas de barro multicolor. Fuentes cubiertas de buganvilias chorreaban agua mientras los hombres seguían un camino de piedra hasta la puerta de entrada de casi tres metros: dos hojas de nudosa madera de aliso tallada a mano con remaches de bronce pulido.

Otro sirviente abrió la puerta y les informó que el señor Alvarado estaba terminando de cenar y que podían esperarlo en una veranda lateral. Sentados en una terraza de baldosas de piedra caliza, César alzó la vista y vio el cielo tras una pérgola de pesadas vigas de madera. Nunca había visto una casa así, ni siquiera en Estados Unidos. La espera duró mucho más de lo que César anticipaba, y nerviosamente miraba un reloj que se veía por las puertas de vidrio. El señor Alvarado no era el tipo de hombre que uno pudiera apresurar. Era de la clase dirigente, lo que significaba que las vidas y necesidades de los demás tenían que girar en torno a las suyas.

Pasaría más de una hora antes de que los recibiera.

—…y por eso esperábamos que usted nos pudiera ayudar —acabó de explicar el padre Esteban al acaudalado patricio, que escuchaba en silencio por respeto al cura que una vez había venido a confortar a su madre enferma.

—¿Y a mí en qué me beneficia? —su respuesta encerraba compasión frenada por escepticismo.

—Los chicos son muy buenos, señor. Van a hacer quedar bien a toda la ciudad. ¿Verdad que sí, César?

La melancólica atención de César estaba puesta en el reloj de la finca. Ya eran las 8:15 p.m.

❖

María, en silencio, estaba sentada a la mesa con su familia. Nadie hablaba, ni siquiera su padre. Momentos antes, cuando uno de sus hermanos había tratado de tomar comida de la bandeja que María había preparado cuidadosamente, ella le había picado la mano con el tenedor.

Así que esperaban sentados.

El señor Del Refugio estaba enojado, pero palidecía ante la ira de su hija.

—¿Verdad, César? —le insistió el cura.

—Sí, sí, son buenísimos. Definitivamente ayudarán a mejorar la imagen de la ciudad —respondió al fin.

El señor Alvarado le cortó la punta a un puro y lo encendió con calma. Dio unas cuantas fumadas y la punta empezó a arder brillante en la fresca oscuridad de la veranda. Se puso de pie y caminó hasta la balaustrada de piedra que dominaba la ciudad y su paisaje polvoso de fábricas en operación.

—¿La imagen? —preguntó. ¿Creen que a alguien le importa?

El señor Alvarado volvió a llevarse el puro a los labios.

María se levantó de su lugar y le sirvió de cenar al hermano que había pinchado. Limpiando una lágrima de sus ojos, terminó de servirles a todos, excepto su propio plato, que recogió y devolvió a la alacena. Ni un alma miraba a María ni se atrevía a señalar que la habían dejado plantada.

Cuando César y el padre Esteban salieron y la puerta principal del señor Alvarado se cerró tras ellos, el cura dijo:

—Podemos ir con otros.

—Todos van a decir lo mismo. A nadie le importan estos chicos —dijo César.

Mientras caminaban de regreso por el camino del jardín, César lanzó una mirada hacia arriba a la veranda, donde aún podía ver al señor Alvarado de pie. Una nube de humo de puro subía en rizos desde sus labios y se dispersaba en el cielo nocturno.

Las flores habían aguantado bastante bien después de todo el día, mejor que los planes de César. Con el ramo aún en la mano, encontró la casa de María pero no vio ninguna luz encendida. La había regado, y lo sabía. Se dio la media vuelta y echó a caminar hacia su casa, solo, por la calle polvorienta.

Era el primer día oficial de práctica y los chicos estaban ilusionados. Echaban la bola de un lado a otro, corrían por los senderos de las bases, y pegaban de gritos y alaridos para beneplácito de algunos padres, amigos y otros desconocidos que, sentados en la tierra o en guacales boca abajo, observaban el juego.

Aunque hacía más de treinta grados, el padre Esteban llegó con todo su atuendo sacerdotal a bendecir al equipo y santificar su campo. Los chicos se reunieron en torno a él, en el montículo del pitcher, mientras salpicaba agua bendita sobre la tierra seca.

Unos minutos después, César llegó con ellos y preguntó:

—¿Alguno de ustedes me puede decir cuál es la Santísima Trinidad del beisbol?

—¿El padre, el Hijo y el Espíritu Santo? —aventuró Ángel.

—Casi. Los *cuadrangulares*, el *promedio de bateo* y las *carreras impulsadas* —César alzó una bola de beisbol y continuó—, y todos giran en torno a esto. En las próximas semanas ustedes tendrán que comer, dormir y respirar esto y sólo esto.

—¿Cómo comemos eso? —preguntó Norberto en voz baja a Ricardo.

—¿Quién gana la Serie Mundial cada año? —continuó César.

—Obviamente el mejor equipo —respondió Adolfo. Aunque no había ayudado a preparar el campo, estaba demasiado ansioso por reinstaurarse como el líder *de facto* del equipo.

—No. Es el equipo que juega mejor —respondió César. Tienen mucho que aprender con la mente y con el cuerpo, pero hoy empezaremos con el cuerpo. Todos fórmense para hacer unos ejercicios.

—¿Ejercicios? —se escuchó la queja colectiva.

—Sí, empecemos con veinte sentadillas.

—Queremos pegar y lanzar. No tendríamos por qué hacer veinte sentadillas —dijo Norberto.

—Norberto tiene razón. Que sean cuarenta.

8

Cosas inesperadas

Con los ojos vendados, Baltasar Charles tiraba de palos salvajemente hacia el blanco que flotaba en el aire sobre su cabeza. Los niños gritaban direcciones para ayudar a su desorientado amigo:

—¡Más arriba! ¡Abajo! ¡Enfrente!

El objeto de la puntería de Baltasar era una olla de barro adornada con picos que le daban la apariencia de una estrella de siete puntas. Icónica de las fiestas de cumpleaños infantiles, la piñata fue usada por primera vez por los misioneros españoles para enseñar a los indígenas el catecismo católico. Cada punta representaba uno de los siete pecados capitales, aunque en ese momento lo único en lo que pensaban Baltasar y sus amigos era en las nueces, dulces y fruta seca que tenía dentro, lista para ser liberada con un buen golpe del palo.

A todo esto, niños y adultos por igual entonaban la tradicional canción de las piñatas:

Dale, dale, dale, no pierdas el tino,
Porque si lo pierdes, pierdes el camino…
Esta piñata es de muchas mañas, sólo contiene naranjas y cañas…
La piñata tiene caca, tiene caca, cacahuates de a montón…

Finalmente, con un tremendo golpe zumbador, Baltasar reventó la olla de barro y su contenido se regó sobre las manos ansiosas de niños y niñas emocionados.

Norberto le había contado a Ángel sobre Baltasar, un muchacho que no hablaba mucho con nadie, pero Norberto sabía que estaría en la fiesta de Francisco Aguilar. Al verlo desde el otro lado de la reja caída, Ángel y Norberto entendieron que no era ningún accidente que apodaran a Baltasar el "revienta-piñatas".

Baltasar Charles y su familia, al igual que los Villarreal, vivían en una casa pequeña en una calle sin pavimentar, sin luz eléctrica ni agua corriente ni drenaje —las funciones de éste, relegadas a un hoyo en la tierra detrás de la casa. Todos los días tenían que traer el agua para beber, bañarse y cocinar, desde un pozo público, y su madre lavaba la ropa de la familia en un arroyo que drenaba el agua de lluvia.

Balta, como lo llamaban sus amigos, era hijo de Baltasar Charles Martínez, un obrero de la Compañía de Troqueles y Esmaltes, y María del Rosario Montes de Oca Cruz, una artesana que hacía tazones, platones y jarrones intrincadamente decorados para los pocos que podían pagar tales lujos en Monterrey. Tenía las palmas de las manos gastadas y agrietadas de aplicar lacas con químicos agresivos con los dedos, en vez de usar pinceles para los que nunca le alcanzaba.

Balta se iba caminando a la Escuela Revolución, que quedaba en uno de los barrios más paupérrimos de todo Monterrey. La pobreza de su familia le impedía a Balta soñar con un mejor futuro. Para él, la vida se limitaba a la escuela, sus obligaciones en casa y cuidar de su hermana menor, Patricia, que había estado muy enferma desde pequeñita. Tenía una especie de artritis juvenil, causada por la diabetes, que la debilitaba y la tenía adolorida la mayor parte de su vida. Las actividades normales se le dificultaban, y siempre tenía que tener alguien cerca para ayudarle. Puesto que ambos padres trabajaban, la mayor parte de esa responsabilidad recaía sobre Balta, el mayor de los niños que aún vivían en casa.

❖

La caverna oscurecida del alto horno estalló de pronto en luz cuando un cilindro líquido de acero fundido fue soltado desde el Caldero de colada núm. 2. Su intensa luminosidad sólo era superada por el sol. El vaciado no podía tomar más de dos minutos y medio para mantener la integridad de la temperatura del magma. Recapturado en un molde, reposaría varios días, enfriándose con la forma prescrita por los hombres que lo habían domado.

El señor Rafael Estrello oyó a varios de sus compañeros de trabajo hablar sobre un equipo de beisbol para niños de doce años. Después del trabajo, el señor Estrello pasó por la iglesia de San Juan Bautista para hablar con el padre Esteban.

—Sería muy bueno que Rafael se probara —le dijo el cura.

—Es muy tímido. A lo mejor algunos muchachos del equipo podrían hablar con él.

En unos cuantos minutos, el señor Estrello llevaba a Ángel y Norberto hacia su barrio, Villa de Guadalupe. Quedaba a un buen tiro de piedra de la Fundidora, en la ribera sureste del Río Santa Catarina. Sus habitantes vivían en condiciones que hacían que la colonia Fundidora o Acero parecieran lujosas en comparación. Los Estrello personificaban el bien conocido refrán: "Mientras hay lucha hay vida, y mientras hay vida hay lucha".

Rafael no estaba en casa.

—Ha de estar en la mueblería de mi hermano Ramón. Ahí trabaja después de clases —dijo el señor Estrello a los chicos que lo acompañaban.

—No hay tiempo de que juegue a la pelota. Lo necesito aquí en la tienda —le dijo Ramón a su hermano.

—Sus papás les dieron permiso de entrar al equipo, ¿verdad muchachos? —les preguntó a Ángel y Norberto.

—Mi papá está muy emocionado de que yo juegue beisbol —dijo Norberto.

—Y seguro que el tuyo también —le dijo Rafael padre a Ángel.

—Sí, señor —respondió Ángel, entristecido de no poder responder igual que Norberto sin empañar la verdad.

—¿Ya lo ves? —dijo Rafael padre a Ramón. Además, le hará bien jugar con otros niños de su edad.

—Te apuesto a que ni va a querer —dijo Ramón.

—Deja preguntarle. ¿Dónde anda?

—Lo mandé a traer unos materiales de Fabricación de Máquinas. Debe regresar en cualquier momento —respondió Ramón. ¿Por qué no lo esperan afuera ustedes dos? —les dijo a Ángel y Norberto.

Pronto, llegó Rafael y Ángel le preguntó si le gustaría jugar beisbol.

—¡Claro! —dijo Rafael entusiasmado, mientras se ponía la manopla extra.

El juego de los chicos se vio interrumpido repentinamente por el ruido cada vez más cercano de niños gritando. Ramón y Rafael padre corrieron a la puerta para ver qué causaba tal conmoción. Docenas de niños corrían como locos en todas direcciones por la calle polvorienta. Eran seguidos de cerca por hombres con batas blancas, enviados a los barrios por la Secretaría de Salud durante las campañas nacionales de vacunación. Algunos niños se agazapaban en los quicios de las puertas; otros se tiraban clavados bajo los autos estacionados; otros se subían a los árboles; pero la mayoría se dirigía al Río de la Silla cuyas orillas rocosas ofrecían un sinfín de escondites en donde esperar a que anocheciera, cuando podían volver a salvo a su casa. Ahogarse en el río o caerse de un árbol parecían preferibles que la aguja del doctor.

Más noche, cuando los chicos volvían de sus escondites, Rafael le rogaba a su mamá que lo dejara entrar al equipo.

—¿Y por qué tienen que ir hasta Texas? —preguntaba ella. Rafael era su único hijo y era muy protectora. Además él usaba anteojos, lo cual, sentía la señora Estrello, lo convertiría en el blanco de bromas.

—Allá tienen que jugar los equipos del sur de la frontera —respondió.

—Queda muy lejos.

Luego se dirigió a su marido:

—¿Cuándo volvería a casa Rafael?

—Son sólo un par de días —respondió su esposo.

—No sé qué decir. Rafael nunca ha dejado la casa y, pues, no sé qué decir.

—Por favor, mamá, déjame ir con el equipo. Por favor —suplicaba su hijo.

—Es un buen muchacho, y este viaje será para él una experiencia de crecimiento —añadió Rafael padre.

—Eres mi bebito, Rafael. Prométeme que te vas a cuidar —dijo ella llorando mientras abrazaba a su hijo.

—No te preocupes, mamá, no tengo miedo. Nos va a guiar la Emperatriz de América.

Hay algo en el sonido de un duro bat de madera cuando golpea una bola de beisbol forrada de cuero que lo distinguía de todo lo que César Faz había escuchado en la vida. En San Antonio, había un campo de beisbol a tres cuadras de su casa, pero aun a través de los árboles, las casas de los vecinos y el tráfico de la calle, podía distinguir el más leve *toc* de una bola bateada, lo cual le decía que era hora de agarrar su manopla y apresurarse antes de que escogieran equipos.

Tal era el fenómeno en el campo de tierra del barrio más pobre de Monterrey, al que eran atraídos los chicos; muchos traían manoplas hechizas, la mayoría no tenía zapatos, pero todos estaban ansiosos por jugar *biesbol*.

Enrique y Ángel habían traído a tres chicos nuevos a probarse.

—¿Qué me dices de él? —preguntó César sobre el chico parado en la caja de bateo.

—Él es Baltasar Charles —dijo Enrique. Pítchele una.

César lanzó hacia el home donde Baltasar esperaba con el bat listo. Con un golpe decidido, como si fuera una piñata, mandó la bola a volar muy por encima de sus cabezas.

—Nada mal —dijo César, negando con la cabeza.

Balta era muy fuerte para su edad por tener que levantar y cargar a su hermana cotidianamente. Los músculos de sus brazos y hombros estaban mucho más desarrollados que los de sus compañeros, resultado que le vendría muy bien a la hora de lanzar o golpear una pelota de beisbol.

—¿Y él? —dijo César refiriéndose al segundo chico de la fila.

—Es Fidel Ruiz —dijo Ángel. Juéguele una carrera a primera.

—¿Una carrera a primera? Estoy en el montículo. Tengo cinco pasos de ventaja. Además, es un niño chiquito.

—Está viejo —dijo Fidel refiriéndose a César. ¿Quiere el señor que corra más despacito? —le dijo al entrenador.

—Está bien, sabelotodo, ¡fuera! —gritó César y arrancó primero. Fidel le ganó por dos zancadas completas.

—Veloz, el muchachito —dijo César recuperando el aliento. Se queda.

Fidel había nacido en la zona de la ciudad reservada para los cuarteles militares. Era hijo de un sargento respetado y estricto, Emilio Ruiz. Su madre, Adelaida España, había accedido a mudarse con toda la familia a Ciudad Militar, la base donde Fidel y su hermana, Guadalupe, irían a la escuela. La vida entre soldados y uniformados hizo que la niñez de Fidel fuera muy disciplinada.

Fidel empezó a trabajar desde niño, lo cual le permitía abandonar el cuartel e irse corriendo hasta el centro de Monterrey a vender la comida que preparaba su mamá. Era un trabajo arduo para un niño, pero le daba una razón para deambular y la capacidad de ver un mundo más allá de los altos muros de tabicón gris de la base. Después de entregar sus pedidos, se juntaba con niños de la calle y caminaba por todo Monterrey, sin ninguna supervisión y libre de los rigores del estricto mundo de su papá sargento. Una vez, él y sus amigos se robaron unas galletas de una tienda de abarrotes, y cuando los detuvieron y los llevaron a la base militar, a él lo metieron en un pequeño calabozo para enseñarle una lección —que jamás olvidaría.

—¿Ese chico para qué sirve? —preguntó César, señalando a uno que era notablemente más pequeño que los demás.

—Ese es Mario Ontiveros. Trate de lanzarle un strike —lo retó Ángel.

—No puedo aceptar a un muchacho nomás porque tiene una zona de strike chiquita.

—Sólo trate —lo convenció Ángel.

Una docena de lanzamientos después, César seguía sin tirarle nada remotamente parecido a un strike.

Después de que el treceavo lanzamiento rebotó de la orilla del plato hacia arriba, César gruñó:

—Está bien, es difícil lanzarle, pero necesito una mejor razón para escogerlo.

Enrique se acercó más a César y murmuró:

—Por favor, señor Faz, ¡conoce a todas las chicas!

César miró a Mario y dijo:

—¿Tienes manopla?

Mario era hijo de Víctor y Sara Ontiveros de la Colonia Industrial. Era el segundo de seis hermanos, y el primer varón, lo cual implicaba una gran responsabilidad. En un principio, sus papás no querían que se probara para el equipo. Para poder participar, tendría que caminar más de tres kilómetros de ida y otro tanto de vuelta. Mario tuvo que convencerlos de que no por eso iba a dejar de estudiar mucho ni de ayudar en la casa.

—¿Por qué ya no ha venido a la iglesia? —le preguntó Enrique a César al terminar la práctica.

—No soy muy de ir a misa —respondió César.

—Ella lo extraña —dijo Mario, el experto en mujeres honorario del equipo.

A lo que siguió un coro de:

—¿Quién lo extraña?

—María del Refugio —respondió Norberto.

—Está guapísima —dijo Ricardo.

—Seguro que no me extraña —dijo César.

—Yo vi cómo lo miraba la semana pasada en el mercado —dijo Ángel.

—Eso fue antes de dejarla plantada y hacerla pasar vergüenzas con su familia.

—Búsquela —aconsejó Mario.

—No es tan fácil.

—¿Por qué no?

—Son muy pequeños para entenderlo —dijo César. Muy bien, muchachos, mañana a la misma hora.

Cuando César se fue, Mario reunió a sus compañeros de equipo.

—¿Qué hay? —preguntó Ángel.

—El señor Faz necesita ayuda con esta María.

Ángel y Enrique solicitaron la dirección de María al padre Esteban, y fueron a su casa al día siguiente, antes de la práctica. Cuando estaban a unas cuantas cuadras, se aseguraron de estar de acuerdo en lo que iban a decir, luego se fueron corriendo a toda velocidad hasta su puerta. Además de tener prisa, era importante llegar sin aliento.

Cuando María abrió la puerta, Enrique dijo jadeante:

—Señorita, el padre Esteban nos dijo que usted es enfermera.

—Así es, pero... ¿Hay alguien enfermo?

—Por favor venga, nuestro amigo está herido —dijo Ángel, también respirando agitado.

Cuando María llegó al campo, vio al resto del equipo reunido alrededor de Mario, que estaba tendido en el suelo sobre el home, quejándose. Abriéndose paso hasta el centro del grupo, María se arrodilló para atender al niño herido.

—¿Qué pasó? —preguntó.

—Hubo una jugada en el plato y al barrerse se pegó muy feo con la pierna de Beto —dijo Enrique.

—Sí, le dolió mucho —dijo Norberto, provocando un codazo en las costillas de Ángel, que apenas se aguantaba la risa.

—¿Puedes mover la pierna? —le preguntó ella a Mario.

—Puedo tratar… ¡aaay! —se oyó su queja de agonía al mover la pierna ligeramente. Mario, además de ser un *suavecito* con las damas, también era uno de los mejores actores de su época, o al menos eso creía.

—Quizá debamos llevarlo al hospital —dijo ella.

Mario puso ojos de plato y los muchachos se miraron unos a otros asustados.

—No tengas miedo. En el hospital curan a la gente —añadió María.

—Espere —suplicó Mario. A lo mejor con unos minutos más…

En ese momento llegó César para iniciar la práctica, y corrió hasta el grupo.

—¿Qué pasa? ¿Qué haces aquí? —preguntó a María un César desconcertado.

—Soy enfermera. Sus amigos fueron por mí —dijo.

—A lo mejor si trato de caminar apoyándola —sugirió Mario conforme su teatrito se empezaba a desvanecer.

—Mejor voy por un doctor —dijo César.

—¡No! —gritó Enrique. Digo, creo que la está moviendo bien. ¿Verdad, Mario?

—Sí, ya va mejor —dijo Mario. Se puso de pie y empezó a dar unos pasos. Su pierna se recuperaba milagrosamente.

—Un momento —dijo María. Si te barriste, ¿por qué no tienes los pantalones sucios?

Los chicos se miraron unos a otros al darse cuenta del pequeño detalle que habían olvidado en su plan.

—¿Niños? —dijo César con severidad, sospechando el timo.

—Más vale ir al campo y prepararnos para la escaramuza —dijeron mientras se dispersaban rápidamente a rincones remotos del campo. María se volvió hacia César.

—Si quería hablar conmigo, mejor hubiera…

—Te juro que no tuve nada que ver con esto —interrumpió César.

María estudió sus ojos un momento. Satisfecha de que a él también lo habían agarrado desprevenido, dijo:

—Bueno, por lo menos nadie está herido —se volvió para partir.

—Sobre la otra noche… —empezó a decir César.

María se volvió abruptamente.

—No hay nada que decir sobre eso, señor Faz. De veras, nada.

—No pude evitarlo —continuó él. Tuve que ir a ver a un señor…

—Le hubiera dicho que ya tenía un compromiso.

—No se le puede decir eso a un hombre importante como el señor Alvarado.

—¿O sea que para usted mi papá no es un hombre importante? —preguntó enojada.

—No lo hice por mí, sino por los niños. Si no podemos juntar el dinero para ir al torneo de las Ligas Pequeñas, todo su esfuerzo no servirá de nada.

—¿Fue por ellos? —preguntó ella.

—Sí.

—Perdón, no lo sabía. Supongo que puedo perdonarte sólo por esta vez. Pero si me vuelves a dejar plantada, mi papá de seguro te mata.

—Señor Faz, es hora de entrenar —gritaron los chicos.

—Veámonos hoy en la noche —invitó César a María.

—Eso no es posible.

—¿Por qué no?

—Mi papá no me va a dar permiso de salir sola de noche.

—Pero no vas a estar sola, vas a estar conmigo —dijo César.

—Para él, eso está peor.

—Rápido, Enrique nos necesita —dijo Fidel, el de los pies ligeros, a Baltasar cuando se lo encontró al día siguiente en el mercado abierto. Enrique se había visto acorralado por los jugadores de la Ciudad de México que volvían de su gira de exhibición. Intercambiaron palabras acaloradas, y Enrique había retado a Juan Zaragoza y sus amigos a presentarse en el campo de tierra. Arreglarían sus diferencias en el diamante de beisbol.

Al ser visitantes, el Equipo de Estrellas de la Ciudad de México bató primero. No había público, ni uniformes, ni umpires; los resultados se incribirían únicamente en las mentes de los participantes.

Adolfo tomó impulso y lanzó el brazo hacia delante rápidamente, pero en su nerviosismo no soltó la pelota hasta que había pasado su apogeo. La pelota picó en tierra a un bat de distancia del home, luego pegó en el hombro de Norberto y se desvió hasta la valla, causando la risa del bateador.

Adolfo miró en torno, avergonzado, y con una seña le indicó a Ángel y los demás jugadores del infield que se acercaran.

—Me duele el brazo de la barrida de ayer. Entra tú —dijo y le dio la bola a Ángel.

—Estuve contigo toda la mañana y no tenías nada en el brazo —acusó Ricardo a Adolfo.

—¿Me estás diciendo mentiroso? —devolvió el fuego Adolfo.

Ángel pensó un momento y le dijo a Ricardo:

—Si Adolfo dice que está lastimado, pues está lastimado.

Y este arranque tan prometedor sería el momento cumbre de Monterrey.

Cuando no les daban base por bola, los jugadores de la Ciudad de México golpeaban la pelota por todo el campo logrando hits extrabase. Tantos cruzaron el plato que misericordemente optaron por perder la cuenta después de que todos habían bateado dos veces en esa entrada.

No toda la culpa fue de Ángel. En cuanto asomó el caos, cualquier similitud con el beisbol organizado abandonó al equipo de Monterrey. Adolfo se quedó sentado en la banda, mirando. Se alegraba de no ser parte de esa paliza.

El padre Esteban les había dicho que el beisbol podía ser eterno, pero en ese momento los chicos rezaban pidiendo su mortalidad. Sin reloj ni regla de clemencia, y la oscuridad todavía a muchas horas, parecía que nada iba a rescatarlos de ese purgatorio.

Los salvó el aburrimiento. El equipo de la Ciudad de México al fin perdió el interés y se marchó.

Más tarde ese mismo día, cuando César llegó al entrenamiento, encontró a Ángel sentado solo.

—Todos se fueron a casa —dijo Ángel.

—¿Quién canceló el entrenamiento?

Ángel le contó a César los detalles del evento anterior con los jugadores de la Ciudad de México.

—El padre con el que van dijo que un ejército no es rival para un niño con fe. Vaya que no hizo falta mucho para hacer que éste desertara. Quiero verlos aquí a todos mañana a las cinco, ¡y cuando digo a todos, es a todos! —ladró.

—¿Para qué? —preguntó Ángel.

—Diles que estén aquí, o si no voy a buscarlos uno por uno y me los traigo arrastrando —dijo mientras se daba media vuelta y se alejaba. Ángel sabía que César no estaba bromeando.

Al día siguiente a las cuatro de la tarde, la puerta de la cantina que estaba enfrente de Peñoles se abrió de pronto, con el fuerte rechinido de sus bisagras. Peñoles era la compañía minera de Monterrey, y empleaba a muchos estadounidenses.

—Necesito varios tipos que hayan jugado beisbol —anunció César.

Las campanas de la Catedral Metropolitana sonaron fuerte sus cinco campanadas, señalando la hora. Ninguno de los chicos osó llegar tarde a la cita. César Faz los miraba fijamente; ninguno se movía ni se atrevía siquiera a murmurarle al de al lado.

—Si se quieren rajar, adelante. Pero no a costa de mi tiempo. Van a terminar la entrada que empezaron. No me importa si es la última que juegan en su vida.

—¿Contra quién vamos a jugar? —preguntó Enrique.

—Contra ellos —César señaló al grupo de hombres que había reclutado esa tarde.

Los chicos miraron a los hombres mayores con aprensión; César había conseguido siete. Parecían una pandilla bastante entrada en años, pero cuando salieron al campo y empezaron a pelotear, la facilidad con la que practicaban claramente intimidaba a los de las Ligas Pequeñas.

—¡Son mucho más grandes! —dijo Norberto.

—¿Qué?, ¿los vas a cargar? —preguntó César.

—Ni siquiera pudimos sacar a unos niños de nuestra edad —dijo Fidel.

—¡Tengo toda la noche! —ladró César.

—Pero señor Faz, son beisbolistas estadounidenses de a de veras —añadió Baltasar.

—¡Error! —dijo César. Son los Yankees y ustedes son los poderosos Dodgers de Brooklyn. ¡Van a vengarse de la Serie Mundial del año pasado!

Entonces César se volvió con Ricardo Treviño y le dijo:

—Vamos, Gil Hodges. Primera base.

Repasó la escuadra, y a cada chico en cada posición lo llamaba por su equivalente Dodger:

—Pee Wee Reese, tercera base, Duke Snider, jardín central… —todos empezaron a sonreír y a emocionarse mientras iba diciendo la alineación. Sandy Koufax, al montículo —le dijo a Ángel.

—Hoy me siento mejor del brazo —declaró Adolfo.

—Qué buena noticia, pero vamos a ver qué tal lo hace Ángel —respondió César.

—Ayer todos vimos qué tal lo hace —dijo Adolfo.

—Está bien, señor Faz, ayer jugué pésimo —dijo Ángel.

—Razón de más para que te metas a intentarlo otra vez —respondió firme César.

—Adolfo, juega en segunda base —ofreció el coach.

—Yo sólo soy pitcher —respondió el joven.

—Juegas en segunda o no juegas —ordenó ahora César. Adolfo tomó su posición de mala gana.

Los hombres de Peñoles no eran grandes jugadores ni tampoco pésimos, pero sabían lo suficiente del juego y sus músculos retenían apenas la suficiente memoria para que jugaran con una semblanza de precisión.

Ángel tiró cuatro lanzamientos y le dio base por bola al primer bateador. César caminó al montículo y le dijo:

—Ángel, mira a tu alrededor. ¿Qué ves?

—Beisbolistas estadounidenses, mis amigos, las familias de algunos de mis amigos, algunas personas que ni conozco y…

—Qué curioso. Yo sólo veo la manopla de Norberto —dijo César. Ni siquiera veo a Norberto, sólo veo su manopla.

Y volvió caminando a la banda.

Ángel cerró los ojos y los abrió, enfocándose en la pequeña cesta de cuero que la señora Villarreal había cosido para la mano de su hijo. Vio sus gruesas puntadas, y al forzar más la vista pudo ver hasta la textura del cuero. Su siguiente lanzamiento pegó directo en su acolchada red. En poco tiempo encontró su ritmo y con él, su seguridad. Después de unos cuantos strikes más, Ángel podía incluso detectar una ligerísima marca café donde había marcado al animal.

El juego continuó, y aunque hubo algunos errores, los chicos lograron terminar la primera entrada permitiendo una sola carrera.

En la parte baja de la primera entrada, Fidel y Enrique se embasaron. Adolfo era el siguiente bateador, pero cuando César llamó su nombre, Norberto le dijo:

—Dice que regresa cuando lo necesite para pitchar.

—Cuando lo vuelvas a ver, dile que lo voy a extrañar.

Los chicos impidieron que los veteranos anotaran durante dos entradas más, pero lo más importante es que se estaban divirtiendo en el contexto de competir. Llenaron las bases con sólo un out y acababan de anotar su primera carrera con un hit decisivo de Baltasar. Probaron que podían anotar, y cada chico sabía la importancia de ese momento. De pronto, tomar la delantera parecía una posibilidad real.

—¡Muy bien, eso fue todo! —gritó César. Está oscureciendo.

—Pero señor Faz, ¡estamos a punto de volver a anotar! —exclamó Rafael.

—Sí, y no está tan oscuro, todavía podemos ver —añadió Francisco.

—Queremos seguir jugando. ¡No nos queremos ir a casa todavía! —resonaron los comentarios de los muchachos.

—Recuerden que ayer todos se dieron por vencidos. Ahora se pueden ir a su casa con la conciencia tranquila —dijo César mientras se iba del campo con los hombres de Peñoles.

❖

Lucky alcanzó a César en la misma cantina donde había reclutado a los hombres. Los veteranos estaban disfrutando de la ronda de tragos que César les había prometido.

César y Lucky los escucharon mientras se deleitaban unos a otros con anécdotas de grandes jugadores y jugadas y escenarios interminables de *y-qué-tal-si* o *y-qué-hubiera-pasado*... Estos hombres quizás hubieran olvidado la mayor parte de sus vidas, pero recordaban vívidamente los hits que ganaron un juego o los clavados por atrapar una pelota en las remotas canchas llaneras de su juventud.

—Dicen que tienes un lanzador que se cree Sandy Koufax —dijo Lucky.

—Sí. Es su héroe.

—¿Por qué él? Sólo ganó cuatro juegos en sus primeras dos temporadas. ¿Por qué no Newcomb o Drysdale?

—¿Sabes qué dijo Al Campanis sobre Koufax cuando puso al muchacho a tirarle unos lanzamientos de prueba? —preguntó César. Al Campanis era el buscador de talento de los Dodgers de Brooklyn. Dijo que sólo dos veces en la vida había sentido que se le erizaran los pelitos de la nuca. La primera fue cuando vio el techo de la Capilla Sixtina, y la segunda cuando Sandy Koufax le lanzó una bola rápida.

—Bueno, por lo menos hay un chico mexicano que cree en él. Oye, creo que me debes una cerveza —dijo Lucky. César le ordenó una a su amigo, y luego se volvió con los señores mayores que seguían hablando de su excursión beisbolística.

—Gracias por hacer que pareciera un juego tan cerrado —les dijo César mientras alzaba su botella de Cuervo.

—No sé ustedes, pero yo estaba tratando de ganar —dijo uno de los hombres.

—Salud —terció su amigo, y se empinó la cerveza entera sin tomar aire.

El sol apenas asomaba sobre el Cerro de las Mitras cuando empezaron a tocar a la puerta de César. Se recargó contra ella y sonrió, pero no se movió. Siguieron tocando. Había permitido que los chicos redescubrieran sus deseos de jugar y quería saborear el momento.

—No nos vamos a ir hasta que venga al campo —dijo Ángel por la ventana de vidrio delgado.

—Tienen suerte de que esta mañana no tenga que ir a ninguna parte —dijo César al salir de su casa unos minutos después.

César recorrió con la mirada la fila de muchachos parados a su puerta.

—El que vuelva siquiera a pensar en rajarse, queda fuera. ¿Entendido?

—Sí, señor Faz —respondieron.

Esa tarde, los chicos probaron varias posiciones mientras César ladraba escenarios en lo que llamaba "bola en situación". Lucky pasó por la cancha para ver cómo iba la última encarnación de los Dodgers de Brooklyn.

—Hay corredores en primera y… —empezó a decir pero de pronto fue interrumpido por Ángel.

—¿Cuáles corredores, señor Faz? No hay nadie en base.

—Hagan de cuenta.

—¿Cómo?

—Está bien —dijo César, respirando profundo. Mario, a primera. Fidel, tú corres de home en cuanto le pegue a la bola. ¿Satisfechos?

Los chicos asintieron.

—Ahora, corredores en primera y segunda sin ningún out. ¿Qué haces si la bola viene hacia ti? ¿Por tierra, en el aire, de rebote? Piensen —dijo, y picó una fuerte entre el short stop y la segunda base.

Mario y Fidel salieron corriendo mientras los dos defensivos del infield dejaron pasar la bola, cada uno pensando que el otro la iba a fieldear. Enrique tiró del jardín central a primera base, pero los corredores ya habían pasado, lo que forzó a lanzar a segunda, pero la pelota iba muy alto y volvió a salir al outfield. Sólo un tiro de precisión de Gerardo González logró atrapar a Mario en el plato.

César movió la cabeza de un lado a otro.

—¡Cosas inesperadas en momentos inesperados! —dijo en voz alta.

—Pero sacamos a Mario —proclamó Norberto.

—Convirtieron una jugada de rutina en una que requirió de acciones heroicas. Eso no es buen beisbol. Lo que distingue a los grandes jugadores es estar preparado para lo que ni te imaginas. El corredor de base que se tropieza, un wild pitch, una bola que rebota de la base...

César mandó otra picada a la tercera base, la bola dio sus vueltas.

—Es mucha información. Salvo unas cuantas entradas con el Equipo de Estrellas de la Ciudad de México y tu brigada de viejitos, estos muchachos en realidad no han visto ni cómo se juega el juego —dijo Lucky.

—Sólo hay que aprender cinco cosas —se lamentó César. A correr, a recibir, a lanzar, a pegarle y a pegarle más duro.

—Parece que ya saben hacer esas cosas —observó Lucky mientras la bola llegaba a tercera justo a tiempo para atrapar a Fidel en su barrida. Nomás tienes que enseñarles cuándo.

—Bien, volvamos a intentarlo —gritó César. No hay nadie en base, dos outs, la jugada es en primera.

César le pegó a la bola y la mandó al jardín. Enrique, que creía que la iba a volver a picar, no estaba preparado. En lo que iba corriendo por la pelota, perdió la oportunidad de atajar al corredor, pero su tiro llegó a home con una trayectoria limpiecita para sacar a Francisco Aguilar.

—¿Ves lo que te digo? —comentó Lucky. Qué buen tiro.

—Usan un gran atletismo para compensar sus errores estratégicos —respondió César.

—Enrique —gritó César—, cosas inesperadas en momentos inesperados.

—Sí, señor Faz —respondió el jardinero sin aliento.

Lucky bromeó:

—Bueno, Yogi Berra decía que el noventa por ciento del juego es medio mental.

—Sí, y yo debo estar cien por ciento mal de mis facultades mentales si creo que les puedo enseñar beisbol en cuatro semanas. ¿Te gustaría crear orden en este caos?

—Échame un grito cuando te duela —rió Lucky.

Los chicos poseían un atletismo natural y daban muestras individuales de genialidad, pero juntos se movían como un reloj descompuesto con los engranajes mal sincronizados. El problema se acrecentó una tarde cuando llegó un "engranaje" del otro lado de la ciudad.

Los muchachos estaban tomando un descanso cuando un auto caro llegó y se estacionó a la orilla del campo. Del sedán negro bajaron un niño y su padre, que vestía de traje.

—¿Quién es ése? —preguntó César al padre Esteban, que había venido a ver el progreso del equipo.

—Es el señor Maiz. Es el jefe de una familia muy respetada —respondió el cura.

Mientras César y el señor Maiz conversaban, su hijo se acercó al grupo luciendo su manopla y su gorra nuevecitas.

—¿Tú quién eres? —preguntó Ángel.

—Soy Pepe. Juego jardín izquierdo.

—Gerardo juega el izquierdo —dijo Enrique.

—Ya veremos —dijo el niño nuevo.

Cuando el señor Maiz se fue en su auto, César volvió y dijo:

—Muchachos, les presento a su nuevo jardinero izquierdo, Pepe Maiz.

—Te lo dije —le dijo Pepe burlón a Enrique.

—¿Crees que tu papá te puede comprar tu lugar en el equipo? El dinero no es todo.

—Sólo cuando no tienes —contestó Pepe—, y tú nunca vas a tener.

—Pero siempre te voy a poder romper el hocico —dijo Enrique. Él y Pepe estaban cara a cara, ninguno dispuesto a echarse para atrás.

—¡La jugada es a segunda! —gritó César y pegó una línea al jardín central. Enrique la vio demasiado tarde. Se arrancó tras ella, pero en vez de atraparla con facilidad, la pelota salió rodando hasta la calle.

—Enrique, pon atención —gritó César.

—¡Buena jugada! Al ratito vas a estar juntando astillas en la banca —bromeó Pepe.

—¡Ya estuvo bueno! —Enrique tiró su manopla al suelo y se fue sobre Pepe. En segundos, ambos estaban tirando puñetazos y rodando por el suelo.

—Él tiró el primer golpe —dijo Pepe cuando César los separó.

—Él empezó —replicó Enrique.

—Silencio, los dos. Sólo hay dos clases de jugadores de beisbol: los que saben jugar en equipo y los que no van a estar en este equipo. No se muevan.

César agarró un costal de cemento vacío y sacó su navaja. Cortó dos tiras largas de tela, las amarró de una punta y acercó la otra a los muchachos.

—Junten las piernas —ordenó, y amarró el tobillo izquierdo de Pepe al tobillo derecho de Enrique. Los ayudó a levantarse y los llevó a la posición del short stop. Después volvió al home y les gritó:

—Bien, es hora de la lección número uno de trabajo en equipo. La jugada es a primera.

César mandó una tunda de picadas directo al desventurado par. Una tras otra, las bolas rebotaban de distintas partes de sus cuerpos porque no podían dejar de estorbarse. Aun cuando uno lograba atrapar la pelota en el guante, los jalones del otro hacían que saliera volando sin control.

Finalmente, después de empujarse, aventarse y culparse mutuamente, Pepe tiró su manopla. Enrique atrapó la siguiente picada y se la pasó a Pepe, que la lanzó a primera base.

César cortó la cuerda y ambos cayeron al suelo, sobándose los adoloridos tobillos.

—De ahora en adelante, dejen sus rencores en casa.

César dejó a Ángel a cargo de pitchar la práctica de bateo. Pepe pidió primeras. Ángel le sirvió una por el centro del plato, y el niño nuevo le pegó un toletazo que la mandó volando sobre la cabeza de los jardineros. La bola llegó tan lejos que rebotó en la calle y cayó en la parte de atrás de una carreta de paja tirada por un caballo.

De inmediato, todos se dieron cuenta de las consecuencias de lo que había pasado.

—¡Bolita! —gritaron los chicos y echaron a correr por la calle tras la carreta.

Al no tener suficientes bats ni bolas para todos, César se volvió más inventor que entrenador. Empezó a idear diferentes juegos, cada uno diseñado para incrementar los reflejos, resistencia y camaradería de los muchachos.

El experimento de amarrarle los tobillos a Pepe y Enrique había salido tan bien, que varias veces a la semana amarraba a todo el equipo y mandaba a los chicos a hacer encargos por la ciudad. Resultaba cómico ver a una docena de niños o más, todos amarrados de los tobillos, cayéndose al suelo o tratando de pasar por una puerta, pero César quería que llegaran a entender las intenciones de sus compañeros de equipo a partir del menor movimiento.

César también los mantenía ocupados trabajando en el campo. Se adentraron en las fábricas locales en busca de pedazos de madera, metal, tabiques y otros materiales que pudieran usar para mejorarla. Para disfrazar la calistenia que tanto detestaban, los ponía a mover vigas de madera y tabiques de un lado a otro del campo mientras decidía dónde construir las gradas.

Con su ayuda, también empezaron a elaborar una pizarra hechiza, y un trozo de reja de malla de alambre que alguien se encontró se convirtió en la máscara de catcher de Norberto.

Después de la práctica, cuando tenían los brazos demasiado adoloridos para recoger una pelota más y sentían las piernas como durmientes del ferrocarril, les enseñaba las reglas, las estrategias y las silenciosas señales de mano que comunican robo, hit-and-run, y toque.

Durante uno de los entrenamientos, César se quedó sentado en la banda y trabajó en la alineación para el padre Esteban.

—¿César? —preguntó el cura.

—¿Sí, padre?

—Si ya no tenemos a Adolfo Martínez, ¿no crees que es hora de que escojamos a un segundo lanzador?

—¿Para un juego?

—¿Qué pasaría si Ángel se lesiona… o si no puede salir de una entrada?

—Buena idea —dijo César. Llamó a los chicos al montículo.

—Muy bien, Ángel te quiero de catcher. Todos los demás, en fila india atrás del montículo —los chicos hicieron lo que les dijo. Quiero que cada uno tire cinco lanzamientos.

Francisco fue el primero, seguido por Roberto Mendiola y Alfonso Cortez, dos de los reclutas más nuevos del equipo. Ninguno de sus lanzamientos pasó cerca.

—Es culpa de Ángel —se quejó Fidel, que fue el siguiente en lanzar. Es un blanco muy malo.

—¿Quieres un blanco? —gritó César. Se paró en el plato de espaldas al montículo. Doblándose hacia delante, dejó expuesto su trasero, retando a Fidel a que le pegara. Uno por uno, los chicos fallaron hasta que Enrique tomó la pelota.

La punzada de la pelota al golpear las asentaderas de César se sintió a una cuadra; el chillido de César fue ahogado por el sonido de los muchachos felicitando a Enrique por haber dado en el blanco tan oportunamente.

—Señor Faz, me quedan cuatro lanzamientos —dijo Enrique, sonriendo.

Anticipando las consecuencias, César cumplidamente se volvió a poner en posición. Cuando una segunda bola rápida se impactó en sus posaderas, Ángel hizo una mueca de dolor.

—Ésa le va a dejar huella.

—Aquí está, señora —dijo el dueño de una curtiduría mientras enrollaba una hoja de cuero. La señora Ontiveros buscó su pequeño monedero.

—¿Para qué necesita tanto?

—Voy a hacer manoplas para el equipo de mi hijo —respondió.

—¡Haberlo dicho antes! Espere un minuto —dijo mientras subía una escalerita y bajaba una piel distinta, más oscura. Éste es mucho mejor.

—No creo que me alcance para ése. Yo...

En ese momento, los chicos pasaron corriendo por la calle. Todos iban con los ojos vendados, excepto Norberto que los iba guiando.

—Por favor, señora. Sólo deséeles suerte —dijo el tendero mientras la hacía guardar su dinero.

Más tarde, César y Norberto estaban parados en una esquina.

—¡Fuera! —gritó César. Ésa era la señal para que Norberto lanzara la pelota calle abajo hacia Enrique mientras Mario empezaba a entonar uno de los himnos favoritos del equipo. Enrique atrapó la pelota, pivoteó y la mandó por la calle que cruzaba a otro compañero de equipo. De esta manera, la pelota recorrió un circuito por todo el barrio, seguida con facilidad por perros que ladraban y gallinas asustadas que emprendían el vuelo, hasta que el último chico de la cadena la volvió a disparar hacia Norberto. Cuando pegó en su guante, Mario dejó de cantar.

—¿Qué tal? —le preguntó César a Mario, el "cronómetro" musical del equipo.

—Bajamos cuatro compases.

—Bien. Bueno, Norberto, listo. Esta vez, tírala para el otro lado.

—Pero, señor Faz, no les avisó…

—Exacto. Cosas inesperadas…

—¿Ven la cima de ese cerro? —César señaló la inclinada pendiente que más parecía una montañita que una cerro. Los chicos asintieron. Bien, pues arriba hay un tesoro enterrado. Y nadie sabe que está allí más que yo. Pero tenemos que ir por él de inmediato, o de lo contrario se perderá para siempre.

Con eso, los chicos empezaron a subir corriendo por un costado del rocoso monte. Algunas piedras se aflojaban, y en un par de ocasiones, alguno de los chicos perdió pie y por poco se llevó una fea caída por la escarpada ladera. Cuando llegaron a la cima y buscaron el tesoro, lo único que encontraron fue una pelota de beisbol nueva. Cuando volvieron a bajar, Norberto dijo:

—No había nada más que esto.

—Todos, tóquenla. Siéntanla con cuidado —dijo César mientras los chicos la iban pasando. Varios la frotaron contra sus mejillas.

—Ése no es un tesoro de a de veras —dijo Enrique enojado.

—¿Si les hubiera dicho que lo único que había hasta acá era una pelota de beisbol, hubieran corrido tan rápido para llegar a la cima?

—No —vino la respuesta.

—Cuando estén listos para subir corriendo una montaña, cruzar un río a nado o atravesar el desierto por el beisbol, estarán listos para jugar contra los beisbolistas estadounidenses.

—¿Entrenan así de duro? —preguntó Ángel.

—Todos los días de su vida —respondió César.

Con excepción de Ángel, los chicos se dispersaron para ir a realizar sus actividades del día. Ángel miró hacia arriba, al precipicio del que acababan de descender.

—¿En qué piensas, Ángel? —preguntó César.

—¿Si subo corriendo esta montaña todos los días, puedo ser beisbolista profesional?

César no supo qué responder. Su única meta era enseñarles suficiente beisbol para que pudieran dar una presentación respetable en McAllen, Texas. No albergaba ninguna ilusión sobre los resultados que darían sus esfuerzos, pero esto era algo nuevo y César no quería ser responsable de sueños que no tenían ninguna oportunidad de crecer.

9

Bolsas de papel de estraza

Era la tercera semana de julio. Tras bambalinas en el Teatro Winter Garden de Broadway, se llevaban a cabo las audiciones finales para un nuevo musical llamado *Amor sin barreras*. Contaba la historia de una pandilla de muchachos mientras defendían su territorio contra un grupo de hispanos. En Alabama, Martin Luther King Jr. regresaba de Washington D.C. donde lo había recibido el vicepresidente Richard Nixon en el Capitolio de la nación, aunque en el capitolio de su propio estado no pudiera tomar agua del mismo bebedero que un empleado de intendencia blanco.

Los Dodgers de Brooklyn habían ganado cuatro juegos al hilo y actualmente iban en segundo lugar. Hoy, tendrían un doble juego contra los Cachorros de Chicago en el Ebbets Field.

En La Mesa, California, Dennis Hanggi y su familia empacaron toallas, sillas y una hielera en la guayín familiar para ir a pasar el día a la playa South Mission, al norte de la estación naval de San Diego. Jugarían un juego que sólo existía en la Playa Mission: una variante del beisbol de tres contra tres llamada Cruzar-la-línea.

En Monterrey, el padre Esteban había terminado la Comunión y ahora estaba sentado junto al altar, escuchando a los chicos del coro. Un niño se le acercó y le murmuró algo al oído, a lo que el cura asintió lentamente.

Después del himno, tomó su posición detrás del púlpito y, como era su costumbre, se preparó para dar sus anuncios semanales.

—Gracias a sus plegarias, los forúnculos del señor Montes por fin sanaron. La señora Santana dio a luz a gemelos… Y por último —hizo una pausa y miró hacia el coro—, Monterrey acaba de ser invitado oficialmente a las Ligas Pequeñas de Estados Unidos.

Los gritos de emoción del coro, normalmente solemne, empezaron antes de que hubiera terminado la oración.

Su pura habilidad beisbolística no iba a darles los uniformes ni el transporte a Texas: para eso hacía falta dinero. Después de visitar al señor Alvarado, César y el padre Esteban fueron a ver a otros magnates industriales y patriarcas de Monterrey. La mayoría fue cortés, como el alcalde, que dijo que no le alcanzaba el presupuesto para hacer escuelas y calles, mucho menos para un equipo itinerante de beisbol, pero todos los rechazaron. Uno de ellos incluso le advirtió al cura que estaba llevando las ovejas al matadero.

Hubo un hombre, el señor Bremer, a quien César y el padre Esteban se vieron obligados a dejarle un recado al enterarse de que andaba en la Ciudad de México. Al volver a Monterrey, el señor Bremer dio instrucciones a su chofer de recorrer la Colonia Cantú. Había oído rumores de chicos que corrían por la calle con los ojos vendados y también cuesta arriba por los cerros hasta que ya no podían ni caminar.

Por la ventanilla de su Packard Clipper Deluxe, observó a Ángel y sus compañeros de equipo cargando agua. Los palos y las cubetas parecían demasiado grandes para sus huesudos hombros desnudos. Les pagaban unos cuantos pesos por cada cubeta entregada: estaban decididos a pagarse su viaje aun si nadie más los ayudaba. El señor Bremer había nacido en una familia acaudalada, su infancia le ofrecía muy poco en qué identificarse con las experiencias de estos niños. Pero admiraba a quienes trabajaban duro, y sólo por eso se sintió obligado a recompensarlos.

❖

—¿Está bromeando? —preguntó César Faz atónito, sentado en una silla de marco metálico al otro lado del escritorio de su gerente en la Fundidora.

—No —vino la respuesta del señor Calderón.

—He hecho todo lo que usted me ha pedido. Los trabajos peligrosos, los que eran una basura… No, gracias —respondió César.

—No te lo están pidiendo. El señor Bremer le pidió a Vitro que sea uno de los patrocinadores del equipo y quiere que vayas de entrenador.

—Si fuera en cualquier parte menos en Estados Unidos…

—Eso es bronca tuya.

César se hundió en la silla y miró por una pequeña ventana en la oficina de su gerente. Tendría que cruzar el río cuyas aguas separaban los lados de su vida que nunca habían coexistido en paz.

César llegó al campo cargando varias cajas. El padre Esteban ya estaba allí con los catorce muchachos definitivos que habían sido seleccionados para el equipo de viaje. Eran Ángel Macías, Enrique Suárez, Baltasar Charles, Fidel Ruiz, Norberto Villarreal, Francisco Aguilar, Rafael Estrello, Jesús Contreras, Pepe Maiz, Gerardo González, Roberto Mendiola, Alfonso Cortez, Mario Ontiveros y Ricardo Treviño.

—Están muy emocionados de que venga con nosotros —dijo el cura. Yo sabía que Dios lo iba a guiar.

—Uy, vaya que *Él* me guió.

Durante este diálogo, los chicos permanecieron sentados junto a la gruta y César notó que no se movían ni le quitaban los ojos de encima a la estatua de la Virgen Morena.

—¿Otra vez están rezando? —le preguntó César al padre.

—No —respondió.

—¿Entonces qué están haciendo?

—Están mirando al pajarito.

—¿Cuál pajarito?

—Ese, pequeñito… en las flores.

César forzó la vista y finalmente dio con el objeto de la atención de los niños. Era un colibrí verde y amarillo que parecía suspendido a medio vuelo.

El padre Esteban se acercó más a César y murmuró:

—Les dije que si lograban ver las alas de ese pajarito, le podían pegar a cualquier lanzamiento.

—No me diga que usted eso cree.

El padre Esteban se encogió de hombros.

—Ellos sí…

—Vaya consuelo para los desamparados.

—Quizá, pero parece que el señor ha provisto —dijo el cura, mirando las cajas que César había dejado en el suelo.

En unos minutos, el padre Esteban le pidió a los niños que se acercaran a César.

—El señor Bremer los pagó, pero ustedes se los ganaron con su sudor —dijo César y abrió las tapas de las cajas.

Con el tiempo llegarían a tener varios patrocinadores —Vidriera Monterrey, Cía. Metalúrgica de Peñoles, Anderson Clayton y Tubacero—, y llamarían al equipo: "Liga Pequeña Industrial de Monterrey, Asociación Civil".

José González Torres de Peñoles los acompañaría en su viaje a Texas como asistente de César. Diez años antes, trabajaba para la compañía American Metals cuya matriz estaba en Nueva York. Y había ayudado a organizar uno de los primeros equipos de beisbol de Monterrey, en una liga católica de adultos.

Emocionados, los chicos revolvieron las cajas para encontrar uniformes y spikes. Estaban tan eufóricos que allí mismo se encueraron hasta quedar en calzones y se empezaron a cambiar. Los familiares y amigos que los veían desde las gradas se pusieron de pie y aplaudieron mientras los chicos desfilaron con su uniforme por primera vez. Grabado en cursivas sobre el pecho de cada muchacho estaba el nombre de Monterrey.

—Padre, el que yo vaya no fue del todo una decisión mía —confesó César.

—Hasta Moisés se resistió al llamado de Dios de guiar a Su pueblo.

❖

Después del entrenamiento, el padre Esteban reunió a todo el equipo en la iglesia. Mientras realizaban diversas tareas, César se sentó con María en las bancas. La atención de ella se distrajo un momento cuando observó que varios de los muchachos cojeaban.

—¿Qué les pasó?

—Nada, los puse a que usaran los spikes toda la semana.

—Pero se les van a ampollar los pies —dijo ella, un poco preocupada.

—Mejor que sea ahora y no en el juego —respondió él.

—Qué bueno que no eres mi entrenador.

—Sí… yo preferiría ser tu novio. ¿Qué me dices de nuestra cita? Llevo semanas invitándote a salir.

—César, es hora de que conozcas a mi papá. Es lo correcto.

—Dudo que yo le parezca buen partido.

—Le dije que fuiste manager de un equipo de Grandes Ligas en Estados Unidos. Eso es muy impresionante.

—Mmm… no sé.

—No puedes jugar con mi corazón como si fuera una pelota de beisbol.

—Mañana nos vamos a Texas, pero para el miércoles ya regresamos. Dile a tu papá que paso esa noche.

—¿Seguro que esta vez sí llegas?

—Te lo prometo.

—Eso ya lo he oído antes.

—Pensé que ya me habías perdonado —suspiró César.

—Sí, pero eso no significa que te crea.

—El miércoles. Te lo prometo.

El sol estaba a punto de ocultarse tras la parte más lejana de la Sierra Madre. El destello de las veladoras era el único indicio de luz en la iglesia. Sentados en semicírculo ante el altar, los chicos observaban mientras el padre preparaba un frasco especial de santos óleos. Enrique, sentado hasta la izquierda del círculo, le pasó su manopla al padre Esteban. Miró con curiosidad mientras el cura lentamente derramaba unas cuantas gotas del aceite bendito sobre su cesta.

—El ungüento y el perfume alegran el corazón, y el cordial consejo del amigo, al hombre —dijo el padre Esteban citando Proverbios 27:9, mientras metódicamente frotaba el guante con aceite y trabajaba el cuero como si estuviera amasando una bola de masa.

—¿Eso qué quiere decir, padre? —preguntó Enrique.

—Quiere decir: amarra esto con algo redondo dentro y lo metes abajo de tu almohada para dormir.

Uno por uno, los chicos le pasaron su manopla al padre Esteban y cada una recibió esa bendición especial.

❖

Era una noche particularmente ocupada para el padre Esteban. Hizo una visita especial a la familia de Baltasar Charles en su pequeña casa de la Colonia Industrial. Los padres de Baltasar le habían pedido al cura que viniera a hablar con su hijo. Baltasar llevaba tanto tiempo cuidando a su hermana Patricia, que de pronto le había dado miedo dejarla. El cura habló un rato con Baltasar en lo que él y Patricia se preparaban para decir sus oraciones antes de dormir. Al final, fueron las palabras de aliento de su hermana, no las del padre Esteban, las que tranquilizaron a Baltasar.

—Balta, tienes que ir. Si no vas por mi culpa, nunca te lo voy a perdonar —le dijo.

—¿Pero quién te va a ayudar si…?

—Son sólo unas cuantas noches. No te puedes quedar conmigo toda la vida —insistió Patricia.

Antes de que se fuera el padre Esteban, Baltasar le imploró que le diera una bendición especial a Patricia. El cura lo hizo y se quedó hasta que ambos niños estaban dormidos. Patricia dormía en la única cama del cuarto, con Baltasar a su lado en un colchón hechizo en el suelo.

—Bienaventurados los de limpio corazón, porque ellos verán a Dios —murmuró el padre, citando una frase de Mateo 5:8, al dejarlos por esa noche.

—¿No tienes que madrugar? —le preguntó Lucky a César mientras ambos ahogaban su sed en el bar local.

—A propósito de eso, ¿qué vas a hacer los próximos días? —le preguntó César a su desprevenido amigo.

—Lo que hago siempre. Trabajar… pero espero que no muy duro —rió Lucky y le dio otro trago a su cerveza.

—Yo pensaba que ibas a venir con nosotros a McAllen —estas palabras precipitaron que Lucky rociara de cerveza la camisa de César.

—Siempre que haces eso, te metes en problemas.

—¿Qué? —preguntó César.

—Pensar.

—Claro, le consigues la franquicia al equipo y luego los dejas colgados.

—¿Yo dejarlos colgados? Hasta hoy en la tarde ni siquiera iban a ir. Yo ya cumplí con mi cuota de salvarte el trasero.

—Ándale, nos vendría muy bien tu ayuda. Son sólo un par de días.

—¿Y qué voy a hacer, pegármeles de bat boy?

—Y te invito los tragos una semana.

—Dos semanas.

—Trato hecho. Brindemos por la Industrial de Monterrey y por nuestra suerte —dijo César mientras alzaba su cerveza.

Lucky hizo lo propio y dijo:

—Si soy tan suertudo, ¿por qué siento como si me acabaran de dejar un caballo gigante de regalo en la puerta?

Esa tarde, como todas, el Cerro de las Mitras despidió el día desde el poniente de Monterrey. Su perfil religioso es un eterno monumento a la fe que esta ciudad de trabajo tiene en Dios. De noche, sin electricidad para alumbrar los hogares y ni siquiera alumbrado público, las colonias pobres de Monterrey quedaban envueltas en esa oscuridad negra como la tinta que por lo general sólo se encuentra en el desierto.

Pocos en Monterrey tenían reloj, así que el tiempo era demarcado por amaneceres, atardeceres y silbatos de fábrica. Aún menos personas tenían un calendario, mientras los días se mezclaban con las semanas que a su vez se convertían en años. Monterrey era un lugar de generaciones cambiadas a base de no cambiar nunca.

Los muchachos, sin embargo, estaban muy conscientes de la fecha: 28 de julio de 1957. En unas horas, dejarían a sus familias, su ciudad y su país para jugar un juego oficial de beisbol en McAllen, Texas. Habían jugado entre ellos con marcador y contando las bolas y los strikes, pero esto sería diferente.

Esa noche compartían la inquieta emoción de un viaje desconocido que los aguardaba al otro lado del horizonte nocturno.

Ya pasaba de la medianoche cuando Oralia entró al cuarto de Ángel y se sentó en el suelo junto a su cama. Ángel abrazaba fuerte su manopla amarrada con hilo. Su semblante denotaba una calma que ella rara vez había visto en su hijo mientras se abría paso entre la tormenta diaria que era su niñez.

—Cuando ibas a nacer te peleabas conmigo, como si no quisieras salir al mundo, y ahora me dejas mañana —le hablaba en voz baja a su cuerpo dormido. Pedro ya tendría dieciocho. El doctor me dijo que nunca iba a poder tener otro, pero seis años después te cargué. Era un milagro, pero luego Pedro se enfermó. Sentí que Dios me estaba castigando por haber hecho algo horrible, y Humberto… él nomás cerró su corazón y se metió arrastrando a una botella, tan hondo que nunca ha encontrado la salida.

A la mañana siguiente, mientras la mayoría del equipo se reunía en la Plaza José Martí, Ángel seguía en su casa. Traía puesto el uniforme, y Oralia se estaba asegurando de que se viera perfecto.

—¿Y éste a dónde cree que va? —preguntó Humberto que había salido del cuarto, crudo. Era raro verlo despierto tan temprano.

—A Texas, con el equipo. ¿Te acuerdas? —dijo Ángel.

—No me acuerdo de haberte dado permiso de ir —le dijo bruscamente a Ángel.

—Humberto, lo juraste… —suplicó Oralia.

—Aunque lo haya jurado por Dios, no va a ir. A su edad, yo ya sabía vaciar acero fundido.

—Papá, voy a ir —declaró Ángel como si de verdad no pudiera existir ninguna otra opción.

Los dos trabaron miradas, y Oralia podía sentir cómo iba creciendo la ira de Humberto mientras se acercaba a Ángel. Respirando fuerte por la nariz, Humberto emitía un desagradable tufo a tequila barato que se le metió a Ángel en los pulmones, pero el niño no retrocedió. Estaba bien plantado, devolviendo la mirada de Humberto sin ninguna emoción en los ojos. Su expresión no estaba permeada de miedo ni de ira. Iba a ir, no por faltarle el respeto a su padre ni por fastidiarlo, pero iba a ir.

Humberto exhaló de golpe y apartó la mirada de su hijo.

—¿Por qué no? Será una boca menos que alimentar en esta casa por un par de días —gruñó.

Pepe Maiz llegó a la plaza antes de que Ángel pudiera llegar a la Colonia Cantú. El sedán de su padre se había estacionado al fondo de la plaza donde los demás chicos esperaban. El señor Maiz abrió la cajuela y le pasó a Pepe un veliz de cuero.

Pepe miró a sus compañeros de equipo y notó que todos traían bolsas de papel de estraza.

—Papá, espera —le dijo Pepe a su padre. Abrió el veliz y sacó un solo par de calzoncillos.

—¿Pero y las cosas tan bonitas que tu mamá te empacó con tanto cuidado? —preguntó su padre.

—No importa, papá. Voy a estar bien.

Pepe cruzó la calle y se sentó en la banqueta. Enrique se acercó a él.

—Échalos aquí —dijo Enrique, abriendo su bolsa de papel. Pepe guardó su muda de ropa interior con la de Enrique.

Apenas eran unos minutos después de las siete de la mañana, pero Ángel Macías ya traía la cara tiznada. Bajó la mirada avergonzado cuando César le gritó que se subiera al camión. Ya todos estaban sentados y la emoción era inmensa.

—¡Vamos, Ángel! —gritaban sus amigos por las ventanillas abiertas del autobús.

Ángel se veía desamparado contra el fondo amenazante del horizonte regiomontano, con sus enormes y altísimas chimeneas que arrojaban columnas de humo negro al cielo teñido de tonos grises y naranjas.

Con una zancada y un salto, subió a los escalones del autobús mientras la puerta se cerraba detrás de él.

Los chicos de la Industrial de Monterrey estaban listos para partir. Listos para jugar beisbol.

10

La larga caminata

Las puertas del viejo autobús se cerraron, y salió de Monterrey; tomó a la derecha en la bifurcación que se convertía en la Autopista 40. A bordo con César Faz, venían los catorce muchachos del equipo de la Liga Industrial de Monterrey, Harold *Lucky* Haskins, José González Torres y su cura, el padre Esteban.

Mientras el autobús salía de la ciudad, el padre Esteban venía pensando que aunque Monterrey era una ciudad pobre, no le faltaban bellezas naturales. Cada mañana, los primeros rayos de luz rebotan de las cumbres del majestuoso Cerro de la Silla, símbolo solar de esta sultana norteña. Por el sureste la custodia la imponente Sierra Madre, que en cada extremo conserva dos hermosos cañones: el Huajuco, que se puede ver desde el Golfo de México, y la Huasteca, que se pierde buscando el centro de la república. Para cerrar el círculo, al norte de la ciudad se extiende la Sierra Picachos, entre cuyos pliegues, los hombres han forjado una ruta hacia la frontera con Estados Unidos.

Jesús *Chuy* Contreras estaba tan emocionado que sacó el brazo por una de las ventanillas y saludaba a cualquiera cuya atención lograra captar.

—¡Chuy! —gritó César, mirando nerviosamente la manita que colgaba. No era muy probable que ocurriera una tragedia, pero para estos chicos las tragedias improbables eran parte de la vida.

—¿No sabes comportarte en un autobús?

—Nunca se había subido a uno —dijo Roberto Mendiola.

—Es igual que un coche, nomás que más grande —dijo César.

—Tampoco me he subido nunca a uno de ésos, señor Faz —dijo Chuy.

—¡Eso es imposible! —exclamó el coach. ¿Cómo te vas a la escuela?

—Caminando, señor Faz.

Pues claro que caminando suspiró César para sí mismo mientras contemplaba las caras sin lavar de los niños que conformaban el equipo de la Liga Industrial de Monterrey. Se dirigían a una competencia en la casa del mejor beisbol del mundo, y sin embargo parecían ilusionados y sin miedo, exhibiendo sólo la exuberancia de la juventud y su optimismo sin trabas.

Las emisiones negras que expulsaban incesantemente las chimeneas regiomontanas, se veían a kilómetros. La cordillera de la Sierra Madre Oriental impedía que los contaminantes se extendieran hacia la meseta central, y formaban una neblina que siguió hasta que estaban lejos del valle de Monterrey.

Pocos de la clase obrera tenían la oportunidad de salir de Monterrey. Uno de esos pocos afortunados había sido Ramiro, el tío de Baltasar Charles, que durante muchos años había trabajado de chofer de un importante hombre de negocios en la Ciudad de México. Cada vez que su trabajo lo llevaba de vuelta a Monterrey, Ramiro pasaba por casa de Baltasar, y en la cena deleitaba a todos con los relatos de sus viajes exóticos.

—Una vez, mi tío Ramiro fue a Veracruz —le contó Baltasar a Ángel. Dice que se metió al mar y se tuvo que pelear con un tiburón a mano limpia. Acabó tan agotado que se quedó dormido a la mitad del mar y despertó en Cuba, donde una tribu de morenazos lo agarró y lo amarró.

—¿Para qué? —preguntó Ángel.

—¡Tienen poderes mágicos y se comen a la gente! —dijo Baltasar con la expresión de un niño que habla del monstruo que está debajo de su cama.

—Cómo crees —dijo Pepe mientras él y los demás chicos escuchaban.

—Te digo que sí —repitió Baltasar.

—Yo digo que sí ha de ser cierto —terció Ricardo. Mi abuelo trabajó en la zafra allá en Haití. Me contó de la santería...

—¡Vudú! —se oyeron los murmullos sordos de algunos de los otros niños.

—¿Y qué le pasó a tu tío? —preguntó Norberto.

—Siempre traía su navaja y dulces en la bolsa, así que cuando la tribu se fue a juntar verduras para cocinarlo, vio a un chango que venía bajando por el árbol donde lo tenían amarrado. Le chifló al chango y le llamó la atención. El chango le sacó los dulces de la bolsa, y al hacerlo tiró la navaja. Cuando se fue el chango, mi tío agarró la navaja con el pie, cortó las cuerdas y se escapó de los caníbales, que lo venían persiguiendo con sus lanzas envenenadas.

Fin de la discusión. Nadie cuestionó la veracidad de la historia, al menos no en público. Todos se dispersaron lentamente cuando César les gritó:

—¡Muchachos, no se sienten en el pasillo! Váyanse a su lugar.

El calor era sofocante, y las camisetas de los hombres ya habían absorbido todo el sudor que su cuerpo iba a soltar. Los chicos parecían ser inmunes al calor, quizá sostenidos por la sensación de libertad que sólo da el moverse por el mundo.

—Nunca había venido tan lejos —dijo Ángel mientras miraba por la ventanilla.

—Tengo un poquito de miedo —dijo Norberto. ¿De veras crees que podamos ganar?

—¿Por qué no? En Texas nadie nos conoce, no saben lo que hacen nuestros papás, en una de esas hasta creen que somos ricos.

—¿O ganadores? —añadió Norberto.

—Sí, o ganadores —concordó Ángel.

El desierto se extendía en todas direcciones como un vasto océano de artemisas interrumpido ocasionalmente por algún saguaro. Sus brazos de varias puntas se erguían desafiando la tierra reseca. Ni siquiera el fuego, que había cortado una franja negra en el terreno, había podido matar a una de estas tercas cactáceas. De su miembro calcinado, César podía detectar algo verde que brotaba de la cáscara quemada.

—La mano de Dios puede infundir vida en cualquier lugar que Él quiera —dijo el padre Esteban al notar el objeto de la atención de César.

—Un digno hogar para culebras y escorpiones, no para los hombres —reflexionó Cesar.

—Cada lugar tiene su propósito.

—Aquí un hombre puede perder la cordura.

—O encontrar su alma.

César observó el desierto ondulante que se perdía en el horizonte, y entre la tierra y el cielo parecía un líquido espeso y claro que fluía incesante, sin ir a ningún lado.

—El equipo y yo vamos a rezar para pedir un viaje seguro, ¿nos quiere acompañar? —preguntó el padre Esteban, señalando el crucifijo que le colgaba del cuello.

César se encogió de hombros.

—Antes rezaba y pedía cosas, pero nunca se me cumplieron.

—Así no funciona —dijo el cura.

—Supongo que no. Estos niños se la pasan rezando y mire sus vidas.

—Dios te trajo a ellos.

—A lo mejor los quería castigar —bromeó César.

Finalmente, el autobús llegó a su destino en la terminal norte de Reynosa. Había tomado cinco horas. No había servicio de autobús de allí a McAllen, y no tenían para pagar un servicio de taxi privado. Tendrían que caminar el resto del camino.

Ante ellos estaba el Río Bravo del Norte, y quince kilómetros más allá, su destino: el Parque Baldwin en McAllen, Texas.

Los chicos esperaron mientras Lucky y César repasaban el papeleo con el oficial de migración. El oficial mexicano se portó amigable, casi indiferente. Su trabajo era fácil. No había tráfico de inmigrantes hacia el sur, y no era asunto suyo si algunos de sus compatriotas querían mudarse para el norte. Les revisó los papeles con un mínimo escrutinio.

—Buena suerte. Lo miro en tres días —dijo el oficial, indicándoles con una seña que pasaran.

Sin embargo, su contraparte estadounidense en el cruce internacional fue otra historia.

—¿Cuál es el propósito de su visita? —les preguntó el sargento Clayton Harbrush, retirado del ejército de Estados Unidos. Estudió las visas de los niños, y aunque César tenía un pasaporte estadounidense, el suyo fue el que revisó con más sospechas.

—Beisbol —respondió César con la esperanza de sacarle una sonrisa al taciturno oficial.

—Mmm. Pero sí están pensando regresar, ¿verdad?

—Por supuesto.

—No se le vaya a olvidar alguno —dijo cortante Harbrush. No era un hombre malvado, pero después de doce años de corretear a miles de ilegales y de la familia completa que se había ahogado en el río la semana anterior, había agotado su sentido del humor laboral.

Ángel enfocó su mirada en una fotografía de Dwight D. Eisenhower.

—¿Quién es ese viejo? —preguntó, jalando a César de la camisa.

—¿Qué dice? —preguntó el brusco oficial que no entendía español.

—Sólo me preguntó quién era ese señor viejo —respondió César.

—Pues dígale a ese mojadito que este viejo es el presidente de Estados Unidos, y que nos lo tomamos a mal cuando la gente no muestra el debido respeto, sobre todo los que vienen de visita —y después señaló que una vez él había visto a "Ike" de lejos, en Portsmouth, Inglaterra, cuando peleó en "la Segunda", y que todos los muchachos de César harían bien en recordar cuál era su lugar.

Cuando finalmente le permitieron la entrada al equipo, todos se detuvieron un momento antes de continuar, inquietos por lo que encontrarían del otro lado. La tierra texana no quedaba muy lejos, en términos de distancia, pero las aguas que fluían lentamente allá abajo habían ahogado la sangre y las lágrimas de tantos que habían arriesgado todo por cruzarlo.

Al cruzar el puente, vieron un letrero en el punto intermedio que decía: "Bienvenido a Estados Unidos". Debajo, había una calcomanía para coche que declaraba: "En Dios Confiamos". Encima de la palabra "Dios", alguien había escrito "Texas".

—¿Esto es Estados Unidos? —preguntó Ricardo cuando todos estaban bien plantados en suelo estadounidense. Ante ellos se extendía un valle interminable de artemisa y chaparral: la tierra de nadie que separaba el río de los límites de la ciudad fronteriza de McAllen.

Con el mercurio oscilando inclemente sobre los treinta y seis grados centígrados, empezaron su larga caminata. Quince kilómetros sin agua ni sombra, y todo esto sólo para jugar un juego de beisbol que seguramente habría de recompensarlos con la derrota.

César se volvió hacia Lucky y dijo:

—¡Imagínate, un grupo de mexicanos acaba de cruzar el Río Grande sin mojarse los pies! —lo decía de broma, pero Lucky detectaba la ira en su voz.

—¿Ya eras paranoico *antes* de que todo el mundo estuviera en tu contra? —preguntó Lucky.

—¿Por qué el guardia cuestionó mi pasaporte y tú pasaste como si nada?

—Porque yo dejé mis rencores en casa.

Con rencores o sin ellos, lo que César no había dejado en casa era la bolsa de bats que se iba cambiando de un hombro a otro. César siempre supo que volvería a Estados Unidos, pero nunca imaginó que sería a pie, a la sombra de una palomilla de desventurados niños mexicanos.

Caminaron en doble fila por la Calle Veintitrés, que llevaba al centro de McAllen. El calor y el polvo se combinaban para secarles la garganta, y la calle estaba tan caliente que la punta de hule de los spikes se empezaba a pegar en el chapopote y el asfalto.

—¿Qué te pasa, Beto? —le preguntó César a su novato catcher.

—Nada, señor Faz —respondió Norberto. Se venía rezagando, y a César le pareció detectar un ligero cojeo cuando el joven jugador corrió a alcanzarlos.

La gente del pueblo se asomaba por los aparadores de las tiendas para ver pasar esa extraña caravana de niños uniformados que llevaban bolsas de papel de estraza y caminaban orgullosos bajo el desafiante sol. Eran algo que no se veía todos los días, pero nada se comparaba con lo extraño que Estados Unidos les parecía a los chicos. Todo era diferente: las tiendas, los postes de teléfono, los coches, hasta las calles bien trazadas con sus banquetas y las tomas de agua pintadas de rojo brillante.

Finalmente llegaron al Grand Courts Hotel, un motel barato a menos de un kilómetro del Parque Baldwin. No tenía nada que lo recomendara más allá de una pequeña piscina en la parte de atrás, rodeada por una reja de malla de alambre. Era deprimente, pero a los chicos sedientos y agotados les pareció un oasis.

—¡Una alberca! —gritó Ricardo.

—¿Señor Faz, podemos nadar? —preguntó Enrique, que ya se desabotonaba la camisa.

—¡Sí, a nadar! —agregaron emocionadas varias voces más.

—Qué nadar ni qué nadar —les dijo severo César. No era fácil apartar su atención, teniendo el agua tan cerca. Miren, muchachos, pueden escoger entre cinco cosas: cine, dulces, refrescos, nadar o ser campeones.

—¿Oíste lo que acabas de decir? —preguntó Lucky.

—Sí, les dije que no vinieron hasta acá para andarse con tonterías.

—No eso… dijiste *campeones*.

—Claro que no.

—Claro que sí —respondió Lucky.

—Ya estás oyendo cosas, viejo.

El día de apertura

El primer juego de La Mesa en el Torneo Estatal de California era contra Rolando, y Joe McKirahan sería el pitcher abridor. Los McKirahan no tendrían que viajar muy lejos para ir a los partidos de apertura, que se jugarían en el Parque Rolando. Estaba ubicado en la esquina de Vigo y Alamo Way, en el corazón de La Mesa. Dos amigos de Joe jugaban con Rolando, pero eso no le impediría tratar de poncharlos igual.

La señora McKirahan le había preparado a Joe unos hot cakes con mantequilla derretida y miel de maple. Joe ya traía puestos los pantalones de su uniforme de beisbol cuando bajó a desayunar. Hoy no tenían juego, pero todos los coaches y jugadores estaban invitados al campo para tomar fotos de los equipos. A todos les tocaría pasear por la calle principal en los camiones de bomberos de la ciudad, y el alcalde inauguraría el torneo local con un discurso y una rifa especial de una bicicleta Stingray nuevecita. Después, Joe y sus amigos irían a gastarse sus domingos al parque de diversiones ambulante que se había montado en el campo.

Joe estaba impaciente por llegar a los juegos y concursos de la feria. Siempre ganaba los premios más grandes en los que involucraban dar con una pelota en el blanco.

La señora McKirahan observó a su hijo acabarse un altero de hot cakes y sonrió cuando Joe pidió más. Era mesera en un restaurante local, y algo sabía de cómo asegurarse de que el apetito de sus clientes quedara satisfecho. De igual modo, Ralph, su marido, sabía algo de la competencia deportiva. Era director de la

YMCA local, por lo que era el candidato natural para ser el coach de La Mesa. Pero sobre todo, ya había ido a una Serie Mundial de Ligas Pequeñas. Dos años antes, Ronald, el hermano mayor de Joe, había jugado en el San Diego, equipo que había llegado hasta Williamsport, Pensilvania. No ganaron el campeonato, pero los McKirahan lo había tenido tan cerca que ya lo había saboreado. Ahora le tocaba a Joe tratar de alcanzar el máximo galardón.

❖

Frances María Stevens tenía veintitrés años y trabajaba para el diario *McAllen Gazette*. Había nacido dos días después de que los Cardenales de San Luis le ganaron a los Tigres de Detroit en el séptimo juego de la Serie Mundial de 1934. Su padre quería ponerle Frank a su hijo —en honor de Frank Frisch, su jugador favorito de los Cardenales—, pero al oír las palabras, "Es una niña", su esposa lo había obligado a conformarse con Frances. Desafiante, él la siguió llamando Frankie, y se le quedó el apodo.

Frankie estudió periodismo en la Universidad de Texas en Austin, y trabajó hasta llegar a ser parte del equipo de escritores del periódico estudiantil, *The Daily Texan*. Era una época en que sólo una minoría de mujeres se matriculaban en la universidad y aún menos cursaban una carrera. Frankie solicitó trabajo en *Life* y en *Time*, pero tales puestos rara vez estaban disponibles para mujeres jóvenes. Así que aceptó un empleo en el *Gazette,* donde escribía artículos sobre política, sucesos internacionales y a veces artículos tan triviales que ni siquiera las personas mencionadas en ellos los consideraban de interés. Todo mundo daba por hecho que su papá la había ayudado a conseguir el trabajo, pero en realidad era muy buena periodista y el miembro más competente del equipo de Charlie *Mac* Thompkin.

Frankie arrancó la página de ayer de su calendario de escritorio y se reclinó en su silla contemplando la fecha: 29 de julio de 1957.

Apenas eran las diez de la mañana y el termómetro ya rebasaba los 35 grados por sexto día consecutivo. Dicen que en el verano el diablo prefiere el infierno porque es más fresco que Texas.

Bobby Dawkins, el escritor más novato del periódico, ajustaba el ventilador, y Hank Valerie, el otro colega de Frankie, cazaba una molesta mosca con un ejemplar del diario de ayer enrollado. Frankie escribía a máquina, y se dio cuenta de que sus dedos estaban sincronizados con el rat-tat-tat del ventilador.

Charlie, el jefe de redacción, entró a la oficina de redactores. Nadie alzó la vista. Todos sabían que traía un reportaje que alguien tendría cubrir, y sólo un tonto o un masoquista querría salir el día de hoy. No es que en la oficina estuviera mucho mejor, pero al menos tenían ese ventilador y un enfriador de agua.

Charlie era un hombre corpulento con una barriga que se le desparramaba sobre los pantalones sin cinturón, sostenidos con tirantes. De sus labios colgaba un puro severamente masticado.

—Necesito que cubras el torneo de las Ligas Pequeñas —le dijo Charlie a Bobby. Frankie y Hank trataban de aparentar que estaban muy ocupados sin reconocer la mala suerte de Bobby. Para eso era el novato.

Pero Bobby dijo algo de que su esposa estaba embarazada y a punto de rompérsele la fuente, y francamente, avergonzó a Charlie lo suficiente como para que se volviera a ver a los demás.

Hank fue más rápido.

—Jefe, yo estoy trabajando a contrarreloj para entregar el artículo sobre el gobernador Daniels, y además estoy preparando algo sobre esta ola de calor sin precedentes. Además, aquí la Frankie sabe mucho más de beisbol que yo —Hank la traicionó más rápido que un moribundo en un desierto por un vaso de agua.

—No, Charlie, cómo crees —suplicó Frankie—, ¿un juego de Ligas Pequeñas?

—La llantera Krolick es uno de los patrocinadores y nos compran mucho espacio publicitario, así que deja de quejarte y vete a cubrir el méndigo juego —contestó Charlie. Además,

Hank tiene razón. Sabes más de beisbol que cualquiera de los redactores.

—Sí, y me choca el juego.

—¿Te choca el beisbol? ¿Qué, eres comunista? —preguntó Bobby.

—De niña, mi papá me regaló una manopla cuando cumplí cinco años y un bat cuando cumplí siete.

—¿No jugabas con muñecas? —preguntó Bobby.

—Claro, siempre y cuando estuvieran rapadas a cepillo y trajeran el uniforme de los Cardenales. Además, mi cámara está descompuesta.

—Toma, llévate la mía —ofreció Hank con una enorme sonrisa en la cara.

—Gracias, compadre —dijo ella frunciendo el ceño.

—Escuché que vienen dos equipos del sur de la frontera —dijo Charlie.

—¿Eso está permitido? —preguntó Hank.

—Supongo que sí —respondió Charlie.

—Pues qué cosas tiene la vida. ¿Qué sigue, el pay de manzana ruso? —dijo Bobby, y luego murmuró algo sobre que era un sacrilegio que unos extranjeros se hicieran pasar por beisbolistas. Y echó un escupitajo de tabaco en el cacharro de hojalata que tenía junto al escritorio; le podía atinar a su escupidera a dos metros y sin tocar la orilla.

—Dicen que el equipo de la Ciudad de México es bastante decente —dijo Charlie. La mitad son blancos, ya sabes, hijos de estadounidenses ricos.

—Voy veinte contra cinco a que no les anotan ni una sola carrera a nuestros muchachos —proclamó Hank. ¿Cómo ves, Frankie?

—No sé —dijo ella.

—¿No sabes? Sería un milagro si lo hicieran —dijo Bobby, riendo.

Ella pensó en su comentario. No hacía falta que él la convenciera: hacía mucho que había dejado de creer en milagros.

—Pues no está mal para un artículo. Resaltar el ángulo de la invasión y cómo nuestros chicos están defendiendo aquello por lo que lucharon nuestros abuelitos —añadió el jefe de redacción.

—Y cuando nuestros muchachos les den una buena tunda a los mexicanos esos, puedes tomarles una foto regresando a su casa con la cola entre las patas —aportó la sabiduría de Bobby.

—¿Cuál es el otro equipo mexicano? —preguntó Frankie.

—Ni mencionarlos —masculló Charlie.

Quizás en ocasiones Charlie era un desgraciado, pero era un buen periodista. Tenía el instinto. No obstante, el reportaje que quería y el ángulo que proponía no hacían mucho por avivar el entusiasmo de Frankie. No era la clase de periodismo de Premio Pulitzer que ella se había imaginado cuando entró a la universidad ni cuando empezó a trabajar en el *Gazette*.

Asegurándose de que a Charlie le quedara claro su disgusto, gruñó mientras tomaba su libreta y salía a la humedad de la mañana. Tenía tiempo de sobra, así que decidió pasar a desayunar algo de camino al campo.

Baltasar golpeó sin parar la puerta de César hasta que el coach por fin abrió.

—¿Qué pasa, Balta?

—Es Beto —dijo el niño sin aliento mientras llevaba a César de regreso al cuarto que compartía con Norberto. Al entrar, César encontró a su catcher acostado en la cama, llorando, tapado con una sábana hasta la cabeza.

—Estás ardiendo —dijo César, sintiendo la frente del niño.

—¿Qué pasa, César? —preguntó Lucky que había venido con ellos al oír la conmoción.

—Fiebre.

—Señor Faz, el pie, me duele mucho —sollozaba Norberto. César le quitó el calcetín a Beto, haciendo que el niño emitiera un fuerte quejido. En la planta del pie derecho tenía una cortada que se le había infectado.

—¿Qué te pasó aquí?

—Fue hace unos días, en nuestra cancha... pisé un vidrio.

Volviéndose a Lucky, César dijo:

—Voy a tener que llevarlo al doctor. Tú llévate al equipo al campo y allá te veo.

—Se va a morir, ¿saben? —vino el comentario lúgubre de Baltasar.

—Sólo va al hospital a que le curen el pie —tranquilizó Enrique a sus amigos. Sobre todo a Francisco, Rafael y Roberto que estaban muy preocupados por lo que pudiera pasarle a Norberto.

—No, es en serio. A mi tío se lo llevaron al hospital porque tenía un dolorcito en el brazo, y antes que se los cuento, ya lo estábamos enterrando.

—¿Qué tal si Balta tiene razón? —preguntó Francisco. Los chicos seguían discutiendo sobre las probabilidades de recuperación de Norberto cuando llegó el padre Esteban.

—Muchachos, tenemos juego. ¿Qué hacen aquí sentados?

—¿Se va a morir Norberto? —preguntó Rafael.

—Algún día —respondió el cura.

—¡Ya ven! —exclamó Baltasar.

—Algún día —repitió el cura, y luego terminó lo que iba a decir originalmente—, pero para eso falta mucho, mucho tiempo. Es joven y tiene mucha vida por delante.

—Arturo era joven —dijo Ricardo, refiriéndose al niño que se había matado hacía un año al caerse cuando jugaba en la Fundidora.

—¿Y Pedro...? —agregó Ángel tímidamente.

—Sí, a veces la muerte se lleva a jóvenes inocentes —el cura hizo una mueca. Por eso siempre deben vivir la vida que tienen sin temor.

—¿Hasta en el beisbol? —preguntó Roberto.

—En todo —respondió el cura.

Media hora después en el Hospital Infantil de Texas, a Norberto le ponían una vacuna contra el tétanos después de que un doctor le había limpiado y cosido el pie.

—No puede jugar una semana —dijo el doctor. Y quiero que pase aquí la noche para tenerlo en observación.

Norberto bajó la mirada y lloró cuando César tradujo el diagnóstico. Tendría que pasar la noche en un lugar donde nadie hablaba su idioma, lejos de su casa y de sus compañeros de equipo. Pero mucho peor que ese aislamiento y que el dolor en el pie era la idea de perderse el juego.

Antes de irse, César le preguntó a Norberto:

—¿Por qué no me avisaste cuando te pasó esto?

—Es que tenía miedo que no me dejara venir con el equipo.

El autobús alquilado que transportaba al equipo de Harlingen llegó al campo. Mientras sus pasajeros salían en fila, su coach, Trent Watkins, miraba incrédulo. Los regiomontanos estaban rodando en el pasto, sacudiendo brazos y piernas como si estuvieran haciendo angelitos en nieve recién caída.

—¿Pos qué me engañan mis ojos? ¿Qué tanto hacen? —preguntó el coach Watkins a Lucky.

—Es la Liga Industrial de Monterrey —respondió Lucky.

—¿Pos qué nunca habían visto un campo de pasto?

—Me temo que no —confesó Lucky.

—Pos qué cosas tiene la vida —dijo el coach Watkins soltando una risa mientras los chicos de Monterrey seguían restregándose contra el aterciopelado campo verde.

—Coach —interrumpió uno de sus jugadores—, ¿vamos a jugar contra ellos o los vamos a usar de fertilizante?

—No sé, pero seguro que huelen a lo mismo.

Los jugadores de Harlingen rieron bastante a costa de Monterrey, mientras Lucky esperaba a César.

—Al fin —le dijo Lucky a César cuando llegó.

—Malas noticias —le dijo César. Norberto está fuera de combate. Lo voy a sustituir con Chuy.

—Hay más malas noticias —añadió Lucky.

—Qué bien, todavía no llenaba mi cuota.

—Nos tocó la Ciudad de México.

Aunque se suponía que los encuentros de las Ligas Pequeñas se determinaban por sorteo, César no pudo evitar preguntarse si haber quedado contra el único otro equipo mexicano había sido una coincidencia.

—¿Neiderhouser? —preguntó César.

—Sip.

Unas semanas antes, Lucky había hecho un viaje de negocios a la Ciudad de México. Por curiosidad, había pasado a ver uno de los entrenamientos del Equipo de Estrellas de la Ciudad de México. Cuando regresó, le contó a César sobre un pitcher as llamado Bobby Neiderhouser, que tiraba una rápida de miedo.

Apartándose a un lado con Lucky y el padre Esteban, César murmuró:

—Tengo una idea.

Después de poner al tanto a los dos hombres, compartió el plan con los jugadores:

—Muchachos, escúchenme todos. En unos minutos, nos toca práctica de bateo. Voy a lanzarles bastante rápido... más rápido de lo que pueden batear.

—Si no podemos batear, no va a servir la práctica —dijo Enrique.

—Cada tercer pitchada, voy a bajarle y a tirar una que puedan reventar. Pero no digan nada.

—¿Por qué, señor Faz? —preguntó Baltasar.

—No pregunten por qué, sólo agarren un bat y acuérdense de no abanicarle a las dos primeras pitchadas.

En la banda, Lucky estaba invitando a los coaches de la Ciudad de México a ver la práctica de bateo de Monterrey. César lanzó una bola rápida desquiciada que rebotó en el dugout y por poco les pega. Después de otro lanzamiento ardiente, tomó mucho impulso y le lanzó una bola normal a Baltasar, que la sacó del campo.

Uno por uno, siguió el resto del equipo. Cada vez fueron dos rápidas intocables y luego un hit para Monterrey.

—¡Su coach les tira bastante duro! —comentó uno.

—Sí, a nuestros chicos les encantan las bolas rápidas —dijo Lucky. Espero que nos tengan un pitcher de veras rápido.

El ardid de César dio resultado. Antes de que pasara a practicar el último bateador de Monterrey, el coach de la Ciudad de México decidió no usar a su pitcher de rápidas, Bobby Neiderhouser. Esta decisión también estuvo basada en el hecho de que el coach de la Ciudad de México creía que Monterrey sería un rival más fácil para su equipo que el ganador de la contienda McAllen-Harlingen. Era perfectamente lógico reservar a Bobby para enfrentar a un equipo más fuerte el día de mañana. Bobby no lo veía así para nada; cuando le dijeron que no iba a ser el pitcher abridor, se fue a sentar enfurruñado a un rincón del dugout.

Casi daba la 1:00 p.m. cuando Frankie Stevens llegó al Parque Baldwin. El equipo de McAllen ya había llegado. Su coach, Chad Terrence, y sus asistentes estaban preparando su equipo de práctica. El juego de McAllen sería uno de los primeros en jugarse. Frankie se paró en la banda y cargó de película la cámara de Hank Valerie, una Polaroid Land modelo 150.

Al ver que el equipo de la Ciudad de México estaba en la banda haciendo estiramientos y jugando salero, se acercó a tomarles unas fotos antes del juego. Le daba curiosidad ver cómo jugaban beisbol estos niños mexicanos, aunque Mac le había dado instrucciones de cubrir el juego de McAllen en el campo principal.

—Disculpe, ¿me da permiso? —le dijo ella a César que se había atravesado en su campo visual cuando le iba a tomar una foto a Bobby Neiderhouser.

—¿Perdón, señora? —respondió César.

—¿Me da permiso? —volvió a preguntar, agitando la cámara para que le entendiera.

Malinterpretando su gesto, César se puso en pose. Ella miró al cielo y le tomó la foto, decidiendo que era más rápido desperdiciar una foto que tratar de explicarle.

—Soy César Faz.

Ella no dijo nada.

—Coach del equipo de la Liga Industrial de Monterrey —prosiguió. César observó que ella traía unos Levi's y botas claras de piel de víbora. Traía el pelo recogido y sostenido con un pasador debajo de un sombrero vaquero color beige.

—Coach Faz, noté que su equipo se quedó como diez minutos sentado viendo la fuente de los pajaritos de allá. ¿Qué hacían? —le preguntó.

—Sospecho que veían las alas de un colibrí —le dijo César.

Frankie se le quedó viendo sin decir nada. César se dio cuenta de lo tonto que debió haber sonado lo que acababa de decir, así que trató de explicarse:

—El cura les dijo que verle las alas les ayudaría con su ojo de bateo —agregó César.

—Coach Faz, no se ofenda, pero un colibrí aletea más de sesenta veces por segundo. ¿Usted no cree que sea posible verle las alas, verdad?

César la miró con sus ojos oscuros y penetrantes.

—Yo nunca creo en nada que no pueda ver.

César llamó a Ángel y Enrique.

—Los dos han trabajado mucho y los dos van a pichar el día de hoy, pero sólo uno puede ser el abridor. Los dejo para que lo decidan entre ustedes —les dijo y fue a trabajar en el resto de la alineación.

—Tú encontraste nuestra bola —dijo Enrique racionalmente. Tú abre.

En eso, varios jugadores de la Ciudad de México reconocieron a los niños de Monterrey.

—Oigan, miren, son los puercos —dijo uno. No puedo creer que tengan un equipo.

—¿Tenemos que jugar seis entradas? Quiero cenar antes de mañana —comentó otro, burlón.

Juan, el catcher, vio a Enrique.

—Está guapa tu novia. Mañana cuando llegues a tu casita, no se te olvide decirle quién te puso una paliza.

—No. Abre tú, Enrique —dijo Ángel, pasándole la bola para el juego. Es tu oportunidad.

—¿De conquistar la gloria?

—De conquistarte a la Gloria —dijo Ángel. Ambos sonrieron.

Arrodillados en el dugout, el equipo de la Liga Pequeña Industrial de Monterrey formó un cerrado círculo alrededor del padre Esteban.

—Válgame, ahora están todos agarraditos de la mano —dijo un jugador de la Ciudad de México que observaba el extraño ritual desde el otro lado del campo.

—Están rezando, estúpido —respondió Juan.

—Más les vale —bromeó su coach.

¿Quién viaja con un cura? se preguntaba Frankie mientras se dirigía al otro campo a cubrir el juego de McAllen. Supuso que era igual de extraño que permitir que los jugadores creyeran que se podían ver las alas de un colibrí. Frankie sacudió la cabeza, sintiendo al mismo tiempo lástima y envidia de su ingenuidad.

12

Una apuesta amistosa

—¡P-l-a-a-a-a-a-y b-a-a-a-l-l-l!

Si hubiera palabras para definir el espíritu del beisbol, serían estas dos que el umpire Earl Mabry gritó a voz en cuello. Earl trabajaba de mecánico en la Krolick's. Toda la semana andaba cubierto de aceite y metido debajo de los coches, y cada vez que alguien se quejaba de su auto, tenía que ponerse en firmes y decir: "Sí, señor" y "No, señora". Pero en el instante en que gritaba "*¡Play ball!*" se volvía el amo y señor de todo y de todos en el campo.

Enrique tomó su posición en el montículo. Con el pie derecho perpendicular al hule, se meció hacia delante y luego hacia atrás, dio un golpecito al hule con el spike mientras sus manos se elevaban sobre su cabeza y se unían en el punto más alto. Su pierna izquierda se dobló a la altura de su torso, suspendida en el aire momentáneamente, luego saltó hacia delante mientras su brazo derecho cortó hacia el home como el aspa de un molino de viento.

—Baja, bola uno —dijo Earl en tono apagado.

El Torneo de las Ligas Pequeñas de Texas había iniciado.

Enrique entendió el veredicto del umpire. Durante semanas antes del viaje, los chicos se iban a dormir memorizando las palabras que César había subrayado en su copia del reglamento de beisbol. En la escuela o cuando estaban jugando, practicaban estas palabras entre sí, como si compartieran un lenguaje secreto que sólo ellos entendían: *bunt, steal, tag, home run, Take your base* y *Batter-up!* ('toque, robo, tocar corredores, jonrón, A la base y ¡Al bat!'). Y mientras pudieran contar hasta cuatro en inglés, podrían llevar la cuenta de *balls, strikes* y *outs* sin mayor problema.

En la parte alta de la primera entrada, la Ciudad de México pegó rápido. Una base por bola y un par de sencillos lograron que un corredor cruzara el plato. Desde su banca, los niños de la Ciudad de México molestaban al equipo de Monterrey con todas sus ganas. Enrique empezaba a sentir la presión.

—Bola cuatro —Earl mandó a otro bateador de la Ciudad de México a primera, con lo que se llenaron las bases.

—¡Tiempo! —gritó César.

—Pidieron tiempo fuera —confirmó Earl, mientras César cruzaba la línea de tercera camino al montículo para dialogar con su pitcher.

—Serénate, Enrique.

—Señor Faz, es que no se callan.

—No dejes que te molesten —le dijo a Enrique, lanzando una mirada a la banca del equipo contrario.

—Pero no lo digo por ellos, sino por *ellos* —dijo, señalando a su propia defensa.

César corrió al outfield.

—Están volviendo loco a Enrique. ¿Qué pasa aquí? —preguntó.

—Yo pedí primero ser Carl Furillo —dijo Rafael Estrello.

—Ya fue Furillo la semana pasada, me toca a mí —se quejó Pepe Maiz.

—No, él es Duke Snider.

—Puedes ser Carl Furillo —le dijo César a Rafael—, pero dicen que Duke Snider es el que se lleva todas las chicas.

Pepe sonrió, satisfecho de dejar que Rafael fuera Furillo. Mientras César se alejaba, Rafael se volvió con Pepe y le dijo:

—¡La próxima yo pido Duke Snider!

Una brisa refrescante atravesó la cancha, y con un poco de silencio y calma, Enrique logró que el siguiente bateador mandara un elevadito al infield, derechito a Baltasar, evitando que otro corredor avanzara. Los chicos se felicitaron unos a otros; la última vez que se enfrentaron, no habían podido hacerle un solo out al Equipo de Estrellas de la Ciudad de México.

—Coach, quizá quiera recordarles a sus jugadores que hacen falta tres outs para que termine el inning —le dijo el umpire a César.

Retomando sus posiciones, Enrique ponchó al siguiente bateador, y el último, le rebotó una a Ángel en las paradas cortas para finalizar la entrada.

—Muy bien, muchachos, sólo anotaron una carrera. Seguimos en el juego —animó César a su equipo.

Varias entradas después, Monterrey seguía abajo en el marcador, una por cero. Mario Ontiveros sacó una base por bola y trotó a la primera. Seguía Enrique, que clavó los spikes en la caja de bateo. En su primer turno se había ponchado.

Vino el lanzamiento y Enrique y su bat se quedaron paralizados.

Strike uno.

Enrique volvió a plantarse en la caja tallándose los ojos, y miró al pitcher que tomaba impulso y le lanzaba otra bola rápida. Volvió a suceder lo mismo: no abanicó.

Strike dos.

Juan, el catcher, hizo un ruido como si olfateara.

—Aquí huele a puerco —dijo, y siguió molestando a Enrique en un idioma que el umpire no entendía. Enrique esperó pacientemente.

Le sirvieron el tercer lanzamiento y Enrique lo reventó. La bola salió volando sobre la reja de malla de alambre del jardín central. Mientras Enrique recorría las bases, todo su equipo salió del dugout para aplaudirle y recibirlo en el home.

César se quitó la gorra. ¡Un jonrón! Era asombroso. Con un solo toletazo, Enrique le había dado a Monterrey la victoria por primera vez.

Antes de que sus compañeros lo llevaran en hombros al dugout, Enrique se volvió hacia Juan y le sonrió largo.

—No está mal para un puerco, ¿no?

Para tranquilizar a su propio equipo, el coach de la Ciudad de México gritó:

—¡Fue un golpe de suerte! ¡No se preocupen, muchachos!

En el dugout, Ricardo Treviño volvió a felicitar a Enrique.

—Como que venía despacito, Ricardo.

—¿Qué cosa?

—La bola. Te juro que hasta le vi las costuras.

Pocos habitantes de la localidad se interesaban por el resultado del juego entre mexicanos, excepto algunos trabajadores hispanos migrantes, que estaban sentados en una berma a todo lo largo de la línea de tercera base. Frankie vio el juego de McAllen, y su mente empezó a divagar de aburrimiento. Lo más entretenido del juego eran los comentarios de los fanáticos. A Frankie le parecía asombroso hasta dónde se involucraban los padres en el juego… sobre todo los papás, que trataban de revivir sus glorias deportivas o compensar las carreras atléticas que nunca florecieron. Si un niño batallaba con una bola o la mandaba a la base equivocada, el papá escupía tabaco y ponía una cara de depresión como si a su hijo le hubieran diagnosticado una enfermedad vergonzosa.

—Un amigo fue una vez a México a reclamar unos títulos de una mina de plata —le comentó un espectador a Frankie, a propósito del encuentro que tenía lugar en la otra cancha. Decía que es hazte de cuenta una letrina. La gente vive en pisos de tierra, y todo lo que comen se pudre casi de inmediato.

—Bueno, pues mañana ustedes juegan contra uno de esos equipos.

—Qué bueno, nos viene bien uno facilito —dijo él, riendo.

—Claro, para eso tienen que ganar hoy.

El señor gruñó y luego dijo:

—Voy por un *jocho*.

Frankie leyó una vez que Humphrey Bogart dijo que prefería un hot dog en el estadio que un filete en el Ritz. Ella dudaba que fuera a estar así de sabroso y tampoco tenía tanta hambre, pero pensó que al menos ir por un *jocho* sería algo que hacer.

—Buena idea —Frankie se levantó y estiró las piernas.

La concesión de comida del campo era de un viejito llamado "Pop". La gente podía ordenar lo que quisiera, siempre y cuando fuera un hot dog. Salía humo de su changarrito, adentro seguro hacía más de 50 grados.

Frankie pidió el suyo con mostaza y compró un refresco de naranja para pasárselo.

—¿No le han dicho cómo va el otro juego? —le preguntó a Pop.

—Dos a uno.

—¿En serio? No pensé que Monterrey pudiera seguirlos tan de cerca —dijo, negando con la cabeza.

—Ellos son los que llevan dos —dijo Pop.

Para la parte baja de la quinta entrada, la banca del Equipo de Estrellas de la Ciudad de México estaba en silencio. Monterrey seguía aferrándose a su frágil delantera. Desesperado y comprendiendo su error demasiado tarde, el coach de la Ciudad de México le pidió a Bobby Neiderhouser que entrara al juego a relevar al pitcher abridor. Pero Bobby seguía ofendido, y se negó.

El papá de Bobby era el director de la Fundación Ford en la Ciudad de México, y había crecido en las esferas de la influencia y el poder. El coach no podía hacer gran cosa.

César, por el contrario, había planeado que pitcharan Enrique y Ángel, pero ahora se estaba esperando, al darse cuenta de que si ganaba su equipo, iba a necesitar a Ángel para mañana.

Una combinación de arrogancia y alguna jugada inspirada de la Ciudad de México, permitieron que con dos outs hicieran un rally y anotaran la carrera del empate. Sólo una gran jugada de Pepe pudo evitar que las carreras de ventaja cruzaran el plato.

La banca de la Ciudad de México revivió. En el dugout de Monterrey, los ánimos pasaron de ansiosa expectativa a malsana desesperación.

—Mantengan la fe —dijo el cura.

—Dios rara vez recompensa la arrogancia —le dijo César al padre Esteban.

—Está poniendo a prueba su temple —respondió el cura.

—Está poniendo a prueba mi cordura —dijo el coach.

César reunió a los muchachos.

—Qué caras traen, parece que van a un entierro. Nos empataron el juego, eso es todo. Es parte del beisbol, así que váyanse acostumbrando. A veces anotamos nosotros, a veces ellos: así funciona. Recuerden, la victoria es como una hermosa mujer que espera en la pista de baile al último hombre que quedó en pie, al que no se dio por vencido.

Si los chicos no mantenían la calma, de seguro cambiaría toda la dinámica del juego. César miró nerviosamente a Jesús *Chuy* Contreras que tomó un bat.

—No tengas miedo, Chuy —lo tranquilizó César.

—No tengo miedo, señor Faz. Si me muero, quiero que mi mamá sepa que no me rajé al último minuto.

—¿Quién dijo que te vas a morir?

Chuy no consiguió un hit, pero sí mandó cuatro pitchadas seguidas a la zona de foul, hasta que el pitcher de la Ciudad de México perdió la concentración y le dio base por bolas.

Había empezado un rally.

Baltasar y Pepe lo siguieron con hits y llenaron las bases. El coach de la Ciudad de México le volvió a pedir a Bobby Neiderhouser que lanzara, y él se volvió a negar.

Los regiomontanos revirtieron la marea que medio inning atrás fluía en su contra y la convirtieron en una marejada con la que aplastaron a la Ciudad de México. Los dejaron pasmados anotándoles siete carreras. Cuando el último elevado de los capitalinos cayó en medio del guante de Ricardo, el equipo se arremolinó en el montículo alrededor de Enrique.

El Cubano disfrutó este momento. Es una de las tres cosas que un pitcher jamás olvida: a su mamá, su primer beso y su primera victoria.

Nadie estaba más sorprendido que César. Había dudado de ellos, aun cuando los había visto entrenar largas y difíciles horas bajo el sol de Monterrey. Habían demostrado que podían ganar un juego de beisbol, pero lo más importante es que le habían enseñado a César que debajo del MONTERREY que engalanaba sus uniformes, había grandes corazones dispuestos a sacrificar mucho.

McAllen ganó el partido que Frankie estaba cubriendo, aunque terminó sin el dramatismo que marcó el debut de Monterrey. El coach de McAllen, Chadwick Roy Terrence III, invitó a César y los muchachos a su casa para que probaran una auténtica parrillada texana.

—Es muy amable en invitarnos, señor Terrence —dijo César a su anfitrión. Los Terrence vivían en una casa de pisos a desnivel en Cypress Street, a unas tres cuadras de la zona del centro. Era la típica casa en la típica calle de McAllen, sólo que hoy el jardín trasero estaba tomado por pequeños beisbolistas estadounidenses y mexicanos.

—Por favor llámame Chad, el señor Terrence es mi papá —respondió con una sonrisa bonachona. Sus muchachos dieron un juegazo hoy. No se ofenda, pero nunca esperé que ustedes fueran a ganar, y mucho menos ponerle a la Ciudad de México una paliza nueve a dos.

—Yo tampoco… yo tampoco.

Ambos equipos estaban sentados a una de las largas mesas para picnic que se habían montado en el jardín de los Terrence.

—Sus chicos daban la impresión de que les hacía falta una buena comida —dijo su anfitrión.

—Se me hace que lo que quiere es que se empachen para el juego de mañana —dijo César, riendo.

—Lo que hay de comida no alcanza para empacharlos. ¿Seguro que tienen doce años?

—Están chiquitos, pero no se deje engañar. Son bien entrones.

—Créeme, después de hoy, no pienso subestimarlos. ¿Oye, por qué algunos ni han probado la carne asada? ¡Está retesabrosa!

—Esto es más comida de la que han visto en todo el mes. Algunos seguro nunca comen carne.

—Con razón los sándwiches de mantequilla de cacahuate y mermelada de mi señora están volando como pan caliente —dijo Chad y luego se dirigió a su hijo. Oye, Jarrett, tráite otras de estas costillas.

En la larga mesa, Mario batallaba por despegarse la boca. Nunca antes había experimentado los efectos de la mantequilla de cacahuate. Atraído por su sabor dulce, pronto se vio atrapado por su consistencia pegajosa.

—¿Qué es esto? —apenas logró preguntarle a Enrique.

—No sé, pero casi no puedo respirar —respondió su amigo igualmente incapacitado.

Mientras tanto, Jarrett le trajo a su papá una enorme charola. En una mitad había grandes costillas de res, cocinadas a fuego lento en la ahumadora del coach Terrence. Del otro lado, había pan de maíz caliente y elotes a la parrilla; cada mazorca estaba atravesada con una brocheta en una punta y chorreaba mantequilla mezclada con los jugos de la carne. El estómago de César pegó un brinco de la emoción.

—Hijo, saluda al señor Faz.

—¿Cómo le va, señor? —vino la respuesta cortés del niño rapado a cepillo y ligeramente pecoso.

—Muy bien. ¿Qué tal se portan mis muchachos?

—Me imagino que bien —respondió tímidamente.

—¿Se están portando mal?

—Mire, señor, pues no sabría decirle. Mis amigos y yo no les entendemos ni una palabra de lo que dicen.

César sonrió.

—Los vi practicando hace rato. Tienes un talento natural para el juego.

—Gracias, señor.

—Cuidado, hijo —dijo Chad, guiñándole un ojo a César—, en realidad nos estaba espiando para encontrar nuestros puntos débiles.

César se rió y luego le murmuró en español al padre Esteban:

—Ya me cachó.

Cuando se puso el sol y los insectos nocturnos empezaron a volar por el jardín de los Terrence, los chicos entraron a la sala de la casa. El coach Terrence había montado un proyector de cine en el que les pasó una cinta de la Serie Mundial de las Ligas Pequeñas 1956. Los chicos mexicanos estaban anonadados, la mayoría nunca había visto una película.

—¿Entonces qué me dices de una apuesta amistosa sobre las probabilidades de tu equipo? —preguntó Chad.

—¿Dices si llegamos a la Serie Mundial?

—No seas ridículo. Digo si tu equipo llega al miércoles.

—No lo sé, Chad, de veras no traigo suficiente dinero para andar apostando —y César no exageraba. Apenas si traía suficiente para aguantar dos días más.

—No quiero su dinero, coach —dijo Chad, mirando a los niños mexicanos que eran más pequeños. Eso no sería deportivo.

—¿Entonces qué estabas pensando?

—Si ganamos, todos tienen que pasar el resto del día usando un sombrerote vaquero de diez galones. ¿Qué dices?

—Está bien, ¿pero y si ganamos nosotros? —preguntó César, provocando una risita de Chad.

—Ah, claro. Si ganan ustedes...

En casa de los Terrence, Ricardo asomó de la puerta del baño y llamó la atención de Enrique, indicándole que se acercara. Enrique entró al pequeño cuarto y vio a Enrique abrir el agua del lavabo. Los dos niños se quedaron viendo el chorro de agua que brotaba de la llave.

—¡Con ésta sale agua caliente! —dijo Ricardo sobre el otro grifo.

—¡Órale! —exclamó Enrique.

Ricardo se rió.

—Fíjate —dijo. Primero fue a la regadera y la abrió y luego le jaló al excusado. Enrique tuvo que probarlo él mismo.

—¡Tanta agua dentro de una casa! ¿Dónde la guardan toda?

Los niños siguieron jugando con el agua, abrían la caliente, luego la fría, y tomaban turnos para jalarle al excusado.

Mientras tanto, en la cocina con Jarrett, Ángel vivía su propio momento de descubrimiento. Jarrett sirvió dos vasos de leche de una botella que sacó del refrigerador.

—*Milk* —dijo Jarrett en inglés, y luego lo repitió lentamente. *M-I-L-K*.

—*M-I-I-I-L* —lo imitó Ángel.

—¡Muy bien!

—Bueno. *Mil*, leche —dijo Ángel.

—*Lei-chei* —dijo Jarrett, provocando una risita de Ángel.

—Sí, leche...

—¿Quieres una galleta de avena con pasas? Mi mamá hace las mejores —dijo el niño de McAllen, pero podía ver que Ángel no le entendía. Sacó cuatro de un frasco que estaba en la barra, y le dio dos a Ángel.

—Mira —dijo y procedió a enseñarle a Ángel la forma correcta de sopear una galleta en leche—, así. ¡Mmm, qué rico!

Ángel tímidamente trató de hacer lo mismo, pero sin querer tiró la galleta en el vaso. Apenado, trató de sacarla, pero entre más se mojaba la galleta, más se desmoronaba.

—¡Ay, Dios mío, lo siento… se me cayó la galleta!

—Está bien, no te asustes. Nos pasa a los mejores. Ten —dijo Jarrett pasándole a Ángel su propio vaso de leche y su última galleta. Miró a Ángel comérselas y se rió. Pero su risa ocultaba un toque de tristeza porque Ángel se comió su galleta como si se estuviera cenando un filete miñón, recogiendo cada migaja de la mesa y saboréandola.

El júbilo de los niños continuó en el hospital, donde el equipo fue a visitar a Norberto. Convencidos de que su amigo no se iba a morir, los niños se pusieron a brincar en las camas vecinas y a golpear las bacinicas, tratando de animar a Beto. Las enfermeras tuvieron que ir a callarlos más que unas cuantas veces. La buena noticia era que al otro día lo daban de alta, pero el doctor insistía mucho en que no debía participar en el juego contra McAllen.

El motel Grand Courts parecía ser un sitio de mala muerte para la mayoría de los estadounidenses. Hasta los camioneros que pasaban por McAllen permanecían en él el menor tiempo posible antes de volver a subirse a sus tractocamiones y regresar a la carretera. Pero desde la perspectiva de los niños, era lujoso.

Se quedaban cuatro en cada cuarto, y aunque ya había pasado su hora de dormir, César sabía que su equipo se quedaría platicando de las aventuras del día hasta altas horas de la noche. Apenas ayer, estaban en Monterrey esperando el autobús. Sin importar lo que trajera el día de mañana, esa noche iban a atesorar su victoria como si fuera a ser la única de sus vidas.

César también se quedó despierto hasta pasada su hora de dormir autoimpuesta, pero no estaba pensando en la victoria de esa tarde. Pensaba en Norberto y la noche solitaria que pasaría en el hospital, y lo inundó un torrente de recuerdos sobre su propia madre.

❖

Felícitas Faz trabajaba en el Hospital Santa Rosa, del lado poniente de San Antonio. Era la parte más pobre de la ciudad, y las enfermedades y epidemias eran muy comunes; el hospital siempre estaba a reventar de gente en busca de la atención médica más elemental.

César tendría unos nueve o diez años cuando mucho. Llevaba semanas con dolor de garganta, así que cada mañana él y su madre caminaban varias millas a lo largo del arroyo de San Pedro hasta llegar a la clínica gratuita del hospital. Después de muchas visitas, la enfermera en jefe determinó que César necesitaba una cirugía de emergencia. El doctor en turno le extirpó las anginas. Cuando lo dieron de alta, su mamá lo estaba esperando para la larga caminata a casa.

El hospital estaba ubicado en la Plaza del Zacate. Aquí, los contratistas venían a buscar jornaleros para el algodón y el betabel. Los capataces podían escoger a mano a los trabajadores que más parecieran capaces de trabajar duro y sin quejarse. Era un gran centro de reunión, que uno podía atravesar de un extremo a otro escuchando que leían de todo en voz alta, desde los periódicos mexicanos hasta la Biblia.

César observó a un grupo de jornaleros subirse a la caja de una pickup que por un momento parecía atorada, antes de saltar hacia delante tan repentinamente que un hombre se cayó por atrás. Corrió para alcanzar la camioneta, pero cuando logró agarrarse de la puerta de carga, otro trabajador le molió la mano con el tobillo, haciendo que el pobre hombre volviera a caer al polvo de la calle. Quizá fuera por alguna vieja rencilla, o simplemente porque ya iban muy apretados de camino a los campos.

174

—Odio a esta gente —le dijo César a su madre, en un murmullo pues su garganta todavía no acababa de sanar.

—Nunca vuelvas a decir eso, César. Son tu gente, sólo que han tenido menos suerte que tú —respondió Felícitas.

César juró que él nunca sería como ellos, que nunca trabajaría en el betabel ni se la pasaría sentado por ahí, musitando pasajes de la Biblia y rezándole a la Divina Providencia.

13

Una buena rasurada

A la mañana siguiente, Francisco Aguilar se levantó un tanto desorientado. Quizá fuera que no reconoció el liso techo blanco que lo miraba, o quizá fuera el sonido del tráfico vehicular que entraba por la ventana ligeramente abierta. Fuera cual fuese la causa, por unos momentos olvidó por completo en dónde estaba hasta que empezó a reconstruir el recuerdo del largo viaje en autobús y la llegada al motel de McAllen. Buscando algo conocido, su ansiedad se incrementó de inmediato por el hecho de que no veía a Chuy en la cama de al lado. Pegó un salto y encontró a su amigo acurrucado en posición fetal en el suelo entre las dos camas. Chuy estaba enredado en una sola sábana que había jalado al piso.

Jesús *Chuy* Contreras nació en Ramos Arizpe, Coahuila, pero llegó a Monterrey de recién nacido, cuando la crítica situación de su familia obligó a su padre a buscar trabajo en la capital industrial de México. La familia se instaló en una pequeña choza en la colonia Lagalde. La compartían con otra familia. Las camas no alcanzaban para todos, así que Chuy y varios de sus hermanos dormían en el suelo. Era un lugar bastante apretujado y carente de todo comfort, pero tenía la ventaja de quedar cerca del trabajo de su papá, en la fábrica más antigua de Monterrey, la Cervecería Cuauhtémoc.

A un lado de la cervecería estaba el Parque Deportivo Cuauhtémoc y Famosa, un área recreativa para la gerencia. El parque era más que un escape de la cruda arquitectura del barrio:

le daba a Chuy la oportunidad de ayudar a mantener a su familia. Trabajaba para un viejo que tenía un antiguo molino de mano con el que extraía aguamiel de la caña de azucar, que vendían como refresco. También había un campo de tenis para los ejecutivos más altos, que le pagaban al emprendedor Chuy unos pesos la hora por ser su recogebolas. Un mes antes del viaje a McAllen, el coach adjunto, José González Torres, lo había visto salir disparado a recoger las pelotas de tenis errantes y devolvérselas al que servía. José no sabía si Chuy le podía pegar a una pelota de beisbol, pero podía ver que ese niño tenía coordinación y una resistencia tremenda.

—¿Te lastimaste? —le preguntó Francisco a Chuy después de sacudirlo y despertarlo. La conmoción también despertó a Pepe y Roberto.

—¿Por qué?

—Mejor voy por el señor Faz —dijo Roberto. Te caíste al piso.

—No —Chuy agarró a Roberto del brazo y lo acercó. Por favor, amigos, no quiero meterme en problemas. No me caí. Es que no sé dormir en cama.

César, mientras tanto, ya se había levantado y había salido del motel. Todavía era muy temprano para que dieran de alta a Norberto, así que decidió caminar un poco por la parte principal de la ciudad. Le hizo plática un viejo afroestadounidense llamado Moses, que estaba barriendo el frente de su negocio, una combinación de peluquería y boleado de zapatos.

—No lo reconozco. ¿Vino con uno de los equipos ésos a jugar beisbol? —preguntó Moses.

—Soy el coach de la Liga Industrial de Monterrey.

—¿Vinieron desde México?

—Sip.

—No sabía que los niños allá jugaban beisbol —dijo Moses.

—Es nuestro primer equipo.

—Pues qué cosa. Parece que le hace falta una peluqueada y una afeitada —le dijo Moses a César.

—Tengo que ir al hospital —respondió César.

—¿Todo bien?

—Uno de mis jugadores se cortó el pie. Va a estar bien si lo deja descansar. Al rato tengo que ir a recogerlo.

Moses sonrió y dijo:

—Siempre hay tiempo para una buena rasurada.

César se quedó paralizado en la entrada considerando qué sería peor: admitir su pésima situación financiera o herir los sentimientos del viejo. Moses miró a César de arriba a abajo unos momentos y entendió su dilema.

—Pase y siéntese. La primera visita va por cuenta de la casa.

—¿Está seguro?

—Seguro que estoy seguro. Además, un peluquero ocupado siempre atrae más clientes.

Después de una rápida peluqueada, César se reclinó en la silla de Moses. El viejo le acomodó una toalla en el cuello de la camisa y le puso una capa de toallas calientes en la cara, dejando un pequeño orificio para que César pudiera respirar. César oyó a Moses afilar su navaja en la larga tira de cuero que colgaba de la silla. Era un hecho curioso que cuando la navaja de Moses se deslizaba por el cuello de un cliente, los mismos hombres que no tolerarían que en el autobús se sentara adelante con ellos, de pronto le confiaban su vida.

Por la calle de la peluquería, Ricardo, Ángel y Baltasar venían buscando a César.

—Balta, tú ve por ese lado —ordenó Ángel. Ricardo y yo vemos de éste.

Baltasar pasó una pequeña vinatería, una tienda de baratijas y varias loncherías, cuando de pronto algo le llamó la atención. El movimiento giratorio de las barras rojas, blancas y azules del poste de la peluquería Marvy, lo hipnotizó momentáneamente y se les quedó viendo.

—Creo que allí está uno de sus jugadores —dijo Moses mientras seguía afilando la navaja.

Bajo las toallas que traía en la cara, César masculló algo de que Moses invitara al niño a pasar.

Sin embargo, bastó un vistazo a Moses sosteniendo una navaja sobre el rostro cubierto de toallas de un hombre, para que Baltasar se viera inundado por recuerdos de las historias de su tío Ramiro. De pronto, los peores temores de Baltasar se vieron materializados en la sonrisa de bienvenida del buenazo del viejo Moses que con un ademán lo invitaba a pasar. Baltasar salió corriendo lo más rápido que pudo, sin dar oportunidad a nadie de cuestionar sus motivos.

—Habrá tenido mucha prisa de llegar a algún lado —comentó Moses con aire despreocupado. Apartó las toallas y empezó a aplicar una capa gruesa y tibia de espuma. Hoy su equipo juega contra el favorito del pueblo —agregó y empezó a deslizar la navaja por la superficie áspera del rostro sin rasurar de César.

—Mm jmm —dijo César sin abrir la boca ni moverse medio pelo.

—Qué tal que ustedes ganaran —sonrió Moses. Qué tal que ganaran.

En el hospital, el doctor le dijo a César que el pie de Norberto necesitaba una semana para acabar de sanar, pero al joven catcher le costaba trabajo aceptar este diagnóstico. Todo el camino de vuelta al motel Grand Courts y luego en el campo, Norberto le suplicaba a César que lo dejara jugar.

César se negó repetidamente; hasta recurrió al padre Esteban para que hablara con Norberto y le explicara lo que podía pasarle si se le volvía a infectar el pie o si se le abrían los puntos. Pero Norberto no cejaba, enseñándole a César que podía caminar perfecto.

—Mira, Beto, ya vi que ya puedes caminar, pero no puedes correr —dijo César molesto. ¿Y cómo te voy a meter a jugar si...?

César no había terminado la oración cuando Norberto salió corriendo lo más rápido que pudo por los senderos de base.

—Está bien, está bien. Agarra una manopla y pon a calentar a Ángel.

—¿Va a jugar? —preguntó José cuando César terminó de llenar la tarjeta con el orden al bat.

—¿Cómo le digo que no a esa clase de valor? —respondió César.

Cuando llegó el turno de McAllen de salir al campo a calentar, el coach Terrence sacó una extensión eléctrica y conectó un brazo mecánico de pitcheo. En un momento, una palanca tomó impulso lentamente, recogió una pelota en una especie de mano y la lanzó al primer jugador de McAllen para que practicara su bateo.

—Jarrett, ¿por qué no vas soltando el brazo? —le dijo el coach a su hijo, que se quitó su chamarra de pitcher y tomó una bolsa de resina.

Terminó el tiempo permitido y el coach Terrence llamó a su equipo. Cuando los equipos pasaron uno frente al otro, a Mario se le cayó su manopla y por poco se tropieza con ella. Un jugador de McAllen, Jake Lambeau, la recogió y se la ofreció, pero cuando Mario trató de tomarla, Jake se la subió. Mario, el segundo jugador más bajito del equipo mexicano, se estiraba lo más que podía pero no la alcanzaba ni brincando.

—Oigan, ¿ya vieron esta cosa? Parece que se la hizo su mamá —lo molestó Jake, que pronto se vio acompañado por varios compañeros de equipo que se burlaban de Mario.

—Vamos, Jake, ya dásela —intercedió Jarrett.

Jake bajó la mano y Mario agarró su manopla.

—Pa' lo que le va a servir. Va a ser como echar un concurso de patadas en el trasero contra un cojo.

Había terminado el calentamiento y el juego iba a empezar en unos minutos. El encargado del campo daba los últimos toques de cal a las líneas y hacía la caja de bateo. A César le encantaba este momento, las blancas líneas se veían nuevecitas, derechas y relucientes. En cuanto saliera el primer bateador, los spikes irían desdibujando las líneas y nunca volverían a estar tan perfectas como ahora.

Anunciaron los equipos, y todos los jugadores se pusieron de pie en su respectiva línea. Empezó una grabación de *The Star Spangled Banner*, el himno de Estados Unidos, y César se aseguró de que todos sus muchachos saludaran sosteniéndose la gorra sobre el pecho.

Mientras Ángel tiraba sus últimos lanzamientos de práctica, César se preocupó un poco al observar que batallaba por encontrar su puntería. Dos pitchadas de calentamiento salieron volando hacia cualquier parte, provocando risas en la banca de McAllen. Los chicos de McAllen fanfarroneaban entre ellos que ya no se aguantaban las ganas de pararse y reventar un lanzamiento de Ángel, si es que lograba pitcharles por lo menos un strike.

Comenzó el juego, Ángel apresuró sus lanzamientos y no encontró la zona de strike en sus primeros ocho intentos.

César rápidamente pidió tiempo y fue al montículo con Ángel. Su joven pitcher se movía nervioso de un lado a otro.

—Creo que no puedo pitchar en Estados Unidos —dijo Ángel.

—¿Quieres saber algo asombroso sobre el beisbol?

Ángel se encogió de hombros.

—Dios hizo que el montículo quedara a la misma distancia del plato en todos los diamantes del mundo —le aseguró César. Es igual que nuestro campo. Sólo necesitas ir un poco más despacio. Te estás precipitando en la entrega.

—Es que salen muy rápido a la caja de bateo, y el umpire ya está en posición…

—Cuando vas a pitchar, los pájaros en el cielo, las aguas del río y hasta el mismo sol te tienen que esperar hasta que estés listo. ¿Entiendes?

—Sí, señor Faz —dijo Ángel.

—Queremos un pitcher, no un vaso de agua… —empezaron a cantar en la banca de McAllen mientras César salió caminando al dugout y reinició el juego.

El equipo de McAllen siguió molestando cada vez más fuerte:

—¡Vamos, pitcher, es para hoy! —aunque Ángel les hubiera entendido, difícilmente hubieran podido romper su concentración una vez que entró a un lugar más profundo de su alma.

Cuando Ángel estuvo listo, empezó a tomar impulso. Sus ojos se entrecerraron con un único enfoque mientras alzó los brazos sobre la cabeza, volvió la cabeza ligeramente hacia la derecha y levantó bien alto la pierna izquierda. Su brazo derecho se impulsó hacia delante y la mano soltó la bola en el punto perfecto del arco.

—¡Straaaaaaik uno! —gritó el umpire.

Bueno, no está mal, pensó el coach Terrence. *El chico tiene brazo.*

Ese brazo desconcertaría a los bateadores de las primeras tres entradas. Fue durante esta primera mitad del juego que César lo empezó a notar. Y no era porque su joven pitcher hubiera registrado cinco ponches, tres outs por rolas fáciles y un infield fly ni porque hubiera salido de aprietos dos veces, pitchando tranquilamente sin perder el estilo. Seguro que en alguna otra parte de Estados Unidos se estaban dando estadísticas similares esa misma tarde en los cientos de canchas de las Ligas Pequeñas en las que se desarrollaba el torneo. No… era la expresión en los ojos de Ángel cuando se le iba encima a un bateador, si el pitcher iba abajo en la cuenta y había corredor en posición de anotar. César había visto esa expresión antes, en el Estadio Mission y en el Parque Sportman's. *Eso* era el fuego que separaba a los grandes jugadores de todos los demás.

Ángel se fortaleció más con cada entrada; no se percataba de ninguna distracción a su alrededor. Y esto era aún más asombroso por el efecto que estaba teniendo en sus compañeros de equipo.

Ángel estaba elevando el nivel de juego de todos y cada uno de los regiomontanos. Los jugadores se apresuraban un poquito más en cada paso y pasaban la bola entre todas las posiciones con entusiasmo y orgullo, después de cada out.

A la ofensiva, los peloteros de Monterrey fueron construyendo una ventaja lentamente. La victoria aún se veía incierta, pero con cada carrera que anotaban, la confianza de los niños crecía mientras empezaban a creer que eran igual de valiosos que cualquier otro niño con uniforme de las Ligas Pequeñas.

En el cuarto inning, el padre de Jake, John *Boomer* Lambeau, bajó desde las gradas hasta llegar a un lado del dugout de McAllen.

—¿A poco se van a dejar que una bola de mojados les parta el hocico en el campo?

—No se me alebreste, Boomer —dijo el coach Terrence. Los muchachos están jugando lo mejor que pueden.

—Pues a lo mejor eso no basta —respondió. Volviéndose hacia Jake, añadió—: ¡Ya ni la amuelan, hijo, les está ganando un bola de enanos!

Jake se alejó caminando de su padre.

—¡Oye, hijo, te estoy hablando! ¡Vuelve acá!

Jake se volvió y miró a su padre directo a los ojos.

—Pa, bateo.

Antes de que pudiera abanicar un par de veces de práctica, la voz del umpire se escuchó sobre el ruido de las gradas:

—¡Straaaaaik tres! —gritó el umpire, con lo que ese lado se retiraba.

En la siguiente entrada, Monterrey coronó su marcador con la quinta, sexta y séptima carreras. El coach Terrence trató de que su equipo hiciera un rally y en su último turno al bat lograron llenar las bases, pero fue un poco demasiado tarde. McAllen perdió 7-1.

—¿César, qué andan diciendo que apostaste en el juego? —preguntó el padre Esteban mientras los chicos iban a felicitar a sus oponentes.

César se rió. No sabía cuál castigo iba a ser peor para el coach Terrence: si haber perdido o tener que andar todo el día con un sombrero mexicano.

En el estacionamiento, Boomer se subió a su auto y azotó la puerta. Apenas si miraba a Jake, que se deslizó al asiento del copiloto. Mario vio esto y se sintió mal por Jake, aunque lo había molestado antes del juego. A Mario le sorprendió que un papá pudiera enojarse tanto con su hijo por perder un juego de beisbol.

Frankie agarró su cámara y se acercó a César.

—Soy Frankie Stevens, *McAllen Gazette*. Hablamos ayer —dijo.

—Sí, me acuerdo.

—Ésta es la primera vez que Monterrey participa en una competencia de Ligas Pequeñas. ¿Usted considera que el juego… qué me ve?

—No sabía que hubiera reporteras de deportes. No la han de querer mucho en los vestidores.

—No soy reportera de deportes, y después de ganarle al equipo de casa, seguro que aquí en McAllen a usted lo quieren menos que a un zorrillo en una fiesta de jardín —replicó.

—Pues prefiero oler medio raro que perder —respondió César.

—A lo mejor mañana puede hacer las dos cosas —dijo ella.

César tuvo que reconocer que la chica tenía buen sentido del humor, y tampoco estaba fea.

—En fin, ¿le importa si les hago unas preguntas? —preguntó ella, señalando a los jugadores.

—No hablan inglés.

—¿Entonces por qué ese niño se la pasa diciendo *Yil Jot-ches*? —preguntó ella, refiriéndose a Ricardo. Y ése —dijo de Mario—, le dijo a aquellas niñas que era Duke Snider.

—Ésa es su arma secreta.

Frankie miró hacia los jugadores de Monterrey.

—¿Cuál? —preguntó mientras se volvía a ver a César, pero él ya se alejaba caminando.

La noticia voló. Moses oyó a dos de sus clientes blancos discutir del tema como si se tratara de una crisis mundial. Poco después, la caravana de niños de la Liga Industrial de Monterrey pasó frente a su ventana.

—Seguro que hoy se han de sentir la gran cosa —dijo el hombre sentado en la silla del peluquero, junto a su amigo.

—Bueno, pues más les vale disfrutar su triunfo, porque mañana les van a dar su merecido —dijo el que estaba esperando su turno.

Moses se limitó a sonreír mientras le ponía Vitalis en el pelo a su cliente.

De vuelta en el motel Grand Courts, César reunió a todos los chicos cerca de la alberca para tener una junta de equipo.

—¿Ya podemos nadar? —la pregunta conocida.

—No —la respuesta de César, también conocida.

—¿Entonces qué vamos a hacer? —preguntaron varios jugadores.

—Vamos a repasar algunas jugadas para ver qué errores cometimos —dijo César, y mandó a José por el pizarrón.

Los niños gruñeron, y el padre Esteban le lanzó a César una mirada que dejaba claro que cuestionaba la prudencia del coach de querer repasar ese juego en el que los niños lucharon duro, jugaron bien y ganaron.

Hasta Lucky dio su opinión:

—César, hay treinta y ocho grados a la sombra. Déjalos descansar.

—Ganamos, pero mañana vamos contra otro equipo que hoy también ganó y que no se va a confiar cuando vea que le ganamos al equipo de casa.

La discusión hubiera podido seguir de no ser por el gesto del catcher de Monterrey que trató de escabullirse discretamente.

—¿Beto, a dónde vas? —preguntó César. El joven catcher regresó apenado, y César vio que el spike de Beto estaba empapado de sangre. Había sufrido en silencio durante todo el juego. Oculto de las miradas del público y de la prensa, pocos aparte de estos regiomontanos sabían del acto heróico que había ocurrido en un pequeño diamante de beisbol en el enorme estado de Texas.

—Quizá esté bien que descansen un poco —dijo César, dando por terminada la junta. Pero nada de nadar.

—¿Entonces qué, Bobby, no se le rompió la fuente, verdad? —le preguntó Frankie a su colega, que había usado ese pretexto el día anterior para salvarse de cubrir la nota.

—Falsa alarma, Frankie. Imagínate.

—Sí, imagínate —dijo ella.

—¿Me tienes el reportaje? —le preguntó Charlie Thompkins saliendo de su oficina.

—Ya casi —respondió Frankie.

—¿Y cómo le hacen? ¿Meten cachirules? ¿Quizás algunos chicos de catorce, quince años?

—¿Estás bromeando? Parecen de diez —dijo ella. Nomás le pusieron una paliza al equipo de casa. Te hice el reportaje, pero no me pidas que te explique por qué.

14

¡Strike dos, ponchado!

Temprano a la mañana siguiente, César y José caminaban por el pasillo cuya alfombra apestaba a humedad y cerveza rancia. Iban abriendo la puerta de los cuartos de sus jugadores, para cerciorarse de que los niños estuvieran despiertos y preparándose. El juego de Monterrey estaba programado para las diez de la mañana.

Detrás de una de las puertas, José encontró a Ángel sentado en la cama vestido, con cara de preocupación.

—¿Qué pasa? —preguntó el coach adjunto.

—Es Enrique. Está allí metido desde que me levanté —dijo Ángel, señalando la puerta del baño.

—Parece que toda la mantequilla de cacahuate y pan Wonder que comió tiene todo bloqueado —le dijo José a César. Enrique y Mario parecen piñatas a punto de reventar.

César le pidió al equipo que se adelantara al campo. Todas las ciudades fronterizas tienen su "bodega", sólo era cosa de encontrarla.

Lucky, José y el padre Esteban se llevaron al equipo al campo y se prepararon para el inicio del juego contra Mission, Texas.

—Voy a necesitar su tarjeta de line up —le dijo el umpire Earl a Lucky, creyendo que era el manager.

—Las mismos posiciounes de ayerr —les dijo Lucky a los niños en su torpe pero aceptable español. En realidad lo hablaba bastante bien, pero su acento de Wisconsin era tan pesado que los mexicanos siempre le pedían que se repitiera. O peor aún, nomás le decían "Sí", aunque no tuvieran la menor idea de lo que estaba hablando.

—Ángel no puede pitchar en dos días —señaló José.

—¿Entonces quién? —preguntó Lucky.

—¿Enrique, podrías intentarlo? —preguntó José al abridor programado, pero su pregunta sólo provocó un quejido de su adolorido pitcher.

—¿Quién va a pitchar? —preguntó Pepe.

—Tú —dijo José.

—¿Yo?

—Tienes el siguiente mejor brazo del equipo —respondió el coach adjunto.

Pepe miró las caras de los demás jugadores. No creía que compartieran la confianza de José.

Enrique se percató del titubeo de Pepe y dijo:

—¡Óiganme todos! Pepe va a pitchar y va a dar su mejor esfuerzo, ustedes denle el suyo.

Cuando el equipo iba saliendo del dugout, Pepe se volvió a mirar a Enrique.

—Gracias —dijo Pepe.

—No se te olvide, todavía te parto el hocico —dijo Enrique, haciendo que Pepe le devolviera una sonrisa cómplice.

El propietario de la bodega puso en el mostrador un surtido de chiles para que César escogiera. Todo mexicano sabe que no todos los chiles son iguales. El pimiento no pica. Y de allí vienen el poblano, el jalapeño, el chipotle, el piquín, el de árbol y hasta arriba de la escala el temido habanero, "pa' que te hagas hombre".

Para los fines de César, bastaría con dos jalapeños grandes y oscuros. Estaban crudos y habían madurado en el caliente sol de Texas. Se los metió al bolsillo y corrió al campo. Llegó en la parte baja de la segunda entrada.

Pepe Maiz estaba pitchando bien. La Mission había tenido sus oportunidades, pero una fuerte defensiva había aplastado todos sus intentos de hacer un rally. Por suerte, no le había caído ninguna bola a Enrique ni a Mario, que parecían un par de viejitos encorvados.

Al acabar el inning, César les dio a esos dos su "medicina", y un inning después ambos chicos salieron disparados hacia los sanitarios. Su alivio fue evidente en su siguiente turno al bat. Enrique conectó un cuadrangular que detonó una gran entrada para Monterrey. Apabullados e incapaces de seguir su plan de juego, los de Mission se vieron sumidos en una serie de innings interminables en los que nomás veían a sus oponentes anotar. No es que jugaran mal, sino que los regiomontanos hicieron todo bien, aprovechando cada turno al bat y en el campo.

El marcador final lo decía todo: Monterrey 14, Mission 1.

En la lonchería más cercana al hotel, Ricardo ordenó su segundo plato de "tortillas con miel". Eran hot cakes, y Ricardo había decidido que eso iba a desayunar, comer y cenar. Los enrollaba como spikes gigantes y abría la boca lo más que podía para devorarlos. César se alegraba de ver a los chicos comiendo con tan buen apetito, pero con cada nueva porción se hacía presente la realidad de sus mermadas reservas financieras y la probabilidad de que pronto se quedaran sin dinero —un enemigo que no podían vencer en el diamante de beisbol.

—Aún no he pagado lo del hotel de hoy —dijo Lucky.

—¿Por qué no?

—¿Y la comida la cultivamos o qué?

Los dueños de la lonchería habían ofrecido generosamente darle a los chicos porciones dobles a mitad de precio, pero aún así era un gasto fuerte para su precario presupuesto.

—Bueno, ¿cuánto tenemos? —preguntó César sacando unos cuantos billetes y monedas de sus bolsillos. Lucky hizo lo mismo. La cantidad total apenas pasaba los sesenta dólares.

—Tenga, señor Faz —dijo Pepe, entregándole a su coach un billete de cincuenta dólares estadounidenses. Había oído toda la conversación desde el gabinete de al lado.

—¿De dónde lo sacaste, Pepe? —preguntó César.

—Me lo dio mi papá. Me dijo que lo usara si tenía una emergencia, y esto parece una emergencia.

—¿Qué crees que oíste?

—Todo.

—¿Y ellos? —César señaló hacia los demás.

—No pasa nada, señor Faz. Somos chicos pero no tarugos. Ellos no tenían dinero en Monterrey, ¿por qué iba a ser distinto aquí?

—Ven conmigo —César le hizo una seña a Pepe de que lo siguiera a la caja. Lucky se sorprendió de que César fuera a aceptar la oferta del niño.

—¿César…? —empezó a cuestionarlo Lucky, pero César ya se había dado la vuelta y ya no le contestó.

César le pidió a la cajera que le cambiara el billete por cincuenta de a uno. Cuando acabó de contárselos en la mano, César se volvió con Pepe y le dijo:

—No voy a aceptar tu dinero, y eso es definitivo. Pero si quieres, lo puedes dividir entre tus amigos. Y no le digas nada de esta conversación a nadie del equipo.

—Sí, señor Faz.

Cuando César volvió al gabinete, Lucky le dijo:

—Hiciste lo correcto, César.

—Sí pero, ¡ah, qué cara sale la nobleza! Seguimos sin resolver el problema.

—Toma —dijo Lucky aflojándose el reloj, que le dio a César. Para el equipo.

César notó que el padre Esteban estaba sentado solo, mirando ansiosamente un papel desdoblado que se había sacado del bolsillo. César supo que algo andaba mal.

—¿Por qué no está celebrando, padre?

—Hoy se vencieron nuestras visas.

—¿Por qué no me lo recordó ayer? —preguntó César.

—No pensé que fuéramos a ganar tres juegos —dijo el cura apenado.

—¡Válgame Dios, es miércoles! —suspiró César.

En Monterrey, María y su familia esperaron nuevamente a un hombre que no iba a llegar. Ella había preparado cabrito, el manjar regional por excelencia. Por lo general se hacía rostizado sobre un fuego de mezquite, pero para esta ocasión especial ella lo había preparado en guisado. La carne se marinaba con hojas de aguacate, chile guajillo, ajo, limón, comino y otras especies, y luego se ponía a cocer a fuego lento en una cazuela de hierro colado hasta que la carne se caía sola de los huesos. Era un festín que le llevó todo el día preparar y que le costó a su padre un día de salario.

Su hermano miraba a María con hambre, pero no se atrevía a moverse. María bajó la vista a su plato vacío, dijo una oración, y luego le sirvió a su familia y dejó la mesa en silencio.

Más tarde, de vuelta en el motel, varios chicos trataban de consolar a César.

—No fue culpa suya, señor Faz —dijo Ángel.

—Le di mi palabra de que hoy en la noche iba a ir a conocer a su papá.

—Ella lo va a entender —añadió Enrique.

—No, ésta es la segunda vez que le quedo mal.

—Señor Faz —se animó Mario—, ¡apenas van dos strikes!
Le queda otro turno.

—El amor no es como el beisbol —gruñó.

—¿Ah, no?

Los niños salieron de su cuarto y César se talló los ojos fatigados. Uno de los jalapeños se le había roto en el bolsillo, y se habían quedado algunas semillas. La acidez de inmediato hizo que sintiera los ojos como si se los estuvieran quemando con un atizador. Los niños se quedaron paralizados en el pasillo al escuchar sus lamentos a través de la puerta del cuarto de motel.

—Pobre señor Faz. Lo está tomando bastante mal —dijo
Mario.

María y su familia no fueron los únicos que se quedaron plantados esa noche en Monterrey. En la Plaza José Martí, los padres ansiosos esperaban el autobús de Reynosa. Cuando llegó el último sin los pasajeros que estaban esperando, algunos se preocuparon pero la mayoría se fue a casa sin más, asumiendo que alguna ineficiencia o confusión era la causa de que sus hijos no hubieran regresado.

A la mañana siguiente, se enteraron del motivo. *El Norte* publicó un encabezado en su tercera plana: "Monterrey arrasa a Mission, gana tercer juego consecutivo".

Los buenos vecinos

El cuarto día, Enrique Suárez, el moreno de la colonia Cantú, dominó al equipo de Weslaco, Texas.

Algunas personas de la localidad, conscientes de la precaria situación económica de los regiomontanos por los artículos de Frankie en el periódico, pasaron por el motel Grand Courts a llevarles fruta y botanas. Otros ofrecieron sus autos para transportar al equipo a la lonchería de uno de sus amigos. *La Esquina Concurrida* había ofrecido darles de comer gratis a los niños.

Cuando la pequeña caravana de autos se acercó a la lonchería, se hizo visible la manta pintada a mano que colgaba del techo de aristas plateadas: "La Esquina Concurrida da la Bienvenida a la Liga Industrial de Monterrey".

—Betty recomienda el pollo frito —dijo una mesera con delantal rosa, refiriéndose a Betty Little y su marido, Benny, los propietarios. Betty se encargaba de la caja mientras Benny se encargaba de todo en la cocina.

—Pollo frito, mmm. ¿Qué le parece? —le preguntó César al padre Esteban.

Antes de que el cura pudiera responder, la mesera gritó:

—¡Benny, dame cuatro canastas de pollo frito!

—Bueno. Pues por qué no pedimos el pollo frito —dijo César, cerrando la carta.

—Parece que pollo frito —agregó Lucky.

En lo que esperaban la comida, Lucky le echó un par de monedas de cinco centavos a la rockola, y Norberto hizo reír a sus amigos cuando empezó a bailar al ritmo de *That'll Be The Day*, de Buddy Holly y los Crickets.

—¿De casualidad tiene jarabe de chocolate? —le preguntó César a la mesera mientras esperaban.

—Claro que sí, cariño —dijo ella, y volvió unos minutos después y puso una jarra de leche y una botella grande de jarabe Hershey's en cada mesa.

—¡Sale orden! —gritó Benny.

—¿Qué le están haciendo a mi pollo frito especial? —gritó Betty un minuto después. Los niños estaban bañando su pollo en jarabe de chocolate.

—Creen que es mole —dijo Lucky.

—¿Por Dios, qué es eso de *mou-lei*?

—Una salsa de chocolate que hacen en México —respondió. Es algo así como su versión de la catsup.

El *chocolátl* era una creación marcadamente azteca que estaba reservada para la nobleza; se decía que el Emperador Moctezuma consumía hasta cincuenta tazas diarias de esta bebida.

Betty arrebató los botes de Hershey's de las mesas y gruñó:

—Pues con mou-lei o sin mou-lei, no voy a permitir que hagan sundays con mi pollo.

Después de la cena, César se acercó a Betty, que estaba en la caja.

—Disculpe lo del pollo —dijo y empezó a sacar dinero.

—Guárdelo, coach. Les ofrecí una comida gratis.

—Pero embarraron todo de chocolate.

—¿Les gustó mi pollo? —preguntó ella.

—Les gustó mucho —dijo César. Ella se volvió, pero César hubiera podido jurar que la cachó sonriendo.

Cuando el equipo de la Industrial de Monterrey salió a la noche aún cálida de McAllen, las mismas personas que los habían llevado a la Esquina Concurrida, los esperaban pacientemente para regresarlos al motel Grand Courts. Se hacían llamar los "Buenos Vecinos del Valle de Texas", y sin su ayuda el equipo no hubiera podido subsistir ni jugar un día más.

—César, los estás presionando mucho —dijo el padre Esteban, que se dio cuenta de que los jugadores estaban agotados física y emocionalmente. Habían vuelto al motel y César acababa de mandar a Ángel a traer a todos a su cuarto para una sesión de estrategia.

—¿Qué se traen usted y Lucky? —dijo impaciente César. Yo aprendí a jugar beisbol en los campos escolares de San Antonio, y créame que va a hacer falta mucha preparación técnica y sacrificio físico si queremos tener una oportunidad.

—¿Una oportunidad para quién, para ellos o para ti? —preguntó el cura. Ellos nomás vinieron a divertirse y jugar un juego. Ya lograron más de lo que hubieran podido esperar. ¿Por qué no recompensarlos por lo que ya han logrado?

—Tiene razón, padre. Seré menos estricto con ellos —César pareció ceder.

Unos minutos después, César se dirigió al equipo reunido:

—Algunas personas —empezó, lanzando una mirada hacia el padre Esteban y Lucky—, han sugerido que les estoy exigiendo demasiado. Creen que no los he recompensado lo suficiente. Muy bien, pues les propongo un trato: mañana, si ganan, nadan.

Al día siguiente contra Cafésville, los niños hicieron justo eso. Algo igual de notable que su racha continua de victorias fue el hecho de que durante el juego, Ángel alternó lanzamientos con ambos brazos. En los niveles más altos del beisbol, hay muchos jugadores que pueden batear fácilmente desde cualquier lado del plato, pero hay muchos menos que puedan lanzar con la misma habilidad de derecha y de zurda. El que haya un jugador que pueda pitchar bien con cualquier brazo es uno de los fenómenos más excepcionales del juego, a cualquier nivel, en cualquier parte.

Para el quinto día desde su llegada a Estados Unidos, la Liga Industrial de Monterrey había vencido a todos los equipos que había enfrentado en McAllen, con lo que tenía derecho de volver a jugar en otra ciudad, aunque esa tarde su único pensamiento era la pequeña alberca del motel Grand Courts.

Lo más cerca que habían estado de la alberca había sido cuando César los puso a lavar sus uniformes en lo bajito. Hoy, se convirtió en su oasis en el desierto después de que les fuera negada durante seis días.

Lucky no pudo resistir hacer una referencia un tanto irreverente al Génesis:

—Y Dios bendijo el séptimo día y lo santificó, porque en él César los dejó nadar.

—Qué bueno que el padre no te oye.

—Qué bueno que los dejaste nadar, o se hubieran amotinado.

—Por eso me lo traje a usted, capitán —declaró César.

—Nada de *capitán*... si se rebelan, estoy con ellos —dijo Lucky, riendo.

Los Buenos Vecinos del Valle de Texas habían organizado una caravana para transportar al equipo a Corpus Christi más tarde. Mientras los niños jugueteaban en la alberca, César contemplaba el siguiente juego.

—Los vientos del Golfo pegan muy fuerte allá —le dijo a José mientras ambos estudiaban los reportes del clima.

—Sí, los periódicos dicen que eso va a afectar a los equipos visitantes que no conocen el clima.

—Entonces no tenemos mucho tiempo para llegar a conocerlo —dijo César.

Ayer, los Pequeños Gigantes de Monterrey apalearon a Weslaco 13-1. Hoy, al equipo favorito de Cafésville le fue poco mejor, al caer 6-1. Ángel Macías, que durante el juego pitchó con ambos brazos, tenía agua fría en las venas. Nunca había visto a un niño —ni a un pitcher adulto—, que estuviera tan enfocado y fuera tan eficiente. Para el final del juego, un contingente de fanáticos locales les cantaba en español: "Los niños maravilla". Ahora, este sorprendente equipo de México deberá viajar a Corpus Christi para la siguiente ronda. Esta reportera les desea la mejor de las suertes...

El choc-choc de las teclas de la Smith Corona parloteaba como el susurro acallado de las ruedas de una locomotora. Frankie estaba escribiendo las últimas oraciones de su artículo cuando de pronto sintió a su editor atrás de ella.

—Nunca hubiera pensado que iban a ganar cinco al hilo —dijo Charlie.

—Yo tampoco —dijo Frankie sin dejar de escribir.

—¿Por qué usas el oxímoron?

—¿Pequeños gigantes? Tienes que ver qué chiquitos se ven junto a nuestros muchachos —dijo ella mientras terminaba la nota y sacaba la hoja de papel bond de la máquina. ¿Quieres revisarlo antes de que se lo dé a Esther?

—No, vas bien.

—Gracias —Frankie repasó el artículo revisando dedazos y continuidad, pero por encima de la hoja se dio cuenta de que Charlie no se movía ni le quitaba los ojos de encima.

—¿Por qué me miras así? —le preguntó ella.

—¿Conque Corpus, eh?

Después de un silencio incómodo, ella entendió su indirecta.

—No. De ninguna manera, Charlie. No voy a ir a cubrirlos a Corpus.

—Es una gran historia. Tiene a la gente pegada a la página de deportes.

—Si es tan buena, ¿por qué no la cubres tú?

—Porque yo firmo tu cheque cada quincena. Claro, a menos que quieras ponerte un delantal y...

—Repítelo y *sí* te voy a dar un puñetazo en la nariz.

—¡Así me gusta! Ándale, Frankie. ¿De qué estamos hablando? Un juego, quizás dos. Te pago los gastos y cinco dólares extra al día.

—Que sean diez y sigues siendo mi dueño, Mac.

—Te recordaré en Navidad.

—Voy a rentar coche *y además* vas a pagar un hotel decente.

El equipo se hospedó en dormitorios del campus de la Universidad de Corpus Christi. El domingo por la mañana, el padre Esteban y José llevaron a los niños a misa a una iglesia católica cercana. De allí, alcanzarían a César en el campo de Bear Park, donde él estaba hablando con Frankie.

—Vaya clima de sed —dijo ella.

—Sí, con este calor seguro que los árboles andan sobornando a los perros.

—Impresionante su analogía —dijo ella mirando al cielo.

César trataba de ser cortés con ella, pero se llevaban como el agua y el aceite.

—¿Dónde anda su equipo? —preguntó Frankie.

—En misa.

—He oído que rezan mucho.

—Todos los días —César notó que Frankie estaba anotando lo que él acababa de decir. ¿Por qué apunta eso?

—Siempre estoy buscando un ángulo para el reportaje.

—Allí no hay ángulo.

—¿Usted cree que sirva de algo?

—¿O sea, que si creo que rezar mejora sus habilidades beisbolísticas?

—Sí, creo que ésa es mi pregunta.

—Señito, cualquier cosa que un jugador se imagine que lo ayuda, *lo ayuda*.

—Gracias. Por cierto, vuélvame a decir *Señito* y le pongo un ojo morado.

César resopló y dijo en español:

—Gallo, caballo y mujer, por la raza has de escoger.

—Más le vale que eso signifique "Prometo respetar a las mujeres" —declaró ella.

—Desde luego —dijo él, sin molestarse en explicarle que en realidad era un dicho que comparaba a la mujer con los animales.

—No crea que no sé sobre los hombres mexicanos y su machismo.

—Yo soy de Texas —la corrigió.

—¿Entonces es texano?

—Creo que ya no estoy seguro —suspiró él.

A César le pasaba lo que al mítico *axolótl*, una salamandra que los aztecas conocían como perro de agua. Nunca acaba de transformarse de larva acuática en forma terrestre; siempre se queda en medio, sin estar muy segura de si es pez o reptil.

De forma similar, la apariencia de la sociedad estadounidense ocultaba dos realidades muy distintas. En una, la televisión presentaba familias felices que representaban los típicos valores estadounidenses, aunque todos eran blancos y de clase media acomodada. Las personas de color o de obvia descendencia étnica nunca aparecían como amigos ni vecinos, y cualquier indicio de romance entre distintas razas no sólo estaba ausente de la televisión, sino que en muchos estados era ilegal.

—¿Nunca les da un día libre? —preguntó Frankie al ver que llegaba el equipo de Monterrey y se preparaba para practicar.

—Quiero que se acostumbren a la dirección del viento y el sol.

—Es domingo. ¿Está seguro de que sólo es un coach de Ligas Pequeñas? —preguntó ella.

—¿Y qué me dice de usted? ¿Por qué está aquí?

—Sólo vine a ver el campo, como usted.

—No, digo en Corpus Christi.

—Parece que a mi jefe de redacción le parece interesante su historia. Demuestra lo poco que debe estar sucediendo en McAllen.

Durante su conversación, César notó a un grupo de hombres sentados en un vehículo estacionado en la acera. El motor estaba encendido y ya había tres o cuatro colillas de cigarro en el suelo bajo la ventanilla abierta del conductor. En cuanto César los vio, el auto arrancó y se alejó rápidamente.

César no hubiera pensado nada del incidente, a no ser por la llegada de otro hombre, vestido de traje, que se acercó a hablar con él.

—Me llamo Jeb Lansing. Soy el director de la Liga Pequeña de Corpus Christi —dijo.

—Mucho gusto de conocerlo, señor —respondió César.

—¿Sabía usted que practicar beisbol de uniforme en domingo va contra el reglamento de la ciudad? —preguntó.

—No, no lo sabía —dijo César y luego se volvió a llamar a sus muchachos al home. Parece algo bastante inofensivo, y créame, estos niños son muy religiosos y no era su intención ofender a nadie.

—Estoy seguro que así es, pero lamentablemente presentaron una queja. No tengo más remedio que suspender a su equipo, hasta que haya una audiencia y se determine si quedan descalificados.

—No puedo creer que alguien fuera a presentar una queja por unos cuantos chicos de uniforme —interpuso Frankie.

—No fue por los uniformes —dijo César. Es porque mis muchachos vienen del lado equivocado del río.

—¿Qué quiere decir con eso? —preguntó Frankie.

—¿Qué se puede esperar de un lugar donde a los niños les enseñan sobre El Álamo antes que el abecedario?

A la mañana siguiente, César no tuvo más remedio que decirle al equipo lo que había sucedido y que no estaba muy seguro de si iban a jugar esa tarde. La moral del equipo estaba baja mientras él trataba de aprovechar el tiempo trazando jugadas en su pizarrón. El padre Esteban llegó con ellos, y pudo ver que los niños no estaban ansiosos por absorber la cátedra de estrategia de César.

—César —el padre Esteban lo llamó a un lado—, quizás a los niños les vendría bien descansar del beisbol por unas horas.

—¿Descansar?

—Bueno, no conocen el mar —sugirió el cura.

César estaba parado en la orilla, lanzando piedras "de patito" sobre las olas, que golpeaban suavemente en la playa. A lo lejos se veía un muelle de tres kilómetros de largo que servía de rompeolas. El cura tenía razón: los niños nunca habían visto un océano ni una playa. Él tampoco hasta los casi veintiséis años, y esas playas estaban llenas de obstáculos metálicos, tanques incinerados y los cuerpos flotantes de marinos muertos.

En las dunas y las olas detrás de él, los niños jugaron y se olvidaron por un rato del torneo y de la suspensión. Le asombraba que pudieran desconectarse del mundo tan fácil y que encontraran alegría y fascinación en algo tan sencillo como un cangrejo herradura o una viga medio enterrada, erosionada por el agua.

César se preguntó si Dios había favorecido a estos niños o si la traía contra ellos. Parecía que por mucho que se esforzaran, su recompensa era despertar al otro día con nuevos obstáculos que superar.

—No entiendo por qué, de toda la gente, tú eres el que se me está poniendo flamenco por esto —le dijo el alcalde Jim Pratt a Slim Pembroke, que estaba sentado en una silla de cuero de respaldo alto frente al escritorio del alcalde. Frankie estaba sentada en un sofá al fondo del despacho; ya había dicho lo que tenía que decir y había visto sus palabras caer en oídos sordos.

—Porque no es correcto —respondió Slim.

—¿Quieres ganar?

—Claro, pero no así.

—Me contaron que andaban por todo el pueblo con sus uniformes, como si estuvieran presumiendo o algo. Ya sé que ganaron en McAllen, pero eso no les da derecho de andárnoslo restregando en la cara. Y dicen que ahora andan todos en calzones. Óyeme lo que te digo: un adulto que anda con un montón de chamacos en calzones, nomás no es natural —dijo el alcalde.

—No tienen más.

El alcalde Pratt hizo una pausa para contemplar este último comentario. Lanzó una mirada a una foto que colgaba en su pared, tomada durante la Gran Depresión. Su padre sostenía las riendas de un pony. El pony no era suyo: pertenecía a un hombre que pasaba regularmente por el vecindario con el animal y una cámara.

El alcalde Pratt alcanzó un botón del intercom y lo apretó. Por la bocina se oyó la voz de una mujer mayor.

—Sí, alcalde.

—Madge, cariño, ¿me comunicas por favorcito con Jeb Lansing?

❖

De reojo, César vio a un niño que llegaba en bicicleta a donde empezaba la arena, se bajaba de un salto y salía corriendo hacia él a toda velocidad.

Después de escuchar el recado del niño, César gritó:

—¡Niños, apúrense, jugamos contra Laredo! —la liga había desechado la queja por unanimidad. Nos vestimos en el campo —dijo, recogiendo el montón de uniformes.

El equipo tendría que regresar a Bear Park del mismo modo que había llegado a la playa: pidiendo aventón. A cada carro que se detenía, le pedían que se llevara a un puñado de jugadores.

Cuando se separaban así, César se ponía ansioso hasta que se volvían a reunir en su destino.

En Bear Park, los niños se empezaron a poner los pantalones de beisbol sobre las piernas y pies cubiertos de arena, cuando de pronto César notó que tenía dos uniformes vacíos en la mano.

—¡Nuestros pitchers! —le gritó César a Lucky.

—¿Qué hacemos? —preguntó Lucky.

—Yo retraso el juego mientras tú vas a buscarlos.

Lucky salió en el auto de un desconocido que se ofreció a llevarlo a recorrer los alrededores para buscar a los chicos desaparecidos.

—Pepe, a calentar —dijo César cuando lo llamaron al home con el coach de Laredo para la conferencia previa al juego con el umpire.

—No, no, señor. ¿Cómo dijo, que es foul ball? ¡No comprendo! —dijo César en español, fingiendo problemas con el inglés.

—Dije que si la pelota le pega al umpire del jardín, es fair ball. Pero la jugada se muere —repitió el frustrado umpire.

—¿Se muere, se muere?

—Sí, se muere.

—¿El umpire se muere? ¡Ay, Dios mío!

Ángel y Enrique habían corrido en calzones por la calle principal, preguntando a todo mundo:

—¿El estadio de beisbol?

Finalmente llegaron al campo causando que estallaran las risas de ambos equipos. Viendo que su táctica dilatoria funcionó, César dijo:

—Listo, señor umpire.

—¿Qué fue eso? —le preguntó Frankie a César cuando regresó al dugout de Monterrey. ¿Para qué tanto "no espic inglish"?

—Por poco pierdo a dos jugadores —dijo él, mirando hacia

la banca donde Ángel y Enrique se estaban metiendo la camisola sin desabotonarla. Pero engañé al umpire y al otro coach.

—Por cierto, ese coach que *engañaste* fue el que hizo que desecharan la queja sobre los uniformes.

—¿Él? ¿Por qué nos ayudó? Si somos…

—¿Visitantes? —interpuso ella.

—Míralos qué chiquititos están. Ninguno tiene más de doce, eso que ni qué. ¡Diantre, se ven de nueve o diez! —se maravilló un espectador al ver al primer bateador de Monterrey tomar su bat y dirigirse al plato.

—Seguro que en McAllen ganaron de chiripa —opinó uno de sus compinches.

—Sí, es que allá hay mucho mexicano. Se ablandaron. 'Pérate a que vean pasar una bola rápida de Jimmy Stokes —dijo el primer hombre.

Jimmy Stokes, el pitcher de Laredo, le sirvió una buena bola rápida a Baltasar que la vio pasar, justo lo suficiente para mandarla sobre la pared del jardín izquierdo.

CORPUS CHRISTI, TEXAS, 5 DE AGOSTO DE 1957 – Una multitud de más de tres mil aficionados se dio cita hoy en Bear Park para presenciar el Torneo de las Ligas Pequeñas. El equipo de Monterrey empezó con nerviosismo ante Laredo. Sin duda, nunca habían visto tantos espectadores; situación agravada por el hecho de que muchos fueron a verlos perder. Había tantos que rugían a favor de Laredo, que fue bonito ver un pequeño contingente de aficionados cerca del dugout del equipo visitante que aplaudía a los niños fenómeno de México. Después de asentarse, el pitcher de Monterrey, Enrique Suárez, dominó el juego y no permitió que Laredo hiciera otra jugada, mientras que Baltasar Charles destruyó a su pitcher con dos cuadrangulares que dieron otra victoria a los "Pequeños Gigantes", por marcador 5-0.

❖

La Industrial de Monterrey cenó en la cafetería del dormitorio, junto con los jugadores y coaches de West Columbia, el siguiente equipo con el que iban a jugar. Tenían dos jugadores negros, que estaban sentados solos en otra mesa.

—¿Ellos por qué están solos? —le preguntó Ángel a sus amigos.

—A lo mejor se portaron mal —respondió Baltasar.

A pesar de esta especulación, los niños le pidieron a César que le preguntara a los coaches de West Columbia si los dos jugadores podían venir a sentarse con ellos. Cuando César volvió, les dijo:

—No los dejan venir a nuestra mesa.

—¿Por qué no, señor Faz?

—No lo sé, pero no es asunto nuestro.

Mientras los niños siguieron comiendo, Baltasar empezó a experimentar un creciente desasosiego. Agarró su charola y se fue a sentar a la mesa donde los dos niños cenaban solos como náufragos.

—¿Qué se cree que está haciendo su muchacho? —le preguntó a César Hank Aubrey, el coach adjunto de West Columbia.

—¿Balta? —le dijo César a su jugador, pero antes de que pudiera responder, Pepe se puso de pie y fue con su comida a acompañar a Baltasar y los dos parias de West Columbia. Uno por uno, el resto del equipo de la Industrial de Monterrey hizo lo mismo sin decir una sola palabra.

—Les dije que no se podían sentar con ellos —dijo al fin César.

Baltasar suspiró y le dijo a César:

—No, señor Faz. Sólo nos dijo que ellos no podían *venir* a nuestra mesa.

❖

Todas las noches desde que llegaron a McAllen, César se quedaba dormido como a las once, pero para las dos de la mañana ya estaba bien despierto y sentía el peso del mundo sobre sus hombros.

Sabiendo que pasaría horas despierto, César iba a ver cómo estaba su equipo y se detenía en cada cuarto para quitar calcetines sudados, abrir ventanas, desenredar cuerpos que estaban agotados del juego, arreglarles las almohada, y finalmente para asegurarse de que todos los chicos durmieran lo más cómodos posible.

El incidente a la hora de la cena le había dado el material para su insomnio de hoy. César recordó otra noche y otra ofensa racial que había enfrentado sin rajarse. Había sido en San Luis; César había llevado a Tammy Grolich y una amiga suya de nombre Sara Joy al Parque de Diversiones Chain of Rocks.

—*¿Sándwich de cola de buey?* —*rió Sara Joy cuando oyó ordenar a César. No conozco a nadie que coma eso.*

—*Es mi favorito* —*mintió César. La chaperona no le molestaba mucho, sólo que después de que las dos chicas ordenaron, César se dio cuenta de que apenas traía suficiente en el bolsillo para cubrir la cuenta. No podía decirle a Tammy lo escaso de fondos que andaba, así que buscó frenéticamente en la carta hasta encontrar el único platillo para el que le alcanzaba.*

Trajeron la orden, pero antes de que César le pudiera dar una mordida, fueron interrumpidos por un par de patanes de la escuela de Tammy.

—*Miren nada más, la señorita Grolich* —*dijo Tully, el más grande de los dos. ¿Por qué no cortan su plan y se vienen con nosotros? Vamos a ir a nadar al río.*

—*Un día de éstos te vas a ahogar, y eso es justo lo que te mereces, Tully Barnes* —*dijo Tammy.*

—*No traigo traje de baño* —*dijo Sara Joy con algo menos que inocencia.*

—*Ésa es la idea* —*dijo Stitch a su amigo Tully, dándole un ligero codazo en las costillas.*

Ángel Macías · Enrique Suárez

José *Pepe* Maiz · Norberto Villarreal · Baltasar Charles

Ricardo Treviño · Rafael Estrello · Fidel Ruiz

Gerardo González · Jesús *Chuy* Contreras · Mario Ontiveros

Roberto Mendiola · Alfonso Cortez · Francisco Aguilar

Las promesas de Monterrey en la víspera del primer juego.

El equipo rumbo a McAllen. © Televisa, S. A. de C. V.

Los muchachos cruzan Río Grande a pie. Tendrían que caminar los siguientes veinte kilómetros hasta McAllen. © Televisa, S. A. de C. V.

El equipo entrena en ropa
interior mientras sus uniformes
se lavan.

Doblando
por tercera
rumbo a
home. Una
carrera
más para
Monterrey.
© Wide World
Photos, Inc.

La fila de los asesinos.
© Louisville Courier-Journal

El equipo recibe bendiciones
de un padre católico
estadounidense.
La imagen aparecería
en la revista *Life*.
© Getty Images

Ángel Macías calienta antes
del gran partido final.

Los capitanes (Fidel Ruiz de Monterrey y Francis Vogel de La Mesa) se dan la mano ante la mirada del umpire Howard Gair. © ITN Source

En el dugout de La Mesa, el pitcher Lewis Riley espera con calma su oportunidad para enfrentar a Ángel Macías.

Ángel y Norberto muestran el doble cero,
La Mesa se fue sin hit ni carrera.

De regreso a Lycoming, los muchachos
festejan, con el uniforme puesto,
en las regaderas.

Con el puro de la victoria. © Getty Images

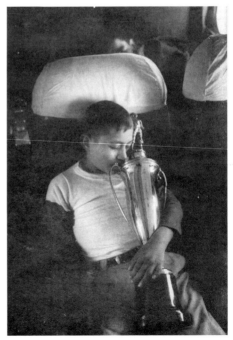

El dulce aroma de la victoria.
Chuy abraza el trofeo en el camión
de regreso a Nueva York. © Getty Images

Roy Campanella detrás de su nuevo amigo:
Jesús *Chuy* Contreras. © Getty Images

Francisco Aguilar a lado de una
leyenda del beisbol, Duke Snider.

Ángel Macías recibe tips de Stan Musial,
de los Cardenales de San Luis.

Ángel con Carl Erskine y Sal Maglie,
pitchers de los Dodgers.

El equipo muestra
orgullosamente su trofeo
al presidente en turno
de Estados Unidos,
Dwight Eisenhower.
© Wide World Photos, Inc.

El presidente
mexicano, Adolfo
Ruiz Cortines, le da
al equipo un trofeo
más grande que el
que recibieron en
Williamsport.
© Wide World Photos, Inc.

Los niños, en la Basílica de
Guadalupe, agradecen a la Virgen
la fuerza que les dio para realizar
el milagro. © Wide World Photos, Inc.

—¿*Qué dices, Tammy?* —*preguntó Tully. Parece que aquí tu amiga sí quiere ir.*

—*Estoy ocupada* —*dijo ella, lanzando una mirada hacia César.*

—*No sabía que teníamos campos de lechuga por aquí* —*dijo Tully entrecerrando los ojos.*

—*Él trabaja con los Cafés* —*dijo Tammy, diciendo la última palabra un poquito más despacio.*

—*Bah, van hasta abajo de la tabla* —*dijo Stitch.*

—*El señor Hornsby le dijo a César que algún día será manager del equipo* —*dijo Tammy, riendo.*

—¿*Un manager mexicano? No lo creo* —*rió Stitch.*

—*No soy mexicano* —*contestó César. Nací aquí, igual que tú.*

Tully vio a César con desdén y dijo:

—*Pos si eres estadounidense, seguro que el perro tenía a tu madre escondida abajo del porche* —*que en el lenguaje local era una forma de cuestionar la legitimidad del origen de César. Pero antes de que Tully pudiera terminar la frase, el hombro de César le golpeó el pecho y pronto había puños y papas fritas volando por todas partes.*

A la mañana siguiente, Alfonso Cortez y Roberto Mendiola hallaron una vieja lavadora en uno de los edificios de la escuela y le hicieron un gran favor al equipo lavando toda su ropa. Roberto estaba acostumbrado a trabajar duro y a hacer labores domésticas. Su familia se había mudado a Monterrey de su lugar natal, Real de San Carlos de Vallecillo, un pueblecito como a ciento cincuenta kilómetros. Cuando Roberto tuvo edad para moverse solo por el centro de Monterrey, su padre les daba a él y sus hermanos mayores cajas de limones que recogía de los campos que rodeaban la ciudad. Roberto y sus hermanos los iban vendiendo de puerta en puerta para ayudar a su familia.

Con uniformes limpios, Monterrey dio el primer batazo contra West Columbia a la una de la tarde de ese día. En el montículo, Ángel no permitió una sola carrera, y al bat, tanto Baltasar como Enrique conectaron cuadrangulares. El toletazo de Enrique era el más largo que la gente recordara haber visto en Bear Park.

Después del juego, los chicos subieron a las gradas con la gorra en la mano, pidiendo monedas. Su habilidad de llegar al Campeonato Estatal de Texas en Fort Worth estaba en serias dudas, y aunque algunos en las gradas se mostraron ofendidos o indiferentes, muchos se conmovieron por la humildad de la condición del equipo y buscaron algunas monedas en sus bolsillos.

Mientras tanto, en California los periódicos locales dedicaban columnas enteras al inicio del Campeonato Estatal de California, cuya sede sería en Santa Mónica. Para pasar a esta ronda, La Mesa les había ganado a El Centro y otros cuatro equipos, por un marcador total de cuarenta a dos. ¡Era muy notable que sus oponentes rara vez les conectaban más de un hit por juego! Con un equipo que traía un promedio de bateo para .408 y una batría de seis pitchers as, no era de extrañarse.

La señora Ontiveros caminaba lentamente por una calle de tierra en la colonia Cantú. Bajo el brazo derecho traía un ejemplar de *El Norte* de esa mañana. Sin el periódico, ninguno de los padres hubiera tenido la menor idea de dónde andaban sus hijos ni de si ya volvían a casa o seguirían avanzando hacia el norte, adentrándose más en Estados Unidos.

Siguió caminando por la calle y de pronto se detuvo en la esquina de la 2ª de San Francisco Oriente. Desorientada momentáneamente, miró por la calle hacia la fachada que le había llamado la atención.

A unas cuantas casas de la esquina, frente a la de Humberto y Oralia Macías, había una maceta de flores, y sus colores vívidos estallaban de vida en contraste absoluto con los tonos apagados de la calle gris.

16

Extrañar

Las guías de viaje locales llamaban a Fort Worth "la Puerta al Oeste". Situada en el Río Trinity a unos cincuenta kilómetros al oeste de Dallas y a novecientos sesenta y cinco kilómetros al noroeste de Corpus Christi, había sido un poco de todo desde el primer asentamiento: un fuerte del ejército, la última parada importante de la Ruta Chisholm, un centro carnicero y ganadero, y finalmente una ciudad petrolera. El Medio Acre del Infierno, en el centro, era un arrabal bien conocido donde un hombre que anduviera buscando al diablo podía encontrar cantinas, casas de juego y salones de baile.

—Dieciocho boletos sencillos para Fort Worth —le dijo Lucky al empleado en la ventanilla de boletos en la estación central de autobuses.

—Déjeme adivinar, ¿son el equipo de West Columbia?

Lucky negó con la cabeza.

—¿No? ¿Son de Kennedy? —volvió a adivinar el empleado. Ambos equipos habían apartado sus lugares antes del torneo, cada uno creyendo que ganarían el título de la división en Corpus Christi.

—Somos el equipo de Monterrey, México —dijo Lucky.

—¿Y qué hay de esos otros grupos?

Lucky sonrió:

—Créame, no van a venir.

❖

El autobús que transportaba a la Industrial de Monterrey se detuvo en un parador de la carretera que era tan pequeño que los niños tuvieron que sentarse en el piso. El dinero que traían sólo les alcanzaba para que cada persona comiera medio sándwich y entre todos compartieron un envase de leche.

—César, tenemos mucha hambre —dijo Ricardo, varias horas después de esa breve parada para comer. César trató de que se pusieran a cantar, pero eso no les distrajo el hambre, así que les ofreció chicle.

—Nomás nos da más hambre —vino la respuesta, pero César no podía hacer nada por aliviarles el dolor de panza.

El autobús entró a Fort Worth como a medianoche. A partir de este nivel del torneo y en los siguientes, la liga proporcionaba alojamiento para los equipos visitantes, pero los regiomontanos estaban llegando a la ciudad sede varios días antes de lo que tenía previsto la liga. Sin un destino formal, el padre Esteban los llevó a la iglesia de San Juan el Divino, a cuyo cura conocía. Varios feligreses ofrecieron dar alojamiento a los niños, pero para eso tendrían que separarse en varias casas. El padre Esteban agradeció efusivamente a su colega el gesto de la gente, pero los niños le habían dicho que habían salido juntos de Monterrey y se rehusaban a separarse, aunque fuera por una noche.

Los niños se acurrucaron juntos para estar más cómodos en la iglesia. Y tan incómodo como fue dormir en esas bancas de madera, el alojamiento de la noche siguiente estuvo peor.

Lucky y César consiguieron un motel barato a las afueras de la ciudad, donde los traileros paraban a comer y dormir unas horas antes de retomar sus largas rutas. Era un lugar especialmente sarnoso, y los camioneros bebían mucho. Mientras los niños se preparaban para dormir, podían oír el ruido de altercados verbales afuera de sus delgadas puertas.

—No se queden ahí sentados, ayúdenme —susurró Pepe a sus compañeros de cuarto.

Alfonso, Francisco y Roberto ayudaron a Pepe a mover la pesada cómoda frente a la puerta. Le siguieron la silla y las camas, con los niños de espaldas a los colchones verticales.

—Apaga la luz —le dijo Francisco a Roberto.

—¡Apágala tú! —respondió su asustado amigo.

Finalmente, Pepe atravesó el cuarto y la apagó antes de volver con sus camaradas, acurrucados en silencio en la oscuridad mientras dos hombres escandalosos —con dos acompañantes risueñas—, pasaban indiscretos frente a su cuarto.

Alguien tocó la puerta muy fuerte y espantó a Roberto, que casi se pone a llorar. Pepe se llevó un dedo a los labios para callar a sus amigos, pero siguieron los toquidos. Los niños aguantaron la respiración hasta que dejaron de tocar.

—Han de estar dormidos —le dijo César a Lucky, afuera del cuarto en el que Pepe y sus compañeros se acababan de atrincherar.

A un mundo de distancia, Lewis Riley y su hermano menor gritaban:

—¡Apúrate, papi!

El señor Riley se había detenido a descansar en una banca que más bien parecía una roca. Acababan de terminar su recorrido por el Río Congo, donde apenas habían logrado escapar de los hipopótamos que chapoteaban en la orilla y de los nativos con cerbatanas ocultos tras las palmeras. Mientras trataba de seguirles el paso a sus hijos, el señor Riley se empezó a preguntar si el viaje al nuevo parque temático de Walt Disney un día antes del Campeonato Estatal de California había sido tan buena idea.

Las notas del banjo plateado de don Defore se filtraban desde un lugar pasando una curva en el camino, mientras Lewis y su hermano apuraban a su papá:

—¡Ándale, hay que cruzar el Mississippi e irnos a pescar!

Mientras la señora Riley llevaba a la hermana de Lewis a curiosear a las tiendas de la Calle Main, el señor Riley y los niños abordaron el barco de vapor hacia la Ensenada del Contrabandista.

—Me voy a sentar un minuto, niños. ¡Estoy exhausto! —dijo el señor Riley. En ese momento, Tom Sawyer, descalzo y con ropas harapientas, pasó junto a ellos, paseando y silbando una alegre tonada.

—¿A poco no estaría increíble vivir como él y no tener que ir a la escuela? —preguntó el hermano de Lewis.

—¡Sí, no hacer nada más que pescar, echar relajo y vivir aventuras! —respondió Lewis.

En su tercer día en Fort Worth, la organización de las Ligas Pequeñas le avisó a Lucky que los equipos visitantes serían alojados en las barracas de la Base Carswell de la Fuerza Aérea. Estaban muy limpias, y los dos pisos tenían dos largas filas de catres de metal divididos por un pasillo central por el que podía caminar un oficial al mando, o un coach. Monterrey compartiría el piso de arriba con el equipo de Waco.

Lucky y César se fueron a echar un par de cervezas a la cantina de la base.

—¿Cómo ves? —le preguntó César a Lucky.

—Se ven… grandes.

—Qué novedad.

—El coach de Waco era de la Fuerza Aérea. Creo que dijo que capitán.

—¿Así que un chico volador, eh? Pues a lo mejor le podemos enseñar cómo se ve la guerra a menos de cinco mil metros —dijo César.

—Te apuesto a que se los trae cortitos —dedujo Lucky. Los muchachos de Waco eran disciplinados, pero sólo para que no los cacharan. Durante los periodos de descanso, desarrollaron un sistema de vigías por si llegaba el coach. Cuando él creía que estaban dormidos, en realidad estaban jugando guerras de almohadazos. Si llegaba, una señal veloz hacía que el equipo entero se lanzara a sus camas y fingiera que dormía.

❖

Ahora César tenía que confrontar un problema creciente: empezaban a extrañar. A diferencia de la mayoría de los equipos victoriosos que podían regresar a casa después de cada ronda y luego viajar a su siguiente serie programada, los regiomontanos sólo podían irse adentrando más en Estados Unidos.

Una tarde, Enrique le dio un susto a César cuando le dijo:

—¿Sabe qué, señor Faz? La próxima vez que pitchee un juego, ojalá que perdamos, para que nos podamos ir a casa.

César de inmediato reunió a todo el equipo y les pidió que lo acompañaran a caminar por el pueblo. No tenían ningún plan. De pronto se encontraron frente a un cine que exhibía un programa doble: *Francis recorre la gran ciudad* y *Francis va a West Point*. El dueño les permitió entrar a todos por el precio de un boleto de adulto.

Los niños no entendían ni una palabra, pero la estrella de la película era una mula que hablaba, que los hizo reír y ayudó a aliviar su nostalgia.

Dio la casualidad que al otro día era cumpleaños de Enrique, y para celebrar César llevó al equipo al Campeonato de Rodeo en el Coliseo Cowtown. Los jueves, en el coliseo había monta de toros, lazo doble, derribe de novillos y carreras de barrileras, además de una recreación del auténtico Show del Salvaje Oeste de Pawnee Bill. Fue una muy bienvenida distracción de su pesado y no muy esperado calendario de juegos de beisbol consecutivos.

De pronto, la multitud irrumpió en un fuerte aplauso cuando un vaquero, que momentos antes se había llevado un mal paseo bajo la panza de un caballo encabritado, logró levantarse y caminar de regreso a los establos. A diferencia de las corridas de toros en las que los matadores se la pasan esquivando al animal, en Texas los hombres se les trepan encima a los toros y los montan.

A los niños les encantó todo el show, sobre todo las suertes acrobáticas coreografiadas en las que filas de jinetes a todo galope podían tocar el suelo, subir otra vez y bajar del otro lado del caballo.

—Vente, el alcalde nos quiere conocer —dijo Lucky, tomando a César del brazo para llevarlo hacia las tribunas del otro lado de la arena techada.

Cuando se acercaron, el alcalde Tom McCann estaba a la mitad de una conversación con varios de sus invitados, todos colegas de la política.

—Lo hubieras visto, Earl. Era más negro que la noche en una cazuela —dijo el alcalde. Y venía de Washington, acá todo arrogante, a decirme que en Fort Worth tenemos problemas raciales.

El alcalde McCann apenas llevaba en el puesto desde abril, cuando un grupo de golfistas negros, que no eran admitidos en campos privados ni públicos, pusieron banderines hechizos en un terreno pantanoso y abandonado, y usaron tazas de café para hacer los hoyos. La prensa se le fue encima a la historia.

—¿Y qué le dijiste, Tom? —preguntó Earl.

—Le dije que viniera a mi club para que viera que no tenemos ningún problema racial —Tom rió y escupió al suelo un enorme bolo de tabaco. Uy, salió corriendo como si lo corretearan los perros —agregó.

Los hombres que rodeaban al alcalde se rieron.

—Disculpe, alcalde, aquí están los señores del equipo de Monterrey —interrumpió Toby Allison, el asistente del alcalde.

—Ustedes disculparán, señores —dijo Tom a quienes lo rodeaban. Pero quiero saludar al jefe del pelotón que apaleó a nuestros muchachos en McAllen y Corpus Christi como si fueran una recua de mulas alquiladas.

El alcalde se volvió hacia César y Lucky y le tendió la mano primero al segundo.

—Soy Harold Haskins, pero mis amigos me dicen *Lucky*.

—¿Quihúbole, don Lucky? Espero que le traiga suerte a nuestra hermosa ciudad —dijo el alcalde, que vestía una camisa blanca bordada con puntas de metal en el cuello, del que colgaba una corbata de lazo; iba sujetada por una detallada estrella plateada con una piedra de ónix azul montada en el centro. Qué bárbaro con la *coacheada*, señor Lucky, sobre todo considerando lo que tenía para trabajar.

—Yo no soy el coach —dijo Lucky, señalando hacia César. Es él.

—Soy César Faz —dijo César, ofreciendo su mano.

—¡Ah, si seré…! Usted disculpará. Pues claro que un equipo mexicano va a tener un coach mexicano —dijo el alcalde.

—De hecho, César es de San Antonio —dijo Lucky.

—¡Pues qué cosa me ha dicho, un paisano de Texas! ¿Qué le parecen estos yanquis que vienen a decirnos qué hacer como si conocieran nuestra ciudad mejor que nosotros?

—Nunca me han caído bien los Yankees —dijo César serio. En lo personal, soy fan de los Dodgers.

El alcalde se rió.

—Habló como todo un político, señor. ¿Contra quién juegan mañana?

—Houston —respondió César.

—A sus muchachitos les ha ido bastante bien, pero no se le olvide que ya están en el corazón de Texas, donde nos tomamos el beisbol tan en serio como el rodeo.

La siguiente tarde, viernes 9 de agosto, la Liga Industrial de Monterrey se enfrentó a la Liga Baytown de Houston. La rotación de pitchers de Monterrey había quedado establecida, así que Enrique Suárez subió al montículo. Después de dos entradas, Monterrey iba perdiendo por cuatro carreras a nada, y de no haber sido por una defensa excepcional entremezclada con algo de suerte, el marcador fácilmente hubiera podido quedar más cargado.

—César, es sólo un juego —le decía el padre Esteban al coach, que caminaba nervioso de un lado al otro. Houston había puesto a sus primeros dos bateadores en base y amenazaban con volver a anotar.

—Sí, qué bonito jugar por pura diversión, pero el camino a casa en camioncito se hace bien largo cuando pierdes —mascullaba César.

Quizá la Industrial de Monterrey se dio cuenta de que no tenían nada más que perder o quizá la verdad es que el equipo de Houston se confió y aflojó un poco —esto puede debatirse eternamente por los eruditos del beisbol—, pero fuera cual fuese la causa, el efecto fue que los regiomontanos se abrieron paso con las uñas para seguir dentro del juego.

—No pensé que fuera a estar tan cerrado —dijo un espectador, que oyó Frankie, quien había hecho el viaje a Fort Worth a cubrir el juego de Monterrey. Los dos equipos entraron al último inning con la ventaja de Baytown reducida a una sola carrera; Frankie hacía un gran esfuerzo por no comerse las uñas.

El corpulento pitcher de Baytown ponchó fácilmente a Fidel y Ángel. El siguiente al bat era Norberto.

—Bueno, pus nada le hace. Un out más y se regresan a donde vinieron —señaló el mismo espectador.

Al entrar a la caja de bateo, Norberto sabía que podía ser el último bateador de la temporada para Monterrey.

Después de que abanicó como loco a dos lanzamientos, César aconsejó cuidadosamente a su joven jugador:

—No trates de salvar el juego de un batazo, Beto. ¡Trata de conectar un sencillo y embasarte!

De pronto, César notó que el padre Esteban caminaba nervioso a su lado en el dugout.

—¿De qué se preocupa, padre? Como usted dijo: "Es sólo un juego".

—Me preocupa que nunca ha estado en una situación de tanta presión —dijo el padre Esteban.

—Todos los niños han estado en esta situación —dijo César tranquilamente.

Había estado en esta situación cientos de veces, no en el campo ni en juego de a de veras, sino en su mente. Norberto, como todos los niños que alguna vez jugaron el juego, ya se había imaginado en todos los escenarios heroicos concebibles: el clavado para catchar la bola que se salva el juego; pitchar el último ponche; aplastar el último inning al pegar un jonrón con dos outs y dos strikes. Todo esto se había escenificado en ensoñaciones o en canchas llaneras con locutores míticos y el clamor imaginario de la multitud.

Norberto le dio con todo cuando el pitcher de Baytown le sirvió una curva que no quebró.

¡Crac!

Dicen que cuando a una bola de beisbol se le pega en el punto perfecto, el impacto deja de ser un choque violento, y el bateador siente que abanicó el aire.

De un batazo, el niño que pisó un vidrio roto y cruzó el Río Bravo cojeando y con el pie ensangrentado, había empatado el juego y prolongado la temporada… al menos por otra entrada.

Norberto recorrió las bases y cruzó el plato, donde lo esperaba César.

—Estás perdonado —dijo César.

—¿Por no tratar de conectar un sencillo?

—No, por mentir sobre tu pie hace dos semanas.

Al final del tiempo reglamentario, el marcador era de cuatro carreras iguales. El reglamento de las Ligas Pequeñas prohíbe que un pitcher lance más de seis entradas por juego, y que pitche dos días consecutivos. Tanto Enrique como su contraparte de Houston tuvieron que abandonar su posición.

—Tienes que meter a Ángel —aconsejó Lucky a César.

—¿Y si ganamos quién pitchea mañana? —preguntó César.

—Si no ganamos, ni vamos a necesitar pitcher mañana —contestó Lucky.

¿Debía César apostarle todo al juego de hoy para incrementar sus probabilidades de ganar, o mejor guardar a Ángel para un encuentro que quizá nunca tendría lugar? La ofensiva de Monterrey les había dado un empujón enorme al anotar dos carreras en la parte alta del extra inning, así que César le dijo a Pepe Maiz que se pusiera a calentar.

Bautizado José Sebastián Maiz García, Pepe era el mayor de los doce hijos de José Maiz Mier y María Antonia García. En 1938 su padre abrió una constructora que llegaría a ser una de las compañías más importantes de Monterrey. Pepe cursó la primaria en el Instituto Franco Mexicano, donde era un estudiante y atleta destacado, sobre todo en basquetbol y futbol.

Aunque en un principio la situación privilegiada de su nacimiento había dificultado su aceptación en la Industrial de Monterrey, se había ganado el respeto de todos al renunciar a los lujos que su padre le hubiera podido proporcionar para hacer su viaje más cómodo.

—Mira, Pepe —le dijo César. No quiero que dejes que nadie meta una carrera. Porque si eso pasa, voy a tener que meter a Ángel.

Pepe sacó el primer out, pero le dio base por bola al segundo bateador de Houston. César fue a hablar con su nervioso pitcher y trató de calmar la ansiedad de Pepe:

—Te voy a dar un consejo de pitcheo que una vez me dijo el novato más viejo de las grandes ligas.

—¿Qué hago, señor Faz?

—Sólo toma la bola y lanza strikes, y recuerda que el home no se mueve.

Antes de que César pudiera dudar si había hecho lo correcto, Pepe ponchó a los siguientes dos bateadores para terminar el juego. Monterrey se había salvado apenas de ser eliminado.

Al día siguiente, disputarían el Campeonato Estatal de Texas contra Waco. Los encabezados locales revivieron los demonios de la infancia de César:

LA LIGA PEQUEÑA DE WACO SE PREPARA PARA
¡EL ÁLAMO!

En San Antonio, César había sido uno de los pocos hispanos de su clase, así que en el recreo siempre le tocaba ser el soldado mexicano cuando sus compañeritos se ponían a jugar a *Remember The Alamo*. Ese eslogan de tres palabras permeaba de tal manera el mundo de César, que nadie que viviera a mil kilómetros a la redonda de San Antonio tenía permitido olvidarlo jamás. La verdad de ese suceso nunca se contó, pero los vencedores siempre escriben la historia y así era si crecías a la sombra de El Álamo.

César odiaba esa historia. Sólo le recordaba lo diferente que era del resto de su salón, y el encabezado de hoy ponía un reflector en lo que los texanos sentían en realidad de jugar contra un equipo del sur de la frontera.

—¿Señor Faz, por qué no ponen nuestra bandera? —preguntó Fidel Ruiz, jalando a César de la camisa cuando presentaron al equipo antes de iniciar el juego. Dos banderas ondeaban suavemente en la brisa sobre las astas del jardín central: la bandera de barras y estrellas y la bandera del Estado de Texas. Al haber sido educado bajo una estricta disciplina militar, Fidel mostraba más respeto por el uniforme que cualquiera de sus compañeros.

—Cuando toquen el himno, dile a todos que volteen a ver el parche del brazo del niño que tienen a la izquierda —dijo César. En el hombro derecho de cada jugador había un emblema carmesí que tenía la palabra *México* bordada en letras blancas. Era lo más cercano a un símbolo patrio que habían traído.

En la banda, Frankie entrevistaba a algunos funcionarios locales. Uno le dijo:

—Caray, yo admiro a estos muchachitos mexicanos como el que más, pero que un equipo estadounidense perdiera el Campeonato Estatal de Texas pues nomás no sería correcto, ¿me entiende?

Ella lo entendía perfecto.

Para el final de la primera entrada, Waco iba adelante dos carreras a cero, pero algo había cambiado con respecto a las últimas veces que Monterrey iba perdiendo. Nadie se veía desanimado o siquiera ansioso. El juego contra Houston había llevado a los regiomontanos a creer que podían venir desde atrás bajo cualquier circunstancia.

Pepe estaba al bat. Abanicó dos veces con ganas y falló; al ser un buen bateador, había mucha presión sobre él. Sacó la siguiente pitchada de foul, pero el contacto astilló el bat. Caminó al dugout por uno nuevo, y en el camino se le acercaron César y Mario, el siguiente bateador.

—La mejor forma de matar un rally es tratar de pegarle muy fuerte. Recuerda, Pepe, la meta es hacer que dure lo más posible —dijo César.

—Es como besar a una chica —dijo Mario, abanicando su bat en el circulo del siguiente bateador. Nomás no cierres los ojos.

Entonces Pepe conectó un doblete que rebotó de la pared del jardín central. Monterrey siguió con cuatro sencillos al hilo. Cuando terminó el rally, Monterrey iba arriba tres a dos.

En la parte baja de la segunda entrada, Ángel ponchó al primer bateador y después enfrentó a Clyde Connors. En la práctica de bateo de Waco, César había observado a este zurdo reventar un lanzamiento tras otro hasta el outfield. Como la mayoría de los zurdos, era más efectivo cuando el pitcher le lanzaba de derecha.

—¡Tiempo! —pidió César y salió trotando hacia el montículo.

—No quiero que Waco vuelva al juego de un batazo. Lánzale de zurda —sugirió César.

Al ver que Ángel se cambiaba la manopla a la mano derecha, un espectador se volvió hacia su compadre y le dijo:

—Este chamaco es de estos anfibios.

—Querrás decir *am-bi-sies-to*, estúpido —respondió su amigo, más enterado.

—No le hace, Clyde le pega igual de bien de los dos lados.

Cuando Clyde vio que Ángel se preparaba para lanzarle de zurda, cambió el bat de lado y se pasó a la caja opuesta. Ángel miró a César, que con una seña le indicó que volviera a cambiar y le lanzara de derecha.

Al ver que Ángel volvía a cambiar de mano, Clyde cruzó el plato para batear de zurda. Ángel se pasó la manopla a la mano derecha y pisó el hule para lanzar de zurda. Clyde saltó rápidamente al otro lado de la caja de bateo. El duelo continuó hasta que el umpire por fin gritó:

—¡Bateador, escoja su lado!

Clyde frunció el ceño y se plantó para batear de zurda. Ángel hizo contacto visual con Clyde, sonrió de oreja a oreja y se pasó la manopla a la mano derecha por última vez.

La ofensiva de Monterrey estalló con otras siete carreras en la parte baja de la quinta y agregó otra más en la sexta.

Los contrincantes de Monterrey jugaron con el corazón, pero una vez que Ángel se asentó, coronó el juego al cerrarle la puerta a Waco el resto del camino.

En dos horas, todo había terminado. Los vientos de la pradera aullaban por la planicie y entraban al estadio de Fort Worth. El campo y las gradas estaban vacíos excepto por un viejo cuidador de origen latino que estaba ocupado bajando la bandera texana de su asta en el jardín central. Al tirar de la cuerda, una mano sobre la otra, fue bajando hasta que la pudo recoger en sus brazos. El cuidador dobló la bandera cuidadosamente y se volvió a ver la pizarra con el marcador. El equipo de casa había perdido 11-2, y él no hubiera podido estar más feliz.

Mientras el equipo de la Industrial de Monterrey ponía su mirada en Louisville, Kentucky, las ciudades de Nueva York, Chicago y San Francisco también se preparaban para recibir a los equipos de Ligas Pequeñas que se disputarían los respectivos torneos regionales.

Aun antes del juego contra Waco, César oyó hablar por primera vez de un equipo de niños gigantes de La Mesa, California, que estaba apaleando a sus oponentes con una facilidad sin igual.

17

Sólo de pan

Casi todas las casas de la 2ª de San Francisco Oriente, normalmente deslucidas, ya tenían flores. Había varias personas paradas afuera de sus casas, regando sus nuevos jardines u ocupándose de otros detalles para embellecer sus propiedades, que antes consideraban indignas de tal orgullo. Un señor estaba pintando su fachada, y varios más ya habían hecho lo propio.

Un niño de once años llamado Héctor Torres llegó caminando por la cuadra y se detuvo frente a casa de la señora Macías.

—¡Señora Macías! ¡Señora Macías! —gritó, hasta que salió la mamá de Ángel.

—¿Qué pasa, Héctor? —preguntó Oralia Macías.

—¿Ya vio el periódico?

—No —respondió ella.

—¡Ángel volvió a ganar! Son los campeones estatales de Texas —se apresuró a decir antes de que ella pudiera encontrar el artículo causante de tal euforia.

Lo que había empezado como un reportaje de interés local en McAllen, Texas, escrito por una mujer que ni siquiera era columnista de deportes, había florecido hasta convertirse en una cobertura bilingüe que llegaba de Fort Worth hasta Monterrey.

En poco tiempo los acompañaron la señora Villarreal y el señor Yáñez, el hombre que estaba pintando su casa.

—Dice que van a Louisville. Eso queda en Kentucky —dijo Oralia con algo de aprensión al leer el encabezado.

—Suena lejos —agregó la señora Villarreal.

—Eso es bueno, señora —dijo el señor Yáñez. ¡Quiere decir que están ganando! Imagínese… contra esos equipos estadounidenses —tomó el periódico de Héctor y le echó un vistazo al artículo.

—Ya lo sé, y estoy orgullosa de él. Es sólo que lo extraño mucho y espero que esté bien —dijo Oralia.

—Ángel ha ganado cuatro juegos de pitcher —leyó el señor Yáñez.

—Déjeme ver —dijo la señora Villarreal y agarró el periódico. Un momento después, exclamó:

—¡Mi hijo metió tres goles en el partido!

—*Carreras*, señora Villarreal, no *goles* —la corrigió el señor Yáñez.

—Carreras, goles, igual cuentan —declaró ella con orgullo.

—¿Está el señor? —le preguntó Héctor a la señora Villarreal.

—Fue por materiales para un proyecto en el campo —dijo ella.

—¿Le puede dar esto por favor? —dijo Héctor, entregándole una pequeña bolsa de papel llena de pesos. Es para el equipo.

—¿Héctor, de dónde sacaste esto? —le preguntó ella.

—Mis amigos y yo conseguimos que los ricachones de San Pedro nos paguen por ir a repartirles leche.

—¿Y tú y tus amigos no quieren quedarse con una parte del dinero para ustedes?

Héctor nomás se encogió de hombros.

—Está bien, señora. Ahorita no necesitamos nada.

—Ya no aguanto las pompas —dijo Francisco Aguilar. Llevaban metidos en autobuses la mayor parte de las últimas treinta horas.

—Ni te quejes, que todos nos sentamos con lo mismo —le contestó Enrique.

—A ti ni te estaba hablando —respondió Francisco. Menos mal que ya estaban llegando a su destino porque los niños estaban empezando a sacarse de quicio unos a otros.

Como de costumbre, la Liga Industrial de Monterrey llegó a la ciudad sede antes de que estuviera listo el hospedaje que proporcionaba la liga, así que el equipo se vio obligado a pasar las primeras dos noches en la YMCA de la localidad, que parecía albergar a la peor escoria de la población temporal de Louisville. Fueron un par de noches rudas.

Al tercer día, se mudaron a los cuartos que organizó la liga, en el Hospital Militar Nichols. Quedaba al sur de la ciudad, en las calles Berry y Manslick, y había sido construido como un albergue temporal para atender a soldados heridos. En 1946 fue asignado a la Dirección de Veteranos hasta que pudieran construir un hospital nuevo. Dado que se anticipaba una vida útil breve para el inmueble, fue fabricado a la carrera. Ahora que todos los pacientes que quedaban habían sido trasladados y todo el personal médico había sido transferido, su interior vacío y en decadencia tenía un aire fantasmagórico.

—Este lugar parece embrujado —dijo Rafael Estrello.

—Prefiero dormir afuera —dijo Ricardo Treviño.

De pronto, Fidel Ruiz entró disparado al edificio. Encontró una ventana abierta en el primer piso, sacó la cabeza y les gritó a sus amigos:

—¡Oigan, vénganse! —era un reto casi tanto como una invitación.

—¡Fidel, sal! ¡No se ve seguro! —gritó en respuesta Enrique.

—He dormido en peores lugares —dijo Fidel.

De golpe, todos se dieron cuenta cuán ciertas eran sus palabras.

—¿Ma, puedo irme en la ventana? Por favor, por favor —rogaba David Musgrave.

—Claro, cariño —respondió su mamá mientras veía a su hijo deslizarse al asiento junto a la ventana. Una sobrecargo de traje verde con un sombrerito de vuelo ladeado coquetamente ayudó a la señora Musgrave a guardar su maleta de mano en el compartimiento superior. El folleto de la aerolínea equiparaba la cabina del avión con "una sala con alas". Presumía: "Tiene luz y aire fresco en abundancia, y observen que todos los pasajeros gozan de amplio espacio para las piernas".

David y su mamá habían abordado un DC-4 de Aerolíneas Pacific Southwest en el Campo Lindbergh de San Diego. El vuelo 125 con destino a San Francisco tomaría en total dos horas treinta y cinco minutos, incluyendo una breve escala en el aeropuerto Hollywood-Burbank. Los boletos estaban a buen precio, $15.44 cada uno, y desde luego tomaba mucho menos tiempo que subir en tren por la Costa Oeste.

—"En una ocasión, George *Ametralladora* Kelly y Al Capone compartieron celda" —leía la señora Musgrave de una guía de San Francisco sobre algunos de los "huéspedes" más famosos de la penitenciaría en la isla de Alcatraz. Su inquietante forma se podía ver desde casi cualquier punto de la Bahía de San Francisco, que la rodeaba, y seguía siendo una prisión en pleno funcionamiento.

David la escuchaba, pero su atención se distrajo por el agudo zumbido de los motores del DC-4. Después de un estallido de humo negro, una de las dos hélices que tenía a la vista al estribor del aeronave empezó a girar más y más aprisa. Momentos después, su motor gemelo hizo lo propio y luego los dos de babor. Con los cuatro motores revolucionados, el ruido en el interior de la nave ahogó las palabras de su madre. Quitaron las trabas de las ruedas, y el avión empezó a avanzar hacia la pista de despegue.

Sentados atrás de los Musgrave, venían las familias de nada menos que cuatro compañeros de equipo de David. A ochocientos kilómetros al norte estaba la sede del Torneo Regional Oeste.

Era momento de que la Industrial de Monterrey retomara su práctica, y esto tendría lugar en viejo Parque Estatal de Atracciones en la zona de Parkland, al poniente de Louisville. Fundado en 1902 por la Asociación de Ganaderos de Kentucky, era hogar de rodeos, exhibiciones ecuestres y otras actividades que requerían que los animales se guardaran bajo las gradas del estadio.

Momentos después de la llegada de los muchachos, empezó un fuerte aguacero, y se vieron obligados a practicar bajo las gradas con sus largas filas de establos, que aún no limpiaban tras una reciente exposición ganadera.

Después, César repasó la infinidad de señales secretas, complicados gestos que permiten al equipo saber cuándo abanicar con fuerza, tocar o dejar pasar los lanzamientos; qué hacer al recorrer las bases; dónde posicionarse en la defensa; y qué lanzamientos pitchear. Los niños las practicaban todo el tiempo, hasta en los momentos tranquilos cuando estaban en sus cuartos. Con todo y la complejidad de estas comunicaciones silentes, ninguno de los jugadores confundió nunca una señal, ni en un solo juego.

—Fabricamos los Toletes Louisville para las Ligas Mayores desde 1884 —dijo el guía de la Compañía Hillerich & Bradsby. Así como el cumpleaños de Enrique había sido causa de visitar el rodeo, el día especial de Pepe Maiz se celebró visitando la fábrica de bats de Louisville.

El guía siguió hablando mientras César traducía sus comentarios al español:

—Todo empezó en un pequeño taller de carpintería cuando Bud Hillerich torneó un bat a mano para Arnie Latham a cambio de que le jurara que nunca le iba a decir a nadie de dónde había sacado ese bat. Al día siguiente, Latham conectó tres hits y de inmediato le contó a todo mundo quién había fabricado su bat de la suerte. El resto es historia.

El tour pasó a un salón cuyas paredes estaban repletas de bats en vitrinas. César notó que Ángel se veía aburrido y se rezagaba del resto del grupo.

—¿No te parece interesante? —le preguntó a su joven pitcher.

—Los bats sólo le ayudan a los bateadores.

—¿Así que ahora que eres un gran pitcher sientes que ya no necesitas aprender nada sobre bateo?

César les dio a los niños varios dólares en cambio y les dio un poco de tiempo libre en la tienda de regalos. No les alcanzaba para gran cosa, así que juntaron lo de todos y le compraron a Pepe un paquete de tarjetas de beisbol Topps. Los niños miraron ansiosos mientras lo abría. Pepe repasó las tarjetas y agradeció con una ligera y gentil sonrisa. Aunque el paquete traía al novato Frank Robinson y a otros dos futuros miembros del Salón de la Fama, la ausencia de jugadores de los Dodgers de Brooklyn minó su valor sentimental.

Con lo poco que se atrevió a gastar, César compró una tarjeta postal.

Al fondo de la tienda de regalos, dos beisbolistas estaban autografiando bats. Lucky le preguntó al guía quiénes eran.

—Son Red Hayes y Pete Grange. Juegan con los Orioles de Baltimore.

Los Orioles eran el equipo sucesor de los Cafés de San Luis. Antes de que Lucky pudiera hacer la conexión, los dos jugadores miraron a César con cara de reconocerlo, pero no había nada en su mirada que sugiriera la calidez del reencuentro.

—Mira nada más, pero si es el mexicano —dijo Pete.

—Oye, Frijolín, tráeme unas toallas —se burló Red, y los dos echaron a reír.

—¿A dónde vas? —le preguntó Lucky a César, que pasó junto a él al abrirse paso hacia la puerta.

—A ninguna parte —se volvió y miró a Lucky con dureza. Llévate a los niños al dormitorio. Yo al rato llego.

César tenía una cita con un viejo amor llamado "mezcal", fruto de la planta del maguey. Era una amante cruel: una noche de sus encantos y un hombre cuerdo podía acabar creyendo que iba a bailar con el tren que venía pasando.

> ¡Para el cruel destino, vino;
> para el fracaso, de tequila un vaso;
> para la tristeza, cerveza;
> para todo mal, mezcal!

Decidió tomarse nomás uno.

César echó la cabeza para atrás mientras el fresco líquido le quemaba la garganta. Azotó el vaso en el mostrador y se quedó viendo el espejo detrás de la barra con expresión vacía. No le gustaba el rostro que le devolvía la mirada, pero obstinadamente se negó a voltearse.

—Otro y ya —le cantaba suavemente su espíritu desde el fondo del vaso vacío.

Las barracas relativamente vacías agravaron los sentimientos de desconcierto de los niños, que se acurrucaron en sus catres como moradores de una cueva, temerosos de lo que pudiera saltarles encima desde las sombras.

—¿A dónde fue el señor Faz? —murmuró Gerardo González.

—Salió corriendo —dijo Ricardo.

—No hace falta que hablen bajito, todos estamos despiertos —dijo una voz varias camas más allá.

—Sí, nadie está dormido —dijo otra.

—Vi que unos señores le dijeron algo y se enojó mucho —dijo Enrique, que ya tenía la atención de sus compañeros de equipo.

—A lo mejor salió y se agarró a trancazos —dijo Ricardo.

Lucky y José Torres habían dejado al padre Esteban con el equipo para ir a buscar a César, pero al no conocer Louisville no tenían idea por dónde empezar. El padre llegó con los niños; traía una vela en la mano, que le daba un aspecto fantasmagórico.

Varios le preguntaron al padre Esteban por César.

—Estoy seguro de que tenía que encargarse de asuntos muy importantes —dijo el cura. Su comentario generó algunas voces de acuerdo, pero ni él ni los niños se creían lo que acababa de decir. Ahora es importante que ya se duerman.

—Padre, cuéntenos un cuento —dijo Alfonso Cortez.

—Sí, un cuento —agregó Norberto.

—¿Cuál quieren oír? —preguntó el padre Esteban, que sabía perfectamente bien que siempre le pedían el mismo: el del Milagro de Guadalupe. Aunque los hechos nunca variaban, cada vez que contaba la historia trataba de que sonara más dramática, para que el relato nunca perdiera brillo. Sabía que era una preocupación inútil, como si la oratoria de cualquier hombre pudiera aumentar o reducir aquello que es divino.

Los niños se acercaron en torno a la sencilla luz del cura.

—Un día, un campesino azteca…

—¿Juan Diego? —preguntó Norberto.

—Sí, pero todavía no se llamaba así. De nacimiento se llamaba Cuauhtatoatzin.

—"El que habla como un águila" —dijo orgulloso Ricardo. El cura sonrió.

—"El que habla como un águila" alzó la vista hacia los escalones del templo cuyo nombre significaba "Lugar donde abundan los colibríes". Allí, se llevaban a cabo sacrificios humanos en rituales sangrientos. Cuarenta mil años antes, sus ancestros habían llegado a ese continente nuevo y salvaje. Eran los elegidos, y su dios les había dado el nombre de mexicas, y ellos a cambio lo honraban con sacrificios humanos.

Como si fuera una escalofriante historia de miedo alrededor de una fogata, el padre Esteban les contó sobre los corazones que arrancaban aún latiendo de los cuerpos de inocentes, y de sus actos de canibalismo. Le divertía ver que a todos los pequeños, pero sobre todo a los niños, esta parte de la historia les pareciera tan fascinante.

—Estos rituales salvajes repugnaban a Cuauhtatoatzin, quien anhelaba despertar a un nuevo mundo, pero poco podía hacer pues era un humilde macehual. Pero pronto sus plegarias serían respondidas. Ese día, llegaba a Tenochtitlán la noticia de que el rubio dios Quetzalcóatl había desembarcado y se acercaba a la ciudad del rumbo de lo que después sería Veracruz.

—Cortés —interpuso Norberto.

—Así es, y en sólo dos años, el vasto imperio de Moctezuma quedó arrasado. Poco después, llegaron los misioneros. No eran como los conquistadores que habían venido antes. Mediante la compasión lograron lo que había sido imposible conquistar por la fuerza. El día que el campesino azteca cumplió cincuenta años, entró a las cálidas aguas del Lago de Texcoco y fue bautizado ante Dios con el nombre de Juan Diego.

Los niños se esforzaban por escuchar cada palabra como si sintieran por primera vez el Milagro de Guadalupe.

El cura prosiguió:

—La mujer de Juan Diego murió cinco años después, dejándolo solo en el mundo. Un día, en el momento más oscuro de su desconsuelo, cruzó el Cerro del Tepeyac y la Virgen Madre se le apareció.

❖

Frente a las barracas se detuvo una patrulla con la torreta encendida pero la sirena apagada. Lucky y José ayudaron a César a bajar del asiento trasero del auto del comisario adjunto.

César entró a la planta baja del edificio a tropezones, con los ojos llorosos y descaradamente tomado. Lucky y el comisario adjunto estaban de pie, conversando, mientras el coach se apoyó contra una máquina expendedora. Le metió varias monedas, pero la máquina se las tragó y no le dio nada a cambio. César le dio un empellón a la máquina, que provocó que el comisario adjunto se volviera a verlo con severidad, y siguió tambaleante su camino por el largo corredor.

César logró subir por la escalera hasta la puerta que daba al dormitorio principal, apoyándose para no perder el equilibrio. Del otro lado, oyó la voz del padre Esteban.

—La Virgen Morena le dijo a Juan Diego que fuera a ver a Zumárraga y le dijera lo que había visto y oído. Pero al obispo español le preocupaba más su propio poder y riqueza que obedecer la palabra de Dios. Zumárraga ignoró a Juan Diego...

César irrumpió en el cuarto, y los niños se le quedaron viendo con una mezcla de miedo, curiosidad y lástima.

—¿Por qué siguen despiertos? —gruñó.

—Nomás les estaba contando una historia —dijo el padre Esteban.

—Claro, la del pobre indito que le dio al mundo una lección de humildad. He oído ese cuento de hadas tantas veces. Y les voy a decir una cosa, niños, para que aprendan: es mentira.

—El mentiroso lo será usted —fue todo lo que Ángel pudo decir mientras los ojos se le llenaban de lágrimas.

—Ángel, el señor Faz es su coach —dijo el padre Esteban.

César, con ojos entrecerrados y el ceño tan tenso que su frente se veía acanalada, miró a los niños que lo veían fijamente. Luego balbuceó:

—¿Su coach? Yo nunca pedí...

—¡César! —interrumpió la voz severa del cura. Ya fue suficiente.

Después le puso un brazo amigable en la espalda.

—Buenas noches, niños —dijo, guiando a César afuera.

Los niños volvieron a quedar envueltos en penumbras.

❖

Cuando César abrió sus enrojecidos ojos al otro día, vio al padre Esteban sentado en silencio en la otra cama leyendo su Biblia.

—¿Sí le tomaron las placas al coche que me atropelló? —bromeó César.

—¿Estuviste en un accidente? —preguntó el cura.

—No me haga caso, es un viejo chiste.

—Veo que el amanecer te ha devuelto algo que la noche te había robado: tu sentido del humor.

—Uff — resopló César. Anoche se puso feo.

—¿En serio? —dijo el cura en tono suave, pero sabía que había que confrontar a César. Le quedaste mal a todo el equipo, sobre todo a Pepe.

—Buscaré cómo compensárselo… a todos.

—Te burlaste de la historia de Juan Diego.

—Supongo que es porque no me creo eso de que los mansos ganan nomás porque son piadosos.

—Juan Diego tampoco lo creía.

—¿Usted cómo sabe que esa historia no fue un invento de los misioneros? Quizá sea sólo un espejismo, como cuando los niños se ponen a ver a un estúpido colibrí.

—¿Es un pecado creer en lo improbable? —preguntó el cura.

—¿Y qué pasa si los está haciendo creer en cosas que nunca serán?

—César, la única certeza que verdaderamente tenemos en la vida es la muerte. La única forma de vivir es desapegarse de la tristeza del pasado y no tener miedo a las variables del futuro.

El cura de pronto se percató de que Fidel Ruiz estaba parado afuera de la puerta entreabierta.

—¿Qué quieres? —ladró César.

—Yo nomás venía a buscar al padre Esteban.

—Ahorita sale —dijo César y cerró la puerta.

—Tienes mucha furia contenida, César. ¿Qué…?

—¿Cuál furia? ¡Ninguna furia! —le contestó César, pero al escuchar su propio tono virulento se dejó caer de vuelta a la cama y miró el piso avergonzado. Sólo estoy un poco tenso —agregó en voz suave.

—¿Qué pasó cuando eras coach de los Cafés? —el padre Esteban terminó su pregunta con calma.

Después de una pausa, César dijo con pesar:

—Padre, yo no era el coach. Era ayudante del club.

—Entiendo.

—No, no entiende.

—Entonces, ayúdame a entender —dijo el cura. Se levantó y se fue a sentar junto a César, que en realidad no quería hablar del tema, pero veía que el padre Esteban no iba a dejarlo en paz hasta que lo hiciera.

—Durante años tuve que morderme la lengua al recoger sus toallas usadas y sus suspensorios sucios —empezó César. Tenía que tragarme mi orgullo cada vez que me tocaba dormir en el autobús del equipo en las ciudades en las que no me dejaban entrar al hotel de los jugadores. Hasta traté de tomarlo con filosofía cuando me empezaron a decir "el mexicano". Finalmente quedó libre el puesto que me habían prometido de asistente del manager, pero me saltaron.

—Lo siento —lo consoló el padre Esteban—, pero eso no te da derecho a comportarte como lo hiciste ayer.

—Ya lo sé… pero es que es difícil de olvidar. Recuerdo estar sentado en la oficina del señor Tanner, oyendo sus palabras de ánimo: "Vas muy bien, César. Sigue echándole ganas y a lo mejor el año que entra…"

—¿Y qué hiciste?

—Busqué trabajo en otra franquicia, pero el reporte que le dieron de mí al equipo decía que yo trabajaba muy duro pero era difícil trabajar conmigo. Supe quién fue la fuente. Era el señor Tanner, el nuevo manager, el mismo hombre que en mi cara me decía, "Espérate al año que entra", y luego bromeaba con todos que tenía el mozo de toallas más viejo de la liga. Lo confronté en los vestidores y le dije lo que pensaba de él con palabras que un tipo como yo no podía decirle a un blanco. Vacié mi casillero esa misma tarde.

—¿Te despidió? —preguntó el padre Esteban.

—¿Qué importa?

—Un camino significa que huiste.

—Siento decepcionarlo, padre —dijo César y salió del cuarto, cerrando la puerta tras de sí.

18

Arresto domiciliario

Frankie Stevens había volado a Louisville a insistencia y por cuenta de su jefe de redacción. Los servicios de noticias estaban tomando sus artículos, y Charlie *Mac* Thompkin no iba a dejar pasar una oportunidad así para su diario.

Frankie estaba comiendo tarde en la Cafetería Ginny's, que estaba a unos kilómetros de Saint Matthews, un suburbio de Louisville. Ginny's era el hogar de la *"Sweet Daddy"*, una torre de tres hamburguesas de media libra bañadas de queso montañés, con una guarnición de pepinillos en vinagre rebosados y fritos.

Frankie no pudo evitar darse cuenta de que un joven sentado solo en la mesa de al lado no le quitaba los ojos de encima. Ella había tenido especial cuidado de no hacer demasiado contacto visual para que no lo fuera a malinterpretar como una invitación, pero de todas formas se acercó tranquilamente a su mesa y se presentó. Ella le contó el propósito de su visita, y todo el incidente hubiera sido insignificante a no ser porque él trabajaba de asistente legal del juez de la localidad.

—¿Estás reportando sobre las Ligas Pequeñas? —preguntó él con asombro.

—Sí, ¿qué tiene? —afirmó ella.

—Nada, pero el equipo mexicano está bajo arresto domiciliario. Su caso le acaba de tocar a mi jefe.

❖

El comisario Hayes, que era el oficial a cargo, sabía que los niños no habían cometido ningún crimen que tuviera mayormente que ver con él, pero le pagaban $37.53 a la semana por defender la ley del condado de Jefferson, y eso era todo lo que trataba de hacer.

Había una oficina del Servicio de Migración en Louisville, pero el único agente que trabajaba en ella había tenido una apendectomía dos días antes y estaba ausente por enfermedad. Tendrían que mandar a un agente desde Cincinnati. El comisario tenía órdenes de pedirle cortésmente al equipo de Monterrey que esperara su llegada, pero estaba autorizado a arrestarlos si intentaban huir y esconderse.

Pensaba en la ironía de que alguien pudiera preocuparse de que estos niños fueran a tratarse de escapar y pasar inadvertidos. Catorce niños, todos con uniforme de beisbol, y sin hablar inglés: saltarían a la vista adonde fueran como un ornitorrinco en un concurso de belleza.

—Comisario —rogaba César—, estos niños tienen que jugar mañana en la Final Regional Sur.

—Espero que tengan pensado jugarla en México —dijo el comisario, deseando que esto hubiera ocurrido en la jurisdicción de alguien más.

César tenía un pasaporte válido, así que podía ir y venir libremente. Sentía un poco de síndrome de abstinencia después de haber agarrado la borrachera ayer con el estómago vacío, así que decidió comprar un trago sólo con fines medicinales.

César encontró una tienda donde cambiaban cheques y tenían lo que buscaba. Adentro, el que atendía lo miraba con una mezcla de desprecio y lástima. El dueño también era hispano, aunque César pensó que probablemente fuera sudestadounidense, quizá de Perú o Ecuador.

César estaba contando monedas sobre el mostrador cuando notó una pequeña imagen de la Virgen de Guadalupe sobre la caja registradora. Justo en ese momento empezaron a sonar las campanas de la Catedral de la Asunción en la Calle Quinta.

—Disculpe —fue todo lo que César pudo decirle al propietario, que parecía un poco molesto cuando él se volvió a guardar sus monedas, regresó la botella al anaquel y salió de la tienda. Se dirigió a la estación de Autobuses Greyhound, donde recordaba haber visto una oficina de la Western Union.

❖

—¿Dónde andaba, señor Faz? —le preguntó Pepe nervioso.

—Tenía que mandar un telegrama.

—¿Y eso qué es?

—Es un mensaje especial que le entregan por escrito a una persona hasta su puerta, sin importar qué tan lejos esté —le explicó.

Los niños se miraron unos a otros, bastante impresionados con esta maravilla "moderna", que existía hace más de un siglo.

—¿Nos van a dejar quedarnos? —preguntó Ángel.

—No estoy seguro —respondió su coach.

—¿Hicimos algo malo?

—No, Ángel. Los países tienen reglas sobre cuánto tiempo puede uno venir de visita. Y nos quedamos más tiempo del que podíamos. Pero ten fe, estoy haciendo todo lo posible.

Ángel de pronto parecía triste y un poco confundido.

—¿Qué te pasa, Ángel?

—Todo el tiempo nos dice que tengamos fe, pero usted no tiene.

El resto del día, los niños se olvidaron de sus victorias pasadas y una sombra descendió sobre ellos. Ángel se quedó parado en silencio en un rincón oscuro y luego caminó por el cuarto pensando, esperando y sufriendo.

Enrique tuvo la reacción opuesta a su reclusión temporal. Se puso enérgico, impaciente e hiperactivo al grado de ser molesto. Catorce niños con catorce reacciones distintas al mismo evento, pero había un síntoma en común: el equipo estaba perdiendo lo mejor que tenía, su espíritu.

—Quizá sea mejor así —le dijo César a Lucky por tratar de llenar el incómodo silencio que permeaba la espera de noticias sobre su resolución.

—¿Así cómo, que los deporten? —preguntó su amigo, no muy seguro de haber escuchado bien a César.

—No, que se vayan invictos. Así, por lo menos siempre recordarán que fueron campeones de Texas.

—¿Y por qué estás tan seguro que iban a perder?

—Todos los sueños terminan —dijo César con todo el abatimiento de un hombre que está hecho polvo.

El señor Bremer y su esposa disfrutaban del té en su veranda cuando su sirviente interrumpió, entregándole un telegrama.

WESTERN UNION
FWB65DB270 OB273
O.MTY193 PD=MONTERREY MEXICO 18 1110=
SEÑOR DON RODOLFO BREMER=
SAN SEBASTIAN ORIENTE 124=

TENEMOS PROBLEMON. EXPIRARON VISAS. NIÑOS NO PIERDEN=
CESAR L. FAZ=

El señor Bremer tuvo que sonreír, algo que no hacía muy a menudo. Sacó un Hoyo de Monterrey de un pequeño estuche de cuero, y su sirviente encendió una varita de cedro y le sostuvo la flama hasta que la punta del habano Pirámide se puso anaranjado brillante.

El patricio saboreó su oscura mezcla de tabacos de Cuba, Honduras y Sumatra. Después de varias fumadas largas, se dirigió a su sirviente:

—Tráeme el teléfono.

19

El blues de Biloxi

Christian Archibald Herter era graduado de la Universidad de Harvard y había sido congresista de Estados Unidos y gobernador del estado de Massachussets. Meses antes, había agregado a este currículum con pedigrí su nombramiento como subsecretario de Estado de John Foster Dulles.

1957 fue un año tumultuoso para el Departamento de Estado. Hungría fue invadido por los soviéticos; Egipto nacionalizó el Canal de Suez; los chinos apoyaban al Viet Minh contra los franceses en Indochina; y la CIA había informado a Herter que los soviéticos estaban desarrollando un cohete que podía llevar un arma nuclear a miles de kilómetros hasta el corazón de Estados Unidos.

Herter dictó varios comunicados a su asistente, la señora Dorothy Berenson, y después le preguntó si había algún otro asunto urgente que exigiera su atención inmediata.

—El agregado filipino dejó el reporte sobre sus exportaciones de hule —dijo, entregándole un sobre manila. Herter lo estudió rápidamente y se lo devolvió.

—Que se encargue Thompson en Agricultura. Mándelo por valija regular. Y si eso es todo, me voy a ir a comer al Delmonico's —dijo mientras alcanzaba su sombrero Stetson. Hoy la temperatura iba a llegar a los treinta grados, pero el subsecretario era un hombre muy formal y rara vez se le veía sin sombrero cuando andaba en Washington D.C. en asuntos oficiales.

—Hay una cosa más, señor… una apelación de una solicitud de extensión de visa que fue negada.

—¿Quién es el influyente? —preguntó, volviendo a la orilla de su escritorio de caoba.

—Unos niños que cruzaron la frontera en Texas hace unas semanas.

—¿Un grupo de niños mexicanos? —preguntó Herter. Como estaba de espaldas, no vio al imponente caballero que se había acercado a la puerta. Los puños blancos de su camisa estaban adornados con mancuernillas de lapislázuli, y en el puño izquierdo, bordadas en azul marino, tenía las iniciales RCH. Era egresado de Dartmouth, y al igual que Herter, pertenecía a esa especie de linaje de sangre azul al que el Departamento de Estado recurre para reclutar diplomáticos.

—¡Soy subsecretario de Estado! —exclamó Herter en tono indignado. ¿Quién fue el baboso que mandó esto a mi oficina?

—Ése fui yo, señor secretario —dijo el hombre de cabello plateado desde la puerta, esbozando una ligera sonrisa.

—¿Y usted quién es? —preguntó Herter, volviéndose hacia el extraño.

—Robert Hill, embajador de Estados Unidos en México.

Diez minutos después, el embajador Hill encaminaba a Herter a su comida en Delmonico's, cruzando la calle.

—No entiendo. ¿A usted qué le representan estos niños mexicanos? —preguntó Herter.

—Nada, son un montón de niños mexicanos —respondió Hill.

—Si lo apruebo, ¿qué clase de precedente estaré sentando?

—La clase en la que creíamos cuando decidimos trabajar en esto.

❖

—Dijeron que el equipo puede permanecer en el país treinta días o hasta que pierda el torneo, lo que ocurra primero. César, es una bendición —el padre Esteban repetía las noticias que César le acababa de dar sobre la extraordinaria extensión de las visas. Había hecho falta que interviniera el Departamento de Estado de Estados Unidos para atravesar la burocracia que normalmente hubiera devuelto a cualquier grupo común y corriente de inmigrantes a su casa sin mayor demora.

César veía al padre Esteban que seguía preparando sus cosas para irse.

—No tiene que irse. Extendieron las visas de todos.

—Tengo que ocuparme de mi congregación, y el padre Velázquez debe regresar a Saltillo.

—¿Y qué voy a hacer? —preguntó César.

—Pues eres su coach, coachéalos.

—¿Y luego?

—Vuelvan a casa.

—¿A casa? ¿Y eso para mí dónde es, padre? No puedo quedarme aquí en Louisville y tampoco tengo mucho a qué regresar a Monterrey. Apenas si he logrado conservar un trabajo malo, y eché las cosas a perder con... bueno, más o menos con todos.

—Para ser perdonado, debes ser capaz de perdonar, y para eso tendrás que entregarte, sin reservas, a Dios.

El padre Esteban sabía que cuando un hombre se aventura a tal desierto emocional, él mismo tiene que buscar su salvación o perecer en la ardiente arena.

—Nunca encontré las respuestas dentro de una iglesia —dijo César.

—Hablas de nuestra fe como si fuera un edificio. Estos niños que nos trajeron hasta acá, ellos son la verdadera iglesia Católica. Y no una burocracia de sabelotodos eclesiásticos.

César se sorprendió de oír a un miembro del clero decir tales cosas.

—¿Qué hacemos del dinero? Anoche gasté mucho en... refrescos.

—Razón de más para que yo me regrese a Monterrey. Es un adulto menos que alimentar y puedo ayudar más al equipo desde allá. Ahora déjame despedirme de los niños.

—¿No les va a decir lo que pasó en San Luis?

—No se los voy a decir, César.

—Qué bueno.

—Porque se los vas a decir tú.

De pronto, un hombre que había enfrentado el fuego enemigo en tiempos de guerra y que nunca le había sacado a un pleito de cantina en tiempos de paz, se vio a sí mismo aterrado de tener que confrontar a catorce niños. César no sabía por qué, pero la verdadera razón es que sólo existen dos clases de personas que son incapaces de ocultar la verdad: los muy viejos y los muy jóvenes. Los primeros por lo general son demasiado sabios y los segundos, afortunadamente, demasiado ingenuos.

La mayoría de las noches, cuando los niños se preparaban para dormir, el padre Esteban les contaba un cuento. Siempre se trataba de cómo el bien triunfaba sobre el mal, con una moraleja de cómo los fieles eran recompensados mientras los malvados tenían que enfrentar la ira de Dios.

Pero esa noche no era como las demás. No habían viajado ni habían jugado beisbol, y las largas horas de inactividad sumadas a la preocupación por el comportamiento reciente de César y la posibilidad de ser deportados, habían hecho mella. Los niños estaban molestos, varios habían llorado hasta dormirse y sólo querían volver a su casa y ver a sus papás.

César se culpaba a sí mismo, suponiendo que el problema se debía a su conducta de la noche anterior, que culminó cuando el comisario adjunto lo llevó a casa en su patrulla. Pero, por feo que hubiera sido el incidente, no tenía absolutamente nada que ver con la visita del comisario Hayes.

La verdadera razón había sido el sargento Clayton Harbrush, el oficial de la patrulla fronteriza que había inspeccionado al equipo a su entrada a Estados Unidos. Leyó el *McAllen Gazette* y vio fotos de los niños que habían cruzado por su garita hacía poco más de dos semanas con una visa de tres días.

❖

Al día siguiente, la Liga Industrial de Monterrey llegó al Parque Saint Matthews por el Camino Shelbyville. Quedaba como a diez kilómetros del centro de Louisville; tres lados del centro comunitario estaban rodeados por granjas de papa, y el cuarto por la creciente suburbanización. Después de armar gradas adicionales, sus dos campos podían dar cabida a más de cinco mil aficionados. Detrás de la cerca de home había un gran puesto de comida concesionado a la Auxiliar de Damas de Louisville, que vendían pasteles y galletas para recaudar fondos para la liga local. En los próximos dos días venderían más de cuatro mil pastelitos hechos en casa.

—Su equipo está causando conmoción —dijo un reportero del *Louisville Courier-Journal* que había arrinconado a César en el estacionamiento del campo. Me refiero a lo de andarle pidiendo dinero a la gente después de los juegos en Texas. ¿No le parece algo vergonzoso?

—Desde luego que sí, pero era eso o quedarse sin comer. Pensé que más valía pasar vergüenzas que pasar hambre.

—¿De veras tienen tan poco estos niños? —preguntó el reportero.

—¿Poco? —dijo César. ¿Qué tal que no tenían manoplas, ni zapatos… ni nada, más que un calcetín relleno y un palo.

—¿No tienen zapatos?

—Para varios, los spikes fueron lo primero que se pusieron en los pies. Ahora los usan para ir a todos lados, hasta para ir a misa —el reportero tomaba notas sobre cómo algunos aficionados habían hecho colectas en los juegos para dárselas al equipo de Monterrey. Ahora sólo tenemos que preocuparnos de conseguir dinero para comer y para nuestros boletos a casa —declaró César ansioso.

—¿Cree que puedan ganarle a Biloxi, Mississippi? —preguntó el reportero, pero la atención del coach estaba fija en alguien al fondo del estacionamiento.

—¿Reconoce a alguien?

—Es una reportera que nos viene siguiendo desde McAllen. Juró que cuando nos fuéramos de esa ciudad, sería hacia el sur.

—¿Y qué hace una damita cubriendo un reportaje de deportes? Lo suyo han de ser las columnas de cocina o jardinería —dijo el reportero burlón.

El reportero del *Courier-Journal* sabía que se había encontrado con un buen artículo de interés humano. Siempre eran artículos más interesantes, hasta para sus ardientes lectores de deportes. Más tarde, cuando empezó a revisar sus notas y a formular su artículo, pensó en la preocupación de César de cómo iba a regresar a su equipo a casa. Nunca había oído de un equipo atlético que enfrentara tal dilema. Lo único que podían hacer era seguirse abriendo paso y rezar porque alguna solución milagrosa se les revelara.

Terminó el artículo: "La entrada es gratis, pero habrá una gorra a la mano por si quiere ayudar a los pequeños mexicanos".

Los niños de la Industrial de Monterrey estaban sentados en el dugout, viendo a sus oponentes hacer su última práctica de fieldeo.

El umpire se colocó frente al plato.

—¡Play ball! —gritó, pero nadie se movió en la banca de Monterrey.

—¿Monterrey, dónde está su primer bateador? —le gritó el umpire a César mientras Sam Hicks, el coach de Biloxi y un hombre de muy poca paciencia, salió corriendo de su dugout.

—¡Coach de Monterrey, venga para acá! —mandó llamar el umpire a César.

—No sé cómo empiecen un juego en México —le dijo Sam a César al sumarse a los dos hombres junto al plato—, pero acá tenemos dos sencillas palabras: *play* y *ball*.

—¿Tienen un cura? —dijo César.

—¿Un cura? ¿Se está muriendo alguien? —preguntó el umpire.

—Mis muchachos no quieren jugar sin una bendición. Lo siento. El nuestro se fue hace unos días y dieron por hecho que aquí habría un cura.

—Vamos a empezar un juego de beisbol —dijo el umpire.

—Ya lo sé, señor, pero mis muchachos dicen que si están aquí es sólo por la bendición de Dios y que honrarlo a Él les importa más que el juego.

—Pues más les vale que empiecen a jugar o van a perder por default —interpuso el coach Hicks.

—Coach, estoy seguro de que pueden encontrar un cura más tarde. ¿Por qué no trata de razonar con ellos? —le aconsejó el umpire.

—¿Razonar con esos bandidos? —murmuró César para sí mismo mientras corrían los segundos sin el menor movimiento en el dugout de Monterrey. Impávidos ante su inminente descalificación, los niños discutían el dilema que enfrentaban.

—A lo mejor no fue su culpa —sugirió Norberto.

—¿Entonces de quién? —preguntó Ricardo.

—¿Y qué hacemos acá en Estados Unidos? Ni nos quieren —dijo Gerardo.

—No son todos. También hay mucha gente buena aquí. ¿Cómo crees que hemos podido comer y transportarnos? —afirmó Pepe. Y no es culpa de César que no haya un cura en el campo.

—Pero sí es su culpa que se haya ido el padre Esteban —dijo Fidel.

—Eso no lo sabemos —dijo Pepe.

—Le dijo al padre Esteban que Juan Diego era un espejismo y que era estúpido ver al colibrí.

—¡Fidel! —lo regañó Francisco.

—Pues no tenía que haberlo oído, pero lo oí.

—Si no fuera por el señor Faz, ninguno de nosotros estaría aquí —exclamó Pepe.

—A ti siempre te ha caído bien porque te puso en el jardín izquierdo. Pero no eres uno de los nuestros. ¿Verdad, Enrique? —empezó a decir Francisco, pero Enrique lo calló rápidamente.

—Pepe es mi hermano igual que tú y que todos —dijo con tal autoridad que no quedó la menor duda de cuánto había crecido el lazo de amistad entre ellos dos. Fidel y Pepe tienen razón los dos, pero debemos actuar unidos —agregó.

—Ángel, tú conoces al señor Faz desde antes que todos. ¿Tú qué piensas? —preguntó Ricardo.

—El coach Faz necesita nuestra ayuda —respondió Ángel.

—¿Entonces jugamos? —preguntaron varios compañeros de equipo.

—No, no podemos sin la bendición. Por el bien del señor Faz.

—No entiendo —murmuró Norberto a Pepe.

—Dice que podemos honrar a Dios y al mismo tiempo ayudar a nuestro coach… aunque eso signifique perder —le dijo Pepe al catcher.

—Beto, si jugamos o nos descalifican, ya está en manos de Dios —terminó Ángel.

—Esto va a doler —dijo Ricardo.

César acababa de volver y les habló en tono serio:

—Niños, nada de juegos, ¿quieren perder y regresar a casa?

—Por culpa de usted perdimos a nuestro cura, ahora usted arréglelo —dijo Ángel y se sentó en su manopla.

—Perfecto, de todas formas hoy pitchea Enrique —dijo César, pero mientras lo decía, Enrique también se quitó la manopla y se sentó en ella.

—Pepe, empieza a calentar —ordenó César, pero Pepe también se quitó la manopla. Uno por uno, cada jugador siguió el ejemplo hasta que las manoplas de todo el equipo estaban alojadas firmemente bajo traseros inamovibles.

Fue en ese momento que César se dio cuenta de que sin la bendición, ningún poder en la tierra iba a levantar a su equipo de la banca. Lo que más lo enojaba era que así era él de niño: audaz, temerario y romántico.

César caminó lentamente de vuelta hacia home para darle al umpire y al coach Hicks la noticia de que la Industrial de Monterrey iba a perder por default.

TERCERA PARTE

EL JARDÍN DE ROSAS

20

Una rosa tan fragante

—Disculpen, caballeros, son medio tercos —dijo César apenado.

—¡Bueno, umpire —dijo el coach Sam Hicks—, qué más quiere! El equipo se niega a salir al campo.

Los eventos de un juego de beisbol de las Ligas Pequeñas en Louisville, Kentucky difícilmente hubieran ameritado atención divina, pero justo cuando el umpire se disponía a declarar la victoria en favor de Biloxi, la voz de un ángel intercedió:

—Mi vecino es ministro —dijo Rose Lee Simmons, una mujer mayor que había caminado al campo desde la primera fila de las gradas. ¿Eso cuenta? —preguntó.

—¿A usted qué más le da? —preguntó el coach de Biloxi. Rápidamente recorrió la cancha con la mirada y agregó—: Obviamente usted no es mamá de ningún jugador.

—Rose vive aquí cerca. Viene a ver el juego —dijo el umpire.

—Siento interrumpirlos, muchachos, pero si quieren puedo ir por él —ofreció ella.

—¿Qué tarugadas son éstas, umpire? Le exijo que descalifique a estos…

—¿Coach, cómo se apellida? —preguntó la voz de otra mujer. Era Frankie Stevens.

—¡Hicks! —gritó, tratando de concentrarse en su diatriba. Lo dice el Reglamento de las Ligas Pequeñas, regla doce, párrafo nueve…

Mientras despotricaba, Frankie empezó a escribir y a leer en voz alta:

—Louisville, Kentucky. Hoy, el coach Hicks declaró que el beisbol es *más grande* que Dios...

—¡Momento, momento! ¡Yo nunca dije eso y les consta!

Frankie se quedó ahí parada y le guiñó.

—Tenga el teléfono de mi editor. ¿Por qué no lo llama mañana... después de leer la edición matutina? —le dijo fríamente.

Hicks se volvió con el umpire.

—¡Le exijo que descalifique a estos mexicanos si no salen al campo en este instante!

—Óigame, usté no es quién pa' andar exigiendo nada —dijo muy molesto el umpire. ¿Conque más grande que Dios, eh? —agregó, luego volvió su atención y una enorme sonrisa a Rose.

—No le hagas caso, Rose. ¿Por qué no te traes a tu vecino para que podamos tener un lindo juego?

Cuando el grupo se dispersó, César le dijo a Frankie:

—Nunca pensé que me daría gusto verla. De veras que me acaba de sacar de un aprieto.

—Ni crea que fue por usted. No viajé hasta acá para reportar una descalificación.

Cuando quiere es más dura que una piedra, pensó César.

—¿Y qué le pasó a su cura? —preguntó ella.

—Le advertí que aquí no tomara agua de la llave —respondió César.

❖

Rose regresó acompañada de un hombre mayor que de primera impresión parecía de sesenta y tantos años. Se llamaba Clarence Bell, y encabezaba la congregación de la iglesia bautista Forest Missionary.

—Bueno, pues ya les van a dar su bendición —declaró César.

Pero los niños seguían sin moverse.

—Muy bien, ¿y ahora qué? —les preguntó su coach nervioso y exasperado.

—Señor Faz, tiene que prometernos una cosa más —exigió Ricardo.

—Lo que sea, pero que ya los bendigan y salgan al campo.

—Cuando regresemos, tiene que ir a la Basílica de Guadalupe.

—Está bien, de acuerdo.

—¿Lo jura?

—Sí, lo juro —y César no mentía. Sólo que sabía que era una promesa fácil de hacer, y como la Basílica estaba en la Ciudad de México, era igual de fácil posponerla indefinidamente.

—Bien, estamos listos —le dijo César a Clarence mientras veía al coach Hicks azotar una hielera en su dugout. Les gustaría mucho algo de Salmos.

—¿Alguno en especial?

—El 108 es muy especial para ellos —respondió César.

—*Más grande que los cielos es tu misericordia* —empezó Clarence, en un lenguaje desconocido para su congregación, mientras los niños se arrodillaban. *Y hasta los cielos, tu verdad…*

Los últimos días en Monterrey, México, se había suscitado un remolino de actividad en el viejo diamante de tierra. Los vecinos de la localidad se habían estado preparando para el juego de hoy. Con rastrillos limpiaron piedras y vidrios, y regaron para aplacar la cal que volaba por el aire con la menor brisa o pisada.

Habían construido una serie de gradas, de cuatro filas de fondo, desde donde los espectadores podían ver la acción. Los trabajos se habían extendido al interior de las barracas abandonadas, a un lado. Se levantaron andamios y hombres con distintos oficios trabajaron diligentemente reparando las vigas del techo, apuntalando la madera, tirando las partes maltratadas de albañilería, y despejando los escombros de fierros retorcidos y concreto.

La gente empezó a tomar su lugar y a esperar con ansias a que iniciara "el juego". Varios hombres vendían boletos; todas las ganancias serían para el equipo de la Industrial de Monterrey. Lo único raro era que no había jugadores de beisbol calentando en la banda, ni los espectadores esperaban que llegaran. El "juego" que todos venían a "ver" de hecho había tenido lugar días antes en Fort Worth, Texas. El señor Manuel González Caballero de la estación de radio XET, "La voz de las Américas", iba a recrearlo a través de un micrófono conectado a unas viejas bocinas.

El señor Fecundino Suárez le entregó al señor Caballero varias páginas escritas a mano y le preguntó:

—¿Sí le irá a entender?

—Haré todo lo posible.

Partiendo de una serie de diagramas y estadísticas, el señor Caballero daba color con sus comentarios para que la acción cobrara vida para todos los presentes.

—Otro sencillo que se les cuela. Y Peter Clark anota desde la segunda —anunció mientras progresaba "el juego".

O en el siguiente inning:

—La cuarta bola mala. Fidel Ruiz caminará a la inicial, poniendo corredores en primera y en segunda con un out.

Y en el siguiente:

—El marcador sigue Waco dos, Monterrey cero aquí en la parte baja de la segunda, pero nuestros muchachos amenazan… y Baltasar Charles conecta una de hit hasta el fondo del jardín central. Con esto anotan Fidel Ruiz y Roberto Mendiola.

Cada que mencionaba el nombre de un niño, la multitud aplaudía y le daba una palmada en el hombro a sus padres. Y aunque ya todos sabían el resultado del juego, cada que Waco tenía un jugador en base se escuchaban gruñidos nerviosos.

Mientras tanto, continuaba el trabajo en las barracas. Estaban mezclando cemento nuevo de costales que habían tomado "prestados" de Cemex, y pusieron ladrillos y tabiques. En las ventanas se pusieron vidrios de Vitro, y varios hombres con habilidades especializadas reparaban la fachada.

—¡Strike tres! Ángel Macías lleva ya siete ponchados… La bola pica y sale hacia el short stop, Gerardo González batalla… la lanza… ¡justo a tiempo! —continuaba el señor Caballero.

Mientras el entusiasmo de la multitud por la victoria crecía con cada inning que pasaba, varios trabajadores dieron un paso atrás para admirar su trabajo. Un hombre que pasaba en su auto se orilló a la banqueta y miró asombrado el renacimiento de un edificio que había pasado muchas veces y que siempre había sido una ruina cayéndose a pedazos.

—¿Quién los contrató? —preguntó.

—Nadie —respondió Fecundino.

—¿Bueno, para qué lo van a usar? —le preguntó al señor Claudio Villarreal.

—Todavía no sabemos —contestó el papá de Norberto, mientras se quitaba los guantes y se limpiaba el sudor de la frente.

—¿Nadie les está pagando y no tienen idea de qué va a ser? ¿Por qué lo están reparando? —preguntó el extraño.

—Hacía falta —dijo Claudio.

En un campo de Louisville, Kentucky, un juego de beisbol en vivo estaba a punto de dar inicio.

Aunque Biloxi jugó agresivamente, después de un inning habían podido hacer poco contra los lanzamientos de Enrique Suárez. En la parte alta de la segunda entrada, el pitcher de Mississippi regaló tres bases por bola al hilo a Fidel Ruiz, Gerardo González y Ricardo Treviño. Pepe Maiz subió al plato con las bases cargadas.

En el tercer lanzamiento, pegó un resonante grand slam que rebotó en el techo de un cobertizo pasando la barda del jardín central. Era el primer grand slam que los regiomontanos presenciaban. Era un jonrón de fábula, y hasta los jugadores de Biloxi silbaron suavemente con admiración reticente.

En la parte baja de la tercera entrada con Biloxi al bat, uno de sus jugadores más grandes chocó con todas sus fuerzas con Ricardo Treviño. Ya traía las espinillas llenas de moretones de los corredores que le pegaban al barrerse o que chocaban con él, y su pie izquierdo había recibido el impacto de docenas de spikes. César decidió mandarlo a descansar por precaución, y pasó a Ángel de short stop a primera base. Ángel, que en el infield había estado jugando de derecho, hizo unos lanzamientos de práctica con la zurda. La multitud miró asombrada a este niño que podía lanzar con los dos brazos de manera tan natural como un hombre camina con los dos pies.

Después del grand slam de Pepe, Monterrey agregó nueve carreras más, muchas resultado de la cantidad descomunal de bases por bola obsequiadas por los pitchers de Biloxi. Se convirtió en paliza, pero César celebró con optimismo moderado. Sabía que para la victoria de mañana, no podían contar con las bases por bola.

Los jugadores de Biloxi recogieron sus cosas y se reunieron con sus padres, que bajaban de las gradas. Un padre trató de buscar culpables de la derrota:

—Los hubieran descalificado a no ser por esa metiche muchacha de color.

—Pa, ella no nos metió trece carreras —dijo su hijo.

Los regiomontanos habían jugado bien, y con un total de trece carreras, casi todos en el equipo habían conectado por lo menos un hit, excepto Norberto que se ponchó en sus tres turnos. Llevaba varios días en un *slump*. César no sabía si esta mala racha se debía a que se estaba esforzando demasiado, o si quizá se había vuelto a lastimar el pie, o si el sol y las sombras habían hecho estragos en su ojo de bateo. No entendía qué la causaba.

Todo jugador tiene días así: es una eventualidad estadística. Pero hoy Norberto sí tenía el sol en los ojos, e irradiaba de una hermosa chica de vestido blanco que los animaba desde la primera fila de las gradas. Su nombre era Paulina Valenzuela, y su padre era trailero y había leído sobre estos beisbolistas invasores en un periódico en español llamado *Hoy en las Américas*.

Más temprano, durante el calentamiento, Enrique le había dicho:

—Beto, allá, ¿ves a la bonita?

—¿Dónde venden boletos para ese premio? —preguntó Norberto.

—Te está viendo.

—Claro que no.

—Claro que sí —insistió Enrique.

—Tú háblale por mí —suplicó Norberto.

Finalmente Enrique accedió y caminó hasta la barandilla sobre la que Paulina apoyaba sus hermosos brazos esbeltos y bronceados.

—Buenos días, señorita —saludó a la guapa chicana.

—¿Quién eres? —preguntó.

—Mi nombre es lo de menos, pero el mensaje que traigo es de tal importancia que podría cambiarle la vida.

—¿De veras?

—Sí, señorita. ¿Ve a aquel apuesto caballero de allá? —preguntó Enrique, señalando hacia su catcher con un movimiento de cabeza.

Paulina miró a Norberto, que se hacía el desentendido.

—Lo llamamos *el Verdugo* —dijo Enrique.

—¿Y sus muchachos de veras estaban dispuestos a perder por default si no les daban la bendición? —le preguntó Clarence a César después del juego.

—Sip —respondió César.

—¡Pues vaya una congregación devota!

—Sí, bien devotos… como la Inquisición española.

Clarence se rió.

—Si no es mucha molestia, ¿podría venir también mañana a darnos la bendición? —le preguntó César al ministro.

—¿Seguro que sus muchachos no preferirían un sacerdote católico, a lo mejor uno que hable español?

—Ya les pregunté. Dicen que todos los hombres que sienten a Dios hablan el mismo idioma.

Clarence sonrió y fue a saludar a Rose a las gradas.

Mientras tanto, los regiomontanos victoriosos esperaban instrucciones de César.

—¿Ahora a dónde vamos? —preguntó Baltasar.

—A ningún lado —dijo César.

—¿Por qué? —fue la pregunta obligada del equipo.

—El de hoy fue uno de los juegos más desordenados que he visto en mi vida —empezó a regañarlos. Van a correr unas vueltas y luego a practicar.

—¡Ganamos trece a cero! —respondió Enrique.

—Ellos cometieron cuatro errores y les dieron una docena de bases por bola. Ésos se llaman regalos, porque no se los ganaron.. ¿Qué me dicen de esa jugada en la cuarta entrada en que Ángel la mandó a segunda? Era tu respaldo, Rafael.

—Pero señor Faz, ya no había tiro y el corredor estaba fuera —dijo Rafael.

—*Esta* vez —dijo César frunciendo el ceño— Y tú, Norberto, eres la última línea de defensa de Ricardo y vuelas el tiro a primera. Todos, a dar tres vueltas corriendo… por el camino largo.

—Señor Faz, sabemos por qué no va a estar contento si perdemos, pero tampoco parece alegrarse cuando ganamos —dijo Ángel.

—Es sólo que no quiero verlos llegar hasta aquí para perder por una tontería.

—¿De veras eso es lo que lo molesta?

—Ángel, en Estados Unidos tienes que ser el doble de bueno para que te traten la mitad de bien.

—No pasa nada, señor Faz. Si perdemos, nadie le va a echar la culpa —dijo el niño mientras él y sus compañeros de equipo empezaban a correr.

Noventa minutos después, los niños se desplomaron en sus catres, exhaustos de las vueltas y de una rigurosa práctica postjuego.

—César, nunca te he cuestionado como coach, ¿pero no crees que los estás presionando un poquito más de la cuenta? —preguntó Lucky.

—Necesitan trabajar más. Para ser más fuertes —dijo César.

—Hasta el acero se rompe.

—Así es el beisbol. A todos los niveles, hay que jugarlo como se debe o mejor no…

—¿A quién quieres convencer? —interrumpió el amigo de César.

❖

Conforme el crepúsculo se asentaba sobre el Valle del Río Ohio, los niños se asustaron al escuchar gritos cada vez más fuertes afuera de sus ventanas. Al principio imaginaron que se trataba de personas heridas o animales salvajes, y en nada los tranquilizó que César les dijera que sólo eran cigarras, grillos y saltamontes que cantaban su excepcional canción de amor. Los niños se quedaron con la visión de insectos gigantes capaces de proyectar sonidos tan fuertes y agudos, así que montaron guardia en cada ventana.

Éste no fue el único castigo que el nuevo ambiente impuso a los niños mexicanos. Los campos tupidos de pasto y los bosques de roble, maple y abeto eran campo de cultivo de polen y mohos contra los que la constitución de los niños no tenía ninguna defensa. Varios se vieron con catarro, ojos irritados y un par tuvieron ataques de estornudos que resultaban tan cruelmente dolorosos para ellos como espectacularmente chistosos para sus compañeros.

El coach de Biloxi le había regalado a César varios puros de felicitación por la victoria de la Industrial de Monterrey. Él, Lucky y José estaban sentados afuera en el húmedo aire de la noche y encendieron tres.

—Odio estos bichos —dijo César mientras aplastaba a un mosquito que había aterrizado en su nuca sudorosa.

—No se comparan con los enjambres que había en las Filipinas —rió Lucky, soplando una bocanada de humo a un mosquito que le volaba en la cara.

—Cuando acababan contigo, se iban contra tus parientes —bromeó César.

—Sabes que en serio no hubieran salido del dugout si ese ministro no hubiera venido. Hoy sí pensé que seguro nos descalificaban —dijo José.

—Y César lo hubiera tenido bien merecido —añadió Lucky. Por ellos, me alegro que no fuera el caso.

—¿Te vas a poner de su lado?

—Tiene razón, César —concordó José.

—Admítelo. Esos niños son igualitos a ti —dijo Lucky. Tercos como mulas cuando quieren algo. La única diferencia es que tú no sabes lo que quieres.

—Perdón, doctor, no vi su botiquín —dijo César, negando con la cabeza.

—No hace falta un doctor… a ti te descifra hasta un ciego, César.

—Ah, y tu vida está perfecta, ¿no?

—¿Estás bromeando? —declaró Lucky. Mi vida está hecha pedazos. Por eso es fácil reconocerlo en ti.

Los tres hombres rieron, y como si lo hubieran ensayado, los tres tiraron la larga y brillante ceniza de sus puros al suelo al mismo tiempo.

21

Gigantes de elite

Temprano a la mañana siguiente, Clarence invitó al equipo de la Industrial de Monterrey a su casa.

—Buelah, cariño, invité a un par de amigos nuevos a la casa —dijo Clarence parado en su porche delantero.

Su esposa nomás se le quedó viendo a esa caravana desordenada y miró a Clarence con ojos de pistola.

—Me imagino que los invitaste a comer —dijo ella con sospecha.

—Bueno, siempre y cuando tú te eches la cocinada —dijo Clarence tímidamente.

Buelah era una conocedora del *soul food*, la comida afroestadounidense típica del sur. Para ella, cocinar era un acto de amor, aunque nunca perdía oportunidad de quejarse. Les preparó un banquete de lengua de res en escabeche, menudos de cerdo fritos, chicharrones y ostras de las Rocallosas. Éstas en realidad no eran ostras, eso era un eufemismo para referirse a una parte del toro que es mejor no nombrar. Con excepción de la lengua en escabeche, todo lo demás estaba frito en lo que los sureños llaman la vitamina G, de grasa.

Después del desayuno, Buelah entró a la sala donde César les daba a los niños una sesión en el pizarrón.

—*Mmm, mmm.* coach, estos niños están muy puercos hasta pa' revolcarse en el granero —dijo. Su práctica en los establos húmedos había hecho poco por mejorar sus uniformes que ya de por sí traían muchas puestas. Dígales que me den su ropa —exigió.

Buelah dejaba bien claro que aunque su esposo fuera un hombre importante en el púlpito cuando predicaba los diez mandamientos, en su casa, ella era la encargada de hacer que se cumplieran.

—Muchachos, denle su ropa a la señora Bell —les dijo César. Todos hicieron caso menos Ricardo y Norberto.

—¿Qué les pasa a esos dos? —preguntó Buelah. El resto del equipo se empezó a reír. Buelah los siguió mirando fijamente hasta que Ricardo, sonrojado, le susurró a César al oído.

—Es que hoy en la mañana se les olvidó ponerse los calzones —tradujo César.

—Újule, tengo siete hermanos y crié a cinco varoncitos míos. No tienen nada que no haya visto. Dígales que tienen hasta que cuente a tres pa' dármelos, o se los quito yo.

Buelah se puso de espaladas y empezó a contar hasta tres. Se oyeron risas de los compañeros de equipo mientras Ricardo y Norberto tímidamente le entregaron los últimos dos pares de pantalones.

❖

Dicen en Louisville que cuando la mezcla del bourbon queda en su punto, un hombre puede ver la aurora boreal sin salir de su porche. Al margen de las visiones inducidas por whisky, los vecinos tuvieron que tallarse los ojos al ver a un equipo de beisbol de Ligas Pequeñas trotando y haciendo ejercicios de calentamiento en calzones. Los autos que pasaban los saludaban y tocaban el cláxon; algunos animando, otros burlones.

César había endurecido este método de persuasión y lo aplicaba cada vez que un jugador cometía un error mental, aunque fuera al responder mal una pregunta en sus lecciones de pizarrón. La regla era que si un chico se hacía acreedor a las temidas vueltas, todos corrían con él. César estaba determinado a que siempre subieran y cayeran como equipo.

Aunque cada juego del torneo era importante —puesto que una sola derrota significaba la eliminación—, había algo extra especial sobre la competencia de hoy contra Owensboro, Kentucky. Todo el mundo sabía que el ganador se llevaría un lugar para la ronda final de la Serie Mundial de las Ligas Pequeñas en Williamsport, Pensilvania.

En el Parque Saint Matthews, el reportero del *Courier-Journal* estaba tomando una foto de Baltasar, Fidel, Enrique, Norberto y Pepe. El pie de foto diría: "*Los matones mexicanos* ponen sus ojos en la Corona".

Del otro lado, Frankie estaba entrevistando al coach Quinn, cabecilla de Owensboro.

—Ayer, usted decía que Monterrey no tenía esperanzas. ¿Qué opina hoy después de verlos blanquear a Biloxi trece-cero.

—Vuélvame a preguntar dentro de seis entradas —dijo con aprensión.

En la ceremonia inaugural, los chicos de César se quedaron boquiabiertos cuando después de la bandera de Estados Unidos, izaron la bandera de Texas. Lucky había traído la que les regalaron en Fort Worth, y había convencido al cuidador de izarla bajo la bandera de Kentucky. Hasta logró que la banda tocara "Los ojos de Texas", himno oficial del estado.

En la primera entrada, Sherman Chappel, el pitcher de Owensboro, se inclinó demasiado sobre el plato y el lanzamiento le pegó en la cabeza. Ángel salió corriendo desde el montículo y fue el primero en llegar hasta el pitcher caído.

Ángel trataba con desesperación de encontrar las palabras correctas, y sólo podía repetir en español:

—Lo siento, perdóname.

Chappel estaba un poco sacudido, pero afortunadamente bien. Sin embargo, el reglamento estipulaba que cualquier jugador que se golpeara la cabeza tenía que dejar de jugar, aunque pareciera estar bien.

Blake Chappel, padre de Sherman y uno de los coaches adjuntos del equipo, no estaba nada contento con la decisión. Exigió que César sacara a Ángel del juego: una especie de "ojo por ojo" beisbolístico, por así decirlo. El coach Quinn salió a pedirle al padre de Sherman que se regresara al dugout a calmarse. César le preguntó al coach Quinn si quería que sacara a Ángel.

—Fue un accidente, y no estaría bien lastimar a dos niños con una sola pitchada —respondió el entrenador de Owensboro.

Por fortuna, el equipo tenía otro pitcher as en su alineación. Bobby Woodward traía un promedio fenomenal de catorce ponches por juego… más de dos por inning. Cuando el coach Quinn le entregó la bola, Bobby se sentía seguro de sí mismo.

Conforme transcurrió el juego, cada vez que los niños mexicanos gritaban "¡Vamos, equipo!" o "¡Tú puedes, flaco!" el umpire le advertía a César que los callara.

—¿Por qué? El otro equipo está gritando igual de fuerte —dijo César.

—Está prohibido molestar al equipo contrario desde el dugout —dijo el umpire.

—No están diciendo nada malo. Le están echando porras a sus propios jugadores.

—Eso no lo sabemos, así que dígales que guarden silencio —repitió el umpire.

—¿Dónde dice eso? —preguntó César mientras sacaba el reglamento de su bolsillo trasero.

El umpire, que sabía que no existía tal regla, se le plantó en la cara a César y exigió:

—Le dije que los callara. Si no les gusta, regrésense a México.

Lucky y José se dieron cuenta de que César no iba a ganar esta confrontación, así que fueron por su iracundo coach para traerlo de regreso al dugout.

—¡Vamos, César, tranquilo! —José trataba de calmarlo.

—Pero está mal. Es un…

—Es un oficial, y nos supera en rango —declaró Lucky.

César no dijo otra palabra, sino que le dio una toalla a cada jugador para que cuando pasara algo emocionante pudiera gritar y taparse la boca.

Sobre tierras antiguamente habitadas por los indios ohlone, el Presidio en San Francisco había sido una base militar desde 1776. Este promontorio de 570 hectáreas que domina el puente Golden Gate, era la sede de las Finales Regionales del Oeste.

El día anterior, Lewis Riley de La Mesa había pitchado una obra maestra en la paliza que le dieron a Tucumari, Nuevo México. Hoy, Joe McKirahan llevaba una ventaja de dieciocho carreras contra el equipo de Euphrata, Washington. La cuenta total de carreras había entrado tan al principio del juego, que la Final Regional del Oeste tuvo poco de contienda. La Mesa sabía que iba a Williamsport, y empezaron a celebrar desde el tercer inning.

❖

Contra Owensboro, Norberto se había ponchado en la ofensiva de Monterrey en la primera entrada. Cuando caminó cabizbajo de vuelta al dugout, pasó enfrente de Rose, que le hizo una seña de que se acercara. Con señas, le indicó que agarrara el bat de más arriba, pero la reacción del niño dejaba ver que no tomaba muy en serio los consejos de bateo que pudiera darle una señora mayor.

Dos innings después, Norberto entró a la caja de bateo con el juego aún sin carreras. Había dos corredores en base, y César le indicó:

—Tú haz contacto. A lo mejor Fidel mete carrera desde segunda.

Las tres palabras que menos tranquilizan a un bateador en medio de una mala racha son: "Tú haz contacto". Por si fuera poca la presión, Norberto sabía que Paulina lo estaba viendo y que sólo podía poncharse un número limitado de veces antes de que ella perdiera el interés. Miró al frente, decidido a no permitirse ni siquiera un vislumbre de ella en la multitud, y abanicó los dos primeros lanzamientos.

Rose mascullaba para sí:

—Yo he visto más juegos que Jackie Robinson. Agarra ese bat más corto o te cortan.

Norberto salió de la caja y miró a Rose. Ella se agarró la garganta y subió la mano. El joven bateador deslizó sus manos hacia arriba del bat, regresó a la caja y le pegó a la siguiente pelota por el centro, logrando un sencillo y una carrera impulsada. Desde la almohadilla de la primera, miró un instante a Paulina, que estaba rebosante de orgullo.

Baltasar era el siguiente en el orden. Cuando fue a escoger su bat, él también se volvió a ver a Rose, y tocó un bat tras otro hasta que ella asintió.

—¿Qué estás haciendo? —le preguntó César.

—Es amiga del sacerdote y él conoce a Dios —respondió Baltasar al pasar junto a César para tomar su turno.

Y quién sabe si se debiera al bat o sólo a la confianza que Rose le dio, pero Baltasar conectó un sencillo al izquierdo. Rafael Estrello lo siguió con un sólido doblete.

Al final de la entrada, Ángel subió al montículo con una ventaja de tres carreras. Él y sus compañeros sabían que su defensa estaba en posición de ganar el juego. Uno por uno, los bateadores de Owensboro llegaron al plato, y uno por uno se tuvieron que retirar de vuelta al dugout, conforme los lanzamientos de Ángel se hacían más fuertes y mordaces. A pesar de ir ganando tres a cero, cada regiomontano se ponía tenso con cada lanzamiento, pues conocían el potencial de sus peligrosos oponentes. Los bateadores de Owensboro sabían perfectamente que con cada out disminuían sus probabilidades, y cada uno enfrentaba a Ángel con creciente urgencia y determinación de dar el hit decisivo.

Los regiomontanos estaban tan concentrados en aferrarse a su ligera ventaja que nadie tuvo tiempo de contemplar el significado del juego hasta que una elevada larga al jardín central aterrizó en la manopla de Enrique y se registró el out final. La Liga Industrial de Monterrey había logrado lo inconcebible. Habían ganado un lugar en la Serie Mundial de las Ligas Pequeñas de 1957.

Las primeras palabras que Ángel Macías le dijo a César fueron:

—¿Señor Faz, de veras vamos a ir a Williamsport?

Tanto Ángel como su rival, Bobby Woodward, jugaron heroicamente: cada uno ponchó a once bateadores en un duelo de pitcheo en esa húmeda tarde. Pero al cerrarle la puerta al equipo de Owensboro, gran favorito, Ángel, el pitcher ambidiestro de la Colonia Cantú, había llegado increíblemente cerca de alcanzar el logro supremo de todo lanzador. Tan sólo dos lanzamientos errados —uno fue un sencillo y el otro le pegó a Sherman Chapell para una base por golpe— lo separaban de un juego perfecto.

—Sí, Ángel, parece que sí —respondió al fin un César igual de impactado.

La Industrial de Monterrey se vio asediada por fanáticos y reporteros. Los chicos estaban emocionados pero también cansados, y haber ganado significaba tener que empacar y aventurarse aún más al norte, a otra misteriosa ciudad estadounidense.

"EL EQUIPO DE LA SIESTA ACABA EN FIESTA" sería el encabezado a la mañana siguiente del *Louisville Courier-Journal*.

Cientos les pedían autógrafos, y aunque César y Ángel disfrutaron el momento, Ángel quería hablar con una persona. Los dos recorrieron la multitud buscando a Sherman, el pitcher que habían sacado del juego al ser golpeado por un lanzamiento de Ángel en la primera entrada. Aunque no podía jugar, se había quedado con su padre a ver todo el juego.

—Ángel me pidió que les dijera a usted y a su hijo que siente muchísimo lo que pasó —le dijo César al papá de Sherman.

—No tiene de qué disculparse, es parte del juego —dijo Blake cortésmente. Mi hijo dice que él tuvo la culpa. Fue una curva, y él no pensó que se fuera a abrir tanto, y estaba muy adentro.

—Bueno, de todas formas Ángel se sintió fatal.

—Nunca he visto a nadie de mi edad lanzar como él —dijo Sherman.

Padre e hijo desearon suerte en el torneo a la Industrial de Monterrey y se alejaron caminando, preguntándose qué hubiera pasado si esa curva no se hubiera abierto tanto.

Los reporteros querían saber más sobre este fenómeno ambidiestro de 36 kilos. Quizá era una bendición que Ángel no hablaba inglés o de lo contrario se hubiera visto asediado constantemente por sus preguntas.

—¿Coach Faz, es cierto que Ángel puede pitchar con los dos brazos? —preguntó uno de los reporteros.

—Bueno, ayer lo vieron jugar en el infield de zurda —respondió.

—Pero no es lo mismo que pitchar —dijo el reportero.

—¿Estaría dispuesto a darnos una exhibición? —preguntó otro.

—Sí, a ver al niño —terciaron varios miembros de la prensa.

—Pues, no sé…

—Vamos, coach. Leímos los artículos. ¿O era puro fanfarroneo texano? —lo sonsacaba el primero que había planteado el reto.

César apartó a Ángel a un lado.

—La prensa nos ha tratado bien, y nuestras familias en Monterrey se merecen las buenas noticias —le dijo César a su pitcher estrella.

Muchos espectadores todavía no se iban de las gradas, y cuando oyeron lo que iba a pasar, varios les gritaron a sus amigos:

—¡Su pitcher va a dar una exhibición!

Mucha gente que ya iba saliendo se regresó.

Después de pitchar el juego más importante de su vida hasta ese momento, Ángel empezó a tirar un lanzamiento tras otro de curvas y cambios con la derecha y con la izquierda para deleite de la prensa y el público anonadado. Ángel estaba acostumbrado a pasarse horas pitchando bajo el ardiente sol de Monterrey, y si César no lo hubiera parado después de diez minutos, hubiera podido lanzar el equivalente de otro juego completo.

"...con lanzamientos que vuelan y brincan como frijoles saltarines...", escribió un reportero de Louisville que preparaba su artículo para la edición matutina. Llamó a Ángel un "demonio del diamante".

Pronto fue hora de abordar el autobús de regreso al Hospital Militar Nichols. El papá de Paulina, que se había quedado platicando con unos vecinos, también estaba listo para marcharse con su hija. A Norberto le quedaban muchas cosas que vivir por primera vez con una chica, y el adiós era una de ellas. Antes de salir corriendo con su papá, Paulina se volvió a darle a Norberto un besito de despedida. Con los ojos cerrados, tuvieron suerte de que sus labios siquiera hicieran contacto. Fue efímero, pero fue una fracción de segundo que Norberto jamás olvidaría.

—¿Qué hora es? —le preguntó Baltasar a Norberto cuando se apresuraba a subir al autobús.

—¿Por qué? —preguntó Norberto.

—¡Es que necesito decirle al médico el momento exacto en que mi amigo se volvió loco!

Aun antes de que saliera a las calles la edición matutina de los diarios, ya se corría la voz sobre los ganadores de los torneos regionales. La Industrial de Monterrey representaba al Sur, región que llegaba más allá de la frontera de Estados Unidos. Bridgeport, Connecticut se había llevado el Este; los Jaycees de Escanaba, Michigan habían ganado el Norte; y los grandes favoritos, por mucho, eran los de La Mesa, California, campeones del Oeste.

Ni los jugadores ni los coaches de la Industrial de Monterrey, ni sus fanáticos ni sus detractores, podían imaginarse que dentro de muy poco los regiomontanos participarían en la Serie Mundial de las Ligas Pequeñas más emotiva y dramática de todos los tiempos.

Pero primero, el equipo tenía que llegar allá.

—Estamos haciendo una colecta para el equipo —le dijo el señor Claudio Villarreal a varios obreros en la Fundidora. Cada uno se metió la mano a la bolsa y aventó unas cuantas monedas al casco boca arriba.

Cuando Claudio se acercó a Humberto Macías, le dijo:

—Deberías estar orgulloso.

—¿De qué? Desde que se fue nadie hace su quehacer. Y el beisbol no le va a conseguir un mejor trabajo aquí en Monterrey.

—A lo mejor Ángel tiene sus propios sueños —sugirió Claudio.

—Los sueños no construyen las ciudades, las construyen los hombres y el hierro —gruñó Humberto.

—Pero cuando el hierro se hace óxido y el hombre se hace polvo, ¿qué queda más que el sueño? —le dijo su amigo.

El domingo, Clarence invitó al equipo a la iglesia bautista Forest Missionary. Para los niños, acostumbrados a la formalidad de una misa católica, el servicio fue totalmente distinto a todo lo que habían experimentado en una iglesia.

Clarence vociferaba su enérgico sermón desde el púlpito, y su congregación le respondía con gritos más efusivos.

—Hermanos y hermanas, digan aleluya por los niños de Monterrey —cantó Clarence.

—Aleluya —cantaron todos.

—Ahora tienen que llegar a Pensilvania y no tienen dinero ni para comer, mucho menos para comprar los pasajes.

—Dime que no es cierto, hermano Clarence —dijo un coro desde las bancas.

—Es cierto, hermanos y hermanas. Y todos saben lo que tenemos que hacer.

—Amen, hermano Clarence.

En las bancas de atrás, Norberto y Enrique murmuraban entre ellos.

—¿Está loca esta gente? ¿Por qué le contestan al padre? —preguntó Norberto.

—A lo mejor están en problemas —dedujo Enrique. Por eso les está gritando.

Afuera, después del servicio, Clarence y otros dos caballeros de edad se acercaron a César, Lucky y José, y le dieron a César la caja con la colecta que había hecho la congregación.

—No podemos pagárselos —dijo César.

—Claro que pueden —dijo Clarence.

—¿Cómo?

—No deje que ninguno de los niños vomite en nuestro autobús —dijo, señalando hacia el estacionamiento donde había un viejo autobús amarillo de escuela con el nombre de la iglesia pintado sobre la fila de ventanillas.

—¿Por qué están haciendo todo esto por ayudarnos? —preguntó César.

—Cannonball y Smokey, aquí presentes, jugaron con los Gigantes.

—¿Los Gigantes de Nueva York? —preguntó Lucky incrédulo, haciendo que los tres caballeros negros se rieran con ganas.

—Los Gigantes de la Elite de Baltimore —dijo Clarence, pronunciando *elitéee*. Aquí Cannonball fue coach de Roy Campanella antes de que se fuera con los Dodgers. Campy decía que de todos los jugadores con los que había jugado en las Grandes Ligas, Cannonball les ganaba a todos de bateador, de lanzador y de corredor.

—Lo malo es que también les ganaba de moreno —agregó bromeando Smokey.

—Así que ya ve, aquí puro Gigante. Nosotros negros y ellos pequeños —dijo Cannonball.

—Lo que Cannonball quiere decir es que algo sabemos sobre ser el de abajo y sobre la gente que trata de matar los sueños de los demás —aclaró Smokey.

César empezaba a sentir un nudo en la garganta, pero logró articular:

—No sé si pueda manejarlo.

—Dijimos que lo pueden usar, pero nadie dijo nada de que ustedes lo puedan manejar —dijo Cannonball.

—Clarence es el único que maneja ese autobús —dijo Smokey.

❖

El Hospital Universitario de Monterrey atendía a cientos de pacientes al día, la mayoría de los cuales no tenía para pagar, motivo por el cual venían acá de toda la ciudad. Médicos y enfermeras con turnos eternos y mal pagados, se apresuraban entre los enfermos, tratando de hacer su mejor esfuerzo bajo las mínimas condiciones.

El área de donación sanguínea había estado especialmente ajetreada las últimas semanas. El estado pagaba una cantidad nominal por cada donación de medio litro de sangre, para surtir sus siempre desabastecidas reservas.

María del Refugio González trabajaba en el área de transfusiones y estaba hablando con la jefa de enfermeras de guardia sobre cierto hombre que había venido a donar sangre. María no lo reconoció, ni se dio cuenta de que era el padre de Ángel Macías.

—No puede donar —dijo la jefa de enfermeras.

—Está muy decidido —respondió María.

—Está borracho —dijo la enfermera y después se volvió a atender a otros pacientes.

María regresó a hablar con Humberto.

—Lo siento, señor. Las reglas son muy estrictas. No puede haber alcohol en la sangre.

—Un momento… usted es la amiga del coach de mi hijo.

—Me está confundiendo con alguien más —dijo María, cuyas emociones se turbaron de pronto.

—Tiene que aceptarme la sangre, necesito el dinero. Tengo que ayudar al equipo de mi hijo.

—Quizás él no sea el primero que necesita ayuda —dijo ella.

22

El otro lado del cristal

Frankie estaba en la cabina telefónica afuera de las instalaciones del Hospital Nichols en Louisville. Al fondo, podía ver a César y su equipo que lentamente abordaban el autobús de la iglesia bautista Forest Missionary.

Ella y su editor acababan de discutir por teléfono; Charlie *Mac* Thompkin era la clase de jefe que rutinariamente había contratado, despedido y recontratado a una persona antes de la comida. Lo más preocupante era el hecho de que el motor del auto de Frankie no arrancaba y la compañía donde lo había rentado tardaba dos días en conseguirle otro.

Por fortuna, conocía a todo un equipo que iba para allá.

Era una larga caminata desde el Hospital Universitario hasta su calle en la Colonia Cantú, y para cuando Humberto entró a su casa sentía que había llegado al punto más bajo al que un hombre puede caer. Instintivamente, se dirigió a la alacena donde sabía que encontraría una botella de tequila sin terminar. Tomó la conocida forma de su cuello de vidrio en la mano derecha y atravesó la habitación, apartando violentamente una silla que ni siquiera le estorbaba el paso. Estaba a punto de llevarse la botella a los labios e iniciar su ritual nocturno de automedicarse, cuando de pronto se sintió furioso —tan furioso que dio media vuelta y arrojó la botella contra el tabique del fogón, estrellando el vidrio y salpicando el alcohol transparente. Humberto cayó de rodillas en el piso de la cocina y lloró por todos los años que había sufrido y que había hecho sufrir más a quienes amaba.

A veces, cuando un hombre deja una mala acción sin resolver, el tiempo lo lleva a creer que es demasiado tarde para corregir el daño. Muchas veces antes de esa noche, una voz había tratado de razonar con Humberto, pero siempre era apaleada por los demonios de su infierno privado. Se puso de pie y fue hasta el pequeño altar de Pedro. Tomó la medalla de su hijo, y la sostuvo hasta que el metal frío se calentó. Humberto supo que era hora de honrar más a los vivos que a los muertos. También sabía que el cura estaba planeando enviarle un paquete a los niños en Williamsport, Pensilvania. Lo llevaría uno de los miembros de una delegación mexicana que se preparaba para volar al norte. Humberto no tenía mucho tiempo.

El autobús iba hacia el noreste atravesando la campiña de Kentucky, y Clarence llevaba el radio encendido. Los niños cantaban una combinación de *gospel* y canciones populares mexicanas.

Varios miembros del equipo se acercaron a César y le hicieron una pregunta. El coach tocó a Clarence en el hombro y dijo:

—Parece que los niños tienen que hacer una parada técnica.

—Y nos vendría bien cargar gasolina —respondió Clarence.

En menos de diez minutos, Clarence enfilaba el autobús en una gasolinera rural.

—¿Dónde está su baño? —le preguntó Lucky al que despachaba.

—Allá atrás —dijo el empleado, mirando al grupo con desconfianza.

Lucky salió poco después, pero cuando los niños se formaron para usar la letrina, el empleado se paró frente a ellos y dijo:

—Está descompuesto.

—Pero si él lo acaba de usar —dijo César, señalando hacia Lucky.

—Para ti también está descompuesto —repitió el empleado.

—¿Por qué no lo pudimos usar? —le preguntó Enrique a César después de que todo el grupo había vuelto a abordar el autobús y se habían ido de la gasolinera.

—Es un baño "Sólo para blancos".

—¿Y el baño cómo sabe? —preguntó Norberto.

César trató de explicarles, pero entre más lo intentaba, más agitado se ponía. Lucky, por otro lado, permanecía en silencio. Le avergonzaba la gente como el empleado de la gasolinera, pero en ese momento se sentía más blanco que una sábana después del blanqueador.

De pronto, Clarence empezó a reír.

—¿De qué se ríe? —preguntó Lucky.

—Siempre me he dado cuenta que en Estados Unidos cuando un hombre es cobarde, dicen que es *amarillo*. Cuando se siente triste, dicen que está *azul*. Cuando tiene envidia, dicen que se pone *verde*. Y cuando le da pena, se pone *colorado*. Y resulta que yo soy *de color*.

Quince minutos después, el autobús se detuvo en el acotamiento de la carretera; se acababa de quedar sin gasolina. Los niños fueron a un bosquecillo de arbustos que no estaban "descompuestos".

Clarence encontró un bote vacío para gasolina, y Lucky miró por el camino mientras el sol se ponía sobre las Montañas Blue Ridge. Las luciérnagas alumbraban intermitentemente el denso bosque que envolvía al autobús de la iglesia.

Lucky no tenía muchas ganas de caminar un par de kilómetros por la carretera, pero no era buena idea que un latino ni un afroestadounidense caminaran solos por ese tramo desolado de carretera rural de Kentucky.

—¿Puedes creer que haya gente como el de la gasolinera? —le dijo César a Frankie.

—Sólo dijo que no podían usar el baño, nunca dijo que no nos vendía gasolina —respondió Frankie.

—A ti o a Lucky sí les hubiera vendido.

—Sí, y tu amigo no tendría que ir caminando por la carretera con un bote vacío en la mano.

—Ay, es tan trágico cuando un blanco sufre por el racismo. La cosa se ve distinta desde este lado del cristal, ¿no? Además, no le iba a dar nuestro dinero a ese cretino —respondió César indignado.

—No por quedarnos aquí botados en la mitad de la nada, se le va a quitar lo cretino. Es más, a ti te hace quedar así —dijo ella.

—¿Así que ahora el cretino soy yo?

—Al que le quede el saco, que se lo ponga —respondió ella.

—¿Y tú qué vas a saber? Por lo menos eres del color correcto —replicó César.

—Mi papá nunca me perdonó por haber sido mujer. ¿Tu papá deseaba que no fueras mexicano?

—A mi papi lo lincharon —dijo Clarence con toda naturalidad, como si dijera que su papá era de Kentucky o que le gustaba el jazz.

Hubo un silencio incómodo.

—Bueno, pues somos un buen equipo —continuó Clarence. Un chicano desplazado y una mujer resentida llevados por un negro a través del territorio del Ku Klux Klan.

—Nomás nos falta un judío para tener todas las bases cubiertas.

—Tenemos uno. ¡Oye, Koufax! —le gritó César a su pitcher principal.

❖

—¿Ha bebido alcohol en las últimas cuarenta y ocho horas? —le preguntó la enfermera a Humberto.

—No —respondió él honestamente.

Para una persona común y corriente, tal abstinencia no suena difícil, mucho menos heroica. Pero el diablo que hay en el mezcal se había apoderado del alma de Humberto, y los primeros dos días de privación lo habían puesto a sufrir escalofríos, temblorinas convulsivas, y la sensación alterna de tener hielo y acero fundido corriendo por las venas hasta que quería salirse de su piel.

—¿Y no ha donado sangre en ese tiempo?

—No —respondió él.

María, que estaba trabajando en la mesa de al lado, se volvió al escuchar la voz conocida. Humberto empezó a arremangarse la manga izquierda. Hacía mucho calor y se imaginaba que estaría terriblemente incómodo vestido con una camisa de manga larga tan gruesa. Su elección de vestuario no era accidental. Estaba ocultando su antebrazo derecho, que claramente mostraba la delatora marca azulosa de una jeringa.

Los ojos de Humberto cruzaron el cuarto y atraparon los de María un instante. Sabía que María lo había visto allí ayer donando sangre, y bastaba una palabra de ella para confirmar las sospechas de la otra enfermera, y que le pidieran que se fuera.

—¿Seguro que no vino ayer? —preguntó la enfermera.

—Me ha de estar confundiendo con alguien más —dijo él. Suspiró aliviado cuando María no dijo nada y en silencio volvió su atención a su paciente.

Por la Ruta Rural 15 de Pensilvania con dirección norte, el autobús de la iglesia se aproximó al horcajo norte del Río Susquehanna.

La vegetación cambió de las plantas rodadoras de escasas raíces del desierto a los árboles gigantes de recia corteza del bosque, y así también cambió la personalidad de los muchachos. Aunque llevaban fuera menos de un mes, este viaje había acelerado sus experiencias de vida a una edad en que se encontraban ante el precipicio de la hombría. Se había esperado tal madurez de ellos en el campo y en un viaje tan arduo que era fácil olvidar que eran sólo unos niños.

Norberto se lamentaba por haber dejado a Paulina.

—No te preocupes, Beto, yo te voy a presentar a unas chamacas de mi escuela —lo consolaba Ángel. Recuerda que hay muchos pájaros en el mar —agregó parafraseando los consejos de César de manera poco común.

Mario notó que esta conversación ponía a Enrique de mal humor.

—¿Qué pasa, Cubano?

—Mi novia se enamoró del del Equipo de Estrellas de México.

—¿Y ése dónde está? No se te olvide, tienes la ventaja de jugar en casa. Gloria vive en Monterrey.

El autobús cruzó el Susquehanna y entró a Williamsport. Los niños se pegaron a las ventanas y contemplaron las calles perfectamente manicuradas flanqueadas por coloridas casas victorianas y fachadas comerciales de ladrillo rojo.

Williamsport se convirtió en ciudad oficialmente en 1866. Un año antes de tal distinción, el primer juego de beisbol organizado del mundo se jugó en un campo de pasto cerca de Academy Street, en la orilla norte del Susquehanna. Desde entonces, la ciudad ha tenido un romance muy especial con el juego.

Conforme el autobús continuaba por las calles, parecía que la ciudad estaba dedicada por completo a la Serie Mundial de las Ligas Pequeñas. Carteles, banderas, banderines y volantes de todos los tamaños, colores y formas colgaban de cada construcción, poste de luz y de teléfono, todos proclamando el gran campeonato final del torneo.

En total, más de cien mil niños de veintidós países habían participado en más de siete mil juegos, para que quedaran sólo cuatro equipos. Y ahora convergían en Williamsport con decenas de miles de aficionados de todo el mundo.

El equipo se bajó del autobús en frente del Lycoming College. Se hospedarían en los dormitorios proporcionados por la universidad, que estaba en vacaciones de verano. En la plaza frente al imponente edificio administrativo había una gran fuente que caía en un cuenco como de tres metros de diámetro.

Una joven pareja estaba parada a la orilla de la fuente, tomados de la mano. El hombre alzó una moneda hasta los labios de la mujer y la arrojó al agua.

—¿Viste? —preguntó Ángel.

Enrique asintió.

—Un hombre acaba de tirar su dinero.

—¿Son así de ricos los estadounidenses? —preguntó perplejo Norberto.

—Es un pozo de los deseos —les dijo César. Echas una moneda y pides un deseo. Es una costumbre tonta.

—¿Y qué desean? —preguntó Baltasar.

—No sé. Puede ser salud, o hijos…

—¿Amor? —preguntó Mario.

—A lo mejor —dijo César.

A Ricardo se le iluminó la cara como si hubiera tenido una gran idea:

—Señor Faz, a lo mejor usted podría desear que se le haga con María.

—Las cosas no te llegan nomás por desearlas —César se echó la bolsa de bats al hombro y se alejó caminando.

El primer asunto que César tenía que atender era visitar el campo de beisbol. Quería saber sus dimensiones, sus características, los vientos y los efectos del sol, sobre todo cómo cruzaban el campo las sombras de la tarde.

La plática del pueblo ya giraba en torno a Monterrey y La Mesa, aunque quizás estos dos equipos no llegaran a enfrentarse. De Monterrey decían:

—Válgame, qué chiquitos.

Y de La Mesa:

—¡Qué gigantes!

El día antes de la ronda inaugural, los cuatro equipos posaron para anuncios de equipo deportivo. César pasó ese rato de un humor especialmente malo.

—¿Qué trae, coach? —preguntó Lucky que rara vez se andaba con rodeos con César y que para ahora había llegado a conocer bastante bien los humores de su amigo.

—Quiero que sus mentes estén enfocadas en el beisbol, no en desfiles de modas.

—Ni esperanzas que algún muchacho de tu equipo vaya a olvidarse del beisbol. Se los machacas de noche y de día.

—Los traje hasta acá, ¿no?

—Ya en serio, ¿qué tienes? —preguntó Lucky.

—¿No te parece irónico que los estén usando para vender productos que ninguno de ellos podría pagar?

Los juegos estaban programados para llevarse a cabo en tres días: del miércoles 21 al viernes 23 de agosto. El primer encuentro programado era el de Escanaba, Michigan contra La Mesa, California. La Industrial de Monterrey competiría contra Bridgeport, Connecticut al otro día, y los ganadores de cada semifinal se enfrentarían el viernes en el juego de campeonato de la Serie Mundial de las Ligas Pequeñas. Pero a la mañana siguiente, el cielo sobre Williamsport irrumpió en un aguacero constante. Los deberes administrativos continuaban conforme al horario, y los equipos fueron convocados al auditorio de la universidad para el examen médico obligatorio y las conferencias de prensa.

El doctor Yasui, médico de las Ligas Pequeñas, tenía la tarea de examinar a los jugadores para asegurarse de que todos estuvieran en condiciones de jugar. Cualquier niño que tuviera fiebre, algún miembro torcido, o que mostrara síntomas de alguna enfermedad como varicela o sarampión era descalificado automáticamente. César, como de costumbre, traducía entre los niños y el doctor, que cuidadosamente repasaba cada parte de su examen.

Cuando Yasui acabó de examinar al último jugador de Monterrey, se levantó, miró a los reporteros presentes y dijo:

—¡Es notable!

—¿Qué? —vino la respuesta inquisitiva.

—No tienen caries —exclamó. Ni una sola caries en catorce bocas.

—¿Cómo se explica eso? —preguntó Ted Kosciusko del *Chicago Mirror.*

—Seguro que no pueden pagar dentistas —observó Nick Hollander del *Philadelphia Daily Herald.*

—Ni dulces —respondió Yasui.

Los reporteros murmuraron como suelen hacerlo cuando escuchan algo que vale la pena anotar.

—¿Pasan? —preguntó otro.

—Bueno, pues están como quince kilos y quince centímetros por debajo del promedio. ¿Pero que si están sanos para jugar? Hasta donde puedo ver, sí.

La prensa volvió su atención hacia César.

—¿Cómo conocieron el beisbol los niños? —preguntó Ted Kosciusko.

—En el radio.

—¿No vieron un juego?

—Lo sintieron —dijo César con orgullo.

Más murmullos mientras los lápices garabateaban en las libretas.

Unos minutos después, la conferencia de prensa fue interrumpida por un oficial de las Ligas Pequeñas que subió al podio y dio unos golpecitos en el micrófono para llamar la atención de todos.

—Disculpen, tengo un anuncio —dijo. El juego de hoy se va a posponer, pero nuestro meteorólogo local nos asegura que este frente de baja presión está pasando y espera que esté despejado para la noche. Sin embargo, estas circunstancias requieren que ambas semifinales sean jugadas el día de mañana en un doble juego.

Cuando dijo esto, un ayudante se puso a repartir programas. César lo ojeó y frunció el ceño.

—Señor —César levantó la mano y se dirigió al oficial—, ¿es posible cambiar los juegos? Mi equipo no puede jugar a las dos y media.

—¿Por qué no? —preguntó el oficial.

—Es la hora de su siesta.

A pesar de la risa de la prensa, los otros equipos y sus coaches, el oficial no dejó que el problema lo desviara.

—Lo siento, ya se imprimieron los programas y así se queda el horario —y bajó del podio.

—¿Qué vas a hacer? —le preguntó Lucky a César.

—Si no puedo cambiar el horario de la Liga, cambiaré el nuestro —respondió. Los despertamos al amanecer, que desayunen a las seis, entrenamiento a las ocho, una comida rápida y a la cama a dormir la siesta a las once. Ninguno tiene reloj y seguro que no van a poder preguntarle a nadie qué horas son.

Esa noche, los equipos e invitados se sentaron todos a cenar en la cafetería del Lycoming College. Frankie se sentó con sus colegas de la prensa.

—¿Entonces tú los has estado cubriendo desde el principio? —preguntó Ted Kosciusko.

—Así es —dijo Frankie.

—Pues si buscabas unos pobres indefensos, vaya que los encontraste.

—Bridgeport no se ve tan débil —dijo ella.

—¡Yo decía Monterrey!

—¿Crees que los pobres indefensos son los mexicanos? —todos en su mesa se le quedaron viendo incrédulos.

—Estás bromeando, ¿verdad?

—Estás dejando que la emoción nuble tu razón —dijo Arnie Pasternak del *Daily Record* de Newark, Nueva Jersey.

—Viene con el uniforme —rió Nick Hollander del *Daily Herald* de Filadelfia.

—Tranquilos, muchachos —los previno Frankie.

—Mira, yo he estado siguiendo a La Mesa desde el principio de la temporada. Es otro nivel de beisbol —dijo Arnie. No tengo nada contra los mexicanos, pero junto a los chicos estadounidenses parecen un montón de callejeros en un concurso de belleza. Claramente, La Mesa es el mejor equipo.

—Monterrey no tiene que preocuparse por La Mesa —dijo Ted.

—¿De veras? ¿Y por qué no? —preguntó Arnie.

—Porque no va a pasar del juego contra Bridgeport —respondió.

Unos asientos más allá, los regiomontanos estaban pasándose una lata de chiles habaneros y planeando su misión de media noche.

—Hey, miren. ¡Seguro que su mamá le mandó una latita de comida de su tierra! —empezó a molestar uno de los chicos estadounidenses cuando vio que Enrique traía la lata en la mano.

—¿Qué traes ahí, chico? —preguntó otro niño estadounidense.

—¡Mmm, muy bueno! —respondió Enrique. Sacó un chile y se lo comió de una mordida. Luego sacó otro para el jugador de Bridgeport, que parecía titubeante pero después de que lo retaran un par de sus propios compañeros de equipo, lo tomó entre índice y pulgar y se lo llevó a los labios.

Le dio la mordida más diminuta que pudo y se volvió con sus amigos.

—Ni sabe a nada —fanfarroneó.

En menos de lo que lleva contar a diez, el niño cayó al suelo llorando, sus compañeros de equipo muertos de risa.

Frankie se volvió con sus colegas reporteros y dijo:

—En Fort Worth, a un pobre niño lo tuvieron que llevar al doctor.

—Y sólo así van a lograr que Bridgeport se arrastre —dijo Nick.

—¿Señito, no le queda un poquito grande la nota? —la provocó Ted.

—En primera, no te conviene decirme "señito" —dijo Frankie. Y en segunda, si tan seguro estás, ¿qué tal una apuestita amistosa?

—Somos periodistas —dijo Ted. No apostamos en los deportes.

—Sí cómo no, y Eisenhower es un comunista de closet. A lo mejor la apuesta te queda un poquito grande a ti.

—Está bien. ¿Qué apuestas?

—Vamos a ver. ¿Alguno de ustedes sabe dónde comprar un sombrero típico mexicano en esta ciudad?

—¿Sabe?, no nos quisieron cambiar el horario porque somos mexicanos —se quejaba César con Clarence. Todo el mundo sabe que los mexicanos necesitan dormir la siesta después de comer.

—No puedes huirle a eso, César. Pero tampoco puedes acabar a los golpes cada vez que alguien te dice algo feo. Tienes que seguir en el juego.

—¿Hasta cuándo? ¿Hasta que te sacan justo cuando creías que tenías una oportunidad?

—¿Por qué estás tan amargado, César?

César se mordió el labio inferior y su rostro se torció ligeramente.

—Conocí a un tipo en Las Filipinas. Era un camionero de Texas. Una vez me prestó un par de calcetines secos. Un minuto estaba haciendo una patrulla de rutina y al siguiente lo mató un francotirador japonés. Nunca le pregunté ni cómo se llamaba y probablemente jamás me hubiera acordado de él si no se hubiera muerto. La agencia funeraria de su ciudad natal no permitía que su cuerpo estuviera en la misma capilla ni que fuera enterrado junto a los blancos. Así le agradecieron haber muerto por su país.

—La vida no puede ser perfecta porque nosotros no lo somos, pero nos da vislumbres.

—¿Como cuáles?

—Como los pequeños milagros, hasta en el campo de beisbol.

—Pues haría falta más que un pequeño milagro para que las cosas cambiaran de veras, y yo no voy a esperar a que *Él* intervenga.

—No todos los milagros los crea Dios —dijo Clarence.

—No, algunos son obra de poderosos hombres blancos.

—Jackie no era blanco, y nos hizo tener fe. Nunca olvidé el día que Pee Wee Reese desafió a las multitudes e incluso a sus propios compañeros de equipo al abrazar a Jackie. Tú y tus muchachos están haciendo una diferencia, hasta para los blancos.

—De seguro —dijo César.

—Buenas noches, muchachos —dijo Frankie que pasaba caminando.

—¿Tan temprano, señorita Frankie? —preguntó Clarence.

—Fue un día largo.

Se empezó a alejar caminando pero se volvió a decirles:

—Ah, y estoy escribiendo un artículo sobre el racismo… desde el ángulo del deporte. No basta con que termine la segregación, todo el sistema tiene que cambiar. Vamos a alborotar las cosas un poco.

—Apuesto a que tu editor tendrá algo que decir al respecto —le dijo César.

—Ya me lo dijo, y le contesté que o imprime mi artículo o se busca otra reportera.

—Cuidado, él te pagó el viaje hasta acá.

—No es cierto. Me dijo que me regresara después de Louisville. Parece que hizo un trato con la prensa sindicalizada. Vine por cuenta propia. Además, Charlie me paga tan poquito que soy efectivamente irremplazable —dijo y salió.

Cuando se fue, Clarence se volvió a ver a César con una sonrisa burlona.

—¿Te ha pasado que a veces tienes tanta razón, que casi hasta duele?

—¡Ni me digas! —ladró César.

Poco después de que se fue Frankie, Clarence se disculpó y se retiró por esa noche. Y en buen momento; en cuanto el ministro se fue, dos hombres se acercaron a César y se presentaron como miembros de una delegación especial de México.

—Tomamos el vuelo de ayer y hoy vinimos en coche desde Nueva Jersey —dijo el señor Ramírez.

—Los niños se sentirán muy honrados —respondió César.

—Seguro que sí —dijo el otro hombre, el señor Espuela. Estábamos pensando que mañana debería abrir Ángel. Es el pitcher más fuerte.

—Pero es el turno de Enrique.

—Ningún equipo extranjero ha llegado jamás a la final. Si la Industrial de Monterrey gana, ya hizo historia, independientemente de lo que pase el viernes.

—Tendrán su trofeo garantizado —agregó el señor Ramírez.

—No lo sé. Nos ha funcionado bien esta rotación, pero lo pensaré —dijo César.

Los dos hombres fueron a reunirse con el resto de su grupo, y César pensó en sus opciones.

—Tienen razón, ¿sabes? —dijo una voz conocida detrás de César. Giró rápidamente para ver a su antiguo jefe de los Cafés de San Luis, Mark Tanner. Deberías poner a Ángel a pitchar mañana.

—¡Usted! —exclamó sobresaltado César. Tanner había migrado con el equipo cuando los Cafés se mudaron a Baltimore y se volvieron los Orioles.

—Siempre usa al mejor.

—¿Qué hace aquí?

—Es beisbol… una Serie Mundial. Sólo en Estados Unidos —dijo Tanner, sonriendo.

—Le diría que me da gusto verlo, pero no es así.

—Vamos, César. Aquella historia ya quedó en el pasado.

—Hay cosas que no cambian.

—Te lo tomaste muy personal. El beisbol es cosa de negocios.

—¿En serio? ¿Y qué negocio lo trae por aquí? —preguntó César.

—Tú.

César se levantó para irse.

—No, es en serio. Vine a ver tu trabajo —respondió Tanner. César se detuvo y se volvió lentamente. Estás causando bastante conmoción. Las noticias llegaron hasta las oficinas principales. Y algunos de los directivos pensaron que cualquiera que pueda llevar a esos niños tan lejos merece volverse a considerar.

—¿Y?

—Vamos a ver si puedes ganar el gran juego.

César hizo su ronda de siempre, pero dejó el cuarto de Ángel y Enrique para el final. Ninguno de los niños dormía, y si bien César podía ponerse estricto con que apagaran las luces, no podía prohibir la emoción ni los nervios que mantenían despiertos a sus jugadores.

—Estoy pensando poner a Ángel de abridor mañana —dijo, entrando de lleno en el asunto.

—¿Por qué, señor Faz? ¿Hice algo mal? —preguntó Enrique confundido.

—Ningún equipo extranjero ha llegado jamás a la final. Y quería usar al…

—¿Mejor? —completó Enrique, ofendido.

—¡Mira, es mi equipo y se hace lo que yo digo! —ladró César.

—Pero le toca a Enrique —dijo Ángel mientras Enrique se alejaba corriendo del cuarto.

—¿Qué le pasa? ¡Si ganamos mañana, tenemos garantizado que nos vamos de Williamsport con un trofeo!

—¿Y qué va a sentir Enrique cuando lo vea?

—Los sentimientos no son lo que importa —dijo César serio.

—Los sentimientos *son* lo que importa —respondió desafiante Ángel y salió corriendo tras su amigo.

23

Los sentimientos son lo que importa

César trató de calmar sus propios nervios con una caminata por los jardines del Lycoming College. Las lluvias habían dejado un olor a tierra mojada, y una húmeda brisa pasaba silenciosa y tranquila por la arboleda de pinos que rodeaba el campus. En agosto el sol se pone hasta tarde, y César notó que al otro lado del jardín una mujer iba hablando con su perro mientras paseaban junto a los arriates de flores.

Si ponía a Enrique a pitchar mañana y perdían, Ángel nunca tendría la oportunidad de lanzar aquí, derecho que claramente se había ganado. Los fanáticos lo querían ver; la prensa de México ya lo había convertido en héroe —los sentimientos de Enrique no eran lo importante. A veces, los coaches tienen que tomar decisiones difíciles y las decisiones correctas no siempre son las más justas.

César no podía hacer mucho más en esta última noche antes del inicio de la Serie Mundial. Esa noche, La Mesa, Escanaba, Bridgeport y Monterrey, aunque quedaban a miles de kilómetros de distancia, estaban unidas inexorablemente por los mismos sentimientos de tensión, esperanza y angustia provocados por la anticipación del torneo por el campeonato de las Ligas Pequeñas. Las ciudades estadounidenses porque ya entendían el concepto de dedicarse a las competencias atléticas de los niños, y la capital industrial de México porque por primera vez su gente experimentaba una sensación de orgullo de tener catorce hijos que estaban viviendo y escribiendo una leyenda increíble.

César durmió inquieto en su catre. Imágenes recurrentes de decepción y traición cruzaban sus sueños mientras viejas heridas se volvían a abrir. Su sueño lo llevó de vuelta al vestidor de los Cafés en San Luis.

❖

—Así que usted fue quien inició todos esos comentarios contra mí —acusó César a su jefe, Mark Tanner. Trabajé años para tener esta oportunidad, y soy mejor que ese tipo y usted lo sabe.

En la pared detrás del manager había fotos de beisbolistas famosos, y tableros de corcho con papeles sujetados con tachuelas. No había ningún banderín, de los que pueden encontrarse en las oficinas de casi cualquier otro equipo. Los Cafés eran moradores perennes del fondo de la tabla de la Liga Americana.

—Mira, amigo, a ti te contrató Hornsby, no yo. Ahora es mi equipo y vas a hacer lo que yo te diga.

—¿Y entonces por qué se la pasó diciéndome: "Espérate al año que entra, César"?

—Si no te gusta recoger toallas, a lo mejor estarás más cómodo recogiendo lechugas en el campo.

—¿Qué dijo? —preguntó César abalanzándose sobre Tanner. De pronto, soñó que estaba en la cresta de una ola enorme que se rompía en la playa. Él tiraba golpes como loco y caía, hasta que ya no estaba en los confines de una oficina sino en el filo de una pendiente a la que no se lograba asir y que entre más luchaba más se le escapaba...

❖

César despertó sudando frío.

Tenía mucho que hacer antes del juego a las 2:30 p.m., pero su tren de pensamiento se vio interrumpido por un oficial de las Ligas Pequeñas que le entregó a César dos cajas grandes.

—¿Qué son?

—Uniformes —dijo el oficial. César sacó uno: era blanco reluciente y tenía la palabra *Sur* cosida al frente.

—Los cuatro equipos finalistas tienen que usar el uniforme de la región que representan —dijo el oficial.

—Gracias, pero estamos bien con los nuestros —respondió César.

—Son las reglas de las Ligas Pequeñas. Sus jugadores tienen que usarlos, no hay excepciones— le dijo el oficial.

César le pidió a los niños que se los pusieran. Unos minutos después, Lucky y José entraron y fueron recibidos por un equipo que más parecía de cómicos que de beisbolistas. Chuy traía una camisola que le colgaba hasta los pies, y Gerardo traía unos pantalones que casi le llegaban al cuello.

César de inmediato llamó a la oficina de las Ligas Pequeñas y habló con el señor que trajo los uniformes, explicándole que las tallas para los niños estadounidenses no les quedaban a los regiomontanos. No era una cuestión de estilo ni de cómo se veían, sino que sencillamente no podían levantar los brazos ni mover las piernas con esos uniformes. El oficial no cedió.

César colgó el teléfono y se volvió con Lucky:

—Rápido, busca al comisionado. Dile que tenemos un pequeño problema.

Mientras esperaban a que Lucky regresara con el Comisionado Lindemuth, César le pidió a Enrique y a Pepe que se pusieran los pantalones más grandes y se pararan espalda con espalda.

—Y no hagan travesuras —molestó a los dos niños sonrojados.

En el camino, el señor Lindemuth le dijo a Lucky que lo que hacía que la tradición de las Ligas Pequeñas fuera tan fuerte, era que sus reglas eran claras e inexorables.

—Si no, deja de ser una tradición.

Sin embargo, en cuanto entró al cuarto y vio el lamentable espectáculo de los niños envueltos en uniformes que les quedaban como tiendas de campaña, el comisionado se volvió hacia César y le dijo:

—Pueden usar los suyos.

Los niños se alegraron de volverse a poner sus uniformes. Aunque estaban rotos y sucios, eran un pedacito del valle de Monterrey. Y también habrían de convertirse en un pedacito del folclor de las Ligas Pequeñas, puesto que la Industrial de Monterrey sería el único equipo en la historia al que se le permitió usar su propio uniforme en la Serie Mundial de las Ligas Pequeñas.

Los oficiales de las Ligas Pequeñas habían notificado a los managers de todos los equipos que no se permitiría práctica de bateo antes del juego para proteger los campos. Los cuidadores tenían instrucciones de prohibir el acceso a cualquier equipo que se presentara antes de tiempo.

César pidió que el chofer del equipo los recogiera dos horas antes y le preguntó si había algún lugar donde pudieran practicar.

—No hay más campos por aquí.

César le pidió que diera vueltas por la ciudad hasta que vio lo que estaba buscando:

—¡Allí! Eso nos funciona —dijo César.

—Pero eso no es un campo, es un tiradero —dijo el chofer. Y se quedó con los ojos cuadrados cuando los niños bajaron corriendo del autobús y se quitaron los spikes, extáticos de sentir la tierra y las piedras bajo sus pies.

—Está perfecto, gracias —dijo César, riendo.

Mientras los otros tres equipos descansaban, los chicos de la Industrial de Monterrey practicaban su bateo, que buena falta iba a hacerles si querían una oportunidad de ganar.

La Industrial de Monterrey casi llegó tarde a la Cancha Original de las Ligas Pequeñas. César había dejado bastante tiempo, pero en la práctica los niños aventaron todos los spikes en un solo montón y no fue fácil ver cuáles eran de quién.

En la cancha, un fotógrafo tomó a Joe Caldarola, el pitcher de Bridgeport, parado junto a Gerardo González. Joe extendió su brazo perpendicularmente hacia un lado, y todo el cuerpo de Gerardo cabía debajo del brazo de Joe.

—¿Coach, a sus muchachos no les preocupa el tamaño de los niños estadounidenses? —le preguntó un reportero a César.

—Hay que preguntarles —dijo César, y se volvió con Gerardo y le tradujo la pregunta del periodista.

—Si no los vamos a cargar, nomás vamos a jugar con ellos —respondió Gerardo sin titubear.

La prensa esperaba con la pluma lista. César tradujo la respuesta.

❖

En Monterrey, los periódicos entrevistaron a las familias de los jugadores. La señora Suárez le dijo a *El Norte*:

—Rezo por Enrique todos los días. Es muy difícil ganarle a los estadounidenses. No estoy acostumbrada a pasar tanto tiempo separada de él. Es el más chiquito. Espero que ya no se tarden más.

Ella, como tantas otras madres, era quien más había sufrido, aun con los triunfos. Eran ellas quienes cada noche veían las camas vacías donde debían estar sus hijos, sanos y salvos bajo su mirada protectora.

El artículo de *El Norte* capturaba el sentir de la comunidad:

Toda la ciudad, sin importar clase social ni credo, estará pensando lo mismo: en una victoria más para los chamacos maravilla cuando se enfrenten a Bridgeport en la Serie Mundial de las Ligas Pequeñas en Williamsport, Pensilvania. Todos los pensamientos de los mayores, de las jóvenes madres y de los pequeños que con tanto orgullo vieron a sus hermanos en todos los diarios van ahora hacia ese lejano lugar donde se encuentran.

La Cancha Original de las Ligas Pequeñas de Williamsport había sido construida con extensas tribunas de madera. Detrás del diamante, había una construcción que servía para recibir a visitantes importantes, reporteros de deportes, locutores y directivos de la organización de las Ligas Pequeñas.

El techo de la tribuna izquierda servía como otro piso donde había otras personalidades visitantes. Bridgeport tomó el dugout de la línea de tercera base, Monterrey el del lado opuesto, cerca de la primera.

Cada medida del campo de beisbol está prescrita cuidadosamente. Ya sea la distancia entre las bases o entre el montículo y el plato, los límites y los parámetros están bien definidos. Lo mismo aplica a los bats y las manoplas. Sólo el catcher puede usar un guante de cualquier diseño, medida y peso; las manoplas de las demás posiciones deben tener un largo máximo de treinta y cinco centímetros.

Como ya era costumbre entre los oponentes de Monterrey, Bridgeport protestó por el tamaño de la manopla de Ricardo Treviño, pero cuando el umpire la midió, determinó que era de tamaño reglamentario. En realidad lo que pasaba es que Ricardo era tan pequeño que su manopla se veía enorme, colgada al final de su delgado brazo.

—Cinco minutos, coach, y voy a necesitar su tarjeta con el orden al bat —le dijo el umpire en jefe Gair a César.

César miró hacia Ángel y Enrique. Ambos habían lanzado de manera brillante para traer al equipo hasta Williamsport, y sería una pena que cualquiera de los dos se perdiera la oportunidad de pitchar aquí. Recordó que Monterrey fácilmente hubiera podido perder en su juego inaugural contra la Ciudad de México, y entonces no hubiera ocurrido nada de esta historia épica. Enrique había soportado la presión de ese primer juego y no había decepcionado al equipo. Y, después de todo, era su turno.

Llamó a su equipo y empezó a decir la alienación inicial:

—Baltasar, segunda base. Ricardo, primera base. Pepe, jardín izquierdo. Ángel… Ángel, short stop.

César se volvió a ver a Enrique, le lanzó la bola para el juego y le dijo:

—¿Bueno, y qué tanto me miras? Ponte a calentar.

—¡Sí, señor Faz, sí! —respondió su joven pitcher que salió dando saltos del dugout y empezó a hacer lanzamientos de práctica.

Camino a entregarle la alienación al umpire Gair, César se detuvo en una mesa de prensa y pidió prestado un lápiz. Por poco olvidaba cambiar las posiciones de Ángel y Enrique.

—¿Por qué hizo ese cambio? —le preguntó el señor Espuelas a César.

—Está metiendo a su segundo mejor lanzador con lo que pone en riesgo sus probabilidades de llegar a la final —dijo el señor Ramírez.

—Escuché lo que me dijeron, pero ya tomé mi decisión. Enrique va a pitchar —le dijo César a los dos delegados mexicanos que habían bajado corriendo al campo al ver que Enrique estaba calentando con Chuy.

—Quizá no nos entendió. No era una sugerencia, era una orden —dijo el señor Espuelas.

—¿Y dónde estaba su interés cuando estos niños andaban sacando piedras de un terreno para hacer su propio campo?

El señor Espuelas se detuvo un momento, sin saber bien qué decir. Miró al señor Ramírez y sacudió la cabeza, frustrado. Luego volvió su atención a César y dijo:

—Si sabe lo que le conviene, más le vale obedecernos.

—¿Qué van a hacer? ¿Despedirme? —respondió desafiante César.

—Hay cosas peores.

—Ya sabemos lo que le pasó en San Luis. Imagínese lo que van a pensar los niños cuando descubran la verdad —amenazó el señor Ramírez.

—Así que vaya a decirle al umpire que decidió hacer un cambio —añadió Espuelas.

—Ya veo —dijo César y soltó un suspiro.

César caminó hasta el umpire Gair y señaló al señor Ramírez y al señor Espuelas.

—Disculpe, umpire, ¿pero qué hacen esos aficionados en el campo?

Gair se hizo bocina con las manos y anunció:

—Cualquier persona que no esté uniformada, haga el favor de salir del campo de inmediato.

Al ver que ni Ramírez ni Espuelas se movían, el umpire caminó hasta ellos y les pidió cortés:

—El juego está a punto de empezar, por favor salgan del campo.

—Es que usted no entiende, somos parte de la delegación mexicana —respondió el señor Ramírez.

—¡No me importa si vienen con Elvis Presley, largo de mi campo! —exigió Gair.

César no podía distinguir exactamente qué iba diciendo el señor Ramírez mientras el señor Espuelas llevaba a su colega a jalones de regreso a las gradas, pero sabía que no era nada bonito. También sabía que se acababa de abrir una vacante en la Vitro.

—Niños, acérquense —dijo César solemnemente cuando el equipo volvió al dugout después de sus diez minutos de práctica final. Tengo que confesarles algo.

Tragó saliva y empezó a decir:

—En San Luis, pues, yo... yo no era exactamente el coach... ni siquiera el coach adjunto. Tenía que haber sido yo, pero... pero, pues, yo, en realidad...

Los niños escucharon con atención mientras César sinceró su alma.

—Y pues ésa es la verdad. Su coach no era más que un mozo de toallas glorificado —terminó.

—Ya lo sabíamos —dijo Ricardo sin darle mucha importancia.

—¿Ya lo sabían?

—Sí —dijo Baltasar.

La espalda de César se tensó.

—Si ya lo sabían, ¿para qué me dejaron contarles toda la historia?

—Pensamos que se iba a sentir mejor —respondió Norberto.

—¿Ya podemos jugar beisbol? —preguntó Pepe.

24

El largo camino a la primera

César observó los lanzamientos de práctica de Enrique y sintió confianza. La bola volaba como una blanca paloma entre su manopla y la de Chuy, que estaba calentando con él. Enrique personificaba la emoción calmada y la serenidad que muchos jugadores nunca alcanzan a ninguna edad.

—Trata de controlar tus lanzamientos rápidos y que vayan bajos, cerca de sus tobillos, para que les cueste más trabajo elevar los brazos —aconsejó César. No pudo evitar cruzar miradas con Mark Tanner.

La Industrial de Monterrey, como equipo visitante, batearía primero, y Baltasar tuvo el honor de ser el primer bateador de la Serie Mundial de las Ligas Pequeñas de 1957. Al entrar a la caja de bateo, se persignó. En el dugout, sus compañeros de equipo hicieron lo mismo.

Doce lanzamientos después había terminado la parte alta de la primera entrada. Los primeros tres bateadores volvieron al dugout sin haber hecho el menor contacto con los lanzamientos de Jimmy Caldarola.

Bridgeport tampoco anotó en su primera oportunidad al bat, pero le sacó un buen susto a los regiomontanos. Caldarola pegó una bola que rebotó en la parte superior de la reja del jardín central. Seguro de que sería un jonrón, Caldarola no corrió a toda velocidad y una jugada atenta de Gerardo lo obligó a conformarse con un sencillo. Fue un error al correr que habría de costarles caro.

En el segundo inning, una bola rápida de Caldarola le pegó a Fidel en el pecho. Fidel se quedó tendido y sin moverse unos momentos, luego se levantó, se sacudió la ropa y caminó a la primera base. Nadie iba a dejarse sacar del juego como no fuera en una camilla.

Casi a la mitad del juego, el marcador seguía sin carreras, y César estaba cada vez más preocupado. Bridgeport tenía grandes bateadores; cualquiera podía descifrar el juego con un buen toletazo. No quería que su equipo tuviera que venir de atrás contra un pitcher tan fuerte.

Fidel volvió a batear en la cuarta entrada. La naturaleza humana dictaría tener un poco de reserva al volver a entrar a la caja de bateo tras haber sido golpeado con una bola de beisbol, pero Fidel sólo agarró más fuerte el bat y mandó el primer lanzamiento de Caldarola al jardín izquierdo conectando un sencillo.

Norberto fue el siguiente al bat, con un out.

Si bien los pitchers suelen recibir más reconocimiento que sus compañeros de equipo, a menudo se dice que un buen catcher es el cerebro del equipo. En ese momento, Beto probaría su valor al plato, y no detrás de él.

Lo que pasó después fue tan rápido que muchas personas en las gradas se lo perdieron. Norberto conectó de hit hacia el jardín central. Daniel Cedrone fieldeó la bola y vio que no iba a poder atrapar al veloz Fidel que ya corría a tercera base. Así que Cedrone mejor se la mandó a Patrick Rosati que intentó, sin éxito, sacar a Norberto que llegaba barriéndose a segunda. Por algún motivo, aunque la jugada seguía viva, Rosati le quitó los ojos de encima a Fidel en la tercera y le llevó la bola caminando a su pitcher. En ese instante, como un Jackie Robinson de pies ligeros, Fidel salió disparado para "robarse" home.

Al oír que la multitud rugía de pronto, Rosati alzó la mirada y vio que Fidel no estaba en la tercera. Se congeló un momento, luego reajustó y disparó la bola hacia James Liddy, y al barrerse por debajo del guante del catcher, Fidel anotó la primera carrera de la Serie Mundial de las Ligas Pequeñas de 1957.

—¿Se puede saber en qué estabas pensando? —le preguntó César a Fidel cuando el joven jugador pasó a su lado camino al dugout. ¿Quién te dijo que corrieras así a home?

—Usted, señor Faz.

—Yo nunca…

—Usted me dijo que estuviera listo para cosas inesperadas en momentos inesperados.

César se rió de las palabras de Fidel, pero le ardió la garganta. La tenía deshecha de tanto gritar.

Un silencio se apoderó de la multitud cuando el 0 de Monterrey se convirtió en 1 en la pizarra. La reacción era de incredulidad muda como si nadie, incluidos los regiomontanos, se hubiera esperado que el juego resultara así.

Quizá nadie estaba más impactado que el pitcher de Bridgeport, Jimmy Caldarola, que cedió un hit y una base por bola, para llenar las bases. Cuando le mandó tres lanzamientos erráticos a Baltasar, su coach decidió relevarlo en el montículo. Caldarola pasó a primera base y el catcher, Liddy, a pitchar. Se quedó atrás en la cuenta y le dio base por bola a Baltasar, con lo que Norberto anotó desde la tercera. Liddy retiró a los siguientes dos bateadores para cerrar el episodio, pero Monterrey ya iba adelante dos a cero.

La euforia de haber anotado dos carreras en la parte alta de la entrada pronto se vio acallada.

Caldarola abrió la parte baja de la cuarta con un toletazo macizo al jardín central. Gerardo no tuvo oportunidad más que de ver la bola salir volando del parque en un jonrón limpio, que ponía el marcador dos a uno. Monterrey seguía arriba, pero todo mundo sabía que Bridgeport podía empatar el partido de un batazo. Por fortuna para Monterrey, el equipo de casa no supo aprovechar la chispa creada por el batazo inicial de Caldarola y dejó a varios corredores en base.

Al salir al campo en la parte baja de la quinta, Monterrey necesitaba sólo seis outs.

La entrada empezó de forma bastante simple: Bill Basile y Joe Vitrella pegaron elevadas largas que Pepe Maiz atrapó corriendo. Liddy sacó base por bola y el siguiente bateador le dribleó una facilita al short stop. Ángel, que solía jugar esa posición con mano segura, batalló con la bola y al final no pudo sacar a ninguno de los dos corredores. Con corredor en primera y la carrera del empate en la segunda, Caldarola, el mejor bateador de Bridgeport, salió a batear por tercera vez. Ya llevaba un jonrón, y su primer turno al bat había quedado a centímetros de ser otro. Caldarola tenía la oportunidad de redimirse por su mala jugada al correr en la primera entrada y posiblemente de ganar el juego.

Dicen que la parte más difícil del trabajo del coach ocurre mucho antes del juego, durante las horas de práctica y de enseñarles a los jugadores las estrategias para ganar. Durante el juego en sí, debe tomar sólo una o dos decisiones importantes. Éste era uno de esos momentos para César, y era una jugada que muy fácilmente podría resultar desastrosa.

César alcanzó a Enrique y Norberto en el montículo.

—Pegó un jonrón en su último turno, señor Faz —dijo Enrique, moviéndose de un lado al otro.

—Ya lo sé. Por eso los juegos se ganan aquí —dijo César, señalándose la cabeza—, y no allá —y señaló el campo. Éste es el plan…

César terminó su enunciado y salió trotando del campo, dejando al pitcher solo con su catcher.

Norberto volvió al home, y para asombro de todos los presentes, hizo la seña de dar la base por bola intencional.

Mark Tanner se volvió con el hombre que tenía al lado y dijo:

—¿Le va a dar la base para llenarlas todas? ¿Está loco? Ya sabía que Faz no iba a soportar la presión.

—Sabes que si Enrique le da la base al siguiente jugador y acaban perdiendo, todo el mundo de aquí hasta Perú va a decir que fue tu culpa —le dijo Clarence a César en el dugout.

—Lo sé, Clarence, lo sé.

Cualquier hit, base por bola o por golpe, wild pitch o error defensivo de Monterrey terminaría con la ventaja de Monterrey. César había mandado el sentido común a volar; ahora todo dependía de Enrique.

La multitud entera se había puesto de pie cuando Caldarola caminó a la primera y los otros dos corredores avanzaron. Dos outs, las bases llenas y el marcador separado por apenas una carrera.

La tensión era insoportable. Antes, cuando Fidel se robó home, la multitud se puso como loca, incontrolable, pero esta base por bolas intencional causó un extraño y opaco silencio.

César sufría como sufren todos los coaches. Si el otro equipo jugaba mejor que sus muchachos y les ganaba, eso era una cosa. Pero si su decisión destruía sus esperanzas con un solo turno al bat, la vida no le alcanzaría para enmendarlo.

En sus dos primeros lanzamientos a Paul Miller, Enrique no encontraba la zona de strike. Norberto se acercó al montículo. César iba a alcanzarlos pero se detuvo cuando vio que Norberto le hacía una seña de que no fuera. Era una decisión terriblemente precoz de su jugador, pero por alguna razón César se retiró y les permitió que conferenciaran solos.

—Si le doy la base a este cuate, entonces sí que...

—Estás pensándola demasiado, amigo. Imagínate al señor Faz empinado sobre el home —dijo Norberto.

Desde la banda, a César le pareció incomprensible que su pitcher y su catcher encontraran algo de qué reírse en ese punto crucial del juego, pero se reían.

Todos volvieron a sus posiciones y el Cubano se limpió el sudor de la frente, leyó la seña y disparó un lanzamiento perfecto por el centro del plato.

—¡Strike uno! —gritó el umpire.

El siguiente lanzamiento también fue certero, y Miller estaba listo. Abanicó a la altura perfecta y mandó un rectazo bajo al hueco entre el short stop y la segunda base. Enrique era el que más cerca estaba de la bola, pero le pasó antes de que pudiera reaccionar. La multitud rugió, suponiendo que iba a ser un hit remolcador de varias carreras.

En eso, Ángel se tiró un clavado a su izquierda y atrapó la bola de manera impresionante cuando rebotó del pasto del infield. Se puso de pie y la disparó a primera base para forzar el out. Miller, que al principio iba corriendo confiado, no lo podía creer cuando vio a Ricardo Treviño estirarse para atrapar el tiro. El heroísmo de Miller tendría que esperar para otro juego, otro día, otro cuento de hadas.

Ante la multitud atónita, Enrique saltó del montículo hacia el dugout. De manera brillante, sus lanzamientos lo habían sacado de aprietos y habían matado el rally de Bridgeport antes de que empezara.

—¡Lo que es estar en el momento correcto y en el lugar indicado! —gritó Clarence.

—Así lo planeé —dijo César cuando su corazón volvió a latir. Su apuesta poco ortodoxa le había funcionado… por ahora.

En la parte alta de la última entrada, Liddy rápidamente dominó a Norberto, Gerardo y Ricardo. Llegó el momento de la parte baja de la sexta.

—El primer strike es el más importante, Enrique. No te empantanes. Dale con todo —le dijo César.

Enrique se limpió la frente con una toalla, se acomodó la gorra y subió trotando los escalones del dugout hacia el centro del diamante para terminar su magnífica labor.

Robert Evick hizo el primer out para Bridgeport, pero John O'Leary pegó un doblete al jardín central. Enrique ponchó a Louis Colangelo para sacar el segundo out. El siguiente al bat en la alineación era Tommy Brannick, con la carrera del empate en la segunda y la de la victoria en el plato. Tommy era hijo de uno de los coaches de Bridgeport.

—Espera —le dijo su papá.

Luego se volvió hacia otro chico que llevaba todo el juego sentado en la banca:

—Billy, agarra un bat.

—¿Papá? —preguntó Tommy.

—Ya te ponchaste dos veces —dijo el coach Brannick.

—Puedo hacerlo. ¡Por favor!

—Lo siento, Tommy.

Billy Benzberg se paró en el plato de bateador emergente.

La multitud se quedó de pie el resto del juego mientras Enrique pitchó uno... dos... tres strikes. El último bateador de Bridgeport fue eliminado: todo había terminado. El valor de Enrique acababa de llevar a la Industrial de Monterrey a la final de la Serie Mundial de las Ligas Pequeñas de 1957. La insignia de MONTERREY en el uniforme de los niños, aun después de absorber sudor, tierra y hostilidad, nunca se vio más brillante.

César Faz, *Lucky* Haskins y José González Torres se felicitaron unos a otros. Lucky dijo:

—César, no sé qué hubiera pasado si no hubieras ordenado esa base por bola intencional. ¿Qué te llevó a hacerlo?

La voz de César apenas se oía entre tantos gritos, así que murmuró suavemente:

—Algún día platicaremos de eso.

Sabía que su labor de coach sólo podía llevar a los muchachos hasta cierto punto. Al final, eran ellos quienes estaban creando los milagros necesarios para ganar.

A la mañana siguiente, *The New York Times* tenía el siguiente encabezado:

Mexicanos duermen siesta tempranera y se madrugan a la novena de Bridgeport

El equipo de Ligas Pequeñas de Monterrey ganó 2-1 gracias a robo de home de Ruiz mientras infielder se queda dormido.

Los niños se agolparon en torno a Enrique en el montículo, pero César pensaba en sólo dos cosas: el otro juego de semifinales y un niño flaquito de la Colonia Cantú llamado Ángel Macías.

❖

Los jugadores tanto de Bridgeport como de Monterrey eran ahora espectadores del juego entre Escanaba y La Mesa, que fue el segundo. Era una tradición de Williamsport que los equipos vieran los juegos en los que no participaban. Fomentaba el espíritu deportivo y honraba la tradición de la Serie Mundial de las Ligas Pequeñas.

Joe McKirahan se reventó un jonronazo colosal, su segundo del juego. Los niños de Monterrey se volvieron a ver a Ángel, que mañana tendría que enfrentarse con ese toletero.

Enrique era el único que miraba hacia otro lado. Veía hacia el estacionamiento. Allí, Tommy Brannick había dejado atrás a su padre y sus compañeros de equipo y estaba sentado, desanimado, a la sombra del Buick de su papá.

Enrique se abrió paso entre las gradas llenas de gente hasta el estacionamiento con una bola y una manopla en la mano.

—Agarra tu bat de beisbol —le dijo a Tommy en español.

—*What?*

—Tu palo de beisbol —repitió Enrique, señalando el bat de Tommy.

El jugador de Bridgeport tomó su bat, y Enrique le hizo una seña de que lo siguiera. Los dos serpentearon entre los autos estacionados hacia la pequeña cancha de práctica que estaba al lado del campo donde en ese momento se jugaba la semifinal.

Como buena reportera, Frankie se percató de que algo pasaba y siguió a Enrique. Encontró un punto estratégico desde donde podía verlos sin que ninguno de los dos niños la viera a ella ni a su cámara.

—¡Quédate allí! —dijo Enrique y le indicó a Tommy con señas que se pusiera en el home. Tommy lo observaba, no muy seguro de qué hacer. Enrique caminó al montículo y miró fijamente el plato como si pudiera ver a un catcher acuclillado detrás.

—Soy don Drysdale, usted es Mickey Mantle. Sólo juegue beisbol.

Enrique hizo como que rechazaba la señal de su catcher. Tommy asintió y entró a la caja de bateo.

El primer lanzamiento pasó silbando y Tommy abanicó la pura brisa. Como no había catcher, la bola rebotó y pegó en la barrera de atrás con un fuerte golpe. Tommy la recogió y se la lanzó de vuelta a Enrique, luego se volvió a plantar en la caja.

El siguiente lanzamiento pasó muy alto. El tercero fue un strike impecable, aunque el bat de Tommy se quedó congelado en su hombro. Enrique estaba pitchando con todo. Si Tommy le quería pegar a una, que se lo ganara.

Tommy parecía ansioso; movía las manos nerviosamente por el mango del bat. El brazo de Enrique sirvió el cuarto lanzamiento justo en el instante en que Frankie disparaba su cámara. Aunque sus ojos se perdieron el momento de impacto, sus oídos no. El tronido del cuero de caballo sobre el fresno de Pensilvania es inconfundible. Las cabezas de ambos niños miraron hacia el outfield y vieron el hit de Tommy hacer un arco hacia el jardín izquierdo.

Ninguno dijo nada. Si hubiera sido en el juego de verdad quizá la hubieran atrapado, o quizá hubiera sido el hit de la victoria. Ya no importaba. Enrique le puso un brazo en el hombro a Tommy y los dos salieron caminando del campo juntos.

Frankie tomó otra foto. Sabía que era la clase de foto espontánea que salía en portadas de revista y ganaba premios. Se sentó y pensó unos momentos mientras los chicos volvían a las gradas. Lo último que hizo Frankie antes de regresar al juego de La Mesa fue sacar la película de su cámara, velándola de inmediato. Sabía que acababa de presenciar algo que no era de nadie más que de esos dos niños. Tendría que disfrutar de ese momento únicamente en su memoria.

25

Pescar tortugas

El viaje casi llegaba a su fin, y qué giro final tomaría ahora dependía del delgado brazo de Ángel Macías. Estaba a menos de veinticuatro horas de su cita con la batría de toleteros más poderosa que jamás se hubiera visto en Williamsport.

—Si pensabas que Bridgeport se veía superior físicamente, deberías ver a La Mesa —le dijo César a Lucky cuando el equipo volvía a los dormitorios del Lycoming College.

—Anotaron siete contra Escanaba.

—Nosotros anotamos dos carreras contra un gran equipo —interpuso José.

—Un error de fieldeo y una base por bola —dijo César. No puedo contar con que La Mesa vaya a cometer ese tipo de errores.

Joe McKirahan, el zurdo estrella de La Mesa, había pitchado otra joya. Ponchó a quince y permitió un solo hit contra sus rivales de Michigan. Irónicamente, los dos imponentes jonrones de McKirahan pusieron al coach de Escanaba en una situación muy similar al dilema de César en el juego anterior, cuando Joe Caldarola vino a batear con dos corredores a bordo ya cerca del final del encuentro Monterrey-Bridgeport. Escanaba decidió darle la base por bola intencional a McKirahan, pero esa estrategia que le funcionó tan bien a Monterrey, le resultó contraproducente. Francis Vogel tomó su turno y conectó un grand slam bien por encima de la pizarra del jardín central.

—Ahora todo el peso está en sus hombros —dijo Lucky, observando que Ángel iba sentado solo en su fila en el autobús.

—¿Crees que esté nervioso? —preguntó José.

César se encogió de hombros.

—¿Tú no lo estarías?

Lo que pocos se daban cuenta con respecto a Ángel era que entre más miedo tuviera, mayor era su furia a la hora del juego.

❖

César estaba parado cerca de la fuente enfrente del Lycoming College. Se había quedado de ver allí con Mark Tanner dentro de media hora. Al fondo, en el gran prado que se extendía desde el edificio de oficinas de la universidad, los niños jugaban salero, y cuando a un jugador se le iba la bola, todos tenían que dar vueltas corriendo.

Frankie, trabajando como siempre, aprovechó para tomarles un par de fotos antes de acercarse a donde estaba César. Se sentó en la orilla de la fuente y apuntó unas notas en su libreta de taquigrafía.

—Muy bien, muchachos, suficiente por hoy. Quiero a todos en la cama y con las luces apagadas a las nueve —les gritó César a sus jugadores, que lentamente se dispersaron.

—¿Nunca los deja descansar del beisbol?

—Cada que lo hago, me molestan de mi vida sentimental.

—Suena emocionante.

—Sí, como el reporte de un médico forense.

—¿Cómo se llama? —preguntó Frankie.

—¿Quién?

—La chica que lo espera en casa.

—¿Extraoficialmente?

—Sí, extraoficialmente —respondió Frankie sonriendo, y se puso el lápiz detrás de la oreja.

—María.

—¿Esposa? ¿Prometida?

—¿Cómo se dice cuando es una mujer que nunca te va a volver a hablar?

—Dicen que el juego no se acaba hasta que cae el último out —dijo Frankie.

—Has visto demasiadas películas. Además, creo que no me voy a quedar en Monterrey. Estoy pensando en irme al norte, a coachear en las Grandes Ligas.

—¿Y los niños? ¿Qué van a hacer?

—Se las arreglaban perfecto antes de conocerme.

—Puedes meter tus botas al horno, pero no por eso se vuelven galletas.

—¿Qué quieres decir con eso? —preguntó César.

—Que puedes decir lo que sea, pero eso no cambia la realidad. A Monterrey y a estos niños los llevas en ti, César.

—Me ponché con una mujer que de veras me importa. Ya no tengo trabajo en Monterrey, me vetaron. Mis papás hace mucho que se fueron… Ay, ¿tú qué vas a saber? —dijo con cierta indignación.

—¿Que yo qué voy a saber? ¿Alguna vez te has preguntado por qué tengo nombre de niño?

—Pues sí se me ocurrió.

—Mi papá era un trailero de Missouri, y Frankie Fitsche era su Cardenal favorito. Yo nací la semana en que ganaron la Serie Mundial de 1934 y supongo que tener una hija no lo disuadió de su deseo de hacer que yo fuera beisbolista. Siempre que estaba en casa y no en la carretera, me llevaba a ver un juego o trataba de enseñarme a jugar en el jardín de la casa. Al principio me encantaba tanta atención, pero acabé odiando el beisbol… y a él.

—¿Por qué?

—Nos dejó a mi madre y a mí antes de que yo cumpliera diez años. ¿Me preguntas que yo qué voy a saber? ¿Tú sabes lo que es crecer con un padre que quiere que seas alguien más… alguien que nunca podrás ser?

—Bueno, por lo menos practicaste beisbol —trató de bromear César.

—A veces eres un idiota —dijo ella. Empezó a llorar y lo dejó solo en la fuente.

César de veras no entendía nada a las mujeres. Se quedó sentado ahí solo durante lo que le pareció una hora, aunque en realidad fue la mitad de tiempo. Tanner llegó a la hora acordada. Los dos hombres hablaron de varias cosas, pero ambos tuvieron cuidado de evitar cualquier referencia a la amarga época que César pasó con los Cafés de San Luis. Ya lo pasado pasado, y aunque entre ellos no había mayor afecto, César escuchó emocionado lo que Tanner tenía que decir sobre su futuro.

—Yo nunca hubiera puesto a Enrique a pitchar hoy. ¿Y luego darle la base por bola intencional a Caldarola y quedar con la casa llena? Fue muy valiente, César, y mira, te funcionó.

—Sip —respondió el coach.

—Háblame la semana que entra —dijo y le dio a César su tarjeta.

César se detuvo unos momentos a admirar la tarjeta del señor Tanner. Tenía el logotipo de los Orioles de Baltimore en relieve.

—¡Señor Faz!

César se volvió y vio a Ángel sosteniendo dos manoplas.

—Buena suerte mañana —dijo Tanner, se levantó y se fue.

—Ángel… yo, este… —tartamudeó César mientras se metía la tarjeta al bolsillo trasero. ¿Qué haces aquí?

—Un pitcher necesita un catcher —dijo, y le aventó la manopla extra a César. ¿Quién era ese señor? Lo vi anoche cuando estábamos cenando.

—Es un ejecutivo de Baltimore.

—¿Ejecutivo de qué?

—De los Orioles.

Ángel disparó la bola bien duro. *¡Crac!*

—Nos va a dejar, ¿verdad?

—Me acaban de ofrecer trabajo de coach adjunto. Un trabajo de coach de a de veras.

—Usted ya tiene equipo.

—Son los Orioles de Baltimore, Ángel. Las Grandes Ligas.

Los lanzamientos de Ángel siguieron aumentando de velocidad hasta que cada golpe en la manopla de César se escuchaba como el tronido de la punta de un látigo. *¡Crac!*

—Es algo que quiero desde hace mucho —añadió César.

—¿Qué? ¿Un trabajo?

¡Crac!

—No… que me respeten —respondió César.

—Nosotros lo respetamos desde antes que su equipo empezara a ganar —Ángel le mandó a César una suavecita. ¿Y María?

—Ella ya me olvidó —dijo César, le devolvió la manopla a Ángel y se fue.

Ángel se quedó viendo el agua de la fuente. Brillando bajo la superficie había cientos de monedas plateadas y cobrizas, cada una con el deseo de un alma ilusionada.

❖

A César le dolió que Ángel no pudiera entender cuánto tiempo llevaba persiguiendo esa meta, ni que ahora al fin se le estuviera reconociendo como un hombre capaz de manejar un equipo de beisbol de verdad. Sintiendo una mezcla de soledad y ansiedad, César fue a dar un largo paseo.

Dicen que los ríos fluyen hacia el mar y los hombres fluyen hacia los ríos. En poco tiempo, César se encontraba sobre un puente del río Susquehanna. César se apoyó en el barandal y clavó la mirada en las aguas gris acero que fluían hacia el este. En sus tenues reflejos, el río parecía un largo y ondulante espejo oscuro. Se preguntó a dónde iría a llevarlo la corriente y hacia dónde fluirían los destinos de esos catorce niños.

La vida es tan corta que pocos hombres pueden acordarse del mal que han hecho y sólo un poco de lo bueno. El río transportó a César a otra época, otro lugar y otro río. Pensó en cuando se ponía a pescar tortugas con su hermano Jorge en el río San

Antonio. En las secas del verano, se enterraban en las orillas fangosas. César y Jorge buscaban respiraderos y luego se ponían a picar el suelo con un palo hasta que sentían algo duro. Hacía falta el esfuerzo combinado de los dos para pescar de la cola a una tortuga y siempre acababan cubiertos de lodo. Un restaurante chino de la localidad pagaba cinco centavos por tortuga. Los tiempos estaban tan difíciles que había hombres adultos que trataban de robarles las tortugas a los hermanos. Aprendieron a pelear bastante bien para defender su pesca.

❖

El rechinido de la puerta de Lucky se oyó por el largo y hueco corredor. Como si esa fuera la señal, Enrique y Ángel aventaron al suelo sus cobijas, estaban completamente vestidos. Enrique fue de puntitas a la puerta y le pegó a una lámpara que se cayó del buró. De no haber sido porque Ángel la atrapó veloz, se hubiera estrellado en el piso.

Los niños volvieron a respirar, y salieron del cuarto sin hacer ruido.

Los demás ya estaban afuera, esperándolos.

En diez minutos, todos estaban parados ante la fuente, en la noche apenas iluminada. Descalzos, y con los pantalones arremangados hasta la rodilla, los niños se metieron al agua ligeramente sucia del pozo de los deseos. Pescando con las manos, juntaron las monedas.

—¿Seguro que esto está bien? —le preguntó Mario a Norberto mientras metía un puñado de *pennies* y *nickels* en la calceta que Norberto sostenía abierta.

—Dios es justo. No les va a quitar a la gente sus deseos nomás porque nos llevamos las monedas —dijo el catcher.

—Estaba más preocupado de lo que Él nos fuera a hacer a nosotros —dijo Mario.

Diez minutos después, Frankie abrió su puerta y encontró a los niños, todavía mojados de su aventura en la fuente. Pepe hizo lo que pudo por hablar con ella, pero sus palabras salían tan rápido que ella tuvo que pedirle varias veces que hablara más despacio.

Finalmente oyó una palabra que se repetía una y otra vez: *telegrama*. Pepe le dio a Frankie una nota escrita a mano.

—Los telegramas cuestan. ¿Con qué dinero? —preguntó.

Entonces Norberto y Ricardo dieron un paso al frente y cada uno le entregó una calceta llena de cambio.

—¿De dónde sacaron esto… y por qué están tan mojadas estas calcetas?

Pepe se acercó a la ventana y señaló hacia la fuente con un gesto.

—Ya veo —dijo Frankie.

Sólo había tres negocios abiertos hasta tan tarde en Williamsport. El primero era una gasolinera Esso por la Ruta 15, el segundo era la Taberna Pomerantz y el tercero era la terminal de trenes, en cuyo interior se ubicaba una sucursal satélite de la Western Union.

Frankie se ocupó del encargo de los niños y regresó a los dormitorios. Estaba exhausta pero tenía que hacer una última parada. Se quitó las botas vaqueras, se metió a la fuente y con una calceta llena en cada mano, devolvió las monedas al agua.

La última en sumergirse fue el dólar de plata que ella siempre traía de amuleto. Se cercioró de pedir su deseo antes de mandarla al fondo del pozo de los deseos.

Ya pasaban de las 10:00 p.m. La mayoría de los regiomontanos dormía profundamente, pero un golpe constante no dejaba dormir a Enrique. Se deslizó hasta la orilla de su litera y miró a

Ángel en la cama de abajo, que estaba jugando con una bola, que golpeaba una y otra vez bajo la cama de Enrique.

—¡Ya párale! ¡No dejas dormir! —le dijo a Ángel.

—No puedo dormir.

—Bueno, pues si te ayuda saberlo, oí que para mañana esperan a más de quince mil personas.

—Gracias, Enrique.

—¡Y van a filmar el juego!

—No me estás ayudando.

—Y lo van a transmitir por radio para que lo puedan oír nuestras familias allá. Si pierdes, nunca vas a tener novia.

—¡Enrique, cállate! Vas a hacer que me vomite —Ángel dejó de aventar la bola, y los dos trataron otra vez de conciliar el sueño.

Después de un largo silencio, Enrique dijo:

—Oye, Ángel.

—Ey.

—Qué atrapadón en el juego de hoy. Me salvaste el trasero.

—Tú hubieras hecho lo mismo.

Después de otro largo silencio, Enrique volvió a hablar:

—No quisiera que nadie más en el mundo fuera nuestro pitcher para mañana, más que tú.

Pero Ángel ya estaba dormido.

Esa noche, el silencio de la casa del señor Alvarado fue roto por alguien que tocaba a la puerta.

—El señor Alvarado, por favor —le dijo Fecundino Suárez al sirviente que abrió para encontrarlos a él y a Humberto Macías a la puerta. El señor Alvarado los recibió en su vestíbulo de piso de mármol. Ya estaba en pijama y se había puesto a la carrera una bata de seda amarrada en la cintura.

—Señor Alvarado, queremos… necesitamos mejores condiciones laborales —dijo Fecundino.

—Aquí hay una lista de nuestras exigencias —dijo Humberto, entregándole al señor Alvarado un trozo de papel.

—¿Exigencias de dos empleados a media noche? —preguntó el señor Alvarado con incredulidad.

—No, de dos empleados no —respondió Humberto y retrocedió un paso para abrir bien la puerta. Afuera, a todo lo largo de la calle de la finca del señor Alvarado había cientos de obreros que sostenían velas en alto en un gesto de solidaridad. El patriarca claramente se desconcertó.

—Ya veo. Pero estoy seguro de que esto puede esperar hasta el lunes en la mañana...

—No, no puede esperar. Por lo menos el primer punto, no —dijo Humberto.

El señor Alvarado se tomó un momento para ojear la lista que sostenía en su puño cerrado.

—¿Quieren que las fábricas cierren mañana a la una?

—Así tendremos tiempo de estar con nuestras familias antes de que empiece el juego —dijo Fecundino Suárez.

El señor Alvarado rió un poco y luego dijo en tono serio:

—Mi familia ha vivido aquí desde hace generaciones y ayudó a construir estas fábricas. Nunca han cerrado en viernes, ¡jamás!

—Pues mañana van a cerrar, señor —dijo Humberto.

26

Un día perfecto

—Qué gran día para jugar beisbol —le dijo Lucky a César cuando los dos despertaron a la mañana siguiente y vieron un cielo azul profundo sin una sola nube.

—Sí, sería un pecado no jugar beisbol en un día como hoy —respondió César y se puso la camisola que decía Monterrey.

Era viernes 23 de agosto de 1957, y en verdad era un día perfecto.

—Buenos días —dijo César entrando al cuarto de sus dos pitchers. Enrique seguía languideciendo en la litera de arriba. Ángel ya estaba vestido y veía por la ventana.

—¿Hoy vas a pitchar de derecho o de zurdo? —le preguntó César a Ángel.

—Todavía no estoy seguro —Ángel no despegaba los ojos de la ventana.

—¿Qué ves? —preguntó César.

—Un pajarito —respondió Ángel.

Enrique pegó el brinco de la litera de arriba para ver por la misma ventana. Un colibrí solitario entraba y salía disparado de las flores que crecían en las enredaderas aferradas al ladrillo rojo.

—Muchachos, no se vayan a sentir decepcionados. Pero el padre Esteban no decía que en serio le pudieran ver las alas.

—¿Ah no? —preguntó Enrique.

—No —respondió César. Ahora apúrense a bajar los dos. Quiero que desayunen bien.

Cuando se quedó solo en el cuarto, César giró la cabeza para ver por la ventana y contemplar el objeto de la atención de los niños. Las líneas en su frente se marcaron más cuando entrecerró los ojos para ver mejor, incrédulo.

Los ciudadanos de Monterrey también despertaron esa mañana con un amanecer espectacular sobre el Cerro de la Silla, y con los encabezados de *El Norte* dedicados al juego de campeonato de beisbol.

WILLIAMSPORT, PENSILVANIA – 23 de agosto de 1957. La Mesa, California y Monterrey, México se enfrentarán hoy por el Campeonato Mundial de las Ligas Pequeñas, cuando los honores tengan verificativo en el Campo Original de las Ligas Pequeñas. La capacidad oficial de diez mil aficionados será insuficiente para el gran encuentro de los pequeños titanes del mundo beisbolístico. Los pensamientos, corazones, esperanzas y el orgullo de todos en los hogares de estos jugadores, le rezarán a Dios por la victoria.

La ciudad de Monterrey nunca había estado tan emocionada por los logros de ninguno de sus atletas. Ni siquiera el torero Lorenzo Garza, ni el gran boxeador Panchito Villa provocaban en Monterrey la alegría desbordante que causaban estos niños.

Hasta la gente que no se interesaba por los deportes se quedaba pegada cuando oía alguna noticia del equipo atravesando Estados Unidos. Desde las mansiones más lujosas hasta las casuchas más humildes, todos rezaban por una victoria más para los muchachos. Las grandes iglesias y las pequeñas capillas por igual se vieron atiborradas por cientos de miles de feligreses que pasaron a encenderle una veladora a la Virgen de Guadalupe antes de iniciar sus labores diarias.

Monterrey se había transformado en una ciudad que quería creer en los milagros. Las fábricas, oficinas, los edificios en obra, bares y salones de clases se vieron invadidos por miles de radios que traían los empleados para poder escuchar los juegos en

Williamsport, y para quienes no tenían acceso a un radio, rápidamente se instalaron altoparlantes públicos por toda la ciudad. Muchas de las familias más pobres de las colonias Cantú, Reforma y Obrerista acudían al campo original del equipo, donde contemplaban el diamante vacío e imaginaban lo que sucedía mientras las bocinas narraban jugada por jugada. Todo esto acontecía en una ciudad paralizada por las proezas de catorce niños, que hacía un mes no eran más que rostros perdidos en la masa indiscriminada de los pobres y los desamparados de Monterrey.

Se acercaba la 1:00 p.m. en Monterrey, situada en un huso horario una hora más temprano que el de Williamsport. Cuando la manecilla de los minutos marcó la hora, sucedió algo que nunca antes había ocurrido un viernes en la tarde en la historia de Monterrey: los silbatos de las fábricas anunciaron el fin de la jornada y los obreros salieron en tropel, apresurándose a llegar al radio o altoparlante más cercano.

Con las fábricas, escuelas y oficinas de gobierno vacías, Monterrey aguantó la respiración colectiva, pendiente de un juego de beisbol de las Ligas Pequeñas que estaba a punto de iniciar a varios miles de kilómetros.

En el autobús de camino al campo, César aconsejó a sus jugadores:

—Van a ver y oír aplausos, gritos, abucheos, chiflidos, buscadores de autógrafos, música, fotos, micrófonos y gente… muchísima gente. Acepten todo respetuosamente pero no olviden que hemos venido a ganar un juego de beisbol y que la única forma de lograrlo es dedicarnos por completo a conseguir todas las oportunidades que sea posible durante el juego. No creo estarles exigiendo demasiado. Cuando nos conocimos hace unos cuantos meses, apenas si sabían para qué lado había que correr. Hoy, son un equipo de beisbolistas que quieren y que pueden llegar a ser campeones del mundo.

Llegaron al campo, donde la multitud rebasaba la capacidad oficial del estadio. Algunos calcularon que había más de dieciséis mil personas, muchas de las cuales se sentaron en la larga barda detrás del outfield.

Frankie tomó su lugar en el área reservada para la prensa; había reporteros de todas las principales publicaciones noticiosas. Muchos de sus colegas se preocupaban de que eso no fuera a ser una contienda, y algunos parecían genuinamente preocupados de que una paliza de La Mesa pudiera llegar a ser bochornosa.

César, Lucky y José estaban parados en el campo; los tres estaban atónitos de ver cuántos aficionados que los habían visto jugar en otras ciudades habían venido para la Serie Mundial de las Ligas Pequeñas. Hasta vieron a Betty y Benny Little, los dueños de la Esquina Concurrida de McAllen, Texas y algunos otros Buenos Vecinos del Valle de Texas que habían viajado hasta acá para aplaudirle al equipo que habían adoptado como propio.

—Oh-oh —dijo César al ver que otro miembro de la delegación mexicana se acercaba a él.

—¿Qué pasa? —preguntó Lucky.

—Sus cuates me despidieron ayer por meter a pitchar a Enrique.

—¿Entonces de qué te preocupas? Diles que nomás tienes un trabajo que perder por tu país.

—¿En la guerra eras así de chistoso?

—Sí, la mera verdad sí. En fin, ahorita nos vemos. No queremos echarles a perder su momento de ternura —y Lucky y José se fueron a saludar a varias personas que reconocieron de Texas.

El caballero mexicano llegó con César.

—Señor Faz, no nos conocemos. Soy Eloy Cantú —empezó a decir el señor.

—Mire, ya me despidieron, y ya no puede chantajearme con lo de San Luis porque ya se los conté a los niños.

—¿De qué está hablando? Yo acabo de llegar hoy en la mañana. ¿Cómo está eso de que lo despidieron?

—Disculpe, pensé que venía con la delegación de México.

—Así es. El señor gobernador del Estado de Nuevo León me encargó personalmente que viniera aquí en su representación. Sólo quería desearles a usted y a su equipo muy buena suerte antes del juego.

—Gracias, señor.

—Y sé que esto probablemente sea muy poco y llegue muy tarde, pero le traigo un paquete de Monterrey. No lo pierda. Creo que trae dinero para los niños.

Cuando el señor Cantú le daba a César el sobre, un hombre que parecía ser su asistente llegó corriendo hasta ellos.

—¿Qué pasa, Rodolfo? —preguntó el señor Cantú.

—Tenemos un problema. El señor Caballero no puede transmitir hoy.

—¿Por qué no?

—Se quedó afónico de tanto gritar en el juego de ayer.

—Tengo una poca de experiencia en radio. Dile que yo lo haré —dijo el señor Cantú.

Se había establecido una conexión telefónica múltiple con personas en Nueva York, Atlanta, San Antonio y el punto terminal en la cabina de transmisiones de la XET en Monterrey. En pequeñas cabinas en cada uno de estos puntos de retransmisión, hombres sostenían dos teléfonos: por uno oían y por otro repetían la acción del juego. El último hombre de la cadena transmitía el comentario por radio.

Los Dodgers de Brooklyn habían prestado a su emisario especial, Emmet Kelly *el Payaso*, para entretener a la multitud. Una exclamación emocionada se escuchó cuando la unidad local de la Guardia Nacional Aérea mandó cuatro jets a sobrevolar la Cancha Original de las Ligas Pequeñas.

Cuando César volvió al dugout de la Industrial de Monterrey, Clarence se preparaba para darles la bendición. Se volvió con César y le preguntó:

—Entiendo lo de la oración a la Virgen de Guadalupe, ¿pero por qué siempre piden el Salmo 108?

—Ciento ocho —César alzó una bola de beisbol—, es el número de puntadas que tiene una bola.

A plena vista, del otro lado del campo en el dugout de La Mesa, se encontraba un equipo de grandes jugadores que nacieron y crecieron bajo el sol de California, y que jugaban beisbol casi desde que aprendieron a caminar. Sus nueve abridores esperaban ansiosos su oportunidad de mostrarle al mundo lo que podían hacer en un diamante de beisbol.

Después de la bendición, Clarence miró a los niños, que seguían parados en la orilla del dugout.

—Creo que están esperando sus últimas palabras de ánimo —dijo.

—Pues yo no soy muy bueno para dar sermones… —empezó a decirles César.

—Eso le toca al padre Esteban —interpuso Norberto.

—Así es. Y, por suerte, aquí traigo sus palabras —César metió la mano a su bolsillo trasero y sacó una postal doblada de la Compañía Hillerich & Bradsby, la fábrica de Toletes Louisville. Escribió esto antes de irse y me pidió que se los leyera si llegaban a la final.

César empezó a leer en voz alta de la pequeña tarjeta:

—Hola niños, aquí el padre Esteban. Hoy, cuando salgan al campo piensen en el valor de Juan Diego. Recuerden cómo después de que lo amenazó el obispo, huyó, perdió a su mujer y se escondió en la botella. Hasta trató de evitar a Nuestra señora…

Los niños se miraron unos a otros perplejos. Ésta era una versión que no habían oído nunca.

—…en la parte baja de la novena, con dos outs, Juan Diego trató de culpar al umpire para retrasar el gran juego, pero al final cruzó el cerro, anotó la carrera de la victoria y se convirtió en un héroe. Y al igual que él, si mantienen la fe, la Virgen Morena los ayudará a enseñarle a La Mesa de qué están hechos —acabó de leer César.

—¿Señor Faz, pero cómo sabía el padre Esteban que íbamos a jugar contra La Mesa? —preguntó Ricardo.

—Es que es un hombre de Dios, por eso —dijo César.

Con fe en la respuesta perfecta, los niños juntaron sus manos al centro, echaron una porra y subieron los escalones saltando hacia el campo.

César dobló la postal y trató de metérsela al bolsillo trasero. Sin embargo, el grueso sobre que le había dado el señor Cantú hizo que la postal se cayera al suelo. César estaba demasiado preocupado viendo a Ángel calentar para darse cuenta.

Ángel empezaba sus lanzamientos de práctica despacito para ir soltando el brazo poco a poco. Ahora estaba totalmente enfocado y sólo le hablaba a César para responder sus preguntas con un breve *sí* o *no*. La única señal de vida que daba era la concentración ardiente en sus ojos, que no se despegaban del guante del catcher. Para el final del calentamiento, los lanzamientos de Ángel encontraban el centro de los blancos que le ponía Chuy con precisión casi sobrenatural.

Despejaron la cancha y el anunciador empezó:

—Damas y caballeros, el line up para el juego de hoy. De Monterrey, México: Macías, pitcher; Villarreal, catcher; Treviño, primera base…

La multitud se puso de pie mientras la Banda de la Escuela Naval de Washington DC interpretó *The Star Spangled Banner*. Y luego, por primera vez en todos los juegos que habían jugado en el torneo, los regiomontanos vieron izarse la bandera de su país. También se escuchaba música, pero como la banda naval no se la sabía, el diminuto sonido provenía de un gramófono eléctrico portátil Philips que se había montado a la carrera en la cabina del encargado del marcador. Alguien de la organización de las Ligas Pequeñas había conseguido un acetato del Himno Nacional Mexicano.

César observó que los niños miraban su bandera orgullosos: el verde y el rojo y en medio el águila de Tenochtitlán sobre un campo blanco. Unos cuantos, como Fidel que era el más acostumbrado al protocolo de la bandera de México, cantaban con la música:

...tus sienes de oliva
De la paz del arcángel divino
Que en el cielo tu eterno destino
Por el dedo de Dios escribió...

Como a la mitad del himno, el disco estaba rayado y la aguja empezó a repetir la misma línea. Los niños no supieron qué hacer y cantaron la misma parte una y otra vez hasta que el encargado del marcador se apiadó y adelantó la aguja del fonógrafo.

Monterrey sería el primero en salir al campo. Cuando los chicos trotaban hacia sus posiciones, cada uno se encontró por un momento solo con sus pensamientos.

Fidel Ruiz, al tomar la tercera base, recordó los fríos vientos invernales y los sofocantes calores del verano mientras subía y bajaba de una camioneta llena de refrescos embotellados que repartía para ayudar a su familia a ganar más dinero.

Enrique Suárez caminó al jardín central y pensó en cuando les llevaba la comida a sus hermanos mayores que trabajaban en la Vidriera.

La eterna sonrisa de Baltasar Charles no reflejaba su humilde hogar ni daba la menor pista de la tristeza que sentía por Patricia, su hermanita enferma.

Pepe Maiz pensó en su madre, que aunque era acaudalada, visitaba las iglesias de los barrios más pobres y repartía leche a las madres que no tenían para comprarle a sus niños.

En el jardín derecho estaba Rafael Estrello, golpeando con el puño la manopla que su madre había ayudado a coser de los diversos materiales que había pepenado por el vecindario.

—En dos minutos necesito ver a los coaches —dijo el umpire Gair, parándose un momento arriba de los escalones del dugout.

—¿Qué es esto? —preguntó Clarence al agacharse a recoger la postal que se le había caído a César.

Después de verla un momento, dijo:

—Ah, es la postal del padre Esteban.

—Es mía —se apresuró a decir César, pero era demasiado tarde. Los ojos de Clarence ya se habían percatado de algo bastante peculiar acerca de la inspiradora carta del cura.

—Pues vaya que el padre es bueno con las palabras —dijo César, guardándosela en el bolsillo trasero.

—Sí, sí cómo no —dijo Clarence con una sonrisa cómplice.

Nadie más que ellos dos sabría jamás que la postal estaba en blanco.

Todas las veces que sus muchachos rezaban, César les había encargado que nunca pidieran la victoria. No le parecía justo, sobre todo si el otro equipo también le estaba pidiendo la victoria al mismo Todopoderoso. Pero hoy, César se arrodilló un momento en el dugout y rezó con su equipo por ganar.

—¡Viene de ahí! —gritó Norberto para avisarle a Gerardo que estaba listo.

Norberto atrapó el lanzamiento de Ángel y lo lanzó a la segunda base, donde Gerardo estaba listo. Barriendo el suelo como si estuviera sacando a un corredor fantasma, le lanzó la bola a Baltasar, que pivoteó y se la aventó a Fidel, que la mandó al otro lado del diamante hasta la primera base. Ricardo, el jugador más joven del equipo, atrapó la bola, caminó hasta Ángel y se la entregó.

—Ahora todo depende de ti, Ángel —dijo su entrón primera base.

Ángel no dijo nada. Estaba masticando un chicle que le dio César antes de salir al campo, y sus ojos no se separaban de la manopla de Beto.

Lo único que faltaba para iniciar la Serie Mundial de las Ligas Pequeñas era un grito del umpire Gair. Examinó su reloj y miró hacia el anunciador oficial, sentado en su palco. Volvió a mirar su reloj y con un dramático grito de: "¡Play ball!" arrancó la Serie Mundial de las Ligas Pequeñas de 1957.

Lewis Riley abanicó de práctica por última vez antes de entrar a la caja de bateo. Ángel pisó el hule. Todo estaba listo. Todo era como debía ser.

En verdad era un día perfecto para jugar beisbol.

27

Sencillamente perfecto

—Ángel Macías se prepara para tirar el primer lanzamiento de la Serie Mundial de las Ligas Pequeñas de 1957. El primero al bat por La Mesa es el pitcher, Lewis Riley —dijeron los anunciadores en dos idiomas.

—Toma impulso, viene el lanzamiento. Es un lineazo al jardín derecho... ¡Esperen! ¡Qué atrapada de Ricardo Treviño en primera!

Riley le pegó tan duro a la bola que un sorprendido Ricardo apenas tuvo tiempo de estirar el brazo y meter la manopla. A juzgar por su trayectoria, la bola seguramente se hubiera seguido hasta la pared del jardín derecho.

Fue sólo una jugada, pero fue significativa. Un doble o un triple probablemente hubiera resultado en por lo menos una carrera para La Mesa y una gran ventaja psicológica. En vez de eso, La Mesa no había ganado nada con el sólido contacto de Riley.

Con un out, el infield pasó la bola entre las posiciones y de vuelta a Ángel, que seguía mascando su chicle sin decir nada.

Norberto pidió una curva para el siguiente bateador, Leonard Tobey. Le pegó a una con la punta del bat que Ángel fildeó fácilmente y le lanzó a Ricardo, para el segundo out. John Hardesty fue el tercero; con dos strikes en la cuenta, un mordaz cambio de velocidad lo dejó mirando el plato mientras el umpire le cantaba el tercer strike.

Monterrey había pasado su primera prueba defensiva.

Ahora, Riley tomó su lugar en el montículo. Tenía una bola rápida dominante, y con 1.77 de estatura era el pitcher más alto que los niños jamás habían enfrentado. La altura del montículo sólo acentuaba su estatura, mientras los regiomontanos veían sus lanzamientos desde abajo. Pero al igual que don Quijote y su mítica batalla contra los gigantes, Ángel y sus ocho Sanchos estaban listos para el desafío.

Baltasar se la mandó por tierra a Byron Haggard en la segunda para el primer out, y Pepe lo siguió con iguales consecuencias para el segundo. Ángel, tercero en el orden, sacó base por bola. Enrique venía batando con fuerza, pero las bolas rápidas de Riley lo abrumaron y terminó el primer inning.

Joe McKirahan, el toletero que el día anterior había anotado dos jonronazos, era el cuarto al bat para La Mesa. Francis Vogel, que también había conectado de cuadrangular ante Escanaba, practicaba con el bat en el círculo de espera.

Sin el menor reconocimiento al jugador que enfrentaba, Ángel pitchó una bola rápida para el primer strike. McKirahan abanicó, pero Ángel, fríamente concentrado en sus siguientes dos lanzamientos, mandó curvas a las esquinas del plato. McKirahan abanicó con ganas y falló los dos lanzamientos, provocando una ola de sorpresa entre miles de aficionados. Pocos lanzadores de las Ligas Pequeñas tenían el valor, la astucia y la capacidad de ejecutar esa clase de lanzamientos.

Los fanáticos se tensaron en sus asientos cuando Vogel mandó un rectazo por tierra a Baltasar, que a su vez la lanzó perfectamente a Ricardo para el segundo out. Se había desactivado una amenaza ofensiva pero casi de inmediato subió otra al plato, en la forma de Jerry Wilson. De nuevo, Ángel trabajó sus lanzamientos a las esquinas de la zona de strike con curvas rápidas y bajas, y ponchó a Wilson para terminar la segunda entrada de La Mesa.

Ángel seguía sin decir ni una palabra y seguía masticando el chicle, que hacía mucho había perdido su sabor.

Fidel se ponchó al plato para entrar a la parte baja de la segunda. Rafael se acomodó los lentes con las dos manos, sosteniendo el bat entre las piernas. Entró a la caja de bateo y miró a Riley. Después de un strike y una bola, Rafael pegó un batazo al centro. Haggard se aventó un clavado pero no alcanzó la bola, que se siguió de hit hasta el jardín central. Rafael, el niño del pequeño pueblo de Guadalupe que nunca había pasado una noche fuera de casa, se convertía en el primer jugador en conectar de hit en la final de la Serie Mundial de las Ligas Pequeñas.

Con el siguiente bateador, Riley perdió el control de la bola y golpeó a Norberto. El impacto fue duro, pero Beto lo ignoró y caminó a primera. Era una buena oportunidad, pero Riley logró retirar a Gerardo y Ricardo para acabar con la amenaza regiomontana.

Ángel volvió al montículo en la parte alta de la tercera. El jardinero central de La Mesa, Dennis Hanggi, abanicó dos curvas rápidas para dos strikes. Luego recibió una rápida a la altura del pecho que no pudo resistir. Se ponchó antes de que la bola tocara el guante de Norberto.

La estrategia de Ángel y Norberto para el short stop, Robert Brown, era diferente. Ángel le mandó dos rápidas y luego un cambio. Pareció que Brown abanicaba antes de que le llegara la bola. Después de ponchar a Brown, Haggard, el segunda base, terminó el tercer turno al bat de La Mesa con un elevado al infield.

Riley abrió la parte baja de la tercera ponchando a Baltasar, pero Pepe logró conectar uno de los lanzamientos de Riley y mandarla volando al jardín izquierdo para un doblete limpio.

Pepe miró a su coach para que le diera la estrategia, pero lo único que César le gritó fue:

—¡Trata de hacer la jugada que sea! ¡No te reprimas!

Sin embargo, después de darle base por bola a Ángel, Riley trabajó a Enrique y a Fidel, y Monterrey nuevamente se quedó sin poder capitalizar a su corredor en posición de anotar.

El juego seguía sin carreras, y entre la multitud imperaba un extraño silencio. Todo el mundo esperaba que La Mesa ya fuera adelante por varias carreras, pero hasta ahora, la Industrial de Monterrey había sido el único equipo en embasarse.

Ángel Macías salió al centro del diamante para la cuarta entrada. Riley, al bat, falló los lanzamientos bajos de manos de Ángel. El jardinero izquierdo, Tobey, pegó una bola hacia Gerardo, que la fieldeó y lo sacó en primera, y Hardesty le picó una a Ricardo, que se la lanzó a Ángel para terminar la parte alta de la cuarta.

Rafael, Norberto y Gerardo se poncharon al hilo en la parte baja de la cuarta. Fue durante este turno al bat de Monterrey, que alguien le entregó a César un mensaje. Estaba tan enfocado, que arrugó el papel, sin fijarse que en el membrete traía el Gran Escudo de Estados Unidos de Norteamérica.

Esta vez, al tratar de metérselo al bolsillo trasero, sacó el sobre que el señor Cantú le había traído personalmente desde Monterrey. Estaba roto, y se preocupó de que se le fueran a salir los pesos que traía, así que fue a darle el sobre a Clarence. Al hacerlo, notó una cadenita que asomaba por un pequeño orificio. Abrió el sobre y sacó una medalla de Nuestra señora de Guadalupe, envuelta en una nota escrita a mano.

McKirahan regresó con sed de venganza. Su poderío era increíble para un niño de doce años. Ángel se limpió la frente, se acomodó la gorra y buscó la señal de Norberto. Con más de una docena de cuadrangulares en el torneo, los batazos de McKirahan no sólo impulsaban carreras: eran una declaración. Ángel empezó su movimiento contra McKirahan. Strike, bola, bola, strike. Ángel observó mientras McKirahan, ansioso por ganar el juego de un batazo, abanicó con todo la pura brisa para el tercer strike.

Vogel entró a la caja de bateo; Ángel seguía mascando el mismo chicle. Vogel agarró fuerte el bat y falló tres bolas rápidas. Para cuando se dio cuenta que lo habían ponchado, los niños de Monterrey ya estaban haciendo la ronda de posiciones con la bola.

Hasta este punto del juego, la multitud claramente favorecía al equipo estadounidense. Pero con dos outs en la parte alta de la quinta, el sentimiento de la multitud estaba a punto de dar un vuelco dramático por un wild.

Wilson pegó una rola al infield, que Ángel, Fidel y Ricardo persiguieron. Wilson, al darse cuenta de que la primera base no estaba cubierta, bajó la velocidad, seguro de que había logrado un sencillo. Fidel fieldeó la bola y de todas formas la aventó a primera. Una fracción de segundo antes de que el pie de Wilson tocara la base, Norberto atrapó la bola y sacó al atónito corredor.

La multitud estalló entusiasta.

En los cientos de miles de juegos que estos espectadores habían visto en su conjunto, pocos habían visto a un catcher —incluso entre los profesionales— que tuviera la agudeza beisbolística y la presencia de mente para irse siguiendo al corredor por toda la línea de la primera.

—¡Eso estuvo increíble, Beto! —exclamó César.

—Es que ya no quería correr más vueltas —respondió Norberto.

La entrada había terminado. La perfección se mantenía.

José gritó los nombres de los primeros tres bateadores de Monterrey para la parte baja de la quinta entrada:

—¡Treviño, Charles y Maiz!

Ricardo tomó su bat y caminó al círculo del siguiente bateador con un ligero cojeo, el efecto acumulado de haberse llevado docenas de patadas y spikes en la pierna derecha en los doce juegos anteriores.

César lo detuvo. Sentía un cambio en la dinámica del juego y hasta en la simpatía de la multitud, y supo que si Monterrey iba a tener una ventana por donde atacar, ésta se acababa de abrir un poquito.

—¿Ricardo, quieres ganar el campeonato?

—Sí, señor Faz.

—Entonces haz todo lo que puedas por embasarte, aunque sea que te pegue la bola. Acércate al plato lo más que puedas. Si te pegan, no te preocupes. Te ponemos a un corredor. Embásate, Zurdo, y ganamos.

Un fiel y obediente Ricardo hizo exactamente lo que le pidió César. Bajo riesgo de salir lesionado, se acercó al plato lo más que pudo. Riley no encontró la zona de strike y le acabó lanzando cuatro bolas seguidas.

Cuando el anunciador dijo el número de Baltasar, César mandó a Mario Ontiveros de corredor emergente por Ricardo, que salió cojeando del campo. Había hecho su deber y nadie hubiera podido esperar más de él.

Como había hecho con Ricardo, César habló con Baltasar antes de su turno al bat.

—¿Balta, quieres ganar el campeonato? Tienes que tocar la bola perfecto para que Mario pueda llegar a segunda. McKirahan y Hardesty van a tratar de agarrarla, así que tienes que mandarla hacia Riley. Va a estar descontrolado después de lanzar, pero así Mario tiene más probabilidades. Balta, tienes que tocarla perfectamente. Dame un toque perfecto y ganamos.

César luego fue a la primera base y le dijo a su corredor emergente:

—Mario, en cuanto veas que Balta se cuadra para tocar, te arrancas corriendo a segunda a toda velocidad, como nunca has corrido en tu vida.

Toda la defensa de La Mesa sabía que venía un toque, así que los infielders se acercaron más. Baltasar cuadró el bat y tendió un toque exquisito. El tiempo parecía exhalar lentamente mientras la bola iba a dar a un punto perfectamente equidistante del pitcher, el catcher y el tercera base, que no podían hacer nada, más que esperar que saliera rodando de foul. Para cuando la bola se detuvo sobre la línea caliza, Mario había llegado a la segunda base y Baltasar estaba a salvo en primera.

Mario, que se había barrido para llegar a segunda, se levantó sacudiéndose los pantalones, y miró a César en busca de su siguiente señal.

Pepe era el siguiente. Era uno de los mejores toleteros de Monterrey, pero el desinteresado Pepe sabía que éste era el clásico escenario para volver a tocar la bola y sacrificarse para que Mario avanzara a tercera, mucho más cerca de anotar. En un juego en que ambos pitchers se estaban desempeñando bien, una carrera de cualquier equipo podía convertirse en el margen de victoria. Pero hacía mucho que César había mandado a volar el manual de jugadas prácticas.

Llamó a Pepe, Ángel y Enrique —sus tres siguientes bateadores.

—Miren, ya no vamos a tocarla —murmuró el coach. Eso es lo que está esperando La Mesa. Ahora vamos a batear duro. Uno de ustedes tiene que hacerlo, para que podamos ganar.

Luego César corrió por la banda para decirle su plan a José. Parecía un general organizando a sus tropas en plena batalla.

—Oye, Pepe —le gritó Enrique a su compañero de equipo—, creo que nos cambiaron los calzones en McAllen.

Pepe sonrió.

Los ocupantes del estadio se pusieron de pie mientras Pepe se paraba en el plato y Riley preparaba su primer lanzamiento. La tensión se sentía por todal campo y en México, donde cientos de miles escuchaban el radio y rezaban.

Cuando la defensa de La Mesa vio que Pepe no se cuadraba para tocar, los infielders retrocedieron unos pasos y se prepararon para un posible doble play. Riley pitcheó y el bat de Pepe conectó y mandó la bola volando entre short stop y segunda para un sencillo. Mario, que empezó a correr en cuanto el pitcher soltó la bola, rodeó la tercera base sin mirar atrás, y el casco de cuero se le cayó cuando se barrió a home para marcar la primera carrera del juego. La Industrial de Monterrey había anotado contra una de las mejores defensas de todo el beisbol de las Ligas Pequeñas. La reacción de la multitud mostraba su asombro, pues se quedaron mudos.

Ángel pegó una elevada para out, pero Enrique siguió con un doblete, que impulsó carreras de los veloces Baltasar y Pepe. Fidel sacó base por bola y Rafael se ponchó. Luego un hit al infield de Norberto, le llenó la casa a Gerardo.

Con una estatura de un metro cuarenta y un peso de veintinueve kilos, Gerardo medía treinta y cinco centímetros y pesaba cuarenta y cinco kilos menos que el jardinero central de La Mesa, Dennis Hanggi. Gerardo conectó otro hit al infield, impulsando otra carrera cuando Enrique llegó al plato.

Francisco Aguilar entró de bateador emergente por Mario Ontiveros, que había entrado de corredor por Ricardo. Riley logró ponchar a Francisco para terminar la quinta entrada, pero el daño estaba hecho. Había ocurrido tan rápido que La Mesa apenas si había tenido tiempo de reaccionar. Para asombro de todos los que veían y escuchaban, la Industrial de Monterrey le iba ganando a La Mesa por cuatro carreras a cero al entrar a la parte alta de la sexta —y última— entrada.

Antes de que terminara el rally de Monterrey, Ángel estaba sentado solo en un extremo de la banca.

—Señor Faz —dijo Ricardo—, no se ha embasado ninguno de sus bateadores. Ángel está pitchando un juego perfe…

César rápidamente le tapó la boca a Ricardo y se lo llevó al otro lado del dugout.

—¡No quiero que nadie, y en serio nadie, le diga una palabra ni de esto ni de nada!

Ángel, que seguía ocupado con el mismo chicle, se veía tranquilo como el que más, de todos los atletas que César había visto. Cuando marcaron el out de Francisco, Ángel cuidadosamente colocó el chicle en la banca, como si lo estuviera guardando para después.

—Todos te vamos a sacar los outs —le dijo César a Ángel. No pienses en nada más que en tus lanzamientos. No cambies nada, no aflojes. Hasta si les cambiamos carreras por outs, les ganamos. Tírales strikes y dales con todo, para que podamos acabar con esto de una buena vez.

Esta entrada sería la despedida de Ángel, nunca más defendería a México con un uniforme de las Ligas Pequeñas. Miles de aficionados lo sabían, y el joven pitcher también.

Ángel se persignó y le lanzó a César una última mirada antes de subir al montículo. La multitud estaba hechizada por Ángel, que empezó con sus lanzamientos de calentamiento. Era como si estuvieran viendo algo más que un milagroso fenómeno beisbolístico: ante sus propios ojos, estaban viendo a un niño madurar y transformarse en un joven.

Lo esperaban Hanggi, Brown y Haggard, cada uno con la esperanza de ser el aguafiestas que iniciara un rally para La Mesa. Fidel sustituyó a Ricardo en la primera base, y Francisco entró a la tercera. No había un solo espectador que no estuviera conciente de la posibilidad que empezaba a revelarse. La pizarra lo decía todo. En todas las entradas, la cuenta de La Mesa estaba en ceros. Ninguno había llegado a primera base "por las buenas ni por las malas, por hit, base por bola, ni error".

Todo estaba listo cuando Norberto se puso la careta. La parte baja de la última entrada de la Serie Mundial de las Ligas Pequeñas estaba a punto de empezar.

❖

La Mesa necesitaba cuatro carreras para empatar, una cantidad formidable, pero el equipo había llegado hasta acá, y no precisamente porque acostumbraran darse por vencidos. Habían demostrado en incontables ocasiones que podían estallar y meter muchas carreras en un solo inning. Para eso, tenían que embasarse, y el primero que lo lograra rompería el hechizo de la casi perfección que Ángel estaba tejiendo en esa tarde mágica.

El premio estaba a tan sólo dieciocho metros. Un corredor a primera por cualquier medio: hit, base por bola, error de fieldeo, wild pitch, base por golpe. Cualquier error de Ángel o sus compañeros de equipo, y un corredor pronto podrían ser dos o tres o más.

Dennis Hanggi era el primero.

Ángel llevó a Hanggi a una cuenta pareja de dos bolas y dos strikes. Defendiendo el plato, Hanggi mandó la siguiente de elevada hacia terreno de foul, en lo que parecía una jugada fácil para el primer out. Ángel y Norberto convergieron para cubrirla, pero en el último instante, Norberto apartó a su pitcher:

—¡Voy! —gritó Beto, pero la bola le rebotó en el guante y se le cayó. Fue una oportunidad perdida, y para el bateador de La Mesa era como si le hubieran dado una segunda vida para cambiar el destino del juego.

Norberto claramente se mortificó. Todos en la Industrial de Monterrey sabían lo que estaba en juego. Querían ganar, pero además querían que Ángel se llevara esa gloria especial.

—Perdón, Flaco —dijo Norberto con voz dolida.

—¡Mejor vamos a poncharlo! —dijo Ángel para tranquilizar la mente de su catcher. Eran las primera palabras que Ángel decía en todo el juego.

Entre más callado estaba el público, más frío y calculador se ponía Ángel. Parecía un cazador sobre su presa, tanto que ni sus compañeros de equipo lo reconocían. Hanggi abanicó el siguiente lanzamiento con toda su fuerza y astucia, pero la determinación de Ángel demostró ser el margen de victoria en ese duelo.

—¡Hay un out! —gritó el señor Cantú al teléfono por el que retransmitía la acción.

Fred Schweer entró de bateador emergente por Robert Brown. Golpeó un rectazo que le pegó en la pierna a Ángel y rebotó hacia Baltasar, que corría hacia el otro lado. La multitud entera ahogó un grito mientras Schweer corría hacia la primera para terminar con la perfección. Baltasar atrapó la bola con la mano sin guante y de rodillas la lanzó a primera para sacar al corredor. Fidel, quien también se había estirado tratando de alcanzar la bola, corrió de su almohadilla a felicitar a Baltasar.

—¡Ya son dos outs! —continuaba el señor Cantú. Ángel Macías está a un out de haber pitchado el único juego perfecto en las finales de la Serie Mundial de las Ligas Pequeñas.

La multitud en Williamsport empezó a corear:

—Án-gel… Án-gel… Án-gel… —con gritos que se oían hasta Monterrey.

Pero el único mundo que existía para Ángel estaba contenido en los catorce metros que separaban su mano derecha de la manopla de Norberto. En su mente, el canto rítmico de la multitud se convirtió en un *pum, pum, pum* monosilábico, como el de una bola pegando en la pared de tabicón de un viejo terreno abandonado cerca de la Vitro.

Las últimas esperanzas de La Mesa estaban puestas en el bat de Byron Haggard. Se plantó y esperó el lanzamiento de Ángel. Pepe, al igual que sus compañeros en el outfield, pensaba en sólo una cosa. Si una bola salía al outfield, se aventaría de bruces de ser necesario para evitar que tocara el suelo y arruinara la oportunidad de Ángel de alcanzar la inmortalidad beisbolística.

Pero como suele ser el caso en el viaje de un héroe, Ángel había creado su propio desafío. Sólo dos veces en todo el juego permitió que su cuenta llegara a tres bolas: en el segundo inning, y ahora, en el último con dos outs. Algo en las tribunas lo había distraído. Parado en un descanso de las gradas de tercera base, estaba un papá con su pequeño hijo en hombros.

—¡Tiempo! —gritó César y salió velozmente a tranquilizar a su pitcher.

—¿Me va a sacar? —preguntó Ángel.

—Hasta crees. Un día llegaste a despertarme de una siesta riquísima, y ahora vas a terminar lo que empezaste.

Ángel sintió el chicle endurecido entre los dientes.

—¿Y qué más da? Con el tiempo igual te acaban venciendo.

—Me equivoqué. Todos estamos contando contigo.

—No todos —dijo Ángel, su vista atraída nuevamente hacia padre e hijo. César miró hacia allá y vio el objeto de su distracción. Mi papá se avergüenza de mí —dijo Ángel, tratando de no llorar.

—Quería darte esto en la última entrada, pero con la jugada de Beto se me olvidó —César metió la mano a su bolsillo trasero, sacó la medalla y se la entregó a Ángel, que la reconoció de inmediato.

—¿Cómo es que usted…?

—Te la mandó tu papá. Está muy orgulloso… de ti.

Ángel se puso la medalla, cerrándose la cadenita en la nuca.

El umpire Gair dio unos pasos hacia el montículo y llamó a César:

—No quisiera molestar su plática, pero habemos 16 001 personas aquí que creemos que esto es un juego de beisbol —declaró.

—Puedes hacerlo, Koufax.

Con el juego en la línea, el joven pitcher se volvió a ver a César con ojos de acero. Sin lástima ni coraje declaró:

—No soy Sandy Koufax. Soy Ángel Macías.

César caminó nervioso de vuelta al dugout. En el montículo, Ángel sintió la bola en la punta de los dedos. Encontró la costura, tomó impulso y disparó.

Strike uno.

La multitud rugió.

El impulso, el lanzamiento, ¡strike dos!

Ángel recibió la bola que le devolvió Norberto, quien le dio la señal. Ángel asintió. Alzó la vista y vio que la luna ya se veía en el horizonte, aunque aún era de día. Le vinieron a la mente las palabras de César antes de su primer juego en McAllen, Texas: "Los pájaros en el cielo, las aguas del río y hasta el mismo sol te tienen que esperar hasta que estés listo". Alzó la pelota hasta que eclipsó perfectamente a la luna. El mundo aguantó la respiración hasta que Ángel estuvo listo.

Cientos de flashes se dispararon cuando la curva de Ángel se empezó a abrir como a metro y medio del plato. Haggard abanicó y falló. La bola terminó su viaje de catorce metros cómodamente alojada en los pliegues de cuero de la manopla de Norberto.

Era sencilla, completa, humilde, audaz e innegablemente perfecto.

El estadio estalló en una ovación incontrolable. Los fotógrafos tomaban fotos y los cronistas escribían frenéticos resúmenes en taquigrafía de lo que acababan de presenciar. Los fanáticos eufóricos se abrieron paso a pesar de los policías que trataban de prevenirles desbordarse al campo.

Fidel fue el primer jugador en llegar hasta Ángel, luego llegó Baltasar, quien abrazó a su pitcher. Norberto ni siquiera tuvo tiempo de quitarse el equipo mientras corría al montículo con la bola de la victoria en la mano, seguido por el resto del equipo.

César se abrió paso hasta Ángel, y cuando su joven pitcher lo vio, se tiró a los brazos de César mientras los fotógrafos capturaban este momento para la posteridad.

28

Campeones del mundo

Con un retraso de un minuto cuarenta y siete segundos después del out final, la XET transmitió las palabras:

—¡Campeones del mundo! ¡Son campeones del mundo!

La emoción del momento fue tal, que el señor Cantú, que no tenía ningún entrenamiento formal en cuanto a protocolo de radio, dijo varias palabras que no se podían decir en una sociedad educada.

Si el júbilo de la Cancha Original de las Ligas Pequeñas se podía sentir hasta el centro de Williamsport, el estallido de alegría en Monterrey hizo olas por toda América Latina. En un estallido simultáneo, la gente gritaba, bailaba en las calles, se golpeaba el pecho y muchos se desmayaron de la emoción. Los autos se paraban y tocaban el cláxon, las fábricas y trenes tocaban sus silbatos, y las patrullas y camiones de bomberos recorrieron la ciudad con las sirenas aullando.

Una hora después, miles de fanáticos seguían allí, celebrando como si los jóvenes mexicanos fueran el equipo de casa. El campo estaba lleno de reporteros, fotógrafos y gente de todas las edades. Muchos jugadores de Monterrey ya se habían sentado para seguir firmando autógrafos y los fanáticos les platicaban en inglés, a lo que los niños sólo podían sonreírles.

Después de que muchos los hubieran tachado de *extranjeros* y algunos hasta de *invasores*, ahora eran el orgullo y la dicha de dos naciones, y sobre todo de catorce familias que esperaban ansiosas su regreso a casa.

Llegó la hora de abordar el autobús y regresar a los dormitorios, y los fanáticos los rodearon para despedirse. Algunas niñas hicieron todo lo posible por abrazarlos y besarlos por las ventanas. Lucky le preguntó a una niña por qué estaba llorando, y le dijo que porque ya se iban los niños. Él le dijo que con algo de suerte, la Industrial de Monterrey quizá volvería a Williamsport el próximo año.

—Sí, pero va a ser distinto. Estos niños no van a regresar.

El equipo se había convertido en un emisario. Orgullosamente mexicano, era prueba de que no hay obstáculos entre la gente cuando la bondad y la fe son inmensas.

De vuelta en el Lycoming College, César abrió todas las regaderas y Ángel completamente vestido fue el primero en aventarse. En medio de las risas y la diversión, cada jugador se metió a las regaderas hasta que no quedó un solo uniforme de México seco.

César recordó cuando semanas antes les había dicho a los muchachos que tenían que escoger entre cinco cosas: "cine, dulces, refrescos, nadar o ser campeones". Hoy, los dejó disfrutar de las cinco.

A la mañana siguiente, César, Lucky y José recibieron telegramas y artículos de periódico en tal volumen, que no alcanzaban a leerlos todos. Venían de todas partes del mundo, de dignatarios y de simples aficionados. César, sin embargo, se dio tiempo de leer un artículo. Era de Herman Masin, el legendario cronista deportivo.

Viva Monterrey

Los aficionados al beisbol en Estados Unidos se acaban de enamorar. El objeto de su afecto es un joven equipo de las Ligas Pequeñas de Monterrey, México. Imaginen un equipo donde todos en promedio miden un metro cuarenta y cinco, y pesan menos de treinta y cinco kilos. En menos de un mes, recorrieron más de tres mil kilómetros y jugaron trece juegos en un país desconocido. Cuando llegaron a la árida y polvorienta tierra de McAllen el pasado julio, nadie, ni allí ni en Monterrey, consideraba que el equipo fuera a ser más que un grano de arena en el cañón.

Había llegado el momento de decir adiós a la comunidad de Pensilvania que había sido seducida por la noble humildad de los muchachos. Cuando el equipo esperaba en el estacionamiento, con sus pertenencias empacadas en pequeños bultos y viejas bolsas de papel de estraza, César estaba en su cuarto, reuniendo el equipamiento que llevaba cargando al hombro desde hacía casi un mes.

—Toc toc —dijo Frankie, parada a la puerta de César.

—¡Frankie! Qué bueno que veniste —dijo él.

Ella entró y se sentó en la otra cama, que había usado Lucky.

—Qué juegazo, ¿no? —dijo ella, sonriendo.

—Sí, juegazo. Gracias por la buena cobertura —respondió César. Creí que seguías enojada.

—Me equivoqué, César —dijo ella.

—¿De que soy un idiota?

—No, de eso tenía razón —lo molestó—, pero estoy contenta de que Mac me haya dado este artículo. Me llevó a conocerlos a ti y a los niños. He pensado en nuestra conversación de la otra noche. Voy a ir a San Luis un tiempo a visitar a mi padre.

Frankie pasó los dedos por la banderola de satín que le habían dado a Monterrey por su victoria. De pronto se sintió triste, como si le fueran a quitar algo que le habían dado, aunque en un principio se hubiera resistido a aceptarlo.

—Se va a escandalizar del reportaje que te tocó escribir. Sobre beisbol, qué horror. Ya entendí por qué odias el juego.

—Tú y los niños hicieron que no me molestara. No, más que eso. Me hicieron extrañar esas tardes de domingo cuando echaba la bola con mi papá.

—¿Oye, sigues buscando un ángulo para tu artículo? —preguntó César.

—Siempre —respondió Frankie.

—Puedes escribir sobre cómo el coach de Monterrey le dio a sus chicos un pésimo consejo sobre beisbol.

—Estás bromeando.

—Nop. Les dije que un juego no se gana en el campo, sino aquí —dijo, tocándose la cabeza. Y estaba equivocado. Se gana aquí —y César se puso la mano sobre el corazón.

—Quizá quede alguna esperanza para ti, César Faz. Cuídate mucho —dijo Frankie, se levantó, le dio un beso en la mejilla y se fue.

César pronto alcanzó a los niños en el estacionamiento. El equipo, que seguía pareciendo una palomilla de vagabundos, abordó el autobús que habría de llevarlos a su siguiente destino: la ciudad de Nueva York. Pero esta vez, llegarían como héroes triunfales.

29

¡El presidente!

El autobús pasó lentamente por la Calle Cuatro Oeste, permitiéndoles a los niños una última mirada del Campo Original de las Ligas Pequeñas y de una ciudad que los había acogido y les había brindado su admiración.

Unas horas después, el equipo de beisbol más pequeño estaba en la ciudad más grande de Estados Unidos. Después de haber iniciado su travesía en un motel de McAllen, Texas, ahora los niños estaban hospedados en un lujoso hotel de Times Square. Los banquetes que disfrutaban en elegantes comedores contrastaban agudamente con los refrigerios que en tantas ocasiones habían sido su única comida, y el mismo equipo que había tenido que pedir aventón para llegar al juego ahora era transportado en limusinas.

Eran celebridades en una ciudad llena de ricos, poderosos y famosos. Un operador del Metro vio a los niños y exclamó:

—¡Hoy en la mañana los vi en la tele!

Hasta un policía que patrullaba la Quinta Avenida los paró a preguntarles:

—¿Ustedes son los chicos que ganaron el campeonato mundial, verdad?

Visitaron muchos atractivos turísticos —el Edificio Empire State, la Catedral de San Patricio, el Zoológico del Bronx, Radio City Music Hall—, y hasta rodearon la isla de Manhattan en un barco del Circle Line Ferry. Como parte de una promoción, Macy's le dio a cada niño cuarenta dólares y una hora para correr por toda la tienda departamental y comprarse lo que quisiera. Sin excepción, todos y cada uno pensaron solamente en qué comprarle a sus padres y hermanos.

Tan emocionantes como resultaron todos estos atractivos, los niños querían ir a un lugar que les significaba más que cualquier otro en Nueva York.

En Sullivan Place 55, en la sección Flatbush de Brooklyn, se encontraba uno de los estadios de grandes ligas más antiguo de Estados Unidos. Construido sobre los tiraderos de basura de Pigtown, abrió sus puertas el 9 de abril de 1913, con el nombre de Ebbets Field. Había sido el hogar de los Dodgers de Brooklyn desde hacía cuarenta y cuatro años, y lo seguiría siendo sólo por un mes más. Hoy, los Dodgers jugaban contra los Cardenales de San Luis.

La barda derecha del Ebbets Field era una obra de arte que sólo los "vagos" de Brooklyn hubieran podido diseñar. Tenía 289 ángulos diferentes, causados por los numerosos chipotes de su irregular construcción. Encima de la barda, había desde la Segunda Guerra Mundial un espectacular de la Cerveza Schaefer. El encargado del marcador encendía la *H* de Schaefer cuando había un hit, y las *Es* cuando había un error.

Los niños, que seguían vestidos con su uniforme, entraron en fila al estadio y miraron impresionados las imponentes gradas y el techo, todo sostenido por inmensas vigas de acero.

Sal Maglie echó una bola con Gerardo y Baltasar, y bromeó con los reporteros:

—A lo mejor estos chicos me podrían enseñar algunas cosas.

Antes del juego, Roy Campanella fue a su casillero y le regaló a Norberto su manopla extra de catcher.

La multitud ovacionó con una porra a la Industrial de Monterrey, y los niños se acomodaron en sus asientos a ver el juego. don Drysdale fue el abridor de los Dodgers, pero tuvo que ser relevado, y al final fue Maglie quien ponchó al último bateador cardenal con las bases llenas en la novena entrada para conservar su victoria de seis carreras por cinco.

El hecho de que los Dodgers, ganadores del gallardete el año pasado, estuvieran batallando por mantenerse en tercer lugar no importaba en lo más mínimo. A los niños les encantó cada minuto de su primer juego de grandes ligas.

Un cronista de deportes local señaló que los niños habían llegado a ser tan queridos, que de quedarse en Nueva York, "los Yankees tendrían que mudar la franquicia a San Francisco".

Después del juego, Ángel pidió permiso de ir a los vestidores del equipo visitante. Sandy Amorós, el legendario jardinero cubano, se ofreció a llevarlo. Aunque Amorós le advirtió que a lo mejor los Cardenales no estaban de muy buen humor por su derrota, Ángel insistió en que era importante, así que entraron. Ángel se dirigió a Stan *"the Man"* Musial, uno de los jugadores más célebres de todos los tiempos. Quería el autógrafo de Musial.

—Es para su coach —tradujo Amorós mientras Ángel le entregaba a Musial la vieja y gastada bola de beisbol con la que César y él habían empezado a jugar.

—¿Qué es esto? —preguntó el famoso cardenal al reconocer su propia firma borrada casi por completo— ¿Ya autografié esta bola?

—Parece que sí, pero se borró de tanto jugarla —le dijo Amorós a Musial.

—Algunas personas consideran que sus autógrafos son bastante valiosos —le dijo Amorós a Ángel.

—Dígale al señor Musial que si hubiera autografiado una foto, nunca la hubiéramos agarrado para jugar —respondió Ángel con la inocencia que sólo puede tener un niño de doce años.

Musial soltó una carcajada y se volvió con sus compañeros de equipo:

—Creo que es bueno no sentirse mucho. Este niño y su coach andan batando una de mis bolas autografiadas.

Dwight D. Eisenhower despertó la mañana del 27 de agosto de 1957 con la agenda llena, lo típico para el presidente de Estados Unidos. Llegar a presidente y comandante en jefe había sido la progresión lógica para este trabajador nativo de Kansas, que como general de cinco estrellas en la Segunda Guerra Mundial había llevado a los aliados a la victoria en Europa.

La Guerra Fría estaba en pleno, y la edición de hoy del *TASS*, el diario oficial de la Unión Soviética, anunciaba: "Éxito en pruebas de misiles intercontinentales y de explosiones de armas nucleares y termonucleares, de acuerdo con el programa de investigación científica de la URSS".

Afuera de la Oficina Oval había docenas de personas que esperaban su turno para ver al presidente Eisenhower: senadores, congresistas, miembros del gabinete, líderes de gobiernos extranjeros, sindicalistas, cabilderos, comandantes militares —la mayoría de los cuales tenía que ajustarse a los rígidos segmentos de quince minutos de la agenda de la Casa Blanca. Pero en ese momento, el presidente estaba emocionado de conocer a los catorce niños de la Industrial de Monterrey. El jefe de personal de Eisenhower le había enviado a César un mensaje que le entregaron en mano durante la cuarta entrada de la Serie Mundial de las Ligas Pequeñas, que César sin darse cuenta había arrugado y metido en su bolsillo trasero. Por suerte, lo había encontrado antes de que él y los niños se metieran vestidos al agua en las regaderas de los vestidores del Lycoming College.

El secretario personal del presidente, James Haggerty, recibió al equipo y luego escoltó a César solo a la Oficina Oval. Allí, parado frente a su escritorio y vestido de traje gris, estaba el presidente de Estados Unidos.

—Buenos días, señor Faz. Es un placer conocerlo.

—Buenos días, señor presidente. Es un honor —respondió César.

—Señor Faz, quiero felicitarlo. Es usted un gran coach de beisbol.

—Gracias, señor presidente. No soy tan bueno. Lo que pasa es que tengo un gran equipo.

—Tiene un gran equipo porque es un gran coach. Acéptelo. Ha hecho algo muy importante por su país.

César no sintió que fuera el lugar ni el momento de aclararle al estadista entrado en años que ambos eran estadounidenses.

Después de unos minutos de conversar en privado, el presidente invitó a pasar a los niños. César y Lucky habían pasado horas enseñándolos a saludar al presidente Eisenhower en inglés. Cada uno debía darle la mano y decir: "*Good morning, Mister President*", y luego decir su nombre.

César les advirtió que el presidente era un hombre muy ocupado y que probablemente no pasaría mucho tiempo con ellos ni les haría plática. Desde luego que los niños a menudo pueden descarrilar el protocolo mejor planeado.

Ricardo tendió su mano y dijo:

—*Good morning, Mister President. I am Ricardo Treviño.*

—¿Qué posición juegas, hijo?

César le tradujo.

—¿Para qué me pregunta, señor Faz? Si usted ya sabe que juego primera base.

—Primera base —le dijo César al presidente.

—Señor Faz, dijo mucho más que eso —respondió el presidente Eisenhower.

—Me decía que yo ya sé qué posición juega.

—Ah, muy bien, por favor dígale que yo creía que los primera base tenían que ser altos para poder atrapar bolas altas y bajas.

—Ricardo, dice el presidente que estás muy chaparro para jugar primera base —siguió traduciendo César.

—¡Dígale que soy chaparro, pero soy muy bueno!

Cuando el presidente oyó la respuesta de Ricardo que le tradujo César, volvió a tender su mano y dijo:

—Bueno, pues tengo que volver a saludar a Ricardo porque es muy bueno.

Los niños le echaron una porra al presidente Eisenhower:

—¡...el presidente, el presidente, ra, ra, ra!

Posaron para fotos —que le darían la vuelta al mundo, e incluso serían estudiadas en el Kremlin.

El presidente Eisenhower fue a su escritorio y le dio a cada niño una pluma. Grabadas, tenía las palabras: "Robada de Dwight D. Eisenhower". Cuando César tradujo las palabras, Ángel la soltó de inmediato, diciendo:

—Ah, me van a meter a la cárcel.

La sonrisa del presidente confirmó que se trataba de una broma, y Ángel se agachó a recoger la pluma. El presidente le ofreció otra para cambiársela, y Ángel la tomó sin soltar la que había recogido.

—Me las llevo las dos.

Si tan sólo el sargento Harbrush, el guardia fronterizo que no consideraba que los *mojaditos* fueran dignos de hablar del presidente de Estados Unidos, hubiera podido ver a los niños tomando turnos para sentarse a girar en la misma silla desde donde el presidente Eisenhower dirigía el mundo libre.

30

Pequeños cambios

El Douglas DC-6 de Mexicana de Aviación trazó un arco en el cielo y realizó su descenso final en el Aeropuerto Benito Juárez en el corazón de México. José encabezó el coro de muchachos cantando una vieja canción:

> ¡México es mi capital!
> Aquí traigo mi canción
> Inspirada por un rebozo
> También verde, blanco y colorado
> Como mi nación.
> ¡México es mi capital!

Un desfile de automóviles escoltó al equipo hasta Palacio Nacional. Conforme recorrían las calles de la capital, las motocicletas de la policía rugían delante de ellos y todo alrededor fluía un mar de rostros emocionados que los veían desde las banquetas, autos, autobuses y todas las ventanas posibles. Los bombardeaban de flores, besos, aplausos y gritos de: "¡Viva México! ¡Viva Monterrey!"

El equipo fue recibido en palacio por muchos dignatarios, cientos de miembros de la prensa, y por los Diablos Rojos, el equipo de beisbol profesional de México. El año anterior habían ganado el Campeonato de la Liga Mexicana AA, pero eso no evitó que estos hombres adultos lloraran abiertamente cuando conocieron a los niños.

A las 11:15 a.m., los niños fueron recibidos por Adolfo Ruiz Cortines, el presidente de México. Los niños le entregaron un mensaje personal del presidente Eisenhower.

Después de las presentaciones de rigor, el presidente Ruiz Cortines le preguntó a Ángel:

—¿Qué pensaste durante el último out de tu juego perfecto?

—Mi coach me ayudó mucho. No me di cuenta de que estaba lanzando un juego perfecto sino hasta el final de la quinta entrada. En la última entrada me puse nervioso, pero el señor Faz salió a darme ánimos.

—¿Qué te dijo? —preguntó el presidente.

Ángel miró a César un momento. Quizá quería contarle al presidente sobre cómo había interrumpido las siestas de César, pero al final decidió que esos recuerdos era mejor dejarlos en un campo de tierra en Monterrey entre un pitcher y su catcher.

—El señor Faz me dijo que jugara con todo, y eso fue exactamente lo que hice. Gracias a mis compañeros de equipo y a Dios, pude hacer buenos lanzamientos y vencer los obstáculos… y estoy muy agradecido por eso —dijo Ángel como un verdadero campeón.

Quedaba claro que el presidente había escuchado sobre el campo de tierra en la que jugaban los niños en Monterrey, porque después de darle a cada niño un hermoso trofeo, les dijo:

—El gobierno de la República va a financiar la construcción de un estadio de beisbol en Monterrey, con las últimas comodidades, para perpetuar sus triunfos.

Desde el día en que el padre Esteban bendijo la cancha hasta su primer juego en la pequeña ciudad de McAllen, Texas, y todo el camino a Williamsport, los niños nunca habían dejado de visitar una iglesia católica ni de recibir la bendición antes del juego. Y siempre, en lo más alto de sus mentes, estaba la Virgen Morena de Guadalupe.

En Louisville habían hecho a César jurar que si jugaban la iría a visitar a la Basílica. Era bastante irónico que su triunfo fuera lo que traía a César a la Ciudad de México. No lo dejaron posponer el cumplimiento de su promesa.

Cuando los niños entraron a la Basílica, se encendieron las luces de la nave y el órgano empezó a tocar suavemente las notas del "Himno Guadalupano". El equipo fue recibido por el canónigo Salvador Escalante. Lo siguieron al comulgatorio, donde se arrodillaron y alzaron la vista para contemplar la tilma de Juan Diego, grabada con la santísima imagen de la Virgen María.

El canónigo Escalante dijo:

—Jóvenes atletas, están donde deben estar: ante nuestra Madre, la Virgen de Guadalupe. Ustedes salieron de su país y encontraron el triunfo gracias a su fuerza, su inteligencia y su espíritu. Han venido aquí a rendir homenaje con sus corazones inocentzes y poderosos…

Tras recibir la bendición del canónigo, rezaron en silencio:

—Virgencita, te damos las gracias y te ofrecemos nuestras trece victorias.

Y entonces sucedió algo que nunca se había visto en los cuatro siglos que llevaba la iglesia en el Cerro del Tepeyac, lugar reservado para actos solemnes de oración y penitencia. Cuando los niños empezaban a irse, los miles presentes, que habían estado arrodillados en silencio y absortos en sus oraciones o meditación, se pusieron de pie en un arranque espontáneo de aplausos. Al principio, los niños miraron con aprehensión esta manifestación de amor y se preguntaron si sería sacrilegio, hasta que vieron que el mismo canónigo se unía con todo entusiasmo a la ovación.

Por fin había llegado el momento de que los niños volvieran a casa.

—Pues qué aventura ha sido este viaje —les dijo Lucky a César y José mientras el avión se dirigía al norte de la Ciudad de México, hacia Monterrey.

—¿A poco? Hace cuatro semanas cruzaron el Río Bravo con los calzones en bolsas de papel y hace unos días estaban en la Casa Blanca, dándole la mano al hombre más poderoso del mundo —declaró José.

Los tres hombres se rieron.

En el resto de la cabina, los niños recordaban sus momentos favoritos.

—No puedo creer lo grande que es Ebbets Field —le dijo Norberto a Ricardo.

—¡No puedo creer lo que le dijiste a Roy Campanella! —lo regañó Ricardo por respuesta.

—¡Pero es que de veras *no* parece italiano! —respondió Norberto. Y en realidad, aunque Campanella es considerado el primer catcher negro de las grandes ligas, su padre era italiano.

En la fila de enfrente, Ángel le estaba mostrando algo a Enrique con una bola de beisbol.

—Así es como Sandy Koufax agarra el *splitter*.

Enrique tomó la bola y trató de imitar la forma en que Ángel agarraba las costuras.

—Ándale, Ángel, ya suelta. ¿Qué te dijo Stan Musial? —preguntó Enrique.

—Lo siento, es secreto profesional.

—¿Con qué estás soñando? —le preguntó Baltasar a Mario, que estaba reclinado con una enorme sonrisa.

—Todas esas chamacas tan lindas en Macy's.

César fue a la parte de atrás de la cabina para estar con sus jugadores.

—Ricardo y yo tenemos once años, señor Faz —exclamó Roberto. ¡Podemos jugar en el equipo del año que entra!

—Sí, el año que entra —respondió César con tono apagado. Los niños lo tomaron como una señal de agotamiento y entendieron que aún no estuviera listo para empezar a planear la estrategia de la próxima temporada.

—No van a poder con la Industrial de Monterrey. ¡Tenemos al mejor coach del mundo! —proclamó orgulloso Ricardo.

Ángel miró a César. Él sabía la verdad. César pensaba contarles sus planes a los niños, pero no ahora. No en su momento de mayor gloria. Un movimiento repentino del avión le dio a César náuseas y se disculpó al sanitario. Lucky se metió un dedo en la garganta e hizo como si guacareara, lo que hizo reír a los niños. Sólo pararon cuando César por poco abre la puerta trasera del avión, creyendo que ése era el sanitario. Por suerte, una sobrecargo atenta se apresuró a corregirlo.

Más tarde, Ángel estaba sentado en la silla del copiloto, haciendo como si moviera los controles. Todos los miembros del equipo habían sido nombrados pilotos honorarios de la Fuerza Aérea Mexicana, y como tales, a cada uno le habían dado sus alas y le habían permitido su turno de sentarse en los controles durante el vuelo.

Mirando a tierra desde la cabina, Ángel nunca soñó cómo se verían las cosas desde allí. Vio lo que parecía un gran océano blanco del que salía la espina de un reptil gigante a romper la superficie como de algodón. La espina era la larga superficie serrada de la Sierra Madre, y el océano era un ancho mar de nubes que llenaban cada ranura de sus valles. Como vapor líquido, una de esas nubes se derramaba sobre una de las cordilleras y caía del otro lado. Ángel no parecía preocupado de que esa nube pareciera desafiar a la gravedad; su mente se había convertido en una hoja en blanco donde el mundo en el que había vivido, pero que nunca había observado en realidad, le iba revelando poco a poco sus maravillas.

Pronto, se reunió con su equipo y los pilotos se prepararon para el descenso final. En la cabina principal, los niños estaban pegados a las ventanillas mientras el avión volaba sobre el corazón de Monterrey. Si el zumbido de los motores no hubiera sido tan fuerte, los niños hubieran oído los gritos desde tierra. Nadie en la historia de Monterrey había sido testigo de un espectáculo como el que recibía a los muchachos mientras descendían de mil quinientos metros.

—¡Es increíble! —dijo Fidel, que no podía ni parpadear por miedo a que la imagen fuera a desaparecer como un sueño cuando te despiertas.

Abajo, más de medio millón de almas, casi la población entera de Monterrey, llevaba horas formada, esperando a sus pequeños héroes. Aun desde esa altura, los niños podían ver que toda la ruta de más de veinte kilómetros del Aeropuerto Norte al centro de la ciudad, estaba flanqueada a ambos lados por grupos de hombres, mujeres y niños.

—¿Es por nosotros? —preguntó Rafael.

—Ustedes son sus héroes —respondió César.

—Ni nos conocen —dijo Fidel.

—Saben lo que hicieron.

Esto era mucho más de lo que hubieran esperado de la ciudad que apenas hace unas semanas los veía como desposeídos. Ése fue el primer momento en que de veras empezaron a asimilar la importancia de lo que habían logrado.

El gobernador de Nuevo León publicó este mensaje en todos los diarios de la ciudad:

A LOS MUCHACHOS DEL EQUIPO DE MONTERREY, CAMPEONES MUNDIALES DE LAS LIGAS PEQUEÑAS DE Beisbol

Qué ganas de que ya lleguen. En este breve mensaje, quiero darles la bienvenida de regreso a Monterrey y reconocer cordialmente su victoria deportiva. Han traído a nuestra ciudad un triunfo sobre otras naciones.

Ustedes han motivado a todo México a triunfar. Admiramos y reconocemos la bondad que han demostrado mediante su fe y su amor patrio. Eso fue lo que los llevó a la victoria.

Cuando lleguen a casa, encontrarán el amor de sus padres, amigos, compañeros de escuela y maestros. Encontrarán el respeto de todos los ciudadanos. Atesoren todo esto como la más íntima recompensa a todos sus esfuerzos en aras del deporte y de la humanidad. Con su tenacidad, disciplina y modestia, han acrecentado nuestro patriotismo. Estamos muy orgullosos de su desempeño, y quisiéramos hacer una celebración en honor de ustedes, que han demostrado tal esfuerzo y valentía.

En todos los hogares de Nuevo León imperan sentimientos de admiración y bondad.

Sinceramente,
Sr. Raúl Rangel Frías
Gobernador de Nuevo León

Durante casi una semana, la ciudad de Monterrey había estado ocupada planeando el mayor festejo de su historia. Pequeños cambios, algunos tan pequeños que sólo los notarían los niños, se estaban acumulando para ser parte de un milagro inmenso, unidos por el beisbol y la fe.

El homenaje oficial tendría lugar esa tarde, 30 de agosto, a las siete, en el balcón poniente del Palacio de Gobierno. El programa oficial había sido organizado por alumnos de la escuela de Ángel. Muchos de los niños que molestaban a Ángel por sus orígenes humildes, ahora lo celebraban: se habían quedado toda la noche haciendo piñatas para la fiesta de bienvenida. Por orden del general Domingo G. Martínez, el Séptimo Regimiento Militar y el Decimoctavo Destacamento de Infantería le harían al equipo una guardia de honor.

El avión aterrizó, se detuvo en la pista, y el piloto apagó los motores. Antes de que las aspas dejaran de girar, una enorme multitud enloquecida rodeó al avión. El dueño de una compañía de transporte urbano había ofrecido toda su flotilla para llevar gratis a miles de personas al aeropuerto.

Los fanáticos se agolparon en torno al aeronave de tal manera, que el ejército tuvo que abrir un espacio para que los niños pudieran bajar. Con los mismos uniformes y caminando, como siempre, por estaturas, salieron al océano envolvente de gente que lloraba y los aclamaba. Estaban agotados emocional y físicamente, y de muchas formas lo que los admiradores les exigían estaba más allá de los límites de estos niños.

Veinte convertibles esperaban para llevarlos los casi veinticinco kilómetros hasta el centro de la ciudad, y entre más se acercaban, más llenas de gente y frenéticas se ponían las multitudes. A un kilómetro del Palacio de Gobierno, la caravana se detuvo repentinamente. Dos largos trenes de carga estaban cruzando la Avenida Alfonso Reyes. El comandante militar a cargo de la procesión llamó por radio a los maquinistas, que de inmediato empezaron a frenar sus inmensas locomotoras. Después de un chirrido sostenido con chispas volando de los rieles de hierro, los trenes se detuvieron, y luego cada uno, con un fuerte pitazo y salida de vapor de la parte inferior, retrocedió abriendo paso a los homenajeados beisbolistas.

Durante la espera, miles de fanáticos rompieron la cerca de alambre y tuvieron que ser controlados con poderosas mangueras de agua. Docenas más lograron subirse a varios de los convertibles. Cuando el desfile volvió a arrancar, el auto que llevaba a Enrique y Rafael se sobrecalentó por el peso de tantos ocupantes. En vez de pasarlos a otros coches, la multitud hizo a un lado el vehículo y levantó a los niños en hombros para llevarlos cargando el resto del camino. César estaba preocupado, pero no tenía manera de llegar a sus dos jugadores. Sólo podía rezar por que en su amorosa histeria, los ciudadanos protegieran a los niños.

Detrás de ellos, se escuchaban los pitidos de las Máquinas Diesel 6518 y 6206, que se unían al griterío de las miles de orgullosos regiomontanos.

Después de dos horas de abrirse paso entre las multitudes, la caravana de autos finalmente llegó a su destino en la Plaza Benito

Juárez. Había gente asomada de las azoteas, sentada en las ventana, colgada de los postes, y en cada hueco y rincón visible.

El día se había hecho noche cuando los niños entraron al Palacio de Gobierno. Construido de enormes bloques de cantera rosa por artesanos en el siglo pasado, su arquitectura clásica mantenía el estilo colonial de la época del virreinato. En un muro exterior adjunto al pórtico, se develó una inscripción con los nombres de los niños y sus victorias grabados en piedra para la posteridad. Una compañía de artillería inició un saludo de veintiún cañonazos, que iluminaron el cielo como rayos.

Los niños traían ramos de flores para sus mamás, y conforme cada jugador se reunía con los suyos, podían escucharse gritos de alegría sobre el ruido de la multitud.

Patricia, la hermana de Baltasar, lo abrazó tan fuerte que él pensó que se iba a ahogar. Pero estaba tan feliz de verla que no le importó.

Ángel, el niño con nervios de acero, lloró cuando abrazó a su madre. Al soltarla, Ángel quedó ante su padre.

—Perdóneme, papá. No era mi intención desatender tanto tiempo mis quehaceres.

—Que se esperen los quehaceres.

Ángel se quitó la medalla y se la entregó a Humberto.

—Para el altar de Pedro.

—No —dijo su padre, tomando suavemente la mano de Ángel que aún sostenía la medalla. Es para ti, m'hijo.

Humberto cargó a Ángel y lo abrazó fuerte en sus poderosos brazos y en ese momento Ángel supo que al fin había llegado a casa.

El Concejo Municipal declaró a los niños Ciudadanos Distinguidos, y les entregaron certificados especiales. También los admitieron al Salón de la Fama del Deporte de Nuevo León, y para culminar los honores, los rectores de la Universidad de Nuevo

León y del Tec de Monterrey le dieron a cada jugador una beca completa para el resto de sus estudios. Para la mayoría de los niños, sería la diferencia entre poder o no terminar la preparatoria e incluso considerar una carrera universitaria.

Norberto se volvió con Enrique y gritó por encima de la multitud:

—¡A lo mejor sí vas a poder ser ingeniero!

—Seguro que hasta se le hace salir con la Gloria Jiménez —agregó Ricardo.

—¡A los héroes de Monterrey! —anunció el gobernador con los brazos en alto, compartiendo por un momento el sentimiento de triunfo puro.

César finalmente encontró al padre Esteban y le entregó un souvenir de Ebbets Field: una chamarra de los Dodgers de Brooklyn.

—Tuvieron mucha suerte de que a su cura le gustara el beisbol —dijo César mientras ayudaba al cura a meter los brazos en las mangas satinadas.

—El beisbol no está mal —dijo el padre Esteban, encogiéndose de hombros.

—¿Cómo? Pensé que nunca se perdía un juego.

—Por ellos.

—Pero yo di por hecho que a usted le encantaba…

El padre Esteban le indicó a César que se acercara como si fuera a revelarle un terrible secreto.

—Un día, sin querer puse un juego de los Dodgers. Después de la misa al otro domingo, se los puse a los niños y les encantó. ¿Sabes lo difícil que es mantener a una docena de niños metidos en la iglesia dos horas?

De pronto, los dos hombres notaron que Gloria le daba un abrazo a Enrique.

—Parece que ahora va tener nueva competencia —dijo César, riendo.

El rugido de la multitud continuaba, y César vio a la persona que más deseaba y al mismo tiempo que más temía desear. Pasó saliva y se acercó a María entre los empujones de los fanáticos. Había llegado el momento de la verdad.

—César.

—María, te lo puedo explicar. Yo…

Antes de que pudiera acabar de mascullar otra disculpa, María lo abrazó.

—¡Yo siento lo mismo!

—¿De veras?

—Al principio estaba enojada, pero luego recibí tu telegrama.

¿Telegrama? —pensó César. *Yo no mandé ningún telegrama. Un momento…*

César miró sobre el hombro de María y vio que sus jugadores lo miraban y sonreían traviesos.

César hubiera jurado que los vio articulando las palabras: "Cosas inesperadas en momentos inesperados…"

Cuando terminó la ceremonia oficial, el equipo pasó por última vez al balcón principal de palacio para decir adiós a los cientos de miles de personas congregadas. Vehículos de la policía esperaban para llevar a los niños y sus familias a casa. César se despidió de sus jugadores como un padre de sus hijos… con una mirada bondadosa y una plegaria.

César y María se sentaron un rato. Se dijeron pocas palabras, aunque César sabía que tenía algo muy importante que decirle. Pero no se atrevía a estropear el momento.

Algo que al fin dijo María obligó a César a volver a su disyuntiva.

—No estoy segura de que mi papá te quiera ver esta vez. Pero puedo intentarlo —dijo esperanzada.

Fue entonces que César le contó que lo habían despedido y sobre su oportuna oferta de trabajo de los Orioles de Baltimore. Ni siquiera había dicho si iba a aceptar el trabajo cuando María se levantó y dijo enojada:

—No puedo creer que te esperé todo este tiempo, ¿y ahora me sales con que te vas a ir?

La dicha del reencuentro se había prácticamente evaporado. César no entendía muy bien a las mujeres. Incluso se preguntaba si las entendía tanto como sus muchachos, pero sí sabía contar y éste era inequívocamente su tercer strike.

César se ofreció a llevar a María a su casa, pero ella le dijo que mejor no: su padre lo molería a golpes al ver que su hija había estado llorando y que César era el causante. Unos amigos de ella se iban de la plaza en ese momento, así que le dijo adiós.

César decidió irse caminando a su casa. Después de horas de ovaciones y gritos, el solitario silencio de la calle era un marcado contraste en sus oídos. Aquí era donde el camino de César y el de los muchachos se dividía. Todo había terminado.

En unos días, César empacaría sus escasas pertenencias y dejaría atrás el Cerro de la Silla y sus montañas, quizá para siempre. Baltimore, con su ajetreado puerto y recio carácter urbano, lo esperaba.

A pesar de que ya era el día siguiente, le había dicho a Lucky que lo veía mañana, aunque en realidad quería decir más tarde esa noche. Planeaban celebrar la última noche de César en Monterrey del mismo modo en que habían bautizado tantos bares en el malecón de Luzon, las Filipinas y del Barrio Antiguo.

Pronto, César estaba en Matamoros Oriente en el barrio El Nejayote, frente a una casa donde la calle terminaba en el Río Santa Catarina. Tres estrellas borradas aún se veían en la ventana. No necesitaba buscar la llave de la puerta: no había cerrado con llave al irse. Nadie se iba a meter. Y si sí, había poco qué robarse.

—¡A César Faz! —dijo Lucky y alzó su cerveza. Hacía mucho que se había puesto el sol en este día de fiesta, pero César, Lucky, José y sus camaradas seguían celebrando hasta bien entrada la noche.

370

—Buena suerte en Baltimore —dijo José.

—Que se cuiden los Yankees —dijo alguien más. ¡Con el señor Faz de coach, el resto de la Liga Americana no tiene esperanzas!

Se bebieron las últimas rondas, y César abrazó a sus amigos y los vio dispersarse por las calles empedradas hacia sus vidas separadas. Al volver a casa, se retiró a su recámara. Antes, su padre la había usado de imprenta. Trató de dormir pero no encontraba el alivio del reposo. Su fatiga no era sólo física, causada por el largo viaje, sino que también era la fatiga de volverse a sentir solo.

Se levantó y fue a la cocina. No sabía bien a qué. No había comida ni bebida, pero era otra habitación.

Entonces la vio. Alguien obviamente había entrado a su casa mientras él no estaba.

En su mesa había una bola de beisbol muy gastada. Sobre una mancha azul estaba la tinta fresca del autógrafo nuevo de Stan Musial. Todo alrededor, estaban garabateados los nombres de los niños del primer equipo de la Liga Pequeña Industrial de Monterrey.

César tuvo lo que en muchos círculos se conoce como un momento de claridad. Se dio un largo regaderazo, se vistió y aguardó impaciente a que saliera el sol. Cuando al fin llegó el amanecer, encontró una pluma y algo de papel y escribió una importante carta, que echaría al buzón de camino. Iba dirigida a la gerencia de los Orioles de Baltimore. No iban a entender su decisión, pero francamente no le importaba. Tenía cosas mucho más importantes en qué pensar.

Hablaría con la gerencia de Vitro y les pediría que le devolvieran su trabajo. Sería respetuoso pero firme, y en el peor de los casos, buscaría trabajo en otra parte.

Pero primero, tenía que hacer otra parada. Aunque todavía estaba fresco, empezó a sudar de la emoción. Era la clase de anticipación nerviosa que sintió antes de la Serie Mundial de las Ligas Pequeñas. Caminó a la Calle Platón Sánchez y tocó una puerta. Todavía no eran ni las siete y media, y sabía que su rostro podía ser no muy bien recibido tan temprano, ni a cualquier otra hora del día. Pero estaba decidido a lograr lo imposible: iba a convencer al umpire de permitirle un cuarto strike.

Un hombre ancho de pecho abrió la puerta y con ojos entrecerrados clavó la mirada en los ojos de César.

—Buenos días, señor González. Soy César Leonardo Faz y vengo a pedirle la mano de su hija…

Epílogo: Rosas en invierno

El autobús de Valley Transit salió de la estación de McAllen, Texas. La escala de una noche le había permitido a César descansar para poder llegar a Monterrey por la tarde, fresco para el acto. También le dio la oportunidad de revisitar la ciudad a la que había viajado por primera vez hacía casi cincuenta años en 1957.

Había ido a visitar a la familia de su sobrina en San Antonio. Es un largo trayecto en autobús de ahí hasta Monterrey —más de doce horas—, y es mucho más rápido tomar un vuelo, pero a César nunca le gustaron los aviones cuando era más joven, y ahora a sus ochenta y tantos, los evitaba por completo.

McAllen había cambiado mucho. Home Depots y centros comerciales con cafeterías Starbucks corrían a lo largo de la vieja Business 83, la calle en que alguna vez había estado el Motel Grand Courts con su pequeña alberca. La lonchería La Esquina Concurrida era ahora un *outlet* de ropa y las canchas del Parque Baldwin albergaban una comunidad de casas rodantes.

Hasta el autobús era mucho más cómodo que aquel en el que había viajado con su equipo en 1957: tenía aire acondicionado, asientos reclinables, hasta un sanitario. No, no se parecía en nada a lo que recordaba. Por otro lado, estaba seguro de que McAllen pensaría lo mismo al verlo a él.

En menos de veinte minutos, el autobús cruzó el Puente Internacional McAllen-Hidalgo-Reynosa. Hizo a César pensar en otro puente y otra época: ése quedaba unos cuantos kilómetros río arriba, y la última vez que lo había atravesado, iba a pie siguiendo a un grupo de beisbolistas de doce años.

César hubiera estado feliz de quedarse más tiempo en San Antonio, pero ese mismo día tenía que reunirse con los miembros sobrevivientes de aquel equipo —nueve de los catorce originales—, para la dedicatoria de un nuevo campo de las Ligas Pequeñas. Aunque hubiera estado en China, se hubiera regresado remando para no fallarle a los "muchachos".

Pensó un momento en la palabra *muchachos*. Los seguía viendo así, aunque todos tuvieran sesenta y pocos. Rió suavemente para sí —recordó los tiempos en que pensaba que uno a los sesenta años era increíblemente viejo, pero ahora, qué no daría por ser así de joven. Aunque, por supuesto, no cambiaría un solo instante de los últimos cuarenta y nueve años que había pasado con su esposa, María del Refugio González de Faz.

Ella venía dormida en el asiento junto a él. Pensó en despertarla cuando el autobús atravesaba McAllen, pero misericordemente decidió librarla de su viaje por los recuerdos, viaje que ella había escuchado pacientemente durante casi cinco décadas.

—Última parada, Monterrey —anunció el conductor del autobús cuando llegaron a su destino. María del Refugio Faz abrió lentamente los ojos y le sonrió a César. A él le encantaba despertarse antes que ella por las mañanas para ver cuando ella recibía el día.

Los Faz se encaminaron al Estadio de Beisbol Monterrey, hogar de los Sultanes de la AAA. Con capacidad para 33 000 espectadores, había sido edificado por la constructora de Pepe. De pie en el campo, César miró con orgullo el paño verde, blanco y rojo de la bandera mexicana que ondeaba desafiante en el asta del jardín central. Al acercarse al dugout, vio a los "muchachos".

—Qué alegría que pudo llegar al juego, señor Faz —dijo Enrique.

—Hoy no tenía nada mejor que hacer —respondió César.

—Ni hoy ni nunca tiene nada mejor que hacer —dijo Ricardo.

César no contestó; ya estaba analizando la contienda. Los veteranos de la Industrial de Monterrey iban a jugar unas cuantas entradas de exhibición contra los Sultanes.

—Se ven rudos —dijo César. Bueno, recuerden…

—Ya sabemos —interrumpió Ángel— Cosas inesperadas…

—…en momentos inesperados —corearon los demás.

—Hablando de lo inesperado, ¿recuerdan esto? —preguntó César mientras lanzaba rápidamente una bola a Ángel. Los reflejos del pitcher aún eran agudos y la atrapó con la mano izquierda.

—Ha recorrido mucho mundo para ser una bola de beisbol —dijo Ángel, rotándola lentamente en su mano mientras contemplaba los autógrafos que cubrían su superficie.

Los Sultanes estaban calentando por la línea de primera base. Además de haber construido el estadio, Pepe también era dueño del equipo, pero hoy no había venido en calidad de ejecutivo. Acababa de salir de los vestidores con una camisola diseñada especialmente para la ceremonia de hoy. En la franela del frente decía MONTERREY. Excepto por ser de talla más grande para dar cabida a su edad y a la corpulencia de una buena vida, era una réplica de la camisa que había usado en 1957.

También presentes en la banda opuesta, estaban los niños de doce años del nuevo equipo de la Industrial de Monterrey. Sus camisolas también decían MONTERREY, pero estaban confeccionadas con telas modernas —como las de los profesionales de hoy. El joven equipo miraba con respeto a los primeros regiomontanos que usaron el uniforme de las Ligas Pequeñas.

Un anciano cuidaba el oasis que rodeaba el pequeño santuario a Nuestra señora de Guadalupe. El anciano, una especie de jardinero honorario, levantó una lata de cobre descolorida y soltó un chorro de agua que salpicó los rosales de flores inexplicablemente rojas. Deteniendo su tarea, hizo una pausa para mirar hacia el campo y admirar los esfuerzos de los jugadores veteranos. La mayoría estaba teniendo dificultades para lanzar la pelota alrededor del diamante —el deseo aún estaba vivo, pero hacía mucho que la fluidez los había abandonado. Unos cuantos, como Enrique y Ángel, aún podían jugar bastante bien, pero al otro lado del espectro, Alfonso Cortez se estaba quedando ciego poco a poco por la diabetes.

Lamentablemente, un paro cardiaco se había llevado a Lucky hacía casi veinte años, y aunque el padre Esteban también había fallecido, dejó atrás un legado indeleble, y un viejo radio que donó al Tec de Monterrey.

Ricardo, el "bebé" del equipo con sólo sesenta y un años, se inclinó para recoger un lanzamiento bajo de Gerardo. El gemido de Ricardo fue bastante sonoro, y por un momento parecía que se había roto los pantalones.

Pronto, las gradas se llenaron de gente de todas las edades. Unos agitaban banderines y banderas, otros comían tortas y churros, pero todos miraban maravillados a las tres generaciones de beisbolistas que ahora se alineaban en las líneas de primera y tercera base.

El alcalde de Monterrey dijo unas palabras y luego presentó a Eloy Cantú Jr., que estaba en el home, sus facciones parcialmente opacadas tras varios micrófonos.

—Damas y caballeros, por favor den una cordial bienvenida a los Sultanes, el equipo regiomontano de hoy —dijo Eloy, y la multitud aplaudió.

Respiró profundamente y continuó:

—En 1957, mi padre voló a Williamsport, Pensilvania, y tuvo el honor de transmitir la final de la Serie Mundial de las Ligas Pequeñas. Ha pasado casi medio siglo y, desafortunadamente, han fallecido muchos de los ciudadanos que fueron testigos de ese evento, incluyendo a mi querido padre. Pero me consuela y me honra estar aquí ante ustedes para presentarles a los miembros sobrevivientes de aquel equipo que hizo historia para nuestra ciudad y nuestro país.

Siguió una enorme ovación de pie. Eloy se limpió una lágrima de los ojos mientras observaba a la multitud que extasiada vitoreaba a los Campeones Mundiales de las Ligas Pequeñas de 1957. Sintió que de alguna manera también rendían tributo a su padre, cuya contribución el 23 de agosto de 1957, había ligado su memoria a este milagroso suceso. Eloy recuperó la compostura, y sus palabras salieron forzadas a través del nudo en su garganta.

—También están aquí presentes los integrantes del nuevo equipo de la Industrial de Monterrey. En 1988, el Huracán Gilberto hizo estragos en esta ciudad. Cientos perdieron la vida. La cancha original donde jugaban estos muchachos fue destruida, y la Industrial de Monterrey dejó de existir. Muchos de ustedes son demasiado jóvenes para recordar esa tragedia, pero hoy tengo el agrado de anunciar la ubicación de su nueva cancha y el renacimiento del equipo —proclamó con orgullo.

Se volvió con los jóvenes jugadores y les dijo:

—Ustedes son nuestro futuro.

—¡Cuenta llena! —gritó el umpire.

Ángel tomó la señal del catcher y se dispuso a pitchar. Norberto ya no estaba, lo sustituía un joven jugador de los Sultanes. Esa posición es demasiado agotadora para un hombre mayor, pero Ángel habría dado cualquier cosa por ver a su amado catcher acuclillado detrás del plato.

Pausando para mirar a la multitud, Ángel saboreó el momento, sabiendo que hasta "los pájaros en el cielo lo tenían que esperar". Tomó impulso y soltó el lanzamiento.

—¡Strike tres!

Una entrada más tarde, la voz del locutor decía por los altavoces:

—Un out, la Industrial de Monterrey sigue manteniendo su ventaja de una por cero. Pero Ángel parece cansado. El señor Faz ha pedido tiempo fuera y está saliendo a calmar a su pitcher.

—Te ves distraído —le dijo César a Ángel cuando los dos hombres se encontraron en el montículo. ¿Estás cansado?

—Me están volviendo loco —dijo Ángel, señalando hacia el jardín central.

En el outfield, Pepe y Enrique estaban discutiendo. César aún no llegaba hasta allá, pero ya podía oírlos alegando, y supo de inmediato de qué se trataba.

—Yo soy Duke Snider —dijo Pepe.

—No, yo soy —contestó Enrique, igual de necio.

—¡Yo pedí primero!

César pegó un grito por encima de la discusión:

—¡Ya estuvo bueno! Ninguno de los dos es Duke Snider. ¡Ahora a jugar beisbol!

—¡Mira lo que hiciste! —acusó Pepe a Enrique.

—¡Muchachos! —dijo César y alzó la vista al cielo mientras regresaba al dugout.

El viejo jardinero bajó la lata con la que regaba y caminó al dugout. Los años de trabajo industrial habían dejado los dedos de Humberto engarrotados por la artritis, y su cara estaba curtida como si hubiera pasado la mayor parte de su vida en el mar, aunque nunca había estado a menos de cien kilómetros de ninguno de los mares que rodean a México.

—Lo extrañé en la misa del domingo —dijo Humberto. Primera vez que falta desde que me acuerdo.

—Estaba visitando a mi familia en Texas —respondió César.

—No conozco por allá.

César miró sobre el hombro de Humberto hacia el nuevo horizonte regiomontano en el que se perfilaban más allá las montañas.

—No está mal, pero no es tan bonito como Monterrey.

—¡Strike tres, ponchado! —vino el grito del umpire. Humberto y César volvieron un instante hacia el montículo.

—Su hijo todavía tiene un brazo tremendo —dijo César.

—Y la voz de un ángel —dijo Humberto, sonriendo.

—Aquél fue un verano extraordinario, ¿no? —preguntó César.

—Todo se lo deben a usted —dijo Humberto, con una mirada suave.

César se encogió de hombros.

—Yo nomás les enseñé un poquito de beisbol. Ellos me enseñaron que se le pueden ver las alas a un colibrí.

Finalmente era hora de marcharse. César se reunió con su esposa y le tendió la mano. Le encantaba tomarla de la mano, ya fuera ante treinta mil espectadores o cuando los dos caminaban solos en el pequeño parque cerca de su casa.

Cuando César estaba a punto de guiar a María hacia el oscuro túnel de la salida del estadio, se detuvo a unos pasos de la línea de primera base. Se volvió a mirar por última vez a sus "niños", que medio siglo antes habían transformado un terreno lodoso y lleno de piedras en un diamante de beisbol, y se dio cuenta de que los hombres hacen lo que tienen que hacer ante Dios y los demás hombres, pero en ocasiones los niños hacen cosas que trascienden los cuentos de hadas.

En sus propias palabras

César Faz (n. 6 de noviembre de 1918)

Aunque trabajé varios años en la Cristalería y Vidriera Monterrey, pasé la mayor parte de mi carrera (treinta y seis años) en la famosa Fabricación de Máquinas (FAMA). Me retiré después de haber ascendido hasta el puesto de gerente general de relaciones industriales.

Recuerdo cada detalle de aquella temporada de 1957, pero lo que más me sorprendió fue la total falta de experiencia y conocimiento de los niños al principio del viaje. Todavía recuerdo que Jesús *Chuy* Contreras nunca se había subido a un coche, y cuatro semanas después estaba en la Casa Blanca con el presidente de Estados Unidos. Fue un gran viaje para todos nosotros.

Después del evento milagroso, regresé a trabajar a FAMA y en 1958 me casé con el amor de mi vida, María del Refugio González. Vivimos en San Nicolás, donde criamos a cinco hijos: César, María Eugenia, Virginia Guadalupe, José Javier y Claudia de Jesús, que así se llama porque nació en Navidad. Me mantuve en contacto con las Ligas Pequeñas, y ahora soy miembro con derecho a voto de la Liga Mexicana de Beisbol Profesional. De 1985 a 1991, fui director del Deporte del Estado de Nuevo León. Estoy orgulloso de estar en el Salón de la Fama del Beisbol Mexicano, pero más me sorprendió que le pusieran mi nombre a una calle en la Colonia Industrias del Vidrio. Pero ni los trofeos ni las calles, ni aunque le pusieran mi nombre a una plaza entera, se comparan con el grandísimo honor que fue guiar a esos catorce niños al triunfo.

ÁNGEL MACÍAS (n. 2 de septiembre de 1944)

Recuerdo mi experiencia en Williamsport, Pensilvania, como una de extrema alegría e inocencia. Lo que más me impresionó fue el apoyo que nos brindó la gente de Estados Unidos. Cuando llegamos allá, estábamos tan fuera de lugar, éramos tan distintos y tan pequeños que llamamos la atención. Los niños estadounidenses estaban más acostumbrados a eso y eran más serenos, menos emotivos, pero nosotros sonreíamos y brincábamos y gritábamos.

Cuando regresé, estudié hasta terminar la preparatoria en el Instituto Regiomontano. Finalmente, decidí dedicarme al beisbol profesional y firmé con la organización de los Ángeles de California. Jugué con ellos y con otros equipos hasta 1974, cuando me retiré del beisbol y regresé a Monterrey. Inmediatamente retomé los estudios universitarios, obtuve el título de licenciado en Administración de Empresas y comencé a trabajar para el Grupo Alfa.

En 2001, regresé al beisbol como director de una academia donde puedo dar a jóvenes jugadores con talento la oportunidad de superarse y desarrollar su potencial. Cada año, egresados de la escuela llegan a equipos estadounidenses del beisbol de las Grandes Ligas, y cada uno se lleva de México un pedacito de mí y del sueño de la Industrial de Monterrey. Me casé con un hermoso ángel llamado Josefina Martínez, y tenemos tres hijas: Josefina, Martha Patricia y Diana Laura.

ENRIQUE SUÁREZ (n. 11 de agosto de 1944)

Vivo muy cerca del campo donde empezamos con el beisbol. En la Industrial de Monterrey no nos hacíamos muchas ilusiones sobre qué tan lejos podíamos llegar en el torneo, pero llegamos hasta el final. La cosa que más destaca en mi recuerdo es que éramos jóvenes y temerarios, y que no nos dejábamos intimidar por nuestros oponentes porque no teníamos nada qué perder. Aunque todos éramos muy buenos compañeros, recuerdo a Norberto Villarreal como un gran amigo y lo extraño mucho. Fue el primero que falleció.

Después de Williamsport, Pensilvania, todos recibimos becas para seguir estudiando en escuelas privadas. Fue una gran oportunidad puesto que mis padres nunca hubieran podido pagarme una educación. Me mandaron al Instituto Regiomontano, una reconocida escuela para las clases privilegiadas. Siempre sentí un fuerte contraste entre mi origen y el de mis compañeros. A pesar de la beca, tuve que dejar los estudios al terminar la secundaria. Teníamos tan poco dinero, que tuve que ponerme a trabajar para ayudar a mi familia a salir adelante.

Perdí contacto con mis compañeros de equipo durante varios años, y me reuní con mis viejos camaradas gracias a los esfuerzos del señor William Winokur. Cada que viene a Monterrey, invita a todo el equipo a comer a Los Gatos, un restaurante famoso por su cabrito. A veces siento que no ha pasado el tiempo, aunque ahora hay muchos viejos sentados a la mesa. El campeonato de 1957 cambió nuestras vidas, fue una experiencia que nadie nos puede quitar. Sé que siempre nos tendremos uno al otro hasta el día en que todos hayamos dejado de existir.

José *Pepe* Maiz (n. 14 de agosto de 1944)
Me impresionaron mucho las primeras noches que viví con mis compañeros de equipo en McAllen, Texas, porque algunos de ellos despertaban en el suelo. Al principio pensaba que se habían caído, pero pronto descubrí la desconcertante realidad: nunca habían dormido en una cama. Este contacto con personas de menores recursos de lo que yo estaba acostumbrado, me abrió los ojos y me hizo revalorar todo lo que tenía. De veras me enseñaron humildad, que creo que se convirtió en un aspecto fundamental de mi personalidad.

Tras regresar de Williamsport, Pensilvania, seguí jugando beisbol en otras ligas, y tuve la oportunidad de jugar en otros torneos internacionales. En 1961, tuve que tomar una decisión muy difícil cuando un buscador de talento me invitó a jugar con los Gigantes de San Francisco. Estaba muy ilusionado con la idea, pero mi padre fue inflexible en cuanto a que yo terminara mis estudios en el Instituto Tecnológico de Monterrey, donde finalmente me titulé de ingeniero civil y luego hice una maestría en administración de empresas y finanzas. Pasé uno de esos años como estudiante de intercambio en Wisconsin, donde aprendí inglés y descubrí otros deportes como el futbol americano.

Después de casarme con María de Lourdes Domene, trabajé varios años para la ciudad de Puebla, pero después regresé a hacerme cargo de la empresa de mi padre, la Constructora Maiz Mier, responsabilidad que desempeño hasta hoy. En 1982, cuando me convertí en presidente del equipo de beisbol profesional AAA de Monterrey, los Sultanes, prometí dos cosas: hacerlos campeones otra vez (no lo habían sido en veinte años) y construir un nuevo estadio. Lo segundo tomó ocho años, y el Estadio Sultanes es una de las arenas de beisbol más grandes de América Latina. Un año después, nuestro equipo conquistó el campeonato y lo hizo dos veces más en esa década.

He tenido la fortuna de recibir muchos honores y reconocimientos en la vida, pero considero que lo más importante fueron cuatro admisiones: al Salón de la Fama de América Latina en Laredo, Texas; al Salón de la Fama del Tec de Monterrey; al Salón de la Fama de la Liga Mexicana de Beisbol; y por último al Salón de la Excelencia de Williamsport, donde soy el primer mexicano en recibir tal honor. También estoy orgulloso de tener una familia y de poder transmitir mis valores a nuestros cuatro hijos: José, Mauricio, María de Lourdes y Eugenio.

NORBERTO "BETO" VILLARREAL (n. 23 de septiembre de 1944) *contado por su viuda, María.*
La experiencia de Norberto en Williamsport, Pensilvania, cambió su vida y su estatus para siempre. Ellos se asombraron por la reacción que tuvo toda la ciudad de Monterrey cuando regresaron a casa cubiertos de gloria. Norberto, al igual que los demás niños, recibió una beca para continuar sus estudios y así lo hizo

hasta que lo contrataron en Tráilers Peña para trabajar de jornalero en la planta y jugar beisbol en el equipo. Era el héroe y líder moral de su colonia. Cuando había algún problema o pleito en el barrio, despertaban a Norberto para pedir su ayuda. Tenía fama de ser un gran conciliador y fue fuente de inspiración para muchos jóvenes.

A los dieciocho años se casó conmigo, María de Jesús Celestino. Formamos una familia con cuatro hijos: Claudia, Jesús Antonio, Adriana Guadalupe y Judith. Después de trabajar y jugar beisbol en Tráilers Peña, Norberto inició una intensa búsqueda de estabilidad, y a menudo cambió de trabajo y de profesión. Construyó autopartes en una fábrica, pocos años después se volvió agente de tránsito, y andaba patrullando en motocicleta. Poco después, decidió buscar una nueva vida en Estados Unidos, donde trabajó en construcción y aprendió todas las habilidades necesarias para construir una casa. Regresó a Monterrey y fue alguacil unos años más. La estabilidad que tanto buscaba seguía eludiéndolo y dejó ese trabajo para ser cantinero en un centro nocturno. La última profesión de Norberto fue manejar varias cantinas con su hermano mayor. La cirrosis acabó con su vida en 1996.

Beto era un hombre bueno y querido por todos, que nunca le pidió a nadie una oportunidad. Su vida fue un reto, pero encontró la felicidad en su familia y en los recuerdos de su victoria con sus compañeros de la Industrial de Monterrey.

BALTASAR CHARLES (n. 28 de enero de 1945) *contado por su viuda, Berta.*
Norberto Villarreal presentó a Baltasar con el señor Faz, que estaba completando un equipo para ir a Estados Unidos. Había algo diferente en ese grupo de niños con el que empezó a jugar beisbol, y por fin había esperanza en su vida.

Pero Baltasar estuvo a punto de no ir a Monterrey porque no quería dejar a su hermana Patricia. Fue ella quien lo tranquilizó, convenciéndolo de que le dolería más que él se perdiera de esa increíble oportunidad. Verla siempre adolorida perturbaba profundamente a Baltasar, y se preocupó por ella cada día que estuvo fuera. Lo que lo hacía seguir adelante era el deseo interno de ganar por ella.

La experiencia más sentida y sincera que tuvo en su viaje por Estados Unidos hacia Williamsport, Pensilvania, fue tener la oportunidad de conocer a sus héroes. Entrar al Ebbets Field y ver el juego de los Dodgers de Brooklyn fue una experiencia que siempre recordaría. Contaba esa historia cada vez que tenía la oportunidad.

Aunque Baltasar tenía una beca, no terminó la preparatoria. La condición de Patricia siguió empeorando, y murió antes de cumplir doce años. Cuando se puso más grave, Baltasar dejó la escuela para quedarse junto a su lecho. Ella le pidió que no se preocupara por ella. Le dijo que el mejor momento de su vida había sido aquel verano en que su hermano iba en ese increíble viaje hacia Williamsport. Todos los días esperaba ansiosa a que su padre trajera *El Norte* para ver si había alguna noticia sobre la Industrial de Monterrey y si mencionaban a Balta. Y cuando así sucedía, ella decía que en esos momentos olvidaba su dolor. ¡Estaba tan orgullosa de él!

Sin el beneficio de una educación, las oportunidades de trabajo para Baltasar se habrían visto limitadas al trabajo manual en las fábricas. Pero las habilidades que había desarrollado en la Industrial de Monterrey le permitieron dedicarse a lo que más amaba —después de la familia, por supuesto— y se volvió beisbolista profesional.

Baltasar jugó beisbol en equipos de Houston, Texas y Monterrey. A los treinta y seis años, una fuerte barrida le provocó una terrible ruptura de pie que terminó con su carrera de beisbolista. Entró a trabajar a Fibras Químicas, donde permaneció durante diecisiete años, y finalmente entró a Pemex, donde trabajó los últimos ocho años de su vida. Murió de un ataque cardíaco a los cincuenta y nueve años de edad. Aun después de su lesión, y aunque su trabajo le exigía gran parte de su tiempo, siempre encontraba el momento para entrenar y jugar con los niños de la colonia, emulando los ideales del señor Faz.

La experiencia de 1957 y de haber perdido a su hermana fueron los momentos decisivos en la vida de Baltasar, aunque estaban en los polos opuestos de la felicidad y la tristeza. Mi marido siempre decía:

—Si volviera a nacer, cambiaría todos mis partidos de beisbol y todos mis trofeos por que Patricia estuviera bien.

Pero Dios tenía un destino distinto para cada uno, y Baltasar hizo lo mejor que pudo con lo que Dios le dio. Era un hombre bueno y decente, que tuvo una vida dura de la que nunca se quejó. Yo no podría haberme encontrado un mejor marido, y fuimos muy felices juntos. Sin embargo, sé que los años en que jugó en equipos de beisbol e incluso las horas que pasó entrenando a los niños del barrio hasta que murió fueron los momentos más felices de su vida.

RICARDO TREVIÑO (n. 11 de septiembre de 1945)
Soy hijo de Eusebio Treviño y Oralia Cantú. Recuerdo que cuando regresaba a casa de la primaria Diego de Montemayor, algunos empleados de Estructuras de Acero solían jugar beisbol frente a nuestra casa en la Colonia Reforma. Yo tendría unos nueve o diez años. Pero fue un gran shock para mí cuando mi padre decidió probar suerte y se fue a Estados Unidos, pero se fue solo.

Solía visitarnos un par de semanas al año, pero siempre volvía a irse. Siempre extrañé a mi padre. Cuando la Industrial de Monterrey fue a Williamsport, Pensilvania, él vivía en Milwaukee. Cuando lo volví a ver un año después, me dijo que había escuchado todo acerca del campeonato en el noticiero y que estaba muy contento. Aun cuando mi padre obtuvo finalmente la residencia estadounidense, nunca me quiso llevar para allá, así que me quedé en Monterrey, donde seguí jugando beisbol.

Después de jugar en las ligas Pony y Colt, con las que participé en torneos internacionales, me volví beisbolista profesional cuando tenía apenas diecisiete años y dejé la preparatoria para unirme a los Sultanes, el equipo de casa de Monterrey. A los veintitrés años me retiré del beisbol, sabiendo que quería hacer otra cosa de mi vida. Me casé con Irma Rivera y tuvimos cuatro hijos: Ricardo, Rolando, Marcela y Adriana. Tras dejar a los Sultanes, me metí a la industria joyera, y tengo mi propia compañía llamada Pedregal Joyerías que comparto con mis hijos. También tengo un gran rancho ganadero al norte de Monterrey, y mis compañeros de equipo piensan que soy algo así como un vaquero.

Creo que la vida se trata de cometer errores y seguir adelante: ésa es la única manera de progresar. Al ser el único jugador que fue a Williamsport dos veces (la Industrial de Monterrey ganó la Serie Mundial de las Ligas Pequeñas en 1957 y 1958. Ricardo estuvo en los dos equipos y es además el único jugador que ha estado en dos equipos campeones), me cuesta trabajo distinguir en mi vaga memoria de la infancia lo que sucedió cada año. Pero siempre recordaré la hermandad y camaradería que siento por los jugadores hasta el día de hoy.

RAFAEL ESTRELLO (n. 18 de marzo de 1945)
Tengo muchos recuerdos de nuestras aventuras en Williamsport, Pensilvania, pero la imagen que resalta más claramente en mi memoria es cuando subimos por primera vez a un avión. Me aterraba y me maravillaba volar. A medio vuelo, *Lucky* Haskins se puso de pie y caminó a la parte de atrás, buscando el baño. De repente, una azafata corrió gritando hacia él, asustándonos a todos. Pero ella vio que él estaba a punto de abrir la puerta trasera del avión. Fue un momento aterrador. ¡Imagínate lo que hubiera pasado!

Estudié el bachillerato en la Prepa 1, y comencé a trabajar en Cajas de Cartón Monterrey, donde también jugué beisbol algunos años. Tuve varios trabajos en distintas compañías como Aceros Planos y la Cervecería Cuauhtémoc Moctezuma. Últimamente, he estado trabajando de agente viajero, lo que me da la oportunidad de visitar muchas partes de México. Tengo cinco hijos: Alma Dolores, María Elena, Rafael Mario, Norma Helia y Carlos Alberto. Siempre recordaré a mis trece hermanos, mis compañeros de equipo de la Industrial de Monterrey.

FIDEL RUIZ ESPAÑA (n. 24 de abril de 1945) *contado por su viuda, María.*

Fidel me contó muchas anécdotas sobre el Campeonato Mundial de las Ligas Pequeñas de 1957. Como aquella vez que se perdió y todos lo buscaron. Apenas y llegó a tiempo al juego, y todos estaban enojados con él. Pero después de unas cuantas entradas, todos le habían perdonado sus errores. Nunca olvidó haberse sentado en la silla del Presidente Eisenhower. Fue uno de los pocos miembros del equipo que se llevó *dos* plumas presidenciales. Él no se las robó, como el presidente bromeaba sobre Ángel, ya que Fidel había aprendido su lección acerca de robar allá en el campo militar.

La promesa de una beca le permitió a Fidel estudiar en la Escuela de Contadores, donde se tituló de contador, y entró a trabajar en las oficinas de la Constructora Maiz Mier, con su amigo Pepe Maiz. Fidel se casó dos veces: la primera a los dieciocho años (tuvo cuatro hijos), y la segunda a los treinta y cinco, conmigo, María Angélica Cepeda. Tuvimos dos hijos, Fidel Jr. y Angélica. Siempre lo recordaré ayudándolos con su tarea y pidiéndoles que siempre dieran lo mejor de sí. Al saber lo que él había logrado para todo México, nuestros hijos escuchaban muy atentamente sus consejos.

Desafortunadamente, Fidel tenía muchos problemas de salud, y a los cincuenta y nueve años de edad sucumbió a un ataque cardiaco y se reunió con su madre y su padre en el cielo.

GERARDO GONZÁLEZ (n. 14 de febrero de 1945)

Fui el tercero de los nueve hijos del matrimonio de Felipe de Jesús González Cantú y María de Jesús Elizondo López. Recuerdo que jugábamos beisbol en el terreno que estaba atrás de la Fabricación de Máquinas, desde donde podía irme caminando a mi casa y sentirme seguro en Monterrey. Éramos unos niños inocentes y soñadores: no teníamos maldad ni malicia. A mí me apodaban *La Pinny*, que era un apodo común para la gente bajita. Debido a mi estatura, me dieron una camiseta con el número tres, ya que el equipo estaba numerado por estaturas. Sólo Jesús *Chuy* Contreras, que tenía el número dos, era más chaparro que yo. El señor Faz, por supuesto, tenía el número uno, aunque nunca usaba su camisola numerada durante los juegos.

No estoy seguro de qué valentonada se apoderó de mí cuando dije:

—Si no los vamos a cargar, nomás vamos a jugar con ellos.

No era mi intención sonar presuntuoso; nomás no entendía qué esperaba ese reportero que hiciéramos sobre lo grandes que estaban los niños estadounidenses. Y en ese momento sí me parecían unos gigantes.

Estudié en el Instituto Franco Mexicano hasta terminar el bachillerato y después entré a la Universidad Autónoma de Nuevo León, donde obtuve un doctorado en ingeniería mecánica y administrativa, una maestría en administración de empresas y una maestría en ingeniería industrial.

Cuando regresamos de Williamsport, jugué varios años en otras ligas, pero sabía que el beisbol no duraría mucho tiempo. Empecé a trabajar en la Comisión Federal de Electricidad en 1968 y permanecí ahí treinta años. A los veintinueve años de edad, me casé con Blanca Rita Guevara, y tuvimos a Blanca Rita, Ana Beatriz, Gerardo y Gabriel.

"La unión hace la fuerza." Esta lección que aprendimos en Williamsport me ha ayudado en el campo de beisbol y en todos los aspectos de mi vida. ¿Qué es lo que más recuerdo? Recuerdo que mi apodo cambió gracias a Williamsport. En la CFE, en vez de la Pinny, mis compañeros de trabajo me decían el *Campeón*.

JESÚS *CHUY* CONTRERAS (n. 23 de febrero de 1945)
Recuerdo que conocí a Baltasar Charles y a Alfonso Cortés poco antes de nuestro Campeonato Mundial de las Ligas Pequeñas. Me encantaba cómo nos llevábamos, y todavía recuerdo que nunca nos imaginamos que pudiéramos ganar más de un juego. Ahora, como coach de Ligas Pequeñas de la Liga Cuauhtémoc, soy conocido y respetado. He seguido los pasos del señor Faz, y trato de disciplinar a mi equipo tan bien como él lo hacía con nosotros en 1957.

Cuando mi padre murió después de trabajar treinta y cinco años en la cervecería, me traje a mi madre, María Zenaida Leija, a vivir conmigo, y la he cuidado desde entonces. Es una obligación que acepto con gusto, pero como resultado nunca he sentido la oportunidad de casarme y tener hijos. En muchos aspectos, las Ligas Pequeñas han sido mi legado y sus participantes "mis niños". Los animo a estudiar duro y a jugar lo mejor que puedan este deporte que aman.

MARIO ONTIVEROS (n. 6 de diciembre de 1944)
Recuerdo 1957 y a nuestro equipo con gran orgullo. El ser tan jóvenes, y tan ingenuos a esa edad —comparados con los niños de doce años de hoy en día—, hizo que viviéramos nuestra aventura como un viaje fantástico. Aunque el señor Faz nos dirigía con una disciplina férrea, yo me divertía y me sorprendía mucho. Una vez, le tuvimos que pedir a un señor en su camioneta que nos llevara al juego en McAllen, Texas, porque no teníamos autobús. Así que todos nos subimos a la caja, y cuando arrancó, tres niños nos caímos a la calle. Ahora nos reímos, pero imagínate el susto que se llevó el señor Faz.

Debo dar al señor Faz mucho crédito por lo que pasó y por el éxito que tuvimos. Por ejemplo, en Monterrey nunca habíamos jugado de noche, así que eso fue algo nuevo con lo que tuvimos que enfrentarnos en McAllen. El señor Faz, que tenía mucha experiencia en el beisbol, nos dijo que no miráramos las luces y nos enseñó a encontrar la pelota en medio de las extrañas sombras que proyectan. Creo que la disciplina fue uno de los mayores valores que aprendí de esta experiencia, y he usado esa lección toda mi vida. La prueba más difícil vino poco después de aquella temporada de beisbol.

Cuando regresé a Monterrey convertido en héroe, le tomó al destino sólo unos cuantos meses llevarse a mi padre. Yo tenía trece años, y todos los días después de la escuela tenía que trabajar con mi mamá para ayudarla a alimentar y vestir a mis cuatro hermanos menores. Amaba el beisbol, pero no lograba estudiar todo el día, trabajar hasta entrada la noche y los fines de semana, y encima hacerme tiempo para el juego del que me había enamorado y que correspondía mi amor tan tiernamente.

Mi madre compró una máquina para hacer tortillas y una bicicleta para mí, que usaba para entregar tortillas a clientes particulares y compañías. Gracias a mucho trabajo arduo y al trabajo en equipo, ella y yo vimos crecer y prosperar a nuestra familia. De no haber sido por la madurez que aprendí en el camino con la Industrial de Monterrey, no habría tenido la fuerza necesaria para hacerme hombre tan pronto. Extraño a mi padre todos los días, pero le doy gracias a Dios de que vivió para vernos convertidos en campeones. Sé que hubiera estado orgulloso de mí si hubiera podido ver cómo le ayudé a mi madre a criar a sus demás hijos.

A los dieciocho años, justo al terminar la preparatoria, entré a trabajar a Fabricación de Máquinas de Vitro. Me ofrecieron una beca (el gobierno pagaría mi educación sin importar en dónde ni por cuánto tiempo), pero las necesidades económicas de mi familia me obligaron a renunciar a ese sueño. Nunca me sentí mal por ello: sabía que Dios me había concedido el sueño más grande de todos, y que ahora simplemente era mi turno de ayudar a que fueran posibles los sueños de mis hermanos y hermanas.

Trabajé en la Vitro durante treinta y cinco años, empecé desde abajo y ascendí hasta llegar a ser supervisor del departamento de ingeniería. El sueldo que ganaba permitió que mis hermanos y hermanas siguieran estudiando hasta la universidad.

A los veintiséis años me casé con Consuelo Rosales Garza, y tenemos tres hijos: Víctor Alberto, Jessica Rocío y Susana. Mi esposa y yo vivimos felices en nuestra casa en la Colonia Industrias del Vidrio.

ROBERTO MENDIOLA (n. 24 de noviembre de 1945)
Estudié el bachillerato en la Álvaro Obregón, pero solía irme de pinta para jugar con mis amigos. Nunca me gustó la escuela, pero hoy en día cuando les digo algo a los niños, le recomiendo que estudien duro y que elijan un deporte. Realmente creo que el deporte los mantendrá a salvo de vicios y adicciones.

Cuando tenía dieciocho años, entré a trabajar en Teléfonos, manejando líneas. A los veinticinco, me casé con María Inés Rodríguez Lozano y tenemos tres hijos: Roberto Manuel, Mirna y Eduardo Alejandro. Después de trabajar treinta y un años, y haber ascendido hasta ocupar el puesto sindicalizado más alto de la compañía, me retiré.

Estoy muy agradecido por mi experiencia en la Serie Mundial de las Ligas Pequeñas. Recuerdo la sensación de ser campeones y cómo, aunque íbamos ganando cada juego, no éramos conscientes de la magnitud de lo que estaba sucediendo. No fue sino hasta que regresamos a casa que nos cayó el veinte. También me acuerdo de estar en aquellas bases militares, sentado con mis compañeros de equipo en un cuarto echando relajo. El señor Faz nos mantenía controlados, pero eso no quería decir que no pudiéramos divertirnos y jugar. ¡Éramos unos niños!

ALFONSO CORTEZ (n. 22 de septiembre de 1944). *Casi ciego debido a la diabetes, lo siguiente fue dictado por Alfonso a Virginia Faz, una de*

las hijas de César. Lamentablemente, Alfonso murió unos días después,
el domingo 22 de julio de 2007.

He estado casado con Alma Elena Bernal durante treinta y dos
años. Tenemos cinco hijos: Alfonso, Adriana, Alejandro, Nel-
son y Patricia. Mi padre murió cuando yo tenía trece años, muy
poco tiempo después de aquella temporada de beisbol de 1957.
Cuando esto sucedió, tuve que empezar a trabajar para mantener
a mi familia. Vendí lubricantes y luego bienes raíces. A los que
más recuerdo son a Ángel, Pepe y Enrique el Cubano. También
recuerdo que César era muy estricto y nos traía cortitos, pero
todos respetábamos su disciplina.

Cuando cruzamos el río Potomac para entrar a Washington
DC, nos paramos a saludar al presidente Eisenhower. Entramos
y nos dijo hola sin ponerse de pie. Cuando me acerqué a él, sus
guardias se interpusieron inmediatamente entre nosotros y por
medio de César supe que decían que no debía acercarme al presidente. Les dije:

—Ése no es mi presidente. Mi presidente es Ruiz Cortines.

El presidente Eisenhower fue muy amable y se rió mucho.
Hasta nos dejó sentarnos en su silla.

En México, pudimos conocer al presidente Ruiz Cortines.
Cuando le contamos que el presidente Eisenhower nos había
dejado sentarnos en su silla, él hizo lo mismo. Nos dijo que las
únicas personas que se habían sentado en ella eran los presidentes,
Pancho Villa… y ahora los Pequeños Gigantes de la Industrial de
Monterrey.

Conservo muy pocos recuerdos de aquella temporada. Mi
uniforme, las fotografías y los trofeos que tenía se perdieron cuando se quemó mi casa. Sin embargo, una de mis memorias más
vívidas es haber piloteado el avión que nos trajo a Monterrey.
Cada uno tuvo su turno y resulta que yo estaba en la cabina cuando se hicieron visibles las montañas del Cerro de la Silla. Lloré.
Nunca he podido describir el orgullo que sentí en ese momento
por mí, por mis compañeros de equipo y por mi país.

FRANCISCO AGUILAR (n. 12 de enero de 1944) *narrado por su viuda, Gloria.*

El recuerdo más vívido, y lo que más impresionó a Francisco de su viaje fue el Kentucky Fried Chicken. Por simple que parezca, quedó encantado con su crujiente sabor y hablaría de él toda la vida. Siempre pensó en ese lugar como uno piensa en un amigo eterno, y a menudo visitaba alguno de ellos.

Cuando regresó a casa, Francisco siguió jugando beisbol y estudiando, gracias a la beca gubernamental, hasta el segundo año de contabilidad. Después se volvió beisbolista profesional y coach. Cuando se retiró del juego, empezó a dar clínicas de beisbol.

Después de casarnos, le confesé a Francisco que yo no había sabido nada sobre él y su equipo. Probablemente era la única persona en todo Nuevo León que ignoraba un evento tan enorme en nuestra historia. Pero él siempre fue muy tímido y humilde acerca de su participación, aunque la gente lo paraba y le daba palmadas en la espalada durante casi todos los días de nuestro matrimonio.

Después de nuestra boda, empezó a trabajar para el gobierno, y la Preparatoria Estatal 16, hasta que se retiró dieciocho años más tarde. Tristemente, mi esposo falleció hace varios años debido a la diabetes. Nuestros hijos, Gloria, Francisco y Nancy, lo recuerdan con el mayor orgullo y afecto. A veces me despierto en mitad de la noche, esperando que sólo haya ido a la cocina por un tentempié. Escucho su voz a menudo, cuando me siento sola y pienso que no puedo enfrentar otra dificultad. Entonces escucho que me dice su expresión favorita:

—Nunca te des por vencida —así como los niños campeones nunca se dieron por vencidos.

JOSÉ GONZÁLEZ TORRES (n. 26 de agosto de 1926)
Después de la Segunda Guerra Mundial, trabajé para la Compañía American Metals en Monterrey. La matriz estaba en Nueva York, y mandaban a muchos estadounidenses que traían un gran amor y deseo de jugar beisbol; al trabajar en México, el juego les recorda-

ba a su casa. En 1947, ayudé a organizar una Liga Católica de adultos, compuesta por los primeros equipos de beisbol de Monterrey.

Mucho antes de la Serie Mundial de las Ligas Pequeñas de 1957, yo estaba muy consciente de las necesidades y la pobreza de los niños de Monterrey, y sentía que merecían un espacio para su recreación y su desarrollo fuera de las escuelas. Williamsport, Pensilvania, hizo todo esto posible.

Me hice muy amigo de César Faz y de *Lucky* Haskins durante nuestra aventura de 1957. Como yo tenía algo de experiencia previa de periodista y fotógrafo, me convertí en el jefe de prensa del equipo y tomé la mayoría de las fotos que aparecieron en los periódicos y revistas mexicanos. También participé como reportero en las Olimpiadas de 1968, en la Ciudad de México. Seguí entrenando a varios equipos de beisbol hasta que fui nombrado director de las Ligas Pequeñas de México.

Trabajé en Cemex en el departamento de ingeniería y después en el departamento de archivos durante veintidós años, hasta que me retiré a los sesenta. Todo este tiempo he colaborado con artículos y fotografías para la UPI y la Associated Press. Me casé, pero mi esposa y yo nunca tuvimos hijos.

HAROLD *LUCKY* HASKINS (n. aprox. 1905) *narrado por su hija Bárbara.*
No sé mucho sobre la vida de mi padre antes de la Segunda Guerra Mundial ni sobre las razones que lo motivaron a dejarnos en Wisconsin con mi madre. Pero a ella le pareció inaceptable, y a mis tres hermanos y a mí nos dejaron en la frontera con una oferta que él no pudo rechazar. La guerra impactó profundamente a mi padre: insistía mucho en la estructura, la disciplina y las reglas, y probablemente ésa fuera una de las razones por las que amaba tanto los deportes.

En Monterrey manejaba un programa que mandaba trabajadores legalmente a Estados Unidos, hasta que fue clausurado por las políticas antimexicanas de mediados de los años cincuenta.

Antes de abrir su propia embotelladora, trabajó como instructor de deportes y maestro en el Colegio Americano de Monterrey. También les enseñaba a los universitarios locales a jugar futbol americano.

Durante su viaje a Williamsport, Pensilvania, tuvo que abandonar su compañía embotelladora y finalmente la perdió. Su amor por el deporte y en especial por el equipo de la Industrial de Monterrey era mayor. Cuando regresó con el equipo, mi padre trabajó en otras escuelas y abrió una tienda de souvenirs llamada Paco, situada junto al Gran Hotel Ancira.

Volvió a casarse y tuvo tres hijos más. Nuestros nombres son: Patrick, Michael, Robert, Bárbara, Richard, Jimmy y Rafael. En 1968, mi padre decidió regresar a Estados Unidos. Se mudó a McAllen, Texas, el primer lugar donde él y los niños fueron a jugar. Pronto volvió a trabajar en los deportes, esta vez formando un programa para las personas con capacidades físicas y mentales diferentes. Siempre recordaba con orgullo la Serie Mundial de las Ligas Pequeñas de 1957 y todo lo que pasaron para poder jugar. En diciembre de 1980, mi padre murió. Los veteranos de McAllen le dieron un sepelio militar pues había sido oficial de la US Navy.

De no haber sido por sus esfuerzos, es muy improbable que los niños de la Industrial de Monterrey hubieran tenido la oportunidad de hacer historia y cambiar todas nuestras vidas.

Sorprendentemente, después de dos años y medio de rastrear a los participantes de la Serie Mundial de las Ligas Pequeñas de 1957, el único jugador cuyo paradero seguía siendo un completo misterio era el del pitcher de La Mesa, Lewis Riley. Ninguno de sus compañeros de equipo lo había visto desde el bachillerato, y las búsquedas en el Internet resultaron infructuosas. Un investigador privado buscó inútilmente registros de nacimiento, matrimonios, impuestos o defunción.

Milagrosamente, Lewis Riley reapareció hace poco. Éste fue el valiente joven que hace cincuenta años se enfrentó a Ángel Macías en un duelo histórico por el campeonato. Este capítulo iba a estar destinado exclusivamente al equipo de la Industrial de Monterrey, pero he aquí un regalo especial de parte de esta gentil estrella de La Mesa.

LEWIS RILEY (n. 19 de agosto de 1944)
El 23 de agosto de 1957, yo pitchee en la final de la Serie Mundial de las Ligas Pequeñas. En aquel momento no me percaté de que mi equipo, La Mesa, estaba jugando contra el primer equipo extranjero, la Industrial de Monterrey, que participaba en un juego de campeonato. A juzgar por las apariencias, el partido parecía más disparejo que David contra Goliat.

De entrada, los catorce californianos éramos en nuestra mayoría unos niños de doce años enormes jugando contra un equipo de niños en su mayoría diminutos y raquíticos de México. Yo medía un metro setenta y cuatro, y el promedio de estatura de mi equipo era de uno sesenta y tres. Los jugadores mexicanos, por otro lado, medían en promedio un metro cuarenta y nueve, y más de uno parecía sufrir de desnutrición.

En nuestro alojamiento de Williamsport, Pensilvania, donde los cuatro equipos finalistas de las Ligas Pequeñas comíamos juntos, la Industrial de Monterrey siempre se quedaba a repetir hasta dos y tres veces, mientras que nosotros y los otros dos equipos estadounidenses nos íbamos a la sala de recreación a jugar ping pong y ver la tele.

Los californianos nos creíamos mucho. No sólo habíamos derrotado a los mejores equipos de Estados Unidos, donde el beisbol era el rey, sino que íbamos a enfrentarnos a un equipo que parecía agotarse tan fácilmente, que necesitaban dormirse un rato todas las tardes (en aquel entonces, no me daba cuenta de los beneficios de la siesta).

Yo no sólo era uno de los pitchers abridores de La Mesa, sino que también era el líder bateador. Me enorgullecía poder darle a nuestro equipo una ventaja inicial en la mayoría de los juegos con un hit o por lo menos una base por bola —pero no fue así ese 23 de agosto de 1957. Y a los otros dos bateadores que me siguieron, también los retiraron rápidamente.

Nada de qué preocuparse, pensábamos al salir al campo. Hasta una ardilla ciega se encuentra una bellota de vez en cuando. Subí al montículo y fácilmente retiré a los suyos en la parte baja de la primera. Los "Goliats" estábamos confiados de que tomaríamos la delantera sin mirar atrás, ése había sido siempre nuestro *modus operandi*. El juego se mantuvo sin carreras tras tres de las seis entradas. Y no sólo no habíamos anotado ninguna carrera, sino que tampoco habíamos logrado llegar a salvo a la primera. Nueve niños al plato, nueve niños que habían regresado a la banca murmurando entre dientes.

Nunca olvidaré al pitcher, se llamaba Ángel Macías y era ambidiestro. Aunque hasta el momento sólo parecía necesitar su brazo derecho, y con cada entrada volvía más fuerte. Ángel estaba haciendo lanzamientos que yo nunca antes había visto. Era como tratar de pegarle a Flubber, pero yo estaba determinado a enderezar la nave cuando salí a batear al inicio de la cuarta entrada.

De nada sirvió mi determinación. Ángel me ponchó como si yo le estuviera abanicando a una piñata con los ojos vendados. Por primera vez en los torneos de las Ligas Pequeñas, me sentí desalentado, y por primera vez pude ver que la duda asomaba a los ojos de mis compañeros. A los dos bateadores que me siguieron, también los sacaron fácilmente, lo cual quería decir que Ángel había tenido un juego perfecto durante cuatro entradas.

Subí al montículo en la parte baja de la quinta, golpeado pero no vencido. Aunque mi equipo no estaba conectando hits, yo estaba pitchando bien. Monterrey todavía tenía que anotar una carrera.

Después las llantas se desinflaron. Le pegué al primer bateador en el costado, lo cual estaba difícil porque era más flaco que un palo. El siguiente bateador la tocó, y en mi repentino aturdimiento tiré la pelota. No estaba acostumbrado a cometer ese tipo de errores, y mi tierna psique comenzó a desmoronarse. Antes de que me diera cuenta, Monterrey había anotado cuatro carreras. Teníamos que venir de atrás con todo, pero primero necesitábamos un hit.

El destino quiso que no lográramos lo uno ni lo otro. Ángel Macías lanzó el primer y —hasta hoy— el único juego perfecto en la historia de la Serie Mundial de las Ligas Pequeñas.

Al terminar el juego, mis compañeros se me unieron en un festín de lágrimas. Sin embargo, para la hora de la cena nos habíamos recuperado lo suficiente como para limpiar nuestros platos y divertirnos jugando ping pong con nuestros conquistadores. Los beisbolistas mexicanos no hablaban inglés, pero aun así pasamos un buen rato conviviendo con ellos, incluso con su pequeño catcher que, sorprendentemente, estaba señalando nuestras debilidades al bat. Cuando llegó mi turno, levantó su mano cerca de mi pecho, indicando que se me dificultaban los lanzamientos altos. Sólo pude reírme porque tenía razón.

Cuando abracé a Ángel, que tenía una sonrisa magnética cuando no estaba en el montículo, le dije:

—Un turno más al bat y te hubiera conectado un jonronazo.

Nomás sonrió.

Epílogo: reflexiones de un autor

Además de tener una esposa y tres hijos a los que adoro, lo mejor de la vida es que cuando despierto, tengo la posibilidad de descubrir algo extraordinario. Muy de vez en cuando, el descubrimiento es tan profundo que cambia el curso de mi vida.

El 12 de septiembre de 2004, fue uno de esos días.

El clima en Malibu, California era típicamente perfecto, y yo estaba desayunando en el Marmalade's Café con mi amigo Anson Williams. Para aquellos que no reconozcan su nombre, él hacía el papel de Potsie en un programa de televisión que se llamaba *Happy Days*. Él había leído el borrador de mi primera novela, *Marathon*, y le gustaba la forma en que tejía la historia.

—¿Te puedo contar una historia de la vida real que me contaron cuando era niño? —me preguntó Anson. Quizá sea tu próximo libro.

He escuchado muchas historias, así que asumí que las probabilidades de que tuviera el tema de mi próximo libro eran tan remotas como la nieve en Malibu. Entonces Anson empezó a contarme que había una vez un grupo de niños de Monterrey, México, que superaron muchas adversidades para ganar la Serie Mundial de las Ligas Pequeñas de 1957.

En ese mismo momento decidí que ése sería mi próximo proyecto de libro, pero rápidamente se transformó en algo mucho más profundo. Hice toda la tarea que pude en el vacío de mi oficina, hasta que llegó el momento de ver cuáles miembros del equipo seguían con vida y si podía encontrarlos.

Primero hablé con la organización de las Ligas Pequeñas en Williamsport, Pensilvania, que cooperó mucho pero no tenía ningún teléfono ni dirección. Me sugirieron que llamara a Betty Pujols en la oficina de Puerto Rico, que era donde se administraban todas las actividades de las Ligas Pequeñas en América Latina. Ella me dio el teléfono de José González Torres, que había sido el coach adjunto en el histórico viaje de la Industrial de Monterrey. Por medio de él, logré contactar a César Faz.

Me alegró mucho saber que seguía vivo. Las primeras palabras que le dije fueron:

—Señor Faz, le estoy llamando con el más profundo respeto y admiración. Me disculpo de no haber podido encontrar a nadie que nos presentara, pero me gustaría verlo unos minutos para platicar sobre el equipo de 1957.

César no pudo haber sido más gentil y cortés, y cuando aceptó, me sentí como si hubiera descubierto una perla en una ostra.

Al planear mi primer viaje a Monterrey, tomé otro paso atrevido. La búsqueda en Internet sobre los campeones de la Industrial de Monterrey mostraba muchas historias sobre José *Pepe* Maiz, el jardinero izquierdo del equipo. Aunque había sido reclutado por los Gigantes de San Francisco, su padre insistió en que mejor continuara con sus estudios. Pepe estudió ingeniería en el Tec de Monterrey y ayudó a transformar la constructora de su familia en una empresa de nivel internacional. Además de haber construido muchos de los puentes y torres de oficinas de Monterrey, él se encargó de la construcción del estadio de beisbol profesional de la ciudad, uno de los más imponentes fuera de Estados Unidos.

Pepe colocó a Monterrey entre las ciudades finalistas que las Grandes Ligas consideraron para reubicar a los Expos de Montreal. No le concedieron la franquicia, pero Pepe no es la clase de hombre que se dé por vencido fácilmente, y menos cuando se trata de traer a un equipo de beisbol de las Grandes Ligas a México. Si alguien puede lograrlo, será él.

Cuando lo llamé, no estaba seguro de cómo iba a hacerle para hablar con el director general de una importante compañía constructora, pero para mi sorpresa su secretaria dijo:

—Espere un momento —y él personalmente tomó la llamada.

Fui afortunado con mis primeros "hits", ya que José, César y Pepe son los únicos miembros del equipo que hablan inglés (como había sido el caso de *Lucky* Haskins). Ángel dice que lo entiende bastante bien, y estoy seguro de que no hay nada que él no pueda hacer bien. Ángel vivió varios años en Estados Unidos, jugando en la organización del equipo de —caprichos de la justicia poética— los Ángeles de California.

César fue al primero que conocí. Su hijo lo llevó al Hotel Quinta Real donde me estaba hospedando. Cuando entré al lobby, lo reconocí de inmediato. Sus ojos eran oscuros y penetrantes, aunque los años habían suavizado su semblante. Hablamos hasta el anochecer.

A la mañana siguiente, conocí a Pepe en la oficinas de la Constructora Maiz Mier. Las paredes de su pequeña y atiborrada oficina estaban repletas de fotos suyas posando junto a dignatarios y magnates, pero al centro estaban las fotos de él a los doce años jugando la temporada de su vida.

Empacados en cajas, había varios álbumes con cientos de fotos y recortes de periódico del verano de 1957. Le pregunté si me las podía llevar a mi oficina en Los Ángeles para escanearlas y meterlas a mi computadora. Era una petición descabellada. Ni siquiera me conocía, y yo le estaba pidiendo que me dejara llevarme sus preciosos recuerdos de regreso a California, con la promesa de regresarlos cuando terminara. Me los dio sin siquiera pedirme una identificación ni mis datos de contacto.

Ángel Macías llegó por casualidad a la oficina de Pepe mientras yo estaba ahí. Él maneja una reconocida academia de beisbol donde los jóvenes aspirantes mexicanos aprenden los rudimentos del juego, para lanzarlos a los más altos niveles competitivos. Me invitó a su casa, donde lo entrevisté con la ayuda de un intérprete que me acompañó durante mi estancia.

Sucedió lo mismo que en la oficina de Pepe. Había fotografías irremplazables colgando de las paredes, y Ángel me las prestó, con todo y marcos, sin la menor preocupación de que no se las fuera a regresar. Sabían que la Virgen Morena de Guadalupe los seguía cuidando, y aunque yo no tenía ninguna intención de apropiarme ni de extraviar sus recuerdos, supe que los protegería con mi vida.

Por medio de César, Pepe y Ángel, conocí al resto de los sobrevivientes del equipo. Tristemente, *Lucky* Haskins había muerto de un ataque cardiaco a principios de los años ochenta. Norberto Villarreal, Baltasar Charles, Francisco Aguilar, Alfonso Cortez y Fidel Ruiz, el velocista que se había robado home para "madrugarse a los nueve de Bridgeport", también habían fallecido antes de cumplir los sesenta. Afortunadamente, nueve de los catorce niños seguían con vida y aún radicaban en su adorado Monterrey.

Aunque muchas de las fábricas aún existen, Monterrey se ha convertido en una metrópolis verdaderamente moderna con gran diversidad de atractivos y negocios. Es segura, limpia y las personas son innegablemente amistosas y están orgullosas de su ciudad.

Después de unos días, llegó el momento de solicitarles formalmente permiso para usar sus nombres y sus figuras. Otros interesados en la historia, se habían enfocado exclusivamente en César y Ángel. Era lógico: el coach y el pitcher que lanzó el juego perfecto. Pero yo tomé una decisión importante. Puesto que cada miembro del equipo había sacrificado lo mismo para llegar hasta Williamsport, cualquier trato sería con todo el equipo o con nadie. Sabía que tendría que lanzarle mi idea al equipo completo, incluyendo a los familiares que les sobrevivieran.

Mientras Ángel repasaba la alineación, él y Pepe me advirtieron que Enrique Suárez guardaba cierta amargura sobre el torneo y que había perdido contacto con sus compañeros de equipo. La razón era comprensible. Enrique había lanzado y ganado igual número de juegos que Ángel. Además, la productividad de Ángel al plato había sido mínima, mientras que Enrique había bateado seis jonrones, con lo cual estaba a la cabeza de la ofensiva del equipo. A pesar de estos logros, cualquier discusión relacionada con la temporada de 1957 siempre se enfocaba en Ángel y su juego perfecto. Todos los reporteros querían entrevistar a Ángel. Ángel caminó solo con Eisenhower. La fotografía de Ángel salió en el *New York Times*. De no haber sido por la garra con la que Enrique se desempeñó contra Bridgeport el día anterior, no hubiera habido ni juego de campeonato para que *Ángel* fuera perfecto.

Ángel entendía esto, y siempre le había dado a Enrique el respeto que se merecía, pero aun así era un tema difícil de digerir para un niño de doce años o para un hombre de sesenta y tres que aún vivía a la sombra de su famoso compañero de equipo.

—No estoy seguro de que vaya a querer hablar con usted —me advirtió Pepe, pero yo tenía que intentarlo.

Tomó varios intentos localizar a Enrique en su casa, pero cuando mi intérprete finalmente lo localizó, le dije:

—Yo sé quién fue el verdadero héroe de la Industrial de Monterrey. Se llamaba Enrique.

No estaba siendo condescendiente: estaba rindiendo tributo al niño que —tanto o más que ninguno— los había llevado a la victoria.

Enrique me invitó a su casa, la misma casa en la que creció, en la Colonia Cantú. Tenía una estupenda condición física, delgado y muy bronceado. Pude entender por qué le decían el Cubano. Durante la entrevista, se sentó en el sillón de la sala y tomó la mano de su esposa, con quien llevaba casado más de cuarenta años. El orgullo resonaba en su voz como si estuviera describiendo un hechbo ocurrido la semana anterior. En algún momento, se disculpó para traer algo. Cuando regresó, me mostró su vieja manopla y su bat de beisbol. Pero el mejor regalo fue su uniforme perfectamente conservado, colgado impecable de un gancho. Era tan pequeño; parecía más para un niño de ocho años que para uno de doce. Estaba confeccionado de la suave franela con la que hacían antes los uniformes. Me dejó verlo, aún se veían las manchas de pasto y tierra.

Me acerqué y pasé mis dedos por las manchas, sabiendo que venían de los campos de Monterrey, Texas, Kentucky y Pensilvania. Tocarlas me ligaba con aquel tiempo y aquellos lugares.

❖

La tarde siguiente me encontraba en la Cervecería Cuauhtémoc, que está al lado del Salón de la Fama del Beisbol. Me senté en el centro de una enorme mesa en forma de U rodeado de todos los participantes vivos y las viudas e hijos de los que habían fallecido. No fue una reunión cálida y enternecedora. Me interrogaron duro.

Les aclaré que además de la novela, quería desarrollar un guión y producir una película sobre la historia. Expuse mis ideas, diciéndoles que mi intención no era hacer un documental. Veía su logro como la encarnación de esa parte del espíritu humano que representa algo noble, esa fuerza de voluntad en medio de la adversidad. Y mientras más me enteraba de su devoción religiosa, más sabía que esa historia no se trataba sobre el beisbol, sino sobre la fe.

Cuando Ricardo Treviño pidió la palabra por vez primera, supe que había llegado el momento de la verdad, el punto de la entrevista donde mi participación —o ausencia de— quedaría decidida. Ricardo era un hombre brusco y corpulento, un ganadero que manejaba una pickup Ford F250 con asientos de cuero de vaca mandados hacer. Cuando tenía once años, nunca se echó para atrás en una pelea ni lloró cuando le clavaron los spikes en primera base. El tiempo no había erosionado su rudeza.

—¿Alguna vez ha publicado un libro?— me preguntó.

—Todavía no, pero ya casi —contesté.

—¿Alguna vez ha hecho una película?

—No —respondí.

—¿Por lo menos ha escrito un guión?

—No.

—¿Bueno, entonces con qué derecho piensa que puede hacerlo?

Me volví con mi intérprete y dije lo único que me vino a la cabeza:

—Pregúntele al señor Treviño: ¿Con qué derecho ganó la Serie Mundial de las Ligas Menores?

Mi intérprete ni siquiera había terminado de traducir la frase cuando vi lágrimas correr por las mejillas de Ricardo. Se hubiera oído caer un alfiler; nadie dijo una sola palabra mientras él recuperaba la compostura. Después de un minuto, me miró directamente, y el intérprete me dio su respuesta:

—Muchas personas han venido a vernos a lo largo de los años. Usted es el primero que creo que tiene el corazón bien puesto. No sé si tendrá éxito o no, pero deposito mi fe en usted.

Después de Monterrey, hice un viaje especial a la Ciudad de México para visitar la Basílica de Guadalupe. Sentía la misma curiosidad que puede tener un turista o un historiador al visitar el Palacio de Buckingham, Stonehenge o el Coliseo Romano. Supuse que la vería con un respeto desapegado. Cuando llegamos, el guía me informó que la Basílica original se estaba hundiendo y habían construido una nueva iglesia al lado. Esa nueva iglesia, que se eleva enfrente de la antigua, tiene un estilo arquitectónico de los años setenta similar al del Space Mountain en Disneylandia.

M.I.T., mi alma mater, y Wall Street, mi primer carrera, me dieron un buen entrenamiento en términos de cinismo tanto sobre la naturaleza divina del universo como sobre las virtudes espirituales de la humanidad. La basílica reiniciaría mi educación. Al entrar a la iglesia, vi la banda móvil, similar a las que se encuentran en los aeropuertos, sólo que ésta era bastante corta y zigzagueaba hacia delante y hacia atrás en una pequeña rotonda.

Al subirme en ella, mire hacia el cielo y de repente sentí que mi aliento se detenía. Allí, en un marco dorado dentro de una caja de vidrio, había una prenda abierta: la mismísima *tilma* que usó Juan Diego. Estampada en la envejecida tela estaba la resplandeciente figura de María, su cabeza ligeramente inclinada.

Aparentemente, ni los mejores científicos del mundo han podido explicar cómo llegó allí esa imagen. He aprendido que hay algunas cosas que la ciencia simplemente no ha podido y quizá nunca pueda explicar jamás.

Después me encaminé a la Basílica original. Tiene más de cuatrocientos años y, por desgracia —al igual que muchas partes de la Ciudad de México edificadas sobre lo que fueron lagos llenos de tierra—, la iglesia se está hundiendo notoriamente en el frágil subsuelo. Un proyecto de preservación está en proceso para apuntalar los cimientos, pero por el momento aún está permitida la entrada a sus desiguales pisos de piedra. Dentro del templo, cables de acero cruzan el espacio poco iluminado; cada uno sostiene un enorme pilar de concreto. No soy católico de nacimiento, pero encendí una veladora y recé. Y allí, en el sagrado suelo en el que alguna vez se arrodilló Juan Diego, sentí el poder y el propósito de algo mucho más grande que yo.

❖

Como parte de mi investigación, visité todos los lugares en los que el equipo se había quedado o había jugado, aunque algunos campos y alojamientos habían desaparecido hacía mucho. De todos los acontecimientos de su viaje, uno se me grabó especialmente. No fue el jonrón con el que Norberto empató el juego contra Houston, ni lo brillante que estuvo Enrique contra Bridgeport, ni tampoco el juego perfecto de Ángel. Fue su caminata de Reynosa a McAllen: el sacrificio que hicieron para jugar un solo partido. Está realmente muy, muy lejos. Yo iba en un automóvil con aire acondicionado, y aun así me pareció un largo camino. Estaba exhausto de sólo imaginar lo que sería ir con ellos en su travesía por el sediento desierto.

También localicé al mayor número posible de miembros del equipo de La Mesa. Me pareció interesante que sólo un jugador de La Mesa seguía viviendo en su ciudad natal, mientras que todos los jugadores de Monterrey seguían en la suya.

Los niños crecidos de La Mesa fueron de mucha ayuda al darme una idea de cómo era la vida en aquellos tiempos y, por supuesto, de su destino entretejido con la Industrial de Monterrey. Al principio, me preocupaba qué tanto querrían hablar de un hecho en el que se habían hecho famosos por perder.

Mis preocupaciones se evaporaron cuando su catcher, Francis Vogel, me dijo desinteresadamente:

—De muchas formas, estoy contento de que hayan ganado. Lo que sea que el ganar hubiera significado para mí, sé que significó mucho más para ellos. Siempre sentí que ése era su destino y que todo sucedió como debía de ser.

Allá a principios de la década de los setenta, yo jugaba beisbol en las Ligas Pequeñas de mi pueblo natal, Tenafly, Nueva Jersey. Era bastante bueno, aunque nunca llegué al nivel de competencia de los niños de la Industrial de Monterrey y La Mesa. Aun así, fue un momento decisivo en mi vida. Me transformó de un niño introvertido e inseguro en un joven con orgullo propio que sabía que había algo que podía hacer bien.

Hoy, más de tres millones de niños y niñas en ochenta y dos países juegan en las Ligas Pequeñas. A pesar de que la improbable victoria de la Industrial de Monterrey fue un hecho sin precedentes, hoy muchos equipos no estadounidenses ganan los campeonatos. ¿Y por qué no? El beisbol se ha convertido en un pasatiempo internacional, ¿y qué mejor diplomacia que los partidos que juegan los niños?

El poeta Robert Frost dijo una vez: "Nada me halaga más que el hecho de que asuman que puedo escribir prosa, a no ser que asuman que alguna vez lancé una pelota de beisbol con distinción."

Es demasiado tarde para que yo llegue a ser un gran pitcher, así que sólo puedo esperar que mi prosa mejore. En términos beisbolísticos, uno para dos no está mal. Pero he aprendido que no es demasiado tarde para crecer como persona, y mi conexión con estos niños convertidos en hombres me ha permitido hacer justamente eso.

Las horas que he pasado entrevistando a los jugadores, a las viudas y a César Faz han sido invaluables para mí. Este libro no habría sido posible sin sus recuerdos, y los escritos y memorias de César. Como escritor, me he tomado licencias dramáticas, pero los detalles beisbolísticos son exactos. Más importante aún, he permanecido fiel al alma de la historia y a lo que lograron estos chicos desde el campo calizo de su barrio en Monterrey hasta el impecable diamante verde de Williamsport. Hicieron que este adulto hastiado del mundo y a menudo cínico creyera que cualquier cosa es posible, hasta ver las alas del pájaro más pequeño.

El line-up

Equipo de la Liga Pequeña Industrial de Monterrey 1957

Nombre	Número de uniforme	Posición(es)
César Faz	1	Coach en Jefe
Ángel Macías	8	Pitcher, Shortstop
Enrique Suárez	14	Pitcher, Jardín central
José "Pepe" Maiz	15	Jardín izquierdo
Norberto Villarreal	13	Catcher
Baltasar Charles	9	Segunda base
Ricardo Treviño	7	Primera base
Fidel Ruiz	11	Tercera base
Gerardo González	3	Shortstop, Jardín central
Jesús *Chuy* Contreras	2	Catcher, Suplente
Mario Ontiveros	5	Suplente
Roberto Mendiola	6	Suplente
Alfonso Cortez	4	Suplente
Francisco Aguilar	10	Suplente
José González Torres		Coach
Harold Haskins		Coach

El box score

Serie Mundial de las Ligas Pequeñas de 1957

Liga Pequeña de La Mesa Norte – La Mesa, California

Alineación	Turnos al bat	Carreras	Hits	Outs
Riley, p	2	0	0	1
Tobey, ji	2	0	0	0
Hardesty, 3b	2	0	0	1
McKirahan, 1b	2	0	0	5
Vogel, c	2	0	0	6
Wilson, jd	2	0	0	2
Hanggi, jc	2	0	0	0
Brown, ss	1	0	0	0
Haggard, 2b	2	0	0	0
Schweer, be[1]				

[1] Bateador emergente por Brown en la 6a.

Liga Pequeña Industrial de Monterrey – Monterrey, México

Alineación	Turnos al bat	Carreras	Hits	Outs
Charles, 2b	3	1	1	0
Maiz, ji	3	1	1	0
Macías, p	3	0	0	0
Suárez, jc	3	1	1	0
Ruiz, 3b	3	0	0	0
Estrello, jd	3	0	0	0
Villarreal, c	3	0	1	12
González, ss	3	0	0	0
Treviño, 1b	1	0	0	6
Ontiveros, ce[1]	0	1	0	0
Aguilar, be[2]	1	0	0	0

[1] Corredor emergente por Treviño en la 5ª.
[2] Bateó por Ontiveros en la 5ª.

	1	2	3	4	5	6		C	H	E
La Mesa, CA	0	0	0	0	0	0	-	0	0	1
Monterrey, MX	0	0	0	0	4	x	-	4	4	0

El calendario

	Oponente	Marcador	Pitcher
McAllen, Texas			
Lunes 29 de julio	Ciudad de México	9-2	Suárez
Martes 30 de julio	McAllen	7-1	Macías
Miércoles 31 de julio	Mission	14-1	Maiz
Jueves 1° de agosto	Weslaco	13-1	Suárez
Viernes 2 de agosto	Cafésville	6-1	Macías
Corpus Christi, Texas			
Lunes 5 de agosto	Laredo	5-0	Suárez
Martes 6 de agosto	West Columbia	6-0	Macías
Fort Worth, Texas (Campeonato Estatal de Texas)			
Viernes 9 de agosto	Houston	6-4	Suárez
		(Maiz, extra inning)	
Sábado 10 de agosto	Waco	11-2	Macías
Louisville, Kentucky (Campeonato Regional del Sur)			
Jueves 15 de agosto	Biloxi, Mississippi	13-0	Suárez
Viernes 16 de agosto	Owensboro, Kentucky	3-0	Macías
Williamsport, Pensilvania (Serie Mundial de las Ligas Pequeñas)			
Jueves 22 de agosto	Bridgeport, Connecticut	2-1	Suárez
Viernes 23 de agosto	La Mesa, California	4-0	Macías

El juego perfecto, de W. William Winokur
se terminó de imprimir en julio del 2008 en
Litográfica Ingramex, S.A. de C.V.
Centeno 162-1, Col. Granjas Esmeralda,
México, D.F.